네 입술에 물들어 1

네 입술에 물들어

1

아리킴 장편소설

Colored Your Lips by

Terrace Book

Vol.1

나랑 이런 거 할 수 있겠어?   7

기억의 편린   61

나한테는 정말 너뿐인가 봐   121

나랑 데이트해야지   175

있지, 첫사랑   215

널 가지고 싶어   265

이곳에 온 목적   326

나는 처음부터 너였는데   370

남자의 질투   399

[Contents]

Vol. 2

더없이 완벽한 위로	7
이상한 소문	47
경고	111
나쁜 진실	168
서로에게 물드는 순간	226
외전 I. 유안의 이야기	281
외전 II. 우석의 이야기	313
외전 III. 이안의 이야기	354
외전 IV. LOVE YOU MORE	411
작가 후기	462

Colored by Your Lips

Chapter 1

나랑 이런 거 할 수 있겠어?

　길게 늘어선 높다란 담벼락, 그와 걸맞은 웅장한 대문이었다. 10년 만인가? 이 거대한 성 같은 대저택은 앞으로 지안에게 새로운 의미가 될 곳이었다.

　딩동—.

　경쾌한 초인종이 귀를 울렸고, 곧이어 묵직한 문이 덜컹거리며 열렸다. 지안은 마른침을 한 번 삼키고는 푸릇푸릇하게 자란 잔디 사이로 길게 늘어선 돌계단을 밟았다.

　"지안이 왔구나."

　긴장감으로 인해 땀이 흥건한 손바닥이 무색하게 그녀를 환한 얼굴로 맞이하는 건 한나라를 이끌고 있다 해도 과언이 아닌 대기업, CHA 그룹의 수장 차 회장이었다.

　"도진이는 곧 올 거다."

　오랜만에 찾은 이곳에서 지안이 긴장하고 있다는 것을 알았는지 차 회장이 호탕하게 웃으며 꺼낸 말은 그녀에게 하나도 도움이 되지 않았다. 차라리 어른들만 있는 지금이 훨씬 마음이 편했다.

지안은 다소곳이 소파에 앉아 손바닥만 쓸어내리며 기도했다. 그가 조금만 더 늦게 도착하기를.

각오할 대로 각오하고 이곳에 왔지만 마음의 준비가 턱도 없었는지 모든 게 너무 빠르게 느껴졌다.

"이사님 오셨습니다."

차 회장의 집안일을 맡은 도우미 아주머니가 도진이 도착했음을 알렸다.

"'호랑이도 제 말 하면 온다'더니, 말하기 무섭게 바로 도착하는구나."

이렇게 하늘이 무심했던 적이 또 있었을까. 미약하게 떨리던 눈동자가 갈 곳을 잃었다.

차도진. 자신보다 세 살 많은, '엄마 친구 아들'보다 더 강력했던 '할아버지 친구 손자'. 현재 CHA 호텔 전무 이사로, '젊은 사업가 1위'에 올라선 이후 내려올 생각이 없는 사람.

우리가 만나지 못한 시간이 1년에서 2년이 되고, 오늘이 되기까지 이 남자는 하루하루 더 대단해졌다.

"늦었구나."

뒤에서 느껴지는 인기척에 지안은 천천히 자리에서 일어났다. 하지만 그뿐, 차마 도진이 서 있는 방향으로 돌아보지는 못했다.

몸에 있는 모든 감각이 한곳으로 집중되어 그녀에게 말했다. '지금 그 사람이 네 앞으로 걸어오고 있다.'고.

점점 크게 느껴지는 기척에 입 안의 여린 살을 잘근잘근 깨문 지안은 두 눈을 질끈 감았다가 뜨고는 천천히 몸을 돌렸다. 심장이 밖으로 튀어나올 만큼 쿵쾅거렸다. 발끝에 머물렀던 시선이 점점 올라가고, 무수히 많은 시간 동안 보고 싶었지만 볼 수 없었던 눈동자를 마주하자 가슴이 철렁했다.

환영인 걸까. 눈앞에서 자신을 내려다보고 있는 사람은 지나치게 현실성이 없었다.

제 기억보다 조금 더 자란 키와 딱 벌어진 어깨, 더 굵어진 선으로 인해 남성미가 더해진 턱선, 심해처럼 짙은 검은 눈동자, 여전히 잘생긴 얼굴. 그 모든 것이 어우러져 풍기는 그만의 독보적인 분위기.

처음부터 그녀에게 고정한 시선이었는지, 흔들림 없이 바라보는 날카로운 눈빛이 자신을 옭아매자 숨이 이대로 멎는 것은 아닐까, 착각까지 들게 했다.

호흡으로 인해 작게 오르내리는 가슴, 느릿하게 감겼다가 떠지는 눈꺼풀.

"지안아?"

오직 도진의 움직임에만 집중하던 지안이 차 회장의 부름에 정신을 차리고 가까스로 입을 떼었다.

"……안녕하세요."

"응, 안녕."

긴장감에 떨리는 목소리를 숨기지 못하고 간신히 건넨 그녀의 인사와 다르게 마치 엊그제에도 본 사람처럼 평온하고 담백한 인사였으나, 도진의 시선은 지안의 눈동자를 집요하게 따라왔다. 꽤 강렬한 시선에 차마 피할 엄두도 내지 못했다. 그저 빨려 들어갈 것처럼 짙은 눈동자를 멍하니 바라보았다.

무려 10년 만에 재회하는 얼굴이었다. 그것도 서로의 정략결혼 상대로.

"이것도 먹어."

"언니, 제가 먹을게요."

차 회장과 다 같이 함께하는 식사 자리에서 부지런히 자신을 챙기는 도진의 누나, 차영으로 인해 지안은 민망한 웃음을 지으며 주위의 눈치를 보았다.

"……."

특히 옆자리에 앉아서 말없이 물을 들이켜는 도진이 가장 신경 쓰였다. 입맛도 없고, 신경 쓰이는 것도 많았지만 젓가락을 내려놓을 수는 없어 조금씩 음식을 입에 넣었다.

"식은 언제 진행하면 좋겠니?"

어느 정도 식사가 마무리되어 가자 차 회장이 넌지시 이야기를 꺼냈다. 지안은 결국 꾸역꾸역 잡고 있던 젓가락을 내려놓았다.

"네 스케줄에 다 맞추마."

벌써부터 예쁨받는 손자며느리가 된 지안이 할 수 있는 거라고는 웃으며 고개를 끄덕이는 것뿐이었다.

도진은 마시던 물컵을 테이블 위에 올려 두고 테이블을 둘러싼 가족들에게 한 번 시선을 던지고는 '피식', 작게 웃었다.

"아무도 제 의견은 안 물어보시네요."

바로 옆에서 티 나도록 낮아진 음성에 지안의 어깨가 움찔, 움직였다. 올 것이 온 건가. 지안이 마른침을 한 번 크게 삼켰다. 맞은편에 앉아 있는 영이 지안을 향해 다정하게 웃어 주었지만, 그녀에게 미안하게도 지금 하나도 안심이 되지 않았다.

도진은 한 번 떨어뜨린 입술을 멈추지 않았다.

"처음부터 확실하게 말씀드렸는데, 아직도 모르시는 것 같아서요."

"……."

"저는 분명 이 결혼, 거절했습니다."

알고 있었고, 예상하고 있던 대답이었지만, 직접, 그것도 바로 옆에서 들으니 조금 아픈 말이었다. 지안의 긴 속눈썹이 파르르 떨려 왔고, 다리 위에 올려 둔 손끝에 바짝 힘이 들어갔다.

생각보다 더 단호한 음성에 얼어붙은 분위기를 깬 것은 영이었다.

"나도 너한테는 우리 꼬마가 아깝다고 생각했어."

영은 나란히 앉아 있는 지안과 도진을 눈에 담았다. 지나치게 뻣뻣한 녀석과 잔뜩 기죽은 채 앉아 있는 어린 아이를 보니 입에서 절로 한숨이 새어 나왔다.

"그러면 두 팔 들고서 말도 안 되는 이 계획을 말려야지."

"야."

"거기 앉아서 '하하', '호호' 같이 밥 먹을 게 아니라."

도진은 말과 태도가 다른 누나를 비웃었다. 영의 얼굴에도 금이 가기 시작했다. 남매가 벌이는 신경전의 원인이 자신이라는 것을 알고 있는 지안은 표정 관리가 잘되지 않았다.

"그만해라."

나름 화기애애했던 분위기를 망친 도진을 노려보며 차 회장이 입을 뗐다. 그러나 엄한 목소리에도 도진은 굴하지 않았다.

"너는 정말 이 결혼이 하고 싶어?"

처음부터 이야기의 도착지는 여기였다는 듯, 도진은 고개를 옆으로 돌리며 말했다.

지안은 무언가 참고 있는 듯 억눌린 음성에서 그가 진짜 말하고 싶은 것을 알아차렸다. 모든 것을 돌릴 수 있는 마지막 기회라고. 정말 이 결혼을 네가 원하냐고.

집을 나서기 전까지만 해도 시간을 되돌리는 방법을 찾던 그녀였다. 이곳에 도착하기 전에도 미쳤다고, 본인을 자책하며 후회를 했는데…….

짧게 심호흡을 뱉은 지안이 고개를 들어 자신을 바라보고 있는 검은 눈동자를 마주했다. 일렁이는 눈동자는 숨길 수 없었지만, 목소리는 꽤 덤덤하게 흘러나왔다.

"나는 이 결혼, 하고 싶어요."

그러나 지금 이 순간을 수백 번, 수천 번을 후회한다고 해도 답은 결국 같았을 것이다.

그녀의 답을 예상하고 있어서일까, 아니면 예상하지 못해서 일까. 그 속이 어땠는지 알 수는 없지만 도진의 매끈한 미간 에 균열이 생겼다.

훈훈한 분위기로 시작되었던 저녁 식사가 어색함으로 끝나 자마자 그 누구보다 빠르게 지안을 낚아챈 건 도진이었다.

지안의 가늘고 여린 손목을 붙잡고 성큼성큼 걸음을 뗀 도 진이 향한 곳은 그의 어머니, 주은이 가꾸고 있는 정원이었다. 독립적인 공간으로 거실에 크게 나 있는 유리창에서도 전혀 보이지 않는 곳이었다.

도진의 속도를 이기지 못해 끌려가다시피 걷는 지안은 붙잡 힌 손목이 화끈거렸다. 도진이 발을 멈추며 그녀의 손목을 놓 아주자, 살짝 욱신거리는 오른쪽 손목을 왼손으로 덮었다.

그녀의 상태를 눈치채지 못한 도진이 나지막한 목소리로 물 었다.

"무슨 생각이야."

묘하게 거칠어진 목소리가 고요한 정원을 울리자 손끝이 살 짝 떨렸다. 지안은 손가락을 안으로 말아 주먹을 쥐고 떨림을 감췄다.

아마도 자신이 이 결혼을 수락했다는 것이 그에게는 가장 큰 불만이겠지. 혹시 아무도 모르게 진지하게 만나는 여자라도 있는 것일까. 그런 이야기는 듣지 못했는데. 가장 먼저 고민해 봐야 했던 것을 가장 뒤늦게 생각해 내자 아차, 싶었다.

걱정에 걱정을 더하자 안 그래도 복잡했던 머릿속이 혼란스러웠다. 그럼에도 겉으로는 담담한 척, 마음에 깊이 자리를 잡고 있는 진심을 애써 외면하고 자신이 제일 잘하는 것을 하려 했다.

"재벌 3세로 지내는 이상, 어차피 누군가와 해야 할 결혼이었고."

"……."

"그게 오빠처럼 서로에게 도움이 되는 집안이라면 더할 나위 없이 좋고."

그녀의 가족들은 그녀에게 사랑이 없는 결혼을 강요할 만큼 모질기는커녕 누구보다 그녀의 선택을 지지하고 응원하는 사람들이었지만, 지금은 이 상황을 넘길 핑곗거리가 필요했다. 이런 선택을 한 이유를 기필코 듣고야 말겠다는 듯 끈질기게 자신만을 응시하는 도진을 납득시켜야 했다. 물론 자신만큼이나 그녀의 가족에 대해 잘 알고 있는 도진에게 통할 변명인지 확신은 없었지만.

도진은 바들거리면서도 할 말은 또박또박하는 지안을 가만히 응시했다.

"아직도 어린아이인 건가."

"네?"

"결혼을 가볍게 생각하고 있길래."

칼날처럼 예리한 눈빛이 투명한 지안의 눈동자를 관통했다.

잘 버티고, 잘 참고 있다고 생각하고 있었는데, 결국 도진의 마지막 말에 울컥, 감정이 치솟았다.

아무도 모르는 자신의 진심을 그에게 말할 수 없었지만 '가볍다'는 그 말은 꽤 많이 억울했다. 상대가 차도진이라서, 결국 차도진 하나 때문에 마음먹은 일이었는데. 어린아이도 아니었고, 세상 물정 모르는 사람은 더더욱 아니었다.

"이 일이 어떻게 가볍겠어요. 오빠와 내가 가지는 사회적 파급력이 얼마인데."

드디어 내내 흔들리던 눈빛에 차분함을 띨 수 있었다.

지안은 머리 하나는 족히 차이 나는 키로 인해 고개를 들어올려 자신을 내려다보고 있는 도진과 정면으로 마주했다.

넓게 벌어진 어깨와 실루엣에 딱 맞게 떨어진 슈트, 사이즈가 조금이라도 작으면 셔츠가 터질지도 모를 만큼 단단한 가슴, 어딘가 의미심장한 눈빛까지.

차분해진 것도 잠시, 눈을 맞추는 시간이 길어지자 부끄러운 마음에 조금 전까지 당당했던 음성과는 달리 위축된 목소리가 나왔다.

"오빠라면 괜찮을 것 같아서요."

태어나서 도진을 알게 된 이후로 처음 내뱉는 진심이었다. 어쩌면 자꾸 자신을 다그치려는 그로 인해 10년 동안 케케묵은 제 불쌍한 마음이 이런 식으로라도 터져 나온 것일지도 몰랐다.

괜찮다는 그 말이 기폭제가 되었는지, 도진은 보폭이 큰 걸음으로 그녀의 앞에 바짝 다가섰다. 가까이 다가올수록 점점 커지는 키 차이로 인해 지안은 고개를 점점 뒤로 젖힐 수밖에 없었다.

고개를 가누기 힘겨워 보이는 지안의 목뒤를 살짝 감싸 안은 도진은 자신의 얼굴을 그녀의 얼굴 앞으로 숙였다. 아슬아슬하게 콧등이 스칠 정도로 가까운 거리에 멈춘 그는 낮은 목소리로 물었다.

"나랑 이런 거 할 수 있겠어?"

서로의 숨결이 가감 없이 느껴졌고, 지안이 도망칠 곳은 없었다. 목뒤를 감싸 안은 기다란 손가락은 느릿하게 목덜미를 문질렀다.

"나랑 키스하고……."

"……."

"결국에는 이보다도 더한 걸 너와 내가 해야 할 텐데……."

뜨겁다 못해 타들어 갈 듯한 시선을 피하려 고개를 움직이자, 도진은 다른 손으로 볼을 감싸 움직이지 못하도록 고정시켰다.

"가능하겠어?"

그 목소리가 마치 넌 불가능하다고 말하고 있는 것 같았다. 순간 어디서 그런 용기가 새어 나왔는지, 지안은 자신의 두 손으로 앞에 있는 도진의 목을 감싸 안았다. 의외의 행동에 도진의 눈동자가 살짝 흔들렸다.

"할 수 있어요."

"……."

"저는 배우니까."

오기로 가득한 대답이었다. 도진의 얼굴에서 희미한 웃음기가 사라졌다.

"그래, 정지안은 배우니까."

"그래요, 이런 건……."

지안은 더 이상 뒤에 따라올 말을 잇지 못했다.

거친 손길로 인해 두 입술이 틈도 없이 겹쳐지며 지안의 미끈한 콧대가 마치 베일 것만 같이 높다란 도진의 콧대를 스쳐 갔다. 붉은 입술을 머금고, 바짝 메마른 입 안을 거침없이 휘젓는 도진 때문에 당황한 지안은 몸을 슬금슬금 뒤로 보내며 밀어내려 애썼다.

"잠…… 잠깐만……."

그러나 도진은 그녀가 도망치지 못하게 강한 힘으로 끌어안았고, 맞닿은 입술 사이로 미처 삼켜지지 않은 가쁜 숨이 오갔다. 간신히 내뱉은 목소리마저 그에게 삼켜져 전달되지 못했다.

지안의 얼굴이 한껏 들렸음에도 무시하지 못할 키 차이 때문에 자세가 만족스럽지 못했는지, 그는 허리까지 굽히며 더 깊이 침범하려고 했다. 허리를 감은 손이 그녀를 더욱 단단한 몸쪽으로 당겼다.

'조금만 더. 조금만 더.'

자신을 버거워하는 그녀에게 도진이 꼭 그렇게 말하고 있는 것 같았다.

모든 것을 앗아 갈 듯한 움직임에 그녀의 정신이 점차 혼미해졌다. 곧게 뻗은 목이 점점 뻐근해졌고, 흐트러진 호흡으로 숨을 제대로 쉬지 못하자 눈가가 붉게 달아올랐다.

맞물렸던 서로의 입술이 떨어졌고, 도진은 달아오른 지안의 눈가를 자신의 엄지손가락으로 살살 쓸었다. 거칠었던 조금 전의 입맞춤과는 다르게 꽤 다정한 손길이었다.

부족해진 숨을 몰아쉬는 것도 잊은 채 그녀는 멍하니 도진을 올려다보았다. 꿈인 건가. 같은 사람이라고 보기 힘들 정도로 온도가 다른 두 행동에 얼떨떨한 마음을 숨기지 못했다.

"숨 쉬어."

지안의 호흡이 느껴지지 않자 발간 볼을 느릿하게 문지르며 친절하게 짚어 주는 얼굴은 지독히도 무표정의 상태였다.

왜 당신은 그런 얼굴인 건가요?

지안은 냉정한 말투보다 아무 감정이 담기지 않은 얼굴에 상처 받았다.

"감당해 봐."

"……."

"이 모든 게 가능하면 진행하지."

도진이 흔들림 없는 목소리로 전한 말은 그녀가 그토록 원하던 대답이었다.

그래, 분명 그토록 원했는데 이 느낌은 도대체 무엇이지?

더 깊은 생각에 빠지기도 전에 도진이 말을 이었다.

"우리가 할 결혼은 네가 하는 연기하고 다를 테니까."

이전까지 자신에게 뜨거운 숨을 토해 내던 남자치고는 굉장히 차갑고 시린 음성이었다. 낮은 목소리로 전하는 그 말이 왜 이렇게 의미심장하게 들렸을까.

서늘한 도진의 손이 제 뺨에서 떨어지고 나서야 지안은 제대로 초점을 맞출 수 있었다. 그러나 그는 그녀에게서 떨어진 후, 미련 없이 그길로 집을 나섰다.

"도진이는?"

"회사에 바쁜 일이 생겼다고 갔어요."

"이 자식은 꼭 이런 날에……."

멀뚱하게 혼자 남겨진 지안이 집 안으로 들어갔다. 도진의 행방을 묻는 영에게 가장 적절한 변명을 둘러댄 그녀는 자신의 가방을 챙겨 들었다. 그리고 어른들을 향해 자신도 가 보겠다며 허둥지둥 인사를 했다.

"하아."

운전석에 올라 오롯이 자신만의 공간이 생기자 지안은 그제야 숨을 제대로 터뜨렸다. 멍하니 핸들만 바라보던 그녀는 방금 전에 자신에게 일어난 일을 상기했다. 마치 자신에게만 폭풍우가 몰아친 것만 같았다.

불순한 일을 저지른 것만 같아 다급하게 시동을 켜고 도진의 본가로부터 도망쳤다. 그러나 그것도 얼마 안 가서 튀어나올 것만 같이 요동치는 심장으로 인해 길가에 다시 차를 멈출 수밖에 없었다.

제게 입을 맞추던 도진의 모습이 떠나가지 않았다.

"미쳤나 봐……."

거칠게 입술을 집어삼키던 그는 자신의 기억 속에 남아 있던 차도진의 모습이 아니었다.

10년 전의 그는 어땠지? 우리가 어땠더라. 떠올리고 싶지 않아서 꽁꽁 싸맸던 마음과는 다르게 여전히 선명하게 남아 있는, 지금보다 앳된 도진의 모습은 이렇게 차갑지도, 싸늘한 분위기를 풍기지도 않았다. 말이 많지는 않았어도 행동으로 보여 주던 다정한 도진의 모습은 더 이상 존재하지 않았다.

무려 10년간의 열병이었다. 심하게 앓을 때마다 늘 그만두려고 했다. 이 열병이 시작된 원인을 지안은 스스로도 너무 잘 알았기 때문에 언제나 그만두고 싶었다. 그런데 첫사랑이 뭐라고, 그게 도대체 뭐라고, 독하게 자신에게서 달라붙어 떨어져 나가지 않았다.

지안은 도진과 맞붙었던 입술을 조심스럽게 매만져 보았다. 말랑한 입술을 건들 때마다 느껴지는 짙은 숨결과 강렬한 감각에 볼이 발갛게 물들었다. 첫 키스도 아니면서 수줍게 반응하는 자신이 어이가 없어 바람 빠진 웃음을 터뜨리다가 곧 떠오른, 숨겨 뒀던 기억으로 인해 얼굴이 굳어졌다.

─ 지안아, 언니가 많이 좋아해.

불현듯 떠오른 목소리는 오랫동안 듣지 않아서 그런지 꽤 이질적이었다. 그러나 잊고 싶어도 잊을 수 없는 이 목소리가, 강산도 변할 시간이 흐른 뒤 다시 만난 도진과의 재회가 이럴 수밖에 없는 가장 큰 이유였다.

"왜 하필 지금 떠오르는 건데……."

지안은 원망스러운 말을 내뱉으며 의자에 머리를 기대고 두 눈을 감았다.

10년 전 겨울, 지안은 편한 외출복으로 갈아입고 자신의 방에서 나오려다가 밖에서 들리는 목소리에 손잡이를 잡고 발걸음을 멈칫거렸다. 끝내 방문을 열지 못한 지안은 살짝 열린 문틈에 가까이 귀를 가져갔다.

"차도진이 그렇게 좋아?"

목소리에 장난기가 다분한 자신의 오빠인 이안의 말에 담긴 도진의 이름이 지안이 제자리에서 멈춘 이유였다.

"진짜 멋있잖아, 도진 오빠."

자신들만 쓰는 2층 거실 소파에 앉아 수줍게 웃으면서 대답하는 사람은 자신의 언니인 유안이었다. 지안은 유안의 대답을 듣고서 당황했다.

언니가 도진 오빠를 좋아했었나?

지안의 생각이 꼬리를 물기도 전에 이안의 목소리가 먼저 튀어나왔다.

"도진이가 너한테 잘해 줘?"

"……."

끄덕끄덕, 말없이 고개를 위아래로 끄덕이며 부끄럽게 웃는 유안의 모습은 지안을 충격에 빠뜨렸다. 그러나 숨죽이며 숨어 있는 막냇동생의 마음도 모르고 이안은 짓궂게 유안에게 물었다.

"대체 걔가 뭘 잘해 준단 거야?"

"언제나 다정하게 대해 주니까."

"차도진이 다정? 그런 게 어울리는 애였나."

믿을 수 없다는 듯 말끝을 올린 이안이 웃음을 터뜨렸다. '빠져도 단단하게 빠졌다'라고밖에 설명이 되지 않는 유안의 모습을 보다가 지안이 있을 방문으로 시선을 돌렸다. 오랜만에 남매끼리 외식을 하려고 지안을 기다리고 있는데 좀처럼 나올 기미가 보이지 않자 배에 힘을 주고 목소리를 키웠다.

"정지안, 혹시 옷 만들어서 입는 거야? 왜 안 나와!"

방문을 타고 우렁차게 들리는 이안의 목소리에도 지안은 그저 멍하니 바닥만 바라보고 있었다. 오직 머릿속에는 다정한 도진의 모습을 그리기 바빴다. 그러나 그마저도 오래가지 못했다. 대답이 없는 그녀가 이상했던 이안이 노크를 해 지안을 상념에서 이끌어 냈으니까.

"어어……."

"무슨 생각을 하는데 그러고 있어?"

"아니야."

"얼른 나가자."

어딘가 멍한 얼굴의 지안을 이상하게 바라본 이안은 어서 밖으로 나가자고 했으나, 지안은 고개를 저었다.

"나 갑자기 속이 안 좋아서 그러는데, 둘이 먹고 와."

"괜찮아? 병원 갈까?"

"아니, 그 정도는 아니고…… 조금 쉬고 싶어."

기운이 없어 보이는 목소리에 고개를 끄덕인 이안은 그녀를 침대로 이끌어 눕히더니 이불을 꼼꼼하게 덮어 주었다.

"들어오는 길에 약 사서 올게."

"괜찮아."

"대수롭지 않게 넘기다가 탈 날지도 몰라."

이안이 나가면서 친절하게 불을 끈 덕에 생각은 더 깊은 곳으로 빠질 수 있었다. 이불을 머리끝까지 올려 덮은 지안은 방금 전 이안이 말한 말을 곱씹었다.

─ 대수롭지 않게 넘기다가 탈 날지도 몰라.

어쩜 이 상황과 이렇게 딱 맞는지.

지안의 손끝이 차갑게 식었다.

도진을 마음에 품고 있는 동안, 왜 자신만 그럴 것이라고 생각했을까. 가장 가까이에 붙어 있는 유안의 마음조차 모르면서 말이다.

유안이 도진을 좋아한 것은 저와 같은 이유였을까.

차갑기만 하던 사람의 세심한, 의외의 모습에 반한 것일까.

그 모습을 도진은 유안에게도 보여 줬던 것일까.

그날을 시작으로 지안은 도진이 불편해지기 시작했다. 그동안 왜 몰랐을까. 자꾸만 마주치던 둘의 시선을 알아차렸어야 했는데. 그렇게 지안은 변했다. 유안을 의식적으로 느끼기 시작했고, 도진에게로 흘러가려는 시선을 애써 차단하려고 무던히도 애를 쓰며 노력했다. 하지만 그렇게 노력한 결과가 이런 것이었다면 결코 참지 않았을 텐데. 그랬다면 자신이 그 여행길에 오르는 일도 없었을 테니까.

유달리 겨울 끝자락까지 추웠던 날에 떠난 여행은 모두에게 비극적이었다.

일주일 만에 돌아온 한국은 그들이 떠나기 전보다 훨씬 더 추워졌다. 일주일이 뭐라고, 꼭 세상이 바뀐 것만 같았다.

故 정유안

지안은 두 눈에 눈물이 가득 차 시야가 흐릿하면서도 유안을 끝까지 눈에 담았다. 차에 들어가 있으라는 가족들의 말에도 활활 타올라 잿더미가 되어 버린 자신의 언니를 놓치지 않았다. 그러다가 무심코 눈길이 가는 곳에 시선을 던진 지안의 눈동자가 희미하게 흔들렸다.

그곳에는 새까만 검은 정장을 입은 것과는 대조적으로 한 팔에 새하얀 붕대를 감고 묵묵히 서 있는 도진이 있었다. 그런 그를 빤히 보고 있자 시선을 느낀 건지, 도진도 지안이 서 있는 쪽을 향해 고개를 돌렸다. 그러자 지안은 빠르게 다시 원래 위치로 고개를 돌렸다.

괜찮았는데, 분명 참을 수 있었는데, 한번 흔들린 동공은 갈피를 잃어버렸고, 코끝이 맹맹해졌다. 며칠 전 자신의 눈으로 직접 보았던 장면이 다시 재생되었다.

새까만 밤에 혼자 눈을 뜬 지안은 유안의 장례가 치러지고 있는 장례식장으로 가기 위해 발걸음을 옮겼다.

새벽 3시, 간간이 들리는 곡소리를 제외하면 안은 숨이 막힐 듯 고요한 정적으로 가득 찼다. 지안은 숨을 깊게 들이마시고는 유안의 사진이 있을 호실 안으로 들어갔다. 그러나 들어가자마자 보이는 모습에 그녀에게 인사할 수는 없었다.

환하게 웃고 있는 유안의 영정 사진 앞에서 저와 똑같은 환자복을 입고서 그녀를 바라보고 있는 사람은 도진이었다.

가만히 사진만을 바라보는 그의 얼굴은 제 얼굴보다 더 창백하고 엉망이었다.

"미안."

짧게 사과를 건넨 도진은 얼마 안 가 고개를 푹 숙였다. 그러더니 넓은 어깨가 잘게 떨리기 시작했다. 그것이 무엇인지 모르지 않는 지안은 입을 손으로 틀어막았다.

도진이 울고 있었다. 유안의 죽음 앞에서. 한없이 강하다고 생각했던 도진의 눈물은 그녀에게 꽤 충격이었다.

"미안하다."

다른 말은 하나도 없이, 오직 '미안하다'는 말만 반복하면서 단단해 보이는 그의 몸이 들썩이는 것을 바라보며 지안은 가슴이 미어졌다. 스르르, 벽에 기대고 주저앉아서 소리 없이 울었다. 그러나 계속 '미안하다'고만 말하던 도진의 마지막 말에 결국 비틀거리며 일어나 그 자리를 피했다.

"내가 평생 기억할게. 내가 다 안고 갈게."

그게 어린 지안에게는 마치 유안을 향한 도진의 마지막 고백처럼 느껴졌다.

지안은 느릿하게 감고 있던 눈을 떴다. 지금 이 상황에서 적어도 자신에게는 좋지 못한 회상이었다. 어느새 뜨거워진 볼을 손등으로 꾹꾹 눌러 보았다. 달아오른 볼을 진정시키던 지안은 결국 헛숨을 토해 내었다.

누군가 '시간이 약'이라고 했는데, 자신은 아직도 그 많은 시간을 손으로 어루만질 수 있을 만큼 떠나보내지 못했다.

유안의 목소리를 떠올리고, 입술을 다시 한번 매만지며 제 입술을 거칠게 탐하던 도진의 모습을 그리자, 우습게도 자신은 지워지고 그 자리에 유안이 채워졌다. 마치 자신이 부정당하는 것처럼.

지안은 입술을 깨물고 멍하니 앞만 바라보며 자신에게조차 제대로 들리지 않을 만큼 작은 소리로 중얼거렸다.

"분명 너는 죽었는데, 여전히 살아 있는 것 같네."

도진이 자신과의 정략결혼을 거부하는 게 전혀 이상하지 않았다. 아니, 오히려 이 결혼을 밀어붙이려던 자신이 이상했다. 애써 부정하려던 사실을 인정하자 지안의 눈동자가 낮게 가라앉았다.

"그냥 내가 미친 거지."

차도진은 죽어 버린 언니의 남자였으니까.

CHA 호텔 VIP 피트니스 센터.

하늘을 뚫고 올라갈 것처럼 높게 지은 층수가 무색하게 CHA 호텔의 내부에 있는 VIP 한정 피트니스 센터는 적당히 높은 곳에 있어서, 통유리 밖으로 서울이 잘 보였다. 남들을 위에서 내려다보기 좋아하는 사람들의 취향에 맞춰, 날씨가 궂을 때도 아래가 잘 보이라고 그런 것이다. 우월감을 느끼기 좋아하는 사람들에게는 구름만 가득한 하늘 위 풍경이 소용없었으니까.

그러나 정작 이곳을 만든 CHA 호텔의 주인, 도진은 날이 맑아 한눈에 담기는 도심의 풍경 따위에는 관심이 없었다.

─ 저는 배우니까.

자신을 괴롭히고 있는 어린 목소리의 주인공이 계속 머릿속을 맴돌았다. 이미 자신을 장악해 버린 그 잔상을 떨쳐 내려고 달리고 있는 러닝 머신의 속도를 더욱 높였다.

— 이 모든 게 가능하면 진행하지.

각오하라는 그 말은 허투루 한 말이 아니었다. 그러나 그 각오는 그녀뿐만 아니라 자신에게도 필요해 보였다.

숨이 턱 끝까지 차오르면 생각이 안 나겠지. 속도를 한 단계 높이고, 성에 차지 않아 두 단계를 높였다. 머리에 산소가 부족해지면 생각을 멈추겠지. 그러나 그건 도진의 큰 착각이었다. 머리카락에서는 땀이 물처럼 떨어져 턱선을 타고 흐르고, 거칠어진 숨을 몰아쉬면서도 미친 듯이 달리는 것을 멈추지 않았으나 다른 것은 다 잊히고 그녀 하나만 더욱 선명해졌다.

10년 동안 안 보고도 잘 살았으면서 고작 하루 만에 날뛰고 있는 자신을 보고 자조적으로 웃다가 탁, 터지는 허탈함에 도진은 신경질적으로 스톱 버튼을 눌렀다.

위이이잉—.

멈추기 위해 급속도로 떨어지는 속도 때문에 러닝 머신이 내는 기계음이 도진밖에 없는 피트니스 센터 안에 요란하게 울렸다.

"하아……."

폐 속으로 급하게 들어오는 산소로 인해 숨소리가 고르지 못했으나 격하게 오르내리던 가슴의 움직임은 안정을 찾았다.

옆에 올려 둔 물병의 뚜껑을 따고 벌컥벌컥, 들이켜 갈증을 해소했다. 아니, 하나도 해소시키지 못했다. 지난밤 격렬하게 맞췄던 붉은 입술과 자신의 호흡을 따라오려던 어린 숨결로 인해 미치게 타오르는 갈증이 단 하나도 사라지지 않았다.

좀처럼 제 마음대로 제어가 되지 않는 생각과 반응에 짜증이 차올라 물병을 신경질적으로 바닥에 던졌다.

"무슨 일 있으셨습니까?"

물병을 던져 버린 뒤 러닝 머신의 손잡이를 붙잡고 호흡을 정리하는 도진의 뒤에서 걱정이 담겨 있는 음성이 들렸다. 도진이 고개를 돌리자 김 비서가 수건을 손에 들고 서 있었다. 김 비서의 눈에는 도진을 향한 걱정이 담겨 있었다.

그동안 한 번도 볼 수 없었던 행동에, 감정이 가득 담긴 상사의 모습이었다. 김 비서는 '이 사람도 인간적인 모습도 있구나.'를 알게 되었지만, 막상 두 눈으로 보게 되니 그렇게 좋은 모습은 아닌 것 같았다.

도진은 김 비서가 건넨 수건을 받아 들고 땀으로 가득한 얼굴을 대충 닦아 냈다.

"나 아직 출근 시간 아닌데, 급한 일입니까?"

도진이 자신을 걱정스럽게 바라보는 김 비서를 향해 가볍게 웃고는 손목에 찬 스마트워치를 보며 의아하게 물었다.

"죄송합니다. 정식 결재 건은 아닌데, 전무님이 아셔야 할 것 같아서 왔습니다."

김 비서가 아무 이유 없이 그의 개인 시간을 방해할 사람은 아니었기 때문에 도진은 계속 말하라는 뜻으로 고개를 끄덕였다.

"정지안 씨가 출연하는 드라마 '메리고라운드'의 촬영 장소 협조 요청이 들어왔습니다."

지금까지 자신을 괴롭히고 있는 이름의 등장에 도진이 멈칫했다. 살짝 올라간 눈썹이 당혹스러운 그의 마음을 대변했다.

"홍보팀에서는 원칙상 바로 거절했다고 합니다."

도진은 헛웃음을 터뜨렸다. 굳이 자신에게까지 들어올 보고가 아니었다. 게다가 바로 거절했다고 했으면 이미 끝난 일 아닌가. 원칙상 당연히 해야 할 거절을 했다고 덧붙인 건 일을 잘했다고 홍보팀에게 칭찬과 격려라도 해 달라는 말인가.

도진의 미간이 점점 구겨지는 것을 이미 캐치하고도 남았을 김 비서는 아랑곳하지 않고 오히려 모른 척했다.

"어떻게 진행할까요?"

산뜻하게 웃으며 상사의 명을 기다리는 그는 도진이 인정한 아주 유능한 비서였다.

사람들이 다니는 통로의 일부를 통제하고, 빼곡하게 세워진 촬영 장비들을 스윽 바라본 지안이 대본에 시선을 돌리며 낮은 한숨을 삼켰다.

"꼭 이렇게 사람이 많은 호텔로 잡았어야 해?"

많은 사람들 앞에서 어떻게 우냐며 지안의 상대 배우, 건우가 앓는 소리를 내었다. 아무리 경력이 많아도 힐끔거리는 시선들에 평소보다 부담이 되는 듯 보였다.

너는 사람들이 문제겠지만, 나는…….

보기만 해도 눈부시고 화려한 장식들로 꾸며진 호텔 로비와 주변에서 자신들을 구경하고 있는 사람들은 지안의 눈에 보이지도 않았다. 혹시 마주치지는 않을까? 지안의 모든 신경이 이곳 어딘가 있을지 모르는 한 사람을 향해서 바짝 곤두섰다.

"언니!"

"아, 미안."

사라지지 않는 그날의 공기, 숨결, 감촉으로 인해 잘 칠해진 립스틱이 번지는 것도 모르고 무의식적으로 손가락을 입술로 가져가 문질렀다. 자신의 행동에 기겁한 메이크업 담당 스태프의 외침이 아니었다면 머릿속을 온통 자극적인 입맞춤으로만 가득 채웠을 것이다.

"배우들 스탠바이 할게요!"

자신을 찾는 스태프의 부름에 립 메이크업 수정을 마친 지안이 자리에서 일어났다. 멍하니 눈을 몇 번 깜빡이며 그녀가 가득 찬 상념을 지워 냈다.

지금 정지안, 너한테 가장 중요한 건 촬영이야.

들고 있던 대본을 매니저인 경석에게 넘겨주고, 스태프가 자리 잡고 있는 자신의 위치로 가서 서자 이미 앞에 서 있던 건우가 나지막이 말했다.

"오늘도 한 번에 가자."

"응."

고개를 끄덕인 지안이 걸걸한 목소리를 가진 감독의 '큐 사인'이 들리자 연기를 시작했고, 건우의 말대로 한 번에 한 컷을 끝내고 카메라 위치가 바뀌는 시간을 기다렸다. 아무것도 없는 손바닥을 괜히 바지에 문질렀다.

"저기 차도진 아니야?"

이상하게 시간이 지나도 풀어지지 않는 긴장감의 원인이 당신이었던 걸까. 웅성거리는 말소리 중 '차도진'이라는 이름이 귓가로 단번에 박혔다. 이름만으로도 심장 박동이 빨라진 그녀가 빠른 속도로 고개를 돌렸다.

사람들 사이로 우뚝 솟아 있는 덕분에 도진을 찾는 것이 어렵지는 않았다. 다만 계속해서 자신만을 바라보고 있었는지, 바로 마주친 시선 그대로 그에게 붙들렸다. 자신을 힐끔거리는 사람들은 전혀 신경 쓰지 않은 채, 흥미롭게 자신을 바라보고 있는 도진의 얼굴만 멍하니 바라보았다.

그를 향해 아무것도 할 수 없는 이 순간, 시원스러운 이목구비 사이로 가득 찬 여유로움이 그녀를 오히려 초조하고 조급하게 만들었다.

이대로 그냥 가 버릴까, 아니면 연기를 하는 내 모습을 계속 지켜볼까. 그가 어떤 행동을 하든 마음이 놓이지 않을 것 같았다. 관심이 없다는 듯 가 버리면 허탈하고 섭섭할 것 같고, 계속 지켜보면 그건 그것대로 정말……. 가족들에게조차 한 번도 보여 주지 않았던 촬영장에 도진의 등장만으로 마치 선생님 앞에서 시험을 보는 아이처럼 극도의 긴장 상태가 되어 버리자, 속까지 울렁거리는 것만 같았다.

"괜찮아? 너 얼굴이 갑자기 하얗게 질렸어."

그녀의 앞으로 자신의 얼굴을 들이밀며 걱정하는 건우가 아니었다면 아마 지안은 그대로 화장실로 도망쳤을지도 모른다.

"괜찮아."

어깨를 붙잡은 건우의 손을 잡아 내리며 고개를 끄덕인 지안은 다시 조심스럽게 도진이 서 있는 곳으로 시선을 주었다.

"……"

여전히 그 자리에서 알 수 없는 눈을 한 도진과 다시 눈이 마주쳤다. 지안은 문득 궁금해졌다. 이 모든 것이 우연인 건지. 하필 자신의 드라마 촬영 장소가 어떠한 방송국과 제작사도 섭외하기 힘들다는 CHA 호텔인 것, 집무를 보거나 아니면 외부 미팅을 할 바쁜 사람이 버젓이 로비에 서서 한가롭게 자신을 쳐다보고 있는 것, 모두 말이다.

'기대할게, 정지안 배우의 연기.'

도진이 소리 없이 입 모양으로만 건넨 말을 알아들은 지안의 눈가가 굳었다.

끝이 나지 않을 것만 같았던 눈 맞춤이 끊긴 건 도진이 자신의 앞으로 달려온 감독을 향해 눈길을 주면서였다. 지안을 쳐다보던 그의 시선도, 도진을 노려보던 그녀의 시선도 흐트러졌다.

"안녕하세요, 차도진 전무님. 드라마 감독 서요한이라고 합니다."

요한은 도진의 앞에서 '좋은 곳에서 촬영을 하게 되어서 영광'이라는 둥, '덕분에 화제성이 크겠다'는 둥, 오버가 많이 섞인 말을 주절주절 늘어놓았다.

"저희 호텔이 도움이 되어서 영광입니다."

도진이 말하는 기계처럼 감정이 담기지 않은 목소리로 예의상 간단하게 답하자 요한이 머쓱하게 웃으며 뒷머리를 긁적였다. 말재주도 없었고, 사업가를 상대로 더 할 말도 떨어진 요한이 도진에게 꾸벅 인사를 하고 다시 제자리로 돌아갔다. 감독이 제자리에 돌아오니 스태프들이 다시 바쁘게 움직였다.

지안은 스태프들이 바닥에 테이프로 표시해 둔 자리로 걸어가며 마른침을 삼켰다. 유독 시선 하나가 제게 강렬하게 꽂히는 걸 느꼈다. 혹시 그 시선의 주인공이 도진은 아닐까. 지나치게 그를 의식하고 있는 자신이 불러온 착각은 아닐까.

고개를 돌려 확인하고 싶었지만, 그 시선이 진짜 도진이라면 눈을 맞추고 난 뒤 표정 관리가 안 될 것 같아서 계속 다른 생각을 하려고 노력했다.

다른 생각, 다른 생각 하자. 정지안, 너 프로잖아. 할 수 있다는 거, 제대로 보여 줘야지. ……근데 이거 찍고 다음 장면이 뭐더라?

대본을 머릿속으로 곱씹어 보던 지안의 얼굴이 점차 사색이 되어 갔다. 그녀가 생각하고 있는 것이 맞다는 듯, 건우가 자신의 자리를 찾아오며 그녀에게 장난스럽게 웃어 보였다.

"우리가 아무리 친해도 가글은 예의인 거야. 나는 네가 그 예의를 지켰다고 믿어."

평소 같으면 자신의 장난에 득달같이 달려들 지안이었으나,

가만히 있는 그녀를 건우가 이상한 눈길로 바라보았다. 자꾸 창백하게 질리는 얼굴도 그렇고, 평소와 다른 모습의 지안을 보고 걱정스럽게 말했다.

"너 오늘 진짜 이상하다."

"뭐가……."

"어디 아픈 거 아니야?"

멍하니 서 있던 지안은 허겁지겁 매니저인 경석을 향해 대본을 달라고 손짓했다. 갑작스러운 행동에 건우도, 경석도 의아해하며 그녀를 살폈지만 그들을 신경 쓸 겨를이 없었다.

그녀는 경석에게서 대본을 건네받아 다급하게 페이지를 확인하자마자 손을 툭, 떨구며 두 눈을 질끈 감았다.

지안의 손끝에서 펄럭이며 흔들리고 있는 페이지에는 작가의 요청이 굵고 진한 글씨로 쓰여 있었다. 얼마나 중요한 장면인지 별을 다섯 개까지 달고서.

격.정.적.으로 키스한다.

아, 망했네.

건우는 대본을 읽자마자 팔을 떨구는 지안의 어깨를 살짝 잡으며 걱정했지만, 돌아온 건 그녀의 생뚱맞은 질문이었다.

"너 괜찮아?"

"건우야, 혹시 아까 그분, 아직도 여기에 계셔?"

"누구? 감독님이 인사한 차도진 이사님?"

건우의 물음에 지안이 가까스로 고개를 끄덕였다. 지안의 행동에 고개를 갸웃한 건우가 주위를 한 번 둘러보고는 다시 작은 목소리로 말했다. 왠지 그래야 할 것 같았다.

"응. 9시 방향으로 아직 저기 있는데? 우리 보고 있어."

"……고마워."

도진이 아직 이 공간에서 자신을 바라보고 있다는 말에 괜히 눈앞이 아찔해졌다.

사람의 마음이 참 이렇게 간사했다. 방금 전까지만 해도 프로라면서, 그에게 보여 주겠다면서, 각오를 다지던 모습은 온데간데없이 찾아볼 수 없었다. 그래도 다른 남자 배우와의 키스 신을 그 앞에서 찍는 건 다른 문제 아닐까. 아니지, 이런 게 진짜지. 지안의 자아가 혼란스럽게 충돌하고 있었다.

"레디, 액션!"

우렁찬 감독의 신호에 지안은 혼란스러운 마음을 수습하지 못한 채 촬영에 들어가야 했다.

차라리 건우한테도 물어보지 말걸. 모르는 상태로 찍을걸. 궁금해했던 과거의 자신을 후회해 봤자 이미 늦었다.

대본대로 지안과 건우가 순조롭게 대사를 이어 나갔고, 격렬한 재회와 동시에 입을 맞추며 촬영이 마무리되었다. '컷'을 외치는 시원한 감독의 말이 끝나자마자 반사적으로 지안은 빠른 속도로 한곳을 향해 고개를 돌렸다.

두 개의 시선이 마주치자 그녀는 심장이 멈춘 듯한 기분이 들었다. 마치 보이지 않는 바닥으로 쿵 떨어진 것 같기도, 한껏 쪼그라들었다가 커진 것 같기도 했다. 그때, 그녀와 눈이 마주친 사람이 말을 걸었다.

"팬이에요!"

지안과 시선이 부딪친 사람은 드라마 촬영을 구경하던 낯선 남자로, 그녀와 눈이 마주치자마자 두 팔을 번쩍 들었다. 분명 저곳에서 자신과 눈을 마주쳤던 도진이 그 자리에 없었다. 자신을 계속 바라보던 사람이 그가 아니었다는 것을 확인하자 맥이 탁, 하고 풀려 버렸다.

그가 이곳을 보고 있다는 말이 그렇게 아찔했으면, 없다는 걸 알고 오히려 안도해야 하는 거 아닌가. 그녀는 스스로가 굉장히 당황스러웠다.

모순된 감정은 더욱 머리를 복잡하게 만들었다. 그럼에도 지안은 입꼬리를 최대한 끌어 올려 환한 미소를 지어 보였다. 경련이 일어나는 입가를 아무도 눈치채지 못하도록 말이다.

"······감사합니다!"

지안은 흔들리는 목소리까지 숨기지는 못했지만, 다행히도 소란스러운 현장 소음으로 인해 불안정한 음성이 가려졌다.

혹시나 하는 마음에 주위를 휙휙 둘러본 그녀가 허탈한 웃음을 터뜨렸다. 나는 대체 무엇을 기대하고, 무엇을 걱정한 건지. 자신의 마음임에도 도통 알 길이 없는 그녀였다.

쾅—.

굉음이 일어나자 밖에 있던 비서들이 깜짝 놀라 닫힌 문만 바라보았다. 소리도 소리지만, 입사한 이래로 상사의 저런 모습은 거의 처음이었으니까. 놀란 비서들을 뒤로하고 집무실 안으로 들어온 이 방의 주인은 숨을 가다듬으며 햇살이 내리쬐고 있는 통유리 앞으로 걸어갔다.

"후우……."

해, 구름, 강, 나무. 자연을 비롯해 도로를 빼곡하게 채운 수많은 자동차. 그 모든 것을 내려다볼 수 있는 곳에 서 있는데 눈에 들어오는 것은 하나도 없었다.

'끙', 목을 긁자 나오는 신음에 도진은 목을 뒤로 젖히며 손을 들어 마른세수를 했다. 자신이 이렇게 감정 조절을 못 하던 사람이었나.

도진은 좀 전에 제가 보았던 장면을 다시 상기시켰다. 애절하게 울다가, 끌어안다가, 가녀린 목에 얼굴을 묻었다가, 결국 입까지 맞추는 두 사람을 머릿속에서 재생시키자 속이 뒤틀렸다. 손등의 힘줄이 한껏 불거지도록 주먹을 쥐었던 감각이 선명하게 남아 있었다.

연기를 펼치는 두 사람이 입을 맞추자마자 등을 돌려 앞으로 걸었다. 곁에 있던 김 비서가 자신보다 더욱 빠르게 걸어 엘리베이터 버튼을 누르지 않았다면 멍청하게 그 앞에서 계속 서 있을 뻔했다.

다시금 제가 집어삼켰던 도톰한 입술이 떠오르고, 타오르는 듯한 갈증이 일자 도진은 손바닥으로 거칠게 자신의 목을 쥐어 잡았다. 그리고 짙어진 숨과 함께 목을 쥐었던 손을 털어내고 자신을 비웃기 시작했다.

"너도 정상은 아니야."

똑똑.

노크 소리가 들리자 도진은 목을 부여잡았던 손을 풀고 책상으로 걸어가며 문 건너의 상대에게 들어오라고 말했다.

"비서들끼리 너 화났냐고 이야기하던데. 화났어?"

그에게 편하게 말을 걸며 문을 열고 들어온 사람은 도진과 모든 학창 시절을 같이 보낸 동기, 유진이었다.

"아니."

단답으로 대답하는 도진이 익숙하다는 듯 유진은 털썩, 소파에 앉았다. 도진은 그런 유진에게 시선조차 주지 않고, 쌓여 있는 결재 서류를 하나 꺼내어 검토하기 시작했다.

유진은 무릎에 팔을 얹어 손으로 턱을 괴고는 일하는 도진의 모습을 감상하기 시작했다. 도진은 자신에게 관심조차 없지만 충분히 만족스러운 시각적인 즐거움에 유진이 웃었다.

"재미있는 이야……."

말을 꺼내던 유진이 누군가 두드리는 노크 소리로 인해 방해를 받자 짜증이 난 듯 눈썹이 일그러졌다.

똑똑.

"들어오세요."

다시 한번 울리는 노크 소리에 도진이 대답하자 김 비서가 들어왔다. 유진에게 힐긋, 가벼운 시선을 던진 그가 도진을 향해 말했다.

"전무님, 정지안 씨가 오셨습니다."

내내 갈망하던 이름이 나오자 도진의 눈빛이 짙어졌다.

"누구요?"

의외의 인물이 등장하자 유진이 김 비서를 향해 물었지만 돌아오는 답은 없었다. 도진의 답만 기다리던 김 비서가 들여보내라는 도진의 고갯짓에 빠르게 움직였다.

"설마, 그 정지안이야?"

이번에는 도진을 향한 유진의 물음이 무참하게 씹혔다. 유진은 연달아 무시당한 상황에 기분이 나빠 입술을 짓이겼다.

도진은 지안이 곧 들어올 문을 향해서 눈 한 번 깜박이지 않고 시선을 고정했다. 너는 내게 어떤 마음으로 여기를 올라왔을까. 묘한 기대감이 차오르자 도진은 아까부터 그녀를 갈구하던 숨통이 트이는 것 같았다.

그에 부응하듯 굳게 닫혀 있던 문이 천천히 열리고, 지안이 들어왔다. 그러나 지안은 당혹스러운 표정을 지으며 걸음을 멈췄다. 그리고 도진 외에 다른 사람이 있을 것이라 생각하지 못한 듯 도진과 유진을 번갈아 보았다.

"제이 그룹 정지안?"

유진의 입이 지안을 보며 살며시 벌어졌다. 지안은 오랜만에 듣는 호칭에 어색한 미소를 지었다. 저렇게 소속과 이름으로 같이 안 불린 지 몇 년은 된 것 같은데. 다시 생각해도 손끝이 오그라드는 말에 지안은 고개를 젓고 유진을 향해 인사했다.

"오랜만이에요."

"둘이 계속 만났어?"

그러나 유진에게 지안의 인사는 중요하지 않았는지, 유진은 돌려 묻는 법을 모르는 사람처럼 굴었다. 계속 만났느냐는 물음에 도진의 눈치를 한 번 본 지안이 말끝을 흐리며 말했다.

"도진 오빠가 저희 드라마 장소 섭외 요청을 받아 줬다고 해서, 감사 인사하려고 왔어요."

도진은 보는 사람도 어색한 얼굴을 하고 있는 지안을 보며 생각에 잠겼다.

정말 네가 하고 싶은 말은 그것뿐인 건가?

애매하게 유진의 질문을 피해 가는 지안을 가만히 바라보던 도진의 입술이 열렸다.

"나가."

나가라는 도진의 말에 유진은 지안을 바라보았다. 엄연히 이곳에 먼저 온 사람은 자신이었으니까. 그러나 다시 한번 이어진 그의 말에 얼굴이 왈칵 일그러졌다.

"민유진, 너 가라고."

"뭐?"

도진은 지안에게 고정된 시선을 거두지 않은 채, 유진을 향해 냉정한 음성으로 말했다.

"아니에요! 제가 갈게요. 두 분이서 이야기 나누세요."

"……."

"오빠, 촬영 허락해 주셔서 감사해요. 저는 가 볼게요."

유진을 쫓아내는 것처럼 느껴진 지안이 다급하게 손을 저으며 도망치듯 도진의 집무실을 빠져나갔다. 그녀의 뒷모습을 바라보던 도진이 입술을 혀로 살짝 핥았다. 곧바로 자리에서 일어나 슈트 재킷을 걸쳐 입고 느긋하게 단추를 채운 도진이 여전히 소파에 앉아 있는 유진을 내려다보았다.

"가라고 했지."

"……."

"사람이 말을 하면 한 번에 좀 알아들어."

지나치게 싸늘한 어조에 유진의 얼굴이 수치심으로 붉게 달아올랐다. 그런 그녀에게 단 한 번의 눈길조차 주지 않고 내버려 둔 채 도진은 빠르게 집무실을 나왔다. 나오면서 김 비서를 향해 짧은 명령도 잊지 않았다.

"바로 퇴근합니다."

"네, 전무님."

"그리고 바로 내보내세요."

고갯짓으로 집무실 안의 유진을 가리킨 도진이 망설임 없이 엘리베이터에 올라 주차장으로 향했다.

띠릭―.

차 키로 시동을 걸자 라이트를 빛내기 시작하는 스포츠카는 날렵한 자태를 뽐내며 속도감 있는 드라이브를 즐기는 도진의 취향이 잔뜩 반영되어 있었다. 운전석에 오른 도진이 핸들을 부드럽게 돌리며 호텔 주차장을 유려하게 빠져나갔다. 뒤도 돌아보지 않고 잽싸게 도망가 버린 여자를 잡으러 가야 할 순간이었다.

막히는 고속 도로 안에서 지안은 멍하니 창문 밖만 내다보았다. 창문을 내리고 달리는 옆 차선의 운전자와 시선이 마주치면 움찔할 법도 한데 미동도 없이 밖만 쳐다보았다. 경석은 오늘 하루 종일 평소와 달랐던 그녀의 모습에 걱정이 앞섰다.

"오늘 너 이상해."

오늘 이상하다는 말을 몇 번이나 듣는 건지. 건우에 이어 경석까지. '푸스스', 웃음을 터뜨린 지안이 되물었다.

"내가 이상해 보여?"

"응, 애가 계속 멍때리고."

지안은 자신이 이상하다는 말에 자연스럽게 도진과 집무실 소파에 편하게 앉아 있던 유진이 떠올랐다.

"둘이 무슨 사이인 걸까?"

"응?"

"내가 오해할 만한 사이는 아닌 것 같은데."

근데 사람 일은 또 모르지 않나? 도진과 자신이 10년 만에 이렇게 엮일 줄 몰랐던 것처럼.

룸 미러로 그녀를 힐끗 쳐다본 경석이 고개를 저었다.

"좀 자라."

"응."

빠르게 대답한 지안이 푹신한 시트에 몸을 와락 기대며 눈을 감았다. 그래, 사람이 머리가 복잡할 때는 잠을 자야 했다.

두 시간 후, 지안은 자신을 깨우는 매니저의 목소리에 눈을 떴다. 퇴근 시간이 겹쳐 지옥 같았던 도로 덕에 생각보다 눈을 많이 붙였다. 한결 머리가 맑아진 느낌에 경석에게 밝게 인사하고 자신이 살고 있는 펜트하우스로 올라갔다.

목이랑 어깨가 단단히 뭉쳤나. 뻐근한 목을 이리저리 돌리며 엘리베이터가 최고층에 빠르게 도착하기를 바랐다.

띵, 꼭대기에 도착했다는 소리가 들리고, 기지개를 켜며 문이 열리기를 기다린 지안은 우스꽝스러운 자세 그대로 엘리베이터 안에 멈춰 있어야 했다.

"이제 와?"

그새 익숙해진 체취가 그녀를 옭아매었다. 순간적으로 지안을 바라보는 까만 눈동자가 무겁게 가라앉았다.

"또 도망이라도 갈 건가."

사람의 인기척으로 인해 복도에 있는 조명의 센서가 작동했다. 주위가 환하게 밝아지며 모습을 드러낸 사람은 도진이었다. 엘리베이터 문에 정면으로 있는 벽에 기대어 바지 주머니에 양손을 꽂은 채 있던 그는 지안이 나타나자 몸을 일으켜 바로 세우면서 앞으로 걸어왔다.

"여기를 어떻게……."

들어 올렸던 팔을 재빠르게 내리고 얼떨떨한 얼굴로 도진만 쳐다보자 두꺼운 엘리베이터 문이 다시 닫히려 했다. 당황한 손길로 열림 버튼을 누르려던 지안보다 빨랐던 것은 도진이었다. 버튼에 손을 올려 문을 연 도진이 어이없다는 듯 웃었다.

"도망이 정지안 특기야?"

도진이 고개를 옆으로 기울이며 의아한 얼굴로 물었다. 그런 게 아니라고 변명을 하려던 지안은 그가 진심으로 묻는 듯한 기분에 괜히 울컥했다. 여기가 내 집인데 내가 어디로 도망가겠냐고. 하지만 도망이 특기냐는 질문에는 또 정곡이 찔린 기분이었다. 늘 도진과의 관계에서 도망을 친 건 자신이 맞았으니까.

이 방향대로 대화를 계속 이어 나갔다간 불리한 건 자신뿐이라는 것을 자각한 지안이 말머리를 돌렸다. 지금 머릿속으로 생각난 말들 중 가장 자신에게 유리한 걸로.

"여기는 대체 어떻게 들어왔어요?"

지안은 또 문이 닫히기 전에 얼른 엘리베이터 안에서 나오며 물었다. 스스로 꽤 날카로운 질문이었다고 생각했는데, 곧바로 뒤이어 드는 생각에 입을 다물었다. 대한민국에서 차도진이 마음만 먹으면 못 할 일이 어디 있을까.

"얼굴 보여 주고, 이 집에 사는 사람한테 볼일이 있다니까 열어 주던데."

대수롭지 않게 말을 하는 도진을 본 지안은 헛웃음을 터뜨렸다.

이것 봐. 이 사람은 얼굴이 곧 신분을 증명하는 사람인데 누가 수상하다고 의심을 하겠냐고. 근데 아무리 그래도 거주자 아닌 사람을 이렇게 들여보내도 괜찮은 거야?

지안은 도진을 들여보낸 경비원을 원망하기 시작했다.

"늦었네."

그런 지안의 생각은 모른 채 손목시계를 바라보며 나지막이 말하는 도진이었다. 내면에서는 이미 머리를 쥐어뜯고 있으면서도 지안은 도진이 하는 말을 놓치지 않고 빠른 속도로 대답했다.

"차가 좀 막혀서……."

변명을 찾던 지안은 도진의 눈동자에 비친 자신의 모습이 보고 말끝을 흐렸다. 아까 낮의 극도로 긴장했던 사람은 어디 가고, 한결 편한 사이처럼 이야기를 나누는 자신을 보았기 때문이었다.

도진은 말을 매듭짓지 못한 지안을 향해 '피식' 웃어 보였다. 그러고는 살짝 그녀를 향해 고개를 기울였다.

"갑작스러운 불청객이라 집에는 초대 안 해 주려나?"

지안은 수려한 입가를 올리곤 옅은 미소를 띠며 묻는 도진을 멍하니 쳐다보다가 부산스럽게 움직였다. 바들바들 떨리는 손끝을 도어 록에 가져갔다.

넘어갔다, 넘어갔어. 차도진의 웃음에 넘어가 버렸어. 그런데 집에서 나올 때, 제대로 정리하고 나오긴 했나?

지안은 도어 록을 풀면서도, 문을 열면서도 이게 맞는 건가 싶었다.

"들……어오시겠어요?"

쭈뼛거리며 앞장선 지안은 뒤에 서 있는 도진을 힐끔거리고 살짝 더듬으며 말했다. 중문을 지나서 신발을 실내화로 갈아 신고 오늘따라 더욱 긴 복도를 지나 거실에 들어갈 때까지 지안도, 그녀의 뒤를 따르는 도진도 말이 없었다. 둘 사이에 오직 발걸음이 바닥을 스치는 소리만 들리자 정적을 이기지 못한 지안이 머쓱하게 웃었다.

"차나 커피라도 드실래요?"

고요한 집 안에서, 자신과 도진의 숨소리만 존재하는 어색한 공기에 억지로 끌어 올린 지안의 입꼬리가 살짝 떨렸다. 도진은 그런 지안을 가만히 바라보다가 성큼 그녀의 앞으로 다가왔다.

"어……어……."

제게 큰 보폭으로 다가오는 도진을 피해 종종걸음으로 뒷걸음쳤으나, 도진의 길쭉한 다리 길이로 금방 따라잡혔다. 내내 지안을 괴롭혔던 그날처럼 훅, 가까워진 거리에 그녀는 얼굴을 붉혔다. 워낙 강렬하게 남은 감각이 짙어지면 짙어졌지, 사라지지는 않았다. 시선을 피하고, 마른침만 삼키는 지안의 머리 위로 동굴처럼 깊은 목소리가 흘러나왔다.

"위험한 여자네."

"……네?"

"무슨 일이 일어날 줄 알고 나를 함부로 초대해."

지안의 머릿속에서 빨간 비상벨이 울렸다. 직감적으로 지안의 몸이 반응했다. 차도진은 위험하다고.

한 걸음 다가오면 두 걸음 뒤로 도망갔다. 도망이란 표현처럼 적합한 건 없었다. 아무래도 도진의 말처럼 자신의 특기가 도망가기가 아닌가 싶을 정도로 그의 앞에서는 계속 이런다.

하지만 그녀에게는 나름 타당한 이유가 있었다. 사람을 잡아먹을 듯 까맣게 타들어 가고 있는 눈동자를 아직은 마주할 자신이 없었다. 속내를 전부 들키는 것 같아서 버거웠다.

"건장한 성인 남자를 함부로 집에 들이고."

지안은 눈을 굴리며 그의 시선을 피하기 위해 고개를 살짝 숙였다.

"그건 오빠니까……!"

"나는 왜?"

정말 궁금해서 묻는 듯, 순수해 보이기까지 하는 도진의 얼굴에 결국 입 새로 헛웃음이 터져 나왔다. 그러면 집에 초대해 달라는 소리를 하지 말든가, 사람 불편하게 집 앞에서 기다리지를 말든가. 여기까지 찾아와서 자신을 내내 기다린 건 그면서, 이제는 집으로 들여보낸 자신을 탓하고 있었다.

지안의 매끈한 미간이 한순간에 좁혀졌다. 그러나 도진은 그녀의 대답이 마음에 드는지 입가에 희미한 미소를 띠었다.

"나는 왜 예외야?"

"그거야 어릴 때부터 알고 지내기도 했고……."

"그런 단순한 사이라기에는 이미 한 짓이 있는데."

'씩', 웃으며 자신의 입술을 매만지는 도진의 모습은 꽤나 매혹적이었다.

"나랑 여기서 더한 일이 벌어지면 어떡하려고."

어느새 도진의 손가락이 지안의 뺨으로 옮겨 갔다. 자신의 볼을 쓸어내리는 그의 손길을 몸을 바르르 떨면서 견뎌 내었다. 도진은 부러 느긋하게 미소를 지었다. 뻣뻣하게 굳은 긴장을 풀어내려는 듯이 어루만지는 손길은 부드러웠다.

그러나 다정한 손길과는 반대로 그녀를 바라보고 있는 눈빛은 마치…… 아아, 그래. 그건 딱 굶주려 있는 짐승의 눈빛이었다. 먹잇감을 눈앞에 두고 언제라도 잡아먹으려는, 맹렬한 야수의 눈동자. 그는 늘 제게 이렇게 이중적인 모습을 보여 주었다.

"낮에 날 찾아온 이유는 뭘까. 너는 내게 무슨 말이 하고 싶었을까."

"……."

"여기까지 달려오는 내내 그 생각뿐이었는데, 그런 건 다 상관없어졌어."

"네……?"

의미심장한 말을 이해하려고 눈을 여러 번 깜빡이자 도진은 미소를 머금었다.

"하자."

그렇게 목적어도 없이 대뜸 '하자'고만 말하면 대체 뭘 하자는 건지. 계속 애매모호한 말만 던지는 도진 때문에 결국 지안의 고운 미간이 움푹 들어갔다. 그게 그렇게 웃겼던 것일까, 결국 쏙 들어간 미간을 보자마자 소리 내어 '피식' 웃음을 터뜨리는 도진이었다.

"네가 원하는 대로 하자고."

내가 원하는 거라면……. 도진과 재회하고 그와 대립하고 있는 문제는 딱 하나였다. 애초에 그와 다시 만나게 된 이유가 정략결혼이었으니까. 그는 그녀의 머리에 지금 떠오른 게 맞다는 듯 고개를 끄덕였다.

"과연 정지안이 나랑 어디까지 연기가 가능할지, 꽤 기대가 되거든."

기대가 된다는 그의 말에 덜컥 겁이 나기도 잠시, 지안의 머릿속이 텅 비어 버렸다. 그녀의 턱을 고정한 채 입술을 길게 물고 들어오는 도진 때문에 아무 생각도 할 수 없었다.

"으읍."

두 번째 입맞춤이라고 해서, 거칠고 빠른 이 호흡에 적응할 리 만무했다. 매섭게 자신을 몰아치는 도진에게서 저를 봐줄 틈 같은 건 보이지 않았다.

"천천히……."

벅차하는 그녀를 위한 도진의 배려로 진득하게 맞물렸던 입술이 살짝 떨어졌다. 지안은 그 틈에 엉켜 버린 숨을 한 번 들이마셨다. 그가 베푸는 자비는 한 모금이었는지 숨을 들이켜자마자 고개를 반대로 꺾으며 다시 입술을 막아 버렸다.

저번에도 느꼈지만 한 뼘보다도 큰 그의 키로 인해 발꿈치를 들었다 내렸다 해야 하니, 자꾸 고개가 위아래로 움직였다.

도진은 힘겨워하는 지안의 다리 밑으로 팔을 넣어 번쩍 들어 올렸다. 그가 너무나도 쉽게 자신을 들어 당황한 지안이 버둥거렸으나 그의 단단하고 강한 팔 근육을 이길 수는 없었다.

다리 사이로 도진의 몸이 철통같이 버티고 서 있자 벗어나지 못하는 지안이 할 수 있는 건 다리로 그의 허리를 감싸는 것뿐이었다. 그럼에도 도진이 다리만 붙잡은 터라 불안정하게 흔들리는 상체로 인해 결국 두 팔로 그의 목을 감싸 안아야 했다. 드디어 그가 원한 자세가 되었는지, 귓가로 작은 웃음소리가 흘러들어 왔다.

"오빠는 이 고목나무에 붙은 매미 같은 자세가 마음에 드시나요?"

"응."

지안은 입가에 걸친 웃음기를 숨길 생각이 없어 보이는 도진을 원망스러운 눈길로 쳐다보았다.

"내려 줘요."

"싫은데."

고민해 볼 가치도 없다는 듯 도진은 얄밉게 한마디를 빠르게 뱉어 냈다. 자신을 받치고 있는 도진은 고스란히 제 무게를 다 느끼고 있을 것이다. 무거울 그도 걱정되고, 제 몸무게가 들통난 것 같아 부끄럽기도 하고. 지안은 이런저런 생각을 하며 꼼지락거렸으나, 그래 봤자 자신을 안고 있는 도진의 근육에 힘만 더 들어갈 뿐이었다.

"여유가 있네. 내 앞에서 다른 생각 하는 거 보면."

길게 늘어선 입매를 비틀던 도진이 지안의 하얀 목덜미에 제 입술을 묻고 여린 살결을 잘근잘근 씹었다. 너무 적나라하고 생경한 감각에 두 눈을 질끈 감은 그녀가 목을 뒤로 젖히며 생각했다.

따지고 보면 이것도 오빠를 생각한 건데……!

지안은 억울했다. 입술을 삐죽이며 그의 숨결을 피하려 최대한 상체를 뒤로 늘어뜨리자 도진은 아일랜드 식탁 위로 그녀를 내려놓았다. 물론 허리를 감싸 안은 손은 풀지 않은 채로. 그는 한결 편해졌겠지만, 자신은 여전히 그의 품 안에 갇혀 있어야 했다.

"우리는 항상 꼭 이렇게 가까이서 대화를 해야 하나요?"

"싫어?"

장난기가 가득 담긴 음성이 지안의 귀를 간질였다. 그녀는 어깨를 움츠리며 두 눈을 질끈 감았다.

심장이 터질 것만 같다고요.

서로가 내뿜는 호흡으로 엉켜 데워진 숨결이 답답할 만도 할 텐데, 코앞에서 떨어질 생각을 하지 않는 도진의 눈길을 피하며 지안은 울상을 지었다.

"잘 생각해."

괜히 식탁 위에 있는 꽃을 봤다가, 바닥에 떨어진 자신의 실내화를 봤다가, 요리조리 움직이던 눈동자를 드디어 도진에게 고정했다.

"너와 내가 결혼이라는 굴레로 엮여 버리면……."

낮게 잠긴 목소리가 이전과는 달랐다. 전에는 그저 철없는 아이를 향해 겁을 주는 것 같은 느낌이었다면, 지금은 복합적인 감정이 섞여 있었다. 그녀를 향한 경고 같기도 했고, 걱정 같기도 했다.

"나는 널 놓아줄 생각이 없어."

아, 이건 경고였구나. 귓가에 박히는 말에 등줄기를 타고 오소소 소름이 돋았다.

"그러니 네가 할 수 있다고 자신했던 그 연기, 평생 최선을 다해야 할 거야."

지안은 자신의 흘러내린 머리카락을 귀 뒤로 넘겨 주는 도진의 손길이 느껴지자 움찔거렸다. 잘 생각하라는 말이 이거였구나. 도진은 지금, 결혼은 해도 이혼은 없을 것이라는 말을 '평생'이란 단어 하나에 다 담았다.

혹, 몰아치는 도진의 경고에 정신이 없었지만, 지안은 그래도 한 가지는 확실하게 알았다. 이미 자신은 오랜 시간 동안 그를 잃어 봤고, 이 선택으로 인해 어떤 고난과 역경이 온다고 해도 다시는 그 시간으로 돌아가고 싶지 않았다. 이것만으로도 자신은 확고했다.

혼란스러워 보이면서도 반짝 빛나는 그녀의 눈동자를 알 수 없는 눈으로 쳐다본 도진이 말간 그녀의 볼을 한 번 쓰다듬은 뒤 낮게 웃었다. 그리고 그녀를 다시 안아 바닥에 내려 주고 구겨진 슈트 재킷을 한 번 털어 냈다.

"갈게."

"네, 네……."

지안은 말을 더듬거리며 손등으로 그가 스쳤던, 달아오른 볼을 꾹꾹 누른 채 현관으로 걸어가는 도진의 뒤를 따랐다.

삐리릭—.

도어 록이 열리고 문을 나선 도진이 고요한 복도를 걸어가다가 멈춰 섰다. 그를 배웅하러 같이 나오던 지안이 갑자기 멈춘 도진을 의아하게 바라보았다. 그의 시선을 따라가던 지안이 도진에게 물었다.

"왜 그래요?"

"하나뿐인 이웃은 괜찮은 사람이야?"

도진이 가리킨 곳은 맞은편에 있는 유일한 다른 집이었다. 지안은 그의 물음에 고개를 저었다.

"모르겠어요. 이 층에서 누군가를 마주친 적이 단 한 번도 없어요."

"……."

"누가 이사를 가거나 온 적도 없는 것 같고."

지안도 늘 이상하게 여기던 점이었다. 빈집은 아닌 것 같은데, 사람은 보이지 않는. 스케줄이 워낙 들쭉날쭉한 자신이니까 제가 못 봤겠거니 생각해도 지나치게 조용한 이웃이었다.

"듣던 대로 보안은 잘되는가 보군."

갑자기 이웃에 대해 묻지를 않나, 갑자기 보안으로 튀어 버리는 이야기에 지안이 고개를 갸웃했다. 원래 저렇게 주위에 관심을 주는 사람이었나? 그녀는 그런 질문을 하는 그가 의아하면서도 묻는 말에는 착실하게 대답했다.

"여기 관리비가 얼마인 줄 알아요? 비싼 돈 받으면서 관리가 허술하면 큰일 나요."

입술을 쭈욱 내미는 그녀를 보고 도진이 귀엽다는 듯 '피식' 웃음을 터뜨렸다.

"배우 정지안 이름값은 다 허풍인가?"

"뭐라고요?"

"그 돈이 꽤 아까워 보이길래, 그 정도도 못 버는 건가 싶어서."

지안의 자존심을 건드는 말이었다.

"명색이 제이 그룹 손녀딸인데 쪼잔해 보이는 것 같기도 하고."

저것도 분명 자신을 놀리는 의도가 다분한 말이었다. 안다. 다 아는데도 울컥한 지안이 도진을 향해 잔소리를 퍼부었다.

"내가 언제 아깝다고 했어요? 그냥 비싸니까, 그만큼 관리가 되어야 한다고 했지!"

조금 놀렸다고 버럭 하는 지안을 보며 도진은 어금니까지 힘주어 웃음을 참았다.

"그리고 얼마나 힘들게 번 귀한 돈인데, 항상 아까워해야 한다고요! 오빠는 경제 관념을 다시 배울 필요가 있겠어요."

씩씩거리며 도진을 향해 말을 퍼부은 그녀가 숨을 골랐다. 재벌이라고 돈을 우습게 보면 안 된다, 이 말이야! 지안은 웃음을 참느라 입가에 경련이 올 것 같은 도진의 얼굴을 보니 갑자기 머리가 지끈거렸다. 스스로도 이해할 수 없는 몇 분 전 자신의 행동을 생각하고 머리를 쥐어뜯었다.

너 어디서 발작 버튼이 눌린 거야? 우리 아까 분명 아슬아슬하고 꽤 심각한 분위기였는데. 너, 심장이 밖으로 튀어나올 뻔했잖아. 그런데 왜 장르가 로맨스에서 코미디로 간 건데!

스스로에게 물음표 살인마를 들이밀며 망연자실한 얼굴을 한 지안을 보고 도진은 결국 소리 내어 웃음을 터뜨렸다.

"잘 생각하라고 방금 전에 말했는데, 벌써 내 아내가 되기로 결정했어?"

"아……."

"'바가지 긁힌다'는 표현이 이런 건가?"

의외의 모습을 본 것처럼 재미있어 보이는 도진의 얼굴을 보고 체념했다.

도진은 여전히 미소를 띤 채 바지 주머니에 손을 넣어 해탈한 그녀의 얼굴 앞으로 네모반듯한 카드를 들어 보였다.

"긁히는 김에 한 번에 긁혀야겠다."

지안은 눈을 찡그리며 제 눈앞에 보이는 검은색 카드의 정체를 파악했다.

자신에게도 익숙한 그 카드는 그녀가 항상 지니고 다니는 것과 똑같은 그림이 그려져 있는 펜트하우스 출입증이었다. 자신의 것은 아까 엘리베이터를 타면서 가방에 집어넣었으니 도진에게 도벽이 있는 게 아닌 이상 제 것은 아니었다. 그러면 저건 누구 거지?

"그게 왜 오빠한테 있어요?"

주인 모를 카드에 대한 고민은 길지 않았다. 도진이 직접 해답을 줬으니까.

"내 거니까."

"네?"

"한 번도 마주치지 못했다던 그 이웃이 나인 것 같네."

도진은 눈매를 짙게 접으며 들고 있는 카드를 달랑달랑 흔들었다. 멍하니 카드의 움직임만 보던 지안이 믿기지 않는 말에 눈가를 확 찌푸렸다.

"언제부터요?"

"네가 이곳으로 이사 왔을 때부터?"

"여기 안 살잖아요."

"안 살지."

당당한 도진의 대답에 할 말을 잃은 지안은 어이없는 웃음을 터뜨렸다. 집값은 뒤로하고, 매달 기본적으로 나가야 하는 관리비만 해도 뒤에 따라붙는 공이 몇 개인데. 지금 도진은 그 돈을 바닥에 버렸다고 말을 하고 있는 것이었다. 자신이 이곳에 살기 시작한 게 적어도 몇 년 전이니까, 그게 다 얼마야.

"아무래도 오빠, 병원부터 가야 할 것 같아요."

"왜?"

"미친 것 같아요."

진지한 음성으로 그가 미친 것 같다고 말을 하자 '끅끅' 소리까지 내며 웃음을 터뜨리는 도진이었다.

"지극히 정상이야."

"정상이라는 사람이 대체 왜 그랬어요?"

심지어 자신과 이렇게 재회하기도 전의 일이었다. 아무리 생각해도 자신의 머리로는 이해할 수 없는 일이었다. 그러나 도진도 그녀의 이해를 바라지 않는지 어깨만 으쓱할 뿐이었다.

"주위에 벌레가 하도 많아야지."

"나 벌레 안 키워요."

사람인 척하는 벌레. 지안은 물론 도진이 하는 말의 뜻을 알아듣고 대답했다. 연예계 생활을 하면서 수없이 보긴 했으니까. 그러나 본인은 그런 벌레를 키울 생각이 추호도 없었다.

"알아. 그럼에도 걱정이 돼서 그랬다고 하자."

"……."

"꼬이기도 전에 미리 약 뿌려 놓은 거라고."

애초에 벌레가 드나들 가능성 자체를 차단시킨 것이었다. 지안은 도진의 치밀한 행동에 기가 막혔다.

"돈 낭비였어요. 쓸데없는 짓이었다고요."

"충분히 가치 있었어. 전혀 아깝지 않아."

단 한 번도 그렇게 생각해 본 적 없다는 음성은 단호했다. 이대로는 끝까지 말이 통하지 않을 것 같아, 다른 방향으로 말을 틀었다.

"게다가 우리는 다시 만난 지 얼마 안 됐잖아요."

"그게 무슨 상관이야."

"……."

"나는 항상 네가 신경 쓰였는데."

지안은 온몸으로 열기가 퍼지는 것을 느꼈다. 지금 자신이 무슨 말을 들은 건가 싶었다. 당황한 그녀와 달리 도진의 표정에는 아무 변화가 없었다. 지금 엄청난 이야기를 들은 것 같기도 한데 덤덤한 저 표정을 보니 자신이 별 의미 없는 말에 오버한 건가 싶었다.

항상 신경 쓰였다고? 내가? 왜?

그러나 다시 곱씹어 봐도 말이 되지 않았다. 그녀는 도진의 말에 의문을 품었다.

"오빠가 왜요?"

"글쎄⋯⋯."

명확한 대답은 해 주지 않고 의미심장하게 웃는 그의 얼굴을 보고 지안이 눈을 도르륵 굴렸다. 머리를 굴리고 있는 것이 얼굴에 딱 보이자 도진은 '피식' 웃었다.

"결혼한 후에도 계속 여기서 살고 싶어?"

"⋯⋯네?"

지안은 자신이 내내 신경 쓰였다는 도진의 말에 꽂혀서 생각에 잠겨 있다가 그가 하는 말을 놓쳐 버렸다.

"이곳이 마음에 들면 내가 들어올게."

"어디를⋯⋯."

"우리 신혼집."

이번에는 '신혼'이라는 단어에 꽂혔다. 멍하니 도진을 올려다보자, 도진은 그녀의 동그란 머리 위로 커다란 손을 턱, 하고 올렸다. 그는 고개를 지안을 향해 기울이며 낮게 웃었다.

"나랑 결혼은 하는데, 같이 살기는 싫어?"

"그게 무슨…….'

"다 할 수 있다면서, 마음의 준비는 하나도 안 된 것 같아서."

지안은 날카로운 말에 아랫입술을 깨물었다. 도진의 앞에서 호기롭게 던진 말은 많았으나, 정작 그가 훅 밀고 들어오면 정신을 차리지 못하는 건 자신이었으니까.

"하고 싶은 건 다 해."

"……무슨 뜻이에요?"

"내가 다 들어준다고, 네가 원하는 건 모두."

도진은 손에 감기는 부드러운 머리카락을 흩트리고 손을 거두었다.

"진짜 갈게."

"……네."

"내일 촬영 끝나고 만나. 기다릴게."

지안은 고개를 끄덕이며 엘리베이터에 오르는 도진을 얼떨떨한 눈으로 바라보았다.

엘리베이터 문이 닫히고 도진이 사라졌음에도, 지안은 집에 들어가지 못하고 그 자리에 멍하니 서 있었다.

Chapter 2

기억의 편린

다음 날, 바짝 추워지려고 하는지 요즘 비가 잦았다. 오늘도 예상치 못한 많은 비가 쏟아졌는데, 하필이면 맑은 날에 찍었던 장면을 이어서 찍어야 하는 야외 촬영이라 결국 감독인 요한은 철수를 외쳤다. 그리고 좀처럼 그칠 생각을 하지 못하고 폭포처럼 쏟아지는 비를 망연하게 바라보았다.

갑작스러운 조기 퇴근 덕분에 그동안 강행군이었던 배우들과 스태프들에게 단비 같은 휴식이 내려졌다.

경석은 지안을 주차장에 내려 주며 신신당부했다. 요 근래 부쩍 핼쑥해진 얼굴이 마음에 걸렸다.

"너 요즘 컨디션 완전 별로니까, 아무것도 하지 말고 푹 자."

"알았다니까."

지안은 차로 오는 내내 반드시 쉬라고 엄포를 놓았던 경석을 향해 질린다는 듯 웃었다. 그를 보내고 엘리베이터 앞에서 핸드폰이 켜지지 않은 검은 화면을 빤히 쳐다보았다.

"기다린다고 했는데……"

연락할까 말까 고민하다가 핸드폰을 주머니에 넣었다. 바쁜 사람 괜히 방해하고 싶지 않았으니까. 새삼 가까워진 듯한 도진과의 거리에 지안은 '피식' 웃으며 도어 록에 손을 올렸다.

띠, 띠, 띠, 띠.

집 안으로 들어간 지안은 멀뚱히 거실에 섰다. 항상 계획된 스케줄 안에서 움직이던 그녀였기 때문에 이렇게 갑자기 스케줄이 취소되어 버리면 붕 떠 버린 시간이 낯설었다. 휴식이라는 기쁨보다 할 일을 잃어버려 머릿속이 텅 빈 게 컸다.

"그냥 대본이나 마저 보자."

결국 그녀가 선택한 것은 휴식이 아닌 일이었다. 소파 위에 가방을 올려 두고 서재로 들어가 태블릿과 펜슬을 찾던 지안이 무심결에 던진 시선 속에 엎어진 액자 하나가 들어왔다. 그 사진이 어떤 것인지는 누구보다 자신이 제일 잘 알았다. 그녀는 천천히 손을 뻗어 액자를 들어 올렸다. 드러난 사진 속에는 지금보다 많이 앳되어 보이는 지안과 이안이 한 여자를 가운데 두고 웃고 있었다.

"아."

지안은 무심코 액자를 쓸던 손가락을 떼어 냈다. 깨져 있는 유리 파편에 베였는지, 적은 양의 선혈이 흘러나오고 있었다. 마치 유안이 기어코 욕심을 낸 제게 직접 상처를 낸 것처럼.

지안은 눈앞에 있는 휴지를 쓱쓱 뽑은 다음, 피가 나는 손가락을 대충 지혈했다. 세 사람의 해맑은 미소를 무감각한 눈으로 바라보던 지안은 옅게 피가 묻은 휴지를 버리고 거실로

나갔다. 반창고를 붙일 생각은 하지 않고 아무렇게나 내버려
둔 핸드폰을 챙기고 차 키까지 손에 쥐자, 기억 속 어느 날의
대화가 머릿속에서 엉켜 들려왔다.

─ 나는 비 오는 날이 좋다?

─ 왜? 습하잖아. 끈적거리기도 하고.

─ 빗소리 들으면 아무 생각도 안 나고 좋잖아.

─ 그건 그렇지만…….

비를 좋아하는 아이와 그렇지 않은 아이의 대화. 뜨거운 여
름을 식히는 세찬 장맛비를 유독 좋아했던 그녀가 떠올랐다.

지이이잉─.

지안이 가만히 서서 생각에 잠겨 있을 때, 손안에 있는 핸드
폰의 진동이 요란하게 울렸다. 발신자는 그녀의 오빠, 이안이
었다.

"응."

전화를 받자 건너편에서는 묘하게 신경질적인 음성이 들려
왔다.

[차도진하고 결혼하겠다는 거, 진심이야?]

"누가 장난으로 결혼을 하겠다고 해?"

핸드폰을 쥐고 있는 손에 힘이 들어갔다. 그러나 늘 자신을
믿어 줬던 이안을 향해 그녀는 일부러 밝은 목소리로 말했다.

"생각 없이 저지른 거 아니야. 오빠만큼은 나 믿어 줘야지."

이안은 언제나 그녀가 선택한 길을 믿고 응원하고 지지해
줄 사람이라서 지안은 조금 더 편안하게 말을 할 수 있었다.

"그리고 나, 차도진 좋아하잖아."

[……뭐?]

"왜 놀라? 오빠는 알고 있었으면서."

[…….]

"한 번도 잊어 본 적 없어."

할 말을 잃은 듯, 잊어 본 적 없었다는 말에 따라오는 대답은 없었다. 지안은 그런 이안을 이해하며 유리창을 통해 어둑한 하늘을 가만히 바라보았다. 안개가 가득 찬 우중충한 날은 그녀가 질색하는 날씨였다. 그런 그녀와 다르게 이런 날을 정말 좋아했던 유안이 계속 머릿속을 맴돌았다.

"정유안도 차도진 좋아했어. 오빠는 그것도 알았지?"

이안은 눈치가 빠른 사람이었으니 알고 있었을 것이라고 생각했다.

[그 말은 갑자기 왜 하는 거야?]

"그냥……."

유리창을 세차게 두드리며 내리는 비를 멍하니 바라보던 지안이 자조적으로 웃었다.

"죽어 버린 정유안 생각은 하나도 나지 않아."

그녀는 자신이 말하고도 흠칫 놀랐다. 막연하게 생각만 하는 것과 말로 내뱉는 것은 그 무게가 달랐다. 이안 역시 그녀의 말에 놀랐는지 수화기 너머로는 숨소리만 들릴 뿐이었다.

"그만큼 차도진이 좋아서 그래."

[정지안.]

"그래서 이 결혼이 하고 싶어."

내내 참고 참다가 튀어나온 말이라서 그랬는지, 그녀의 말끝이 흔들렸다.

"나 너무 나쁜 건가?"

지안은 전화 속 이안이 간신히 알아들을 만큼 작은 소리로 중얼거렸다. 마음고생이 심한 듯한 그녀의 목소리를 들으며 이안은 눈을 질끈 감았다.

[네가 왜 나빠.]

이안의 말을 끝으로 두 남매의 전화는 꽤 오랫동안 말없이 시간만 흘렀고, 결국 지안이 종료 버튼을 누르면서 끝났다.

그와의 통화로 괜히 마음만 더 심란해진 그녀는 한숨만 푹 푹 쉬며 집을 나섰다. 그러다 손에 쥔 핸드폰에서 짧게 진동이 울리자 지안은 화면을 바라보았다.

　너 하고 싶은 대로 하고 살아. 그래도 돼.

방금 전, 끊겨 버린 통화의 끝이 마음에 들지 않았는지 이안이 보낸 메시지였다. 지안은 저를 걱정하는 이안의 행동에 '피식' 웃으며 도착한 엘리베이터를 탔다.

주차장으로 내려간 지안은 자신의 차에 올라탔다. 시동 버튼에 손을 올린 후 거실에 크게 자리 잡고 있는 통유리를 통해 본 날씨를 떠올리던 지안은 머뭇거렸다.

"가지 말까……."

운전을 못하지는 않았지만, 좋아하지도 않았던 터라 날씨까지 나쁜 지금 차를 몰고 나가기가 망설여졌다. 그러나 길지 않은 고민이었는지, 핸들을 단단하게 잡은 지안이 모는 세단이 유려한 곡선을 그리며 주차장을 빠져나갔다.

딸깍딸깍―.

좌회전 차선에 차를 멈춘 지안은 반복적으로 들려오는 방향 지시 등의 소리를 들으며 정면에만 시선을 고정했다. 와이퍼가 빗물을 밀어내기 무섭게 다시 떨어진 더 많은 비가 앞을 잘 보이지 않게 만들었다.

기막히게 퍼붓는 비를 보며 낮은 한숨을 내리쉬던 지안이 신호에 맞춰 차를 출발시켰다.

○○ 납골당

지안의 차가 큼지막한 표지판을 스쳐 지나갔다. 점차 높아지는 언덕을 올라가다가 중간쯤에 차를 멈춘 지안이 우산을 쓰며 차에서 내렸다.

"정유안, 엄청 좋아하겠네. 비가 이렇게 쏟아지니까."

지안이 이곳에 온 것은 그저 충동적인 결정이었다. 이안과 셋이 찍은 사진을 보고 비가 내리는 것을 알면서도, 하기 싫은 운전까지 하면서까지 이곳에 온 것은 자신도 알 수 없는 행동이었다. 어이없는 웃음을 터뜨린 지안은 아직 남은 언덕을 천천히 올라갔다.

"너는 이런 날이 대체 왜 좋은 거니?"

끊임없이 쏟아붓는 비는 한 걸음 뗄 때마다 신발과 바지 밑단을 적셨다. 축축해진 찝찝함에 구시렁거리면서도 유안이 있는 곳을 향해 열심히 걸었다.

바쁜 스케줄로 인해 자주 오지 못해서 그런 걸까, 10년도 더 된 일인데 기분이 이상했다. 우산 아래 자신의 얼굴을 숨긴 지안은 유안이 잠든 근처에 다다르고 나서야 숙였던 고개를 들었다.

날씨가 궂어서일까, 오늘 이곳을 찾은 사람은 지안뿐이었다. 흐르는 정적에 오히려 마음이 편해진 그녀는 쓰고 있던 마스크를 벗으며 유안이 있는 곳으로 걸어갔다. 비 내음을 가득 담은 공기가 그녀의 얼굴을 스쳐 지나갔다.

"비도 내리고, 나도 찾아오고, 언니는 좋겠네."

지안은 여전히 눈을 내리깔고서 중얼거렸다. 바쁘다는 핑계로 자주 오지도 않았으면서 이렇게 충동적으로 이곳을 찾은 자신이 민망하기도 했다. 바람 빠진 웃음을 터뜨리며 바닥에만 고정했던 시선을 들어 올렸다.

"잘 지냈어?"

투명한 유리 속 환하게 웃고 있는, 교복을 입은 유안과 눈을 마주치자 속이 울렁거리기 시작했다. 빗물 사이로 또렷하게 보이는 맑은 웃음이 오히려 지안의 얼굴에서 희미하게 남아 있던 웃음기마저 가져갔다.

— 죽어 버린 정유안 생각은 하나도 나지 않아.

— 그만큼 차도진이 좋아서 그래.

불현듯 자신이 이안에게 했던 말이 뇌리에 떠올라 당황하고 말았다. 흔들리는 시선이 갈 곳을 잃어버렸고, 입에서는 헛숨이 터져 나왔다. 적어도 여기서는 이 말이 생각나면 안 되지. 떨리는 손을 들어 입을 틀어막은 지안이 다시 앞을 쳐다보았다. 유안의 깨끗한 웃음이 여전히 그녀를 향하고 있었다. 아득한 얼굴로 '정유안'이라고 새겨져 있는 납골함을 바라보던 지안의 입에서 얼음장처럼 시린 음성이 나왔다.

"너도 내가 나쁘다고 생각해?"

깊숙이 자리 잡고 있는 죄책감이 뾰족한 송곳으로 바뀌어 유안을 찌르고, 끝내 그녀 자신까지 찔렀다.

"미안."

지안은 두 글자를 내뱉으면서도 어딘가 모르게 드는 기시감을 떨쳐 내며 입술을 떼었다.

"그냥 너한테는 내가 끝까지 나쁜 사람 할게."

이제는 조금 억울했다. 도진과 자신, 두 사람이 언제까지 죽은 사람에게 얽매여야 하는 건지.

"그러니까 나, 용서하지 마."

용서를 바라고 한 사과가 아니었다. 그저 살아 있는 사람을 위한 이기적인 부탁이었다.

"이제 차도진 좀 놔줘. 나한테 온전하게 올 수 있게."

지안이 매정하게 뒤를 돌아 빠른 속도로 올라왔던 길을 내려갔다. 그러나 그녀가 내뱉던 차가운 말과 달리 금방이라도 산산조각 나 버릴 듯 위태로운 뒷모습이었다. 아까 베인 손가락의 상처가 이제야 쓰라리기 시작했다.

몇 시간 뒤, 집으로 돌아가지 못하고 차 안에서 가만히 있던 지안이 고개를 들었다. 자동차 앞 유리를 통해 바깥을 확인하니 비는 어느새 그쳐 있었고, 날은 깜깜해져 있었다. 적어도 몇 시간을 여기서 이러고 멍하니 있었다는 생각에 허탈함이 몰려와 다시 두 눈을 감았다.

"독하다, 정지안."

창백해진 얼굴로 먼 허공을 응시하던 지안은 시동을 켜고 차를 돌렸다. 굳이 비가 오는 날에, 굳이 직접 운전을 하면서까지 유안의 납골당을 찾아간 자신을 비웃었다. 생전 안 하던 짓을 해서 숨겨져 있던 잔인한 속마음만 제 눈으로 확인한 셈이었다. 이렇게 멍청한 짓이 또 있을까.

"너 진짜 죽은 사람 앞에서 못 할 말이 없지."

지안은 집으로 오는 내내 바짝 메마른 숨을 삼키며 허탈한 웃음을 터뜨렸다.

몸과 마음이 모두 지쳐 버린 그녀가 다시 자신의 집을 찾았을 때는, 간신히 버텼던 것이 눈앞에 나타난 단 한 사람 때문에 모두 무너지는 것만 같았다.

"기다린다고 했잖아."

그녀를 문 앞에서 기다리고 있던 사람은 니트에 슬랙스로, 평소와 다르게 편안한 차림을 하고 있는 도진이었다.

도진은 태어나서 내일이 오는 시간을 이렇게 기다려 본 적이 있었나 싶었다. 그녀가 언젠가 좋은 남자를 만나길 바랐던 자신은 위선자일 뿐이었고, 마음에도 없는 밀어내기는 더 이상 소용없었다.

연기라는 것을 알고 있음에도 불구하고, 지안이 다른 남자와 입을 맞추는 장면을 보고 속이 들끓는 것을 참지 못했다. 꾹 참았던 그리움을 한순간에 터뜨리기라도 하는 듯이. 오히려 내민 손을 잡으면 놓지 않겠다고 터뜨리고 나니 속이 다 후련했다.

오늘은 하루를 마치고 지안을 볼 생각에 울리지 않는 핸드폰을 몇 번이나 바라보았는지, 시계를 얼마나 힐끔거렸는지 셀 수도 없었다. 그러나 그런 그의 기대가 무색하게 지안은 늦은 밤이 되어서도 연락이 없었다. 도진이 그토록 기다렸던 그녀의 집으로 향하는 길은 곧 걱정으로 물들었다.

결국 지안의 집 앞에서 그녀의 매니저인 경석에게 메시지를 넣었던 도진은 아마 자고 있어서 연락이 안 되는 걸지도 모른다는 답장을 받았다. 그러나 전화는 둘째 치고 초인종을 여러 번 눌러 봐도 그녀가 나오지 않자, 무슨 일이 생긴 건 아닌가 하는 생각뿐이었다.

"경석 씨가 낮에 집으로 데려다줬다는데, 어디 다녀왔어?"

복도에서 계속 서성거렸던 도진은 내심 안도한 표정으로 엘리베이터에서 내린 지안에게 다가갔다. 그러나 그가 반갑지 않은 사람처럼 지안은 반사적으로 몸을 뒤로 물렀다.

제게서 멀어지는 그녀를 보고 도진의 눈썹 끝이 위로 올라갔다. 구겨진 눈매로 자리에 멈춰서 지안을 살피자, 미약하게 몸을 떨고 있는 것이 눈에 들어왔다.

"무슨 일이야."

도진은 지안을 향해 걱정스럽게 물었으나, 자신의 눈을 마주한 그녀의 안색이 점점 희게 질렸다. 귀신이라도 본 것처럼 창백하게 변해 버린 얼굴을 바라보다가 그녀의 어깨를 붙잡으며 이름을 불렀다.

"정지안."

"……."

"왜 그래."

지안은 자신의 이름이 불리자 도진을 물끄러미 올려다보았다. 도진은 자신의 목소리에 반응하는 그녀를 보고 입술 끝을 살짝 물며 어디가 문제인지 살폈다. 그러다가 다시 마주친 눈동자에 억지로 입꼬리를 끌어 올리는 지안의 모습에 도진은 하나도 안심되지 않았다. 오히려 일부러 활짝 웃는 것이 더 위태로워 보였다.

도진의 표정이 좀처럼 풀리지 않자 지안은 무언가를 탁, 놓아 버린 듯 눈을 질끈 감았다 뜨며 금방이라도 끊길 듯한 가느다란 목소리를 내었다.

"나랑 잘래요?"

지안의 붉게 젖은 눈동자 속에는 오직 도진만이 담겼다.

정유안, 내가 끝까지 나쁜 사람 되겠다고 말했지.

지안은 지금 오롯이 자신만을 바라보고 있는 저 눈동자가, 끝없이 자신만을 살피고 있는 저 사람이 너무 욕심이 났다. 어차피 지금 그의 앞에 서 있는 사람은 언니가 아닌 자신이었으니까. 일그러진 눈매 사이로 시야가 뿌옇게 흐려졌지만 그녀는 개의치 않고 입술을 떼었다.

"나랑 자요, 응?"

장난감을 사 달라고 투정을 부리는 어린아이처럼 말꼬리를 올렸다. 그러나 그 말을 끝으로 차가운 정적이 도진과 지안 사이로 흘렀고, 고요한 복도에 존재하는 것은 오직 희미한 숨소리뿐이었다.

"지안아, 무슨 일 있었어?"

아주 잠깐의 정적 끝에 도진은 그녀가 한 말을 듣지 못한 사람처럼 굴었다. 도진이 자신의 이름을 다정하게 부르자 그녀는 어깨를 붙잡고 있는 그의 손을 밀쳐 냈다. 비록 시작은 충동적이었으나, 모든 상황을 각오하고 뱉은 말이었다.

정유안은 이 세상에 없었고, 자신은 이 남자를 자신의 남자로 만들기로 결심했다. 이미 그렇게 하기로 마음을 먹었고, 그

것을 번복할 생각은 없었다. 지안은 단호하게 도진을 향해 말했다.

"못 들었어요? 다시 한번 말해 줄까요?"

"……."

"나랑 잘래요?"

도진은 내쳐진 손을 다시 들어 지안의 얼굴로 뻗다가 그녀의 말을 듣고는 행동을 멈췄다. 자신의 눈앞에서 멈춘 도진의 손을 바라보던 지안은 느릿하게 눈을 감았다가 뜨며 '피식' 웃었다. 그러자 도진이 미간을 구기며 그녀의 이름을 딱딱하게 불렀다.

"정지안."

"어차피 결혼할 거잖아요."

"……."

"우리 곧 결혼할 건데 순서만 좀 바뀔 뿐인 거지, 먼저 잘 수도 있는 거잖아요."

애원에 가까운 목소리였다. 대답이 없는 도진의 앞으로 한 발짝 다가간 지안은 그의 팔을 붙잡았다. 그의 니트 자락이 손안에 들어오자 그녀는 소중한 무엇이라도 된 것처럼 빠져나가지 않도록 힘을 주어 잡았다.

"우리 이제 그럴 수 있는 사이잖아요."

발끝에 힘을 준다고 주었지만, 자꾸만 흔들리는 다리는 그녀가 스스로 제어할 수 있는 범위를 이미 벗어났다. 마음대로 되지 않는 다리를 포함해 자신의 앞에 놓여 있는 모든 상황이 답답함을 불러오자 지안은 숨을 크게 쉬었다.

위태롭게 서 있는 자신의 어깨를 도진이 단단하게 붙잡았다. 그러면서도 끝까지 자신의 말에는 침묵을 지키는 도진의 모습을 보고 그의 답이 거절이라고 생각한 그녀의 눈가가 뜨거워졌다.

지금 이 순간만큼은 떠올리고 싶지 않은 장면이 눈앞에 생생하게 그려졌다. 두 가족 모두가 모여 화기애애하고 시끄러웠던 집 안의 분위기와는 다르게, 유일하게 아무 소음이 들리지 않던 곳에서 세상에 단둘만 존재하는 것처럼 대담하게 입을 맞추고 있던 두 사람.

— 선배, 제가 많이 좋아해요.

도진을 보고 쑥스럽게 웃으며 말하는, 붉게 상기되어 있는 유안의 얼굴은 누구보다 행복한 얼굴이었다. 그리고 그들을 몰래 숨어서 지켜봐야 했던 자신은 그들에게 숨소리라도 들릴까 입을 틀어막고 그곳에서 도망쳐야 했다. 어린 자신의 마음이 다쳤던 순간이 아스라이 멀어졌다.

"오빠……."

지안은 '오빠'라는 단 두 글자를 말하는데도 보는 사람이 다 안쓰러울 정도로 목소리가 흔들렸다.

"일단 들어가자."

격해진 감정에 호흡까지 흐트러지는 지안을 불안한 눈빛으로 쳐다보던 도진이 말했다. 그녀를 품에 안고 바지 주머니에서 카드를 꺼낸 도진이 도어 록에 가져다 댔다. 상황에 맞지 않은 경쾌한 소리가 둘 사이를 가로질렀다.

평소에는 전혀 신경 쓰지 않았던 소리임에도 지금은 소음으로 작용해 머리가 아파졌다. 머리를 괴롭히는 소리에 지안은 눈썹을 찡그렸다.

"이리 와."

도진은 조심스러운 손길로 지안을 부축했고, 그녀는 힘없이 그의 품 안에 기댄 채 집 안으로 끌려 들어갔다. 거실에 도착하기까지 둘 사이에 존재하는 소리라고는 지안에게서 나는 작은 숨소리뿐이었다.

"좀 앉을까? 아니면 누울래?"

지안은 자신을 계속 불안한 눈길로 쳐다보는 도진을 바라보았다. 그녀는 자신의 상태를 끝없이 걱정하면서도 자신의 말은 듣지 못한 사람처럼 행동하는 그의 모습을 보고 울컥했다. 입에서 멋대로 말이 튀어 나갔다.

"할 수 있다고 했잖아요."

"……."

"키스보다 더한 거, 나는 할 수 있다고."

지안은 도진과 재회한 날, 그를 향해 오기로 대답했던 자신이 한 말을 똑똑히 기억하고 있었다. 물론 그날의 도진의 대답도 선명하게 기억하고 있었다.

"할 수 있겠냐고 물었으면서, 다 감당 가능하면 하겠다면서!"

그렇게 자신에게 겁을 줬으면서. 지안은 숨을 멈출 만큼 아슬아슬하고 긴장감 가득했던 도진과의 일을 생각하자 지금 이 상황이 더 억울하고 비참했다.

"나는 왜 오빠가 피하는 것만 같을까요?"

"갑자기 왜 그러는데."

드디어 도진이 더 이상 피하지 않고 지안의 대화 속으로 들어왔다. 낮은 목소리가 지안의 가슴에 박혔다. 왜 하필 이 순간에 그렇게 시린 목소리를 내는 건데. 지금까지 다정하고 걱정스러운 눈길로 계속 나를 바라봤으면서, 또 왜 이렇게 차가워지는 건데. 지안은 도진의 모든 행동이 자신을 밀어내는 대답 같아서 속이 쓰렸다.

"왜요? 나랑 잠은 못 자겠어요?"

"정지안."

"이럴 거면, 결국 나한테 이럴 거면⋯⋯!"

지안은 도진을 다시 만나고 지금까지 그가 자신에게 했던 행동의 의미를 이해할 수 없었다. 뒤돌아보는 것을 모르는 사람처럼 자신에게 직진했으면서 그는 중요할 때 가장 멀리 자신에게서 떨어져 있었다.

이럴 거면 나한테 키스하지 말지.

내가 항상 신경이 쓰였다는 그딴 말은 하지 말지.

속에서 엉키고, 입 안에서 엉키어 밖으로 터뜨리지 못한 말이, 내내 그녀를 짓누르고 있던 죄책감과 뒤섞여 엉망진창이 되어 튀어나왔다.

"그럴 거면 날 살리지 말지 그랬어요."

숨이 금방이라도 끊어질 듯 지안이 미약하게 내뱉은 말은 도진의 숨까지 멈추게 만들었다. 곧 화를 참느라 딱딱하게 굳은 얼굴을 일그러뜨린 도진이 이를 악문 채 낮게 으르렁댔다.

"함부로 말하지는 말지."

두 눈을 질끈 감았다가 뜬 그녀의 붉어진 눈가에서 결국 참고 참았던 눈물이 또르르 흘러내렸다. 그 눈물을 보고 온몸을 굳힌 도진의 품으로 지안은 한 걸음 다가가 안겼다. 도진의 허리를 감싸 안고 자신의 얼굴을 단단한 가슴에 묻었다.

"언니의 그림자로 살고 싶지 않아요."

힘이 들어가지 않은 가느다란 목소리로 자신을 향한 말인지, 도진을 향한 말인지 알 수 없을 만큼 작은 소리로 중얼거린 지안은 그 말이 도화선이라도 된 듯 도진의 품 안에서 참았던 눈물을 쉬지 않고 모두 쏟아 내었다.

"그게 무슨……."

지안은 귓가에 울리는 도진의 말을 끝까지 듣지 못했다.

도진은 머리를 강타하는 충격에 꼼짝할 수 없었다. 그저 당장이라도 숨이 끊어질 듯이 서럽게 울고 있는 지안을 세게 끌어안고 있을 뿐, 머리가 정상적으로 돌아가지 않았다.

"그게 무슨 말이야……."

목울대를 긁어내며 간신히 내뱉은 말에 대한 답은 들을 수 없었다. 지안의 몸에 힘이 빠지며 자신의 품에서 축 늘어지는 것을 느꼈고, 반사적으로 고개를 내려 확인하자 그녀의 두 눈은 감겨 있었다.

점점 무너지는 지안을 빠르게 안아 든 도진은 침실로 걸어 갔다. 조심스럽게 그녀를 침대 위에 눕힌 그는 자신의 핸드폰을 찾았다. 침대 옆에 있는 협탁 위를 쳐다보았으나 아무것도 보이지 않자 거실로 나가 테이블을 확인한 도진이 걸음을 멈추고 이마에 손을 얹었다.

"정신 나간 놈."

마음이 급해 눈에 보이는 것도, 손에 느껴지는 것도 없던 도진이 그제야 자신의 바지 주머니에 들어 있던 핸드폰을 꺼냈다. 멍청하게 아까부터 계속 넣어 두고 있었으면서 알아차리지 못한 자신을 욕하면서 빠른 손길로 자신의 집안 주치의인 하 박사를 호출했다.

도진은 주치의가 올 때까지 그녀를 지켜봐야 했다. 큰 병이 난 것은 아니겠지만, 지안의 일이라면 항상 감정이 이성을 잡아먹었다. 꼭 그녀가 어떻게 될 것만 같았다.

화장실로 가서 수건에 물을 적신 다음에 미약하게 열이 오른 지안의 이마 위에 올렸다. 찬기가 열을 식히자 고르게 변한 숨소리에, 침대 옆에 걸터앉아 그녀를 가만히 바라보던 도진은 한숨을 깊게 내쉬며 얼굴을 크게 쓸어내렸다.

─ 그럴 거면 날 살리지 말지 그랬어요.

가쁜 숨과 함께 심장을 쥐어 짜낸 듯 간신히 쏟아 낸 지안의 말을 떠올리자 다시 몸이 뻣뻣하게 굳어지는 것을 느꼈다. 특히 왼쪽 팔이 손끝에서부터 저릿해지기 시작했고, 손바닥을 말았다가 펴 봐도 나아지지 않았다. 온몸을 덮쳐오는 불쾌한 감각을 잊으려 입술을 깨물자 비릿한 피의 향이 입 안에서 느껴졌다. 여전히 뇌리에 선명하게 남아 있는 지난 기억이 다시금 눈앞에서 재생되는 것 같았다.

— 지안아, 정신 좀 차려 봐!

자신이 지금까지 살면서 그렇게 간절했던 순간이 또 있을까. 믿지도 않는 신까지 부르짖으며 간절하게 빌었다. 머리에서 피를 흘리며 자신의 부름을 듣지 못하고 두 눈을 감고 있는 과거의 지안과 새하얀 피부 위 생기 없는 얼굴로 지금 자신의 앞에 누워 있는 현재의 지안이 겹쳐졌다.

강산도 변했을 만큼, 벌써 10년이 지난 일이었다. 그녀는 정확히 10년이 지난 지금, 기념이라도 하듯이 자신을 향한 원망을 뱉어 냈다.

그 말을 듣는 순간 도진은 화가 들끓었다. 생각하고 싶지도 않았고, 할 수만 있다면 자신의 기억에서 평생 없애 버리고 싶은 순간인데, 살리지 말지 그랬냐고 말하는 그녀가 미웠다.

"하아……."

그때의 지안의 모습도, 지금의 지안의 모습도 전부 자신의 탓인 것 같아 그의 입에서는 바싹 타들어 가는 한숨만 나올 뿐이었다.

이래서는 10년 전과 달라진 것이 하나도 없었다. 여전히 지안은 자신만 보면 눈을 피하고 손끝을 덜덜 떠는 어린아이였다. 그저 자신은 이 말간 눈망울이 온전하게 저 하나만을 바라봤으면 했는데.

배우이기 때문에 가능하다는 그녀의 말이 하루도 안 떠올랐던 적이 없었다. 결국 그녀에게 이 모든 건 연극일 뿐이었다. 그렇기에 자신의 존재, 마음, 행동, 그녀에게 전하는 모든 것이 부정당하는 느낌이었다.

─ 감당해 봐.

처음에는 홧김에 저지른 말이었다. 서른이나 먹고 감정 조절 하나 안 되어서 유치하게. 그러나 그건 기나긴 시간을 지나 다시 만난 그들에게 꼭 필요한 말이었다. 그래서 더 날을 세우며 말했다. 하지만 그 말이 그녀를 내내 짓누를 걸 알았다면 절대 그런 식으로 몰아붙이지 않았을 것이다.

우리는 대체 어디서부터 어긋나 있는 것일까.

대체 어디까지 돌아가야 하는 것일까.

다시 맞출 수는 있을까.

내가 네 옆에 있는 게 맞는 걸까?

도진은 눈앞에 펼쳐지는 아득함에 눈을 감아야 했다.

딩동─.

그러다 집 안을 울리는 초인종 소리에 도진은 상념에서 벗어났다. 다시 한번 거친 손길로 마른세수를 한 도진이 침대에서 일어나 현관으로 나갔다.

"오셨습니까."

도진은 잠긴 목소리로 하 박사를 향해 인사했다. 어두운 자신의 표정을 보고 멈칫거린 하 박사가 뭐라 말하기도 전에 도진은 등을 돌려 지안이 있는 방으로 걸어가며 그를 안내했다.

지안에게 다가간 하 박사는 기본적인 외진을 하고 나서 들고 온 케이스 안에서 링거를 꺼내 지안의 손등에 바늘을 연결했다. 자신의 역할을 다한 그는 도진의 어깨를 두드리고 집을 나섰다.

두꺼운 철문이 닫히자, 차가운 표면에 도진은 머리를 '쿵' 하고 박았다. 지끈거리는 두통에 눈을 감고 무거운 숨을 흘렸다. 희미했던 지안의 목소리가 다시 떠올랐다.

— 언니의 그림자로 살고 싶지 않아요.

너는 여전히 그 사고에 머물러 있는 걸까.

도진은 가슴에 돌덩이를 얹어 놓은 것처럼 갑갑했다. 결국 그녀는 자신을 만나는 내내 유안을 생각한 것 같았다.

이럴까 봐 피했던 건데. 자신이 또다시 나타나 어린 그녀가 받았던 충격을 떠올리게 만들고 싶지 않았던 건데…….

멍하니 현관에 서 있던 도진이 다시 지안이 누워 있는 침실로 돌아왔다. 속이 꽉 막히는 답답함에 두 손으로 얼굴을 문질렀다. 그러다가 가냘프게 들리는 목소리에 얼굴에서 손을 떼어 냈다.

"추워……."

비가 많이 왔던 탓일까, 이불을 덮었음에도 지안이 몸을 떨면서 점점 웅크렸다. 도진은 방의 온도를 조절하고 이불 속으로 들어가 그녀의 옆에 누웠고, 지안이 본능적으로 따뜻한 품을 찾아 파고들었다. 도진은 제게 안기는 지안을 내려다보면서 그녀보다 더 아픈 목소리로 중얼거렸다.

"나는 네가 보고 싶었는데, 너는 여전히 나를 보면 아프니?"

다시 또 후회가 되었고, 앞으로 나아갈 방향을 또 잃어버린 미아가 된 것만 같았다.

내가 네게 전부 닿을 수 있는 날이 올까.

도진에게 지안이라는 존재는 언제나 자신이 챙겨 줘야 하는 사람이었다. 그녀는 자신보다 어렸으니까, 힘이 약했으니까.

제가 자신의 모든 시절을 기억하기 힘든 어린 나이일 때부터 그녀를 봐 왔다. 거의 가족이나 마찬가지로, 자신의 인생에서 빼놓을 수 없을 정도였다. 평생을 봐 왔기에 간혹 묘하게 들었던 감정도 단순하게 치부하며 넘겨 버렸다.

그러나 자꾸만 미묘한 감정을 느꼈고, 그 아이 앞에만 서면 기분이 이상해지는 게 꼭 자신이 아닌 것만 같았다. 게다가 속에서부터 들끓는 열기를 느낄 때면 그녀에게 반응하는 자신을 혐오하기까지 했다.

— 날이 추워. 덮어.

— 오빠 냄새 좋네요.

초롱초롱하게 빛나고 있는 맑은 눈동자를 바라보고 있으면 마음이 일렁였다.

낯설지만 불쾌하지만은 않은 감각이 자신을 덮칠 때마다 당황했다. 피가 섞이지 않았어도, 이안과 영을 포함해 우리는 같이 자란 남매였으니까.

지안이 계속 신경 쓰이는 이유는 전부 여동생을 생각하는 오빠의 마음이라고, 그녀는 처음부터 예쁜 아이였으니까, 도진은 계속 그렇게 자신을 세뇌하고 납득시키며 살았다.

이게 사랑인 줄도 모르고 버티다가 바보처럼 진정한 자신의 마음을 깨달은 건 이미 돌이킬 수 없는 선이 둘 사이에 그어진 이후였다.

"지안이가 말을 안 해."

이안이 피곤한 눈가를 문지르며 나지막이 말한 내용은 도진을 충격에 빠뜨리기 충분했다. 그는 답답하다는 듯 자신의 머리를 헝클였고, 도진은 이안의 옆에 서 있는 주치의가 전하는 말에 숨이 탁 막혔다. 아주 꽉 막혀서 침을 삼키는 것조차 쉽지 않았다.

"정이 많은 아이라서 유안이를 쉽게 잊지 못하는 것 같아."

한동안 그들에게 금기어와도 같았던 이름. 이제 죽고 더는 세상에 없는 사람.

"아마도 기나긴 트라우마로 남겠지."

이안은 애써 미소를 지으며 그를 맞이했다.

쿵—.

오늘따라 문이 더욱 무겁게 닫혔다.

그래도 형이라고 의연하게 구는 이안을 가만히 바라보던 도진은 먼저 2층으로 올라가는 그의 뒤를 따라 지안을 보았다. 사람의 인기척에 지안은 천천히 고개를 돌렸다. 도진은 지안이 의도적으로 자신을 피했던 터라 오랜만에 그녀의 얼굴을 눈에 담을 수 있었다.

그러나 그것도 아주 잠시였다. 초점을 잃고 멍하게 풀어졌던 지안은 빠른 속도로 자리에서 벌떡 일어나 화장실로 달려갔다. 도진과 이안이 당황할 새도 없이 화장실로 들어간 지안은 변기를 붙잡고 속을 게워 냈다.

"괜찮아?"

이안이 놀란 얼굴로 지안의 뒤를 따라갔지만, 돌아온 건 문을 '쾅' 닫아 버리는 차디찬 반응이었다. 코앞에서 닫힌 문에 당황한 이안이 문을 두드렸다.

도진이 굳은 얼굴로 이안을 밀어내고 문고리를 돌렸지만 철 컥거리는 소리만 울렸다. 한숨을 길게 쉰 이안은 차라리 열쇠를 가져오겠다고 방을 나갔고, 도진은 문에 머리를 기대고 눈을 감았다.

화장실 안쪽에서 아무 소리도 들리지 않아 도진의 마음도 조급해질 때, 이안은 열쇠를 들고 들어와 문을 열었고, 바닥에 주저앉아 있는 지안이 보였다.

"너 왜 그러고……."

"내가 살아서 언니가 죽었어."

도진과 이안은 동시에 얼어붙었다. 한동안 말을 하지 않아

들을 수 없던 목소리가 들려서가 아니었다.

"……내가 죽었어야 했는데……."

혼자 중얼거리듯이 말을 하는 지안의 말을 들은 도진의 얼굴이 무참하게 일그러졌다. 지안의 말에 분노하던 이안이 지쳐서 쓰러진 그녀를 안아 들어 침대에 눕히고, 돌아간 김 박사를 다시 불러 모든 상황이 진정될 때까지 도진은 그 자리에서 움직일 수 없었다.

사고와 연관된 모든 사물, 상황, 심지어 사람까지 트라우마를 일으킬 수 있다는 말에 이안은 걱정스러운 얼굴로 도진을 보았다.

"형, 내가 문제인 것 같아."

도진은 잠에 든 지안을 가만히 바라보면서 자조적으로 웃었다. 사고의 진상을 조사하던 자신의 아버지인 차 사장이 한 말이 머릿속을 스쳐 지나갔다.

― 우발적인 사고가 아니라, CHA 그룹의 다음 후계자가 될 널 노리고 저지른 계획적인 범행이었어.

결국 지금 눈앞의 지안이 아픈 것도, 유안이 죽어 버린 것도 전부 자신의 탓이었다. 그게 무슨 말이냐며 묻는 이안의 말에 한층 짙어진 눈빛으로 누워 있는 그녀를 한 번 더 눈에 담고는 자리에서 일어났다.

"아무래도 이 집은 이제 마지막이겠다."

그 말처럼 도진이 본가 다음으로 익숙했던 지안과 이안의 집에 방문하는 것은 그날이 마지막이었다. 그리고 그는 지안의 앞에 나타나지 않았다.

시간이 조금 흐르고 학생이었던 지안이 성인이 되고, 도진이 회사 일에 참여하기 시작하는 동안 달라진 것이라고는 도진이 그날을 끝으로 더 이상 지안과 마주치지 않은 것, 그거 딱 하나뿐이었다.

이제는 직접 들을 수 없는 그녀의 소식이 멀어진 그들 사이를 적나라하게 보여 주는 것 같아서 속이 탔다. 그럼에도 여전히 나설 생각을 하지 못했다. 추스르지 못한 마음에 자신이라는 존재는 여전히 괴로움으로 남아 있을 테니까. 아물지 않은 상처를 자신의 이기심으로 굳이 헤집고 싶지 않았다.

도진은 아직도 자신을 보고 속을 게워 내던 여린 등을 잊지 못했다.

지안은 무거운 눈을 끔벅끔벅 감았다 떴다를 반복하다가 자리에서 벌떡 일어나 앉았다. 낯선 감촉의 이불은 이곳이 자신의 방이 아님을 알려 주고 있었다.

"미쳤나 봐."

잠결로 인해 멍했던 것도 잠시, 지안은 심장이 덜컥 내려앉는 것을 느꼈다. 충동적으로 도진에게 내뱉었던 모든 말이 되감기를 하는 것처럼 선명하게 떠올랐기 때문이다.

"그런 짓을 저지르고 잠이 오냐고."

신경질적으로 머리를 헝클이던 지안이 심호흡을 하며 침대에서 내려왔다.

얼굴을 이제 어떻게 보려고. 차라리 취했다고 말할까? 그 말을 믿어 줄까?

문고리에 손을 올리고 잠시 멈춘 그녀는 그가 이곳에 없기만을 간절히 바랐다. 그러나 그 바람이 무색하게 거실로 나가자마자 그녀를 기다리고 있었던 듯 소파에 다리를 꼬고 앉아 이쪽만을 바라보고 있던 도진과 마주쳐야 했다.

"일어났어?"

지안이 시선을 맞추지 못하자 도진은 자리에서 일어나 그녀에게 다가왔다. 그가 신고 있는 슬리퍼가 지안의 시선 안으로 들어왔을 때, 머리 위에서 다시 한번 낮은 목소리가 울렸다.

"밥 먹자."

도진이 가만히 서 있는 지안의 팔목을 잡고 주방으로 이끌었고, 그녀는 얼떨떨한 얼굴로 따라갔다. 그가 빼 주는 의자에 앉은 지안의 시선은 이리저리 움직이는 도진의 뒷모습을 따라 움직였다. 도진은 김이 모락모락 피어나는 죽을 지안의 앞에 내려 두었다.

"하 박사님이 너 든든하게 먹이라고 하셨어."

지안은 반창고가 붙여져 있는 왼쪽 손등을 반대쪽 손바닥으로 어루만졌다.

어쩐지 몸이 개운한 것 같더라니, 숙면이 아니라 만능 영양제의 효과였구나.

입술을 살짝 말았다가 놓은 지안이 죽을 한 스푼 떴다. 곱게 무른 쌀이 식도를 통해 부드럽게 넘어갔다.

"입맛에 맞아?"

"……네!"

이래서 사람은 죄를 짓고 살면 안 되나 봐. 도진이 말을 걸 때마다 지안의 몸은 크게 움찔거렸다. 지안은 숟가락의 크기가 민망할 정도로 적은 양을 뜬 죽을 입 속으로 밀어 넣고 도진의 눈치를 보았다.

"이거 오빠가 만든 거예요?"

"아니, 사 온 건데."

어색함을 피하기 위해 던진 말은 민망함을 함께 데리고 돌아왔다. 지안이 짧은 탄식을 흘리자 도진은 '피식' 웃었다.

"많이 먹어. 그래야 내가 만든 보람이 있지."

눈매가 부드럽게 휜 채 말을 정정하는 도진을 보고 지안은 그가 자신을 놀렸다는 사실을 알아차렸다. 지안이 뚱한 표정으로 괜히 의미 없이 죽만 휙휙 저었다. 그러자 도진이 짐짓 엄한 목소리로 말했다.

"장난치지 말고 먹어."

지안은 숟가락을 손가락 안에서 뱅글 돌리며 머뭇거리다가 어제의 일을 꺼냈다.

"어제 제가 한 말은……."

"그 이야기는 이제 안 꺼냈으면 좋겠어."

그러나 용기를 낸 것이 무색하게, 그녀가 문장을 끝맺기도 전에 무자비하게 끊겼다. 지안이 차가운 목소리에 놀란 눈으로 바라보자 그는 수저를 받침대에 내려놓고 고개를 들었다.

"나는 네가 살아 있는 게 다행이라고 생각해."

"……"

"어쩌면 모두가 죽을 뻔했잖아."

지안은 단호하게 말을 꺼내는 도진을 보고 누군가 망치로 자신의 머리를 때리고 간 것 같았다. 저와 도진, 그리고 이 세상에 없는 유안까지. 우리를 송두리째 흔들었던 사고의 무게를 잠시 잊고 있었다. '살리지 말지 그랬냐'는 말이 얼마나 그에게 무거웠을까. 지안은 다급하게 변명을 하려고 했다.

"오빠, 저는……."

"지안아."

도진은 다시 한번 그녀의 말을 끊고는 다정한 목소리로 이름을 불렀다. 오히려 그 다정한 음색이 그녀를 위로하기보다 더욱 겁먹게 만들었다. 도진은 차분한 시선을 지안의 얼굴에 고정했다.

"내가 너한테 실수했던 것 같아."

"……"

"감당하라고 했던 말, 정정할게."

지안의 얼굴이 딱딱하게 굳었다. 모든 것이 원점으로 돌아간 느낌이었다.

"아무것도 감당하지 마."

도진은 흔들림 없는 눈으로 지안을 바라보았다.

"그게 뭐든지 말이야, 나를 포함해서."

그러나 흔들리지 않는 그의 모습은 오히려 그녀의 가슴을 철렁하게 만들었다.

이래 버리면 꼭 나를 놓는 기분이잖아. 마치 당신을 놓아 달라는 것 같잖아. 차라리 자신보고 전부 감당하라고 다그치고 몰아세우는 것이 더 나았다. 지안은 금방이라도 눈물이 차오를 듯한 눈에 힘을 바짝 주었다.

"……무슨 뜻인지 물어봐도 돼요?"

"잘 생각해 봐. 너 자신한테 무리하고 있는 건 아닌지."

그녀는 도진에게 묻고 싶은 말이 많았지만 입술이 더 이상 떨어지지 않았다. 또 어떤 말로 나를 밀어낼까, 그런 생각 때문에 바들거리는 손가락에 힘만 주고 있었다.

"지금까지 내가 한 행동의 모든 이유는 너였어."

무너지지 않으려 애쓰던 몸짓은 도진이 나직하게 꺼낸 말로 인해 탁, 하고 풀렸다. 지안이 생각하지 못한 의외의 말에 또다시 철렁이는 가슴을 부여잡았다. 간신히 붙잡고 있던 심장이 보이지도 않는 밑바닥으로 떨어지는 기분이었다. 방금 전과는 조금 다른 의미로 말이다.

나 조금은 기대해도 괜찮은 걸까?

지안은 그의 진짜 마음을 조금이라도 들을 수 있을까 싶어 떨리는 눈길로 바라보았다.

"나는 네가 나 때문에 아프지 않았으면 좋겠어. 그래서 난 그 오랜 시간 너를 보지 않았고, 그래서 더더욱 이 결혼이 하고 싶지 않았어."

"······그게 무슨 소리예요?"

지금까지 자신을 거절하는 그 때문에 상처 받았는데, 사실은 그게 전부 자신을 위해서란다. 지안은 작게 피어난 기대감 속에서 어지러운 머리를 정리하기 위해 애를 썼다.

"넌 나를 보면 유안이가 생각나잖아. 그래서 힘들잖아."

갑작스럽게 등장한 유안의 이름이 정곡을 찔린 지안의 눈동자를 떨리게 만들었다. 이어진 도진의 말은 그녀로 하여금 아무 말도 할 수 없게 만들었다.

"나는 그동안 네가 참 많이 보고 싶었어."

"······오빠."

"그런데 네가 나를 보며 유안이를 떠올리면 내가 어떡해."

사정없이 흔들리는 지안의 눈동자를 보고도 담담하게 전하는 도진의 말에는 온갖 감정이 뒤엉켜 있었다. 그 음성이 절절하다고 느껴진다면, 자신의 착각인 것일까.

"네가 하자고 하면 나는 다 할 거야."

칠흑같이 까맣게 어두워진 눈동자에 지안의 모습이 선명하게 비춰졌다. 빨려 들어갈 것 같은 눈동자는 모든 것을 다 아는 것 같기도, 아무것도 모르는 것 같기도 했다. 이걸 어떻게 해석해야 할지 당황스러웠다.

"나는 그런 놈이니까, 네가 결정해."

이 상황의 모든 열쇠를 지안에게 넘기는 도진이었다. 의미를 알 수 없는 말에 지안이 그저 멍한 눈으로 바라보자 그는 눈짓으로 그릇을 가리키며 작게 웃었다.

"얼른 먹어. 다 식겠다."

갑자기 맹목적인 그가 혼란스러웠다.

그러나 꼭 무슨 일이 일어날 것만 같았던 그날을 마지막으로 며칠이 지나도록 지안은 도진의 머리카락 한 올조차 볼 수 없었다.

빡빡하게 차 있는 촬영 스케줄도 문제였지만, 가장 큰 문제는 그가 그녀를 찾아오지 않았다는 것이었다. 자신은 도진이 살고 있는 진짜 집을 알지 못해 그를 찾아가지도 못했다.

용기를 내어 딱 한 번 전화를 걸었을 때 돌아온 건 듣기 좋은 낮은 목소리가 아닌 활기찬 안내 음성뿐이었다.

그녀는 이제 헷갈리기 시작했다. 도진이 자신에게 시간을 주려는 것인지, 아니면 자신을 피하고 있는 것인지.

마지막으로 만났을 때 잘 생각해 보라는 도진의 의미심장한 말이 계속 맴돌았다.

─ 너 자신한테 무리하고 있는 건 아닌지.

자신이 무리를 하고 있다고, 도진은 어떤 뜻으로 그 말을 한 것일까. 그렇게 왜 비 오는 날 정유안을 찾아가서 네 감정 하나 못 이기고 차도진한테 그런 꼴을 보였냐고, 지안은 머리카락 사이로 손을 집어넣어 자신의 머리를 쥐어뜯었다. 그러다가 또 울컥했다.

"아무리 생각하라고 시간을 줘도 그렇지, 이렇게 무책임하게 피한다고?"

지안은 도진이 자신을 피하고 있다고 결론을 내렸다. 그렇지 않고서야 불쑥불쑥 나타나던 사람이 갑자기 연락까지 딱 끊어 버린 것이 이상했으니까.

죄 없는 핸드폰만 뚫어져라 노려보던 그녀는 갑자기 켜진 핸드폰에 화들짝 놀랐다.

"엄마야!"

지이이잉―.

지안은 혹시나 도진일까 봐 빠르게 핸드폰을 들어 올렸지만 발신자는 매니저인 경석이었다. 실망스러운 눈을 하고 통화 버튼을 눌렀다.

"네."

[도착했어. 내려와.]

"알았어."

전화를 끊고 한숨을 푹 내쉰 지안은 가방을 들고 경석이 대기하고 있는 주차장으로 내려갔다. 짙게 선팅이 되어 있는 검은 밴 앞에 서자 문이 자동으로 열렸고, 지안은 운전석에 앉아 있는 경석을 향해 인사를 하며 차에 올라탔다.

"좋은 아침."

"너는 좋은 아침이 아닌 것 같은데?"

"피곤하기는 해."

아무리 스케줄이 강행군이라지만 지안의 안색은 날이 갈수록 나빠졌다. 원래 드라마를 찍으면 후반부에 살이 빠진다고 하지만 유독 더 많이 빠졌고. 그게 걱정이 된 경석이 잔소리를 늘어놓았다.

"영양제 챙겨 먹었어?"

연락이 없는 도진 때문에 핸드폰만 노려보느라 경석이 매일 아침 챙겨 먹으라고 신신당부하던 영양제를 잊은 지안이 말이 없자, 경석은 룸 미러로 그녀를 노려보았다. 지안은 경석이 더 말을 늘어놓기 전에 잽싸게 선수를 쳤다.

"우리 오늘 외곽에 있는 스튜디오에서 찍는 거지?"

"아니, CHA 호텔에서 찍는다고 하던데?"

"CHA 호텔······?"

"응, CHA 호텔에서 촬영 허가, 또 받았나 봐."

"그래?"

CHA 호텔로 간다는 말에 지안의 두 눈이 반짝 빛났다. 그곳에서의 도진을 마주쳤을 때 얼마나 긴장을 했던가. 그러나 오늘은 차라리 그를 마주치기를 바랐다. 촬영 내내 보지 못한다면 그의 집무실로 올라가리라 다짐하면서.

호텔에 도착하고 보니 로비에서 찍었던 첫 촬영하고는 다르게 객실이 있는 한 코너가 전부 통제되어 있었다. 촬영하는 면에 있어서는 외부인을 차단하는 것이 훨씬 편하고 안정감 있겠지만, 이래서는 우연이라도 도진을 만날 확률이 희박했다.

결국 저번처럼 또 올라가야 하는 건가? 비서들이 신기한 눈초리로 보던데…….

지안이 남모르게 작은 한숨을 내쉬었다. 막내 스태프들이 촬영 위치를 잡느라 객실 복도에 서 있는 동안 지안과 건우는 비상계단에서 대기 중이었다. 지안의 한숨이 그들이 있는 공간을 울리자 곁에 있던 건우가 의아한 눈으로 그녀를 바라보았다.

"너 이 호텔만 오면 한숨을 그렇게 쉰다?"

"내가?"

"응, 여기 무너지면 너 때문에 땅이 꺼져서일 거야."

그녀는 말도 안 되는 소리를 하고 있는 건우를 살짝 흘겨보다가 다시 멍하니 앞을 보았다. 건우는 어딘가 기운이 없어 보이는 지안을 가만히 바라보다가 그녀의 동그란 머리 위로 손을 얹었다.

"내일 오후 촬영이지?"

"응."

"그러면 우리 집 올래?"

도진의 생각으로 가득 차 있던 지안의 머릿속에 드디어 작은 빈틈이 생겼다. 멀뚱하게 건우를 올려다보자 그는 어깨만 으쓱였다.

"너희 집?"

"저녁도 먹고, 드라마 모니터링도 같이하면 좋잖아."

가볍게 말하며 건네는 제안에 지안은 마음속으로 갈등했다. 촬영이 끝나자마자 도진을 만나러 가겠다는 야심 찬 마음을 먹기는 했지만 그를 만날 수 있다는 확신은 없었다. 그와 동시에 멀리서 그들을 부르는 스태프의 외침이 들렸다.

"그럼 같이 저녁 먹는 거다? 심심하면 일찍 와도 좋아."

건우는 또다시 생각에 잠겨 입술을 굳게 다문 지안의 어깨를 살짝 잡아 흔들며 말하고는 자신들을 찾는 스태프들을 향해 지금 간다며 목소리를 높였다.

"다들 기다리신다. 얼른 가자."

지안은 대답할 시간도 주지 않고 다급하게 자신을 뒤에서 밀며 스태프들에게 이동하는 건우를 향해 그저 헛웃음만 터뜨렸다.

스태프들 사이로 섞이는 지안과 건우의 뒤로 비상문이 '덜커덕' 닫혔다.

어지러웠던 마음 탓에 어떻게 찍었는지 모를 촬영을 모두 마치고 집으로 돌아와 씻은 지안은 화장대의 앞에 앉아 거울을 통해 멍하니 자신을 바라보았다. 거울 속에 비친 옅은 갈색 눈동자를 보던 그녀는 불과 두어 시간 전에 있었던 일을 떠올렸다.

― 죄송합니다. 전무님은 지금 호텔에 안 계십니다.

도진이 있는 집무실로 올라갈까 말까 고민하던 지안의 앞에 구세주처럼 나타난 김 비서는 촬영하는 동안 계속 고민한 것이 무색하게 허탈한 소식을 그녀에게 전해 줬다.

화장대 위에 올려져 있는 로션을 들어 얼굴에 찹찹 바르던 지안이 헛웃음을 터뜨렸다.

"진짜 참 만나기 힘드네, 차도진이라는 남자."

점심시간이 애매하게 지난 시계를 힐끔 본 지안은 핸드폰을 들어 몇 번 두들겼다.

자리에서 일어나 침대로 향하려던 그녀는 손안에서 느껴지는 진동으로 인해 제자리에 멈춰서 메시지를 확인했다.

침대로 가려던 발걸음은 곧바로 드레스 룸으로 향했다. 그리고 위아래로 편한 옷을 입고서, 모자를 손에 쥐고 나왔다. 대충 집 안을 둘러보고 핸드폰만 챙긴 그녀는 운동화를 구겨 신고 현관문을 벌컥 열었다. 그러나 활짝 열린 문이 무색하게 그녀는 집을 나서지 못했다.

"오빠……?"

지안은 제자리에 서서 숨을 훅, 들이켰다. 떨리는 눈빛으로 바라본 앞에는 요즘 자신의 머리를 그토록 괴롭혔던 도진이 서 있었기 때문이었다. 무어라 말을 하기 위해 입술을 떼려고 했지만 갑작스러운 도진의 등장에 꼬여 버린 뇌로 인해 입만 뻐끔거렸다.

그런 그녀를 가만히 내려다보던 도진이 큰 보폭으로 그녀에게 다가왔다. 한 발자국 다가오면 한 발자국 뒤로, 다시 한 발자국 다가오면 또다시 한 발자국 뒤로. 당황한 지안이 본능적으로 움직인 것이 마음에 들지 않은 듯, 도진의 한쪽 눈썹이 위로 올라갔다.

계속 도진으로부터 멀어지려던 그녀는 중문으로 인해 더 이상 뒤로 갈 공간이 없었다. 그러나 도진은 멈추지 않고 더 그녀에게로 가까이 다가왔다.

"……너무 가까워요……."

최소한의 공간조차 남기지 않으려는 듯 붙어 오는 도진에게 간신히 말을 뱉은 지안의 눈꺼풀이 천천히 일렁였다. 그는 시선을 어디에다 둬야 할지 몰라 방황하는 그녀를 말없이 내려다볼 뿐이었다.

가만히 눈동자만 이리저리 굴리던 지안은 얼굴에 닿아 오는 서늘한 손가락을 느끼고, 순식간에 달아오른 볼로 인해 느껴지는 온도 차로 인해 흠칫, 몸을 잘게 떨었다.

도진은 미약하게 움직이는 지안의 어깨를 보더니 고개를 숙여 그녀의 머리 위로 뜨거운 숨결을 내렸다. 찰랑이는 머리카락 사이로 드러난 목에 자신의 입술을 천천히 묻었다. 목덜미에서 느껴지는 생경한 감촉에 지안은 입을 다물어야 했다. 머릿속이 새하얗게 변해 버린 것처럼 멍하니 눈만 깜박였다.

한참이나 아무 말도 할 수가 없어 정적만 흐르다, 그녀의 새하얀 목덜미에 얼굴을 묻고 있었던 도진이 고개를 들었다.

"다른 남자 집에 가려고?"

평소보다 더욱 낮게 가라앉은 그의 목소리였다. 도진이 호흡할 때마다 나오는 따뜻한 숨결로 인해 그가 입술을 묻었던 목 언저리가 화상이라도 입은 듯 따끔했다.

"대답을 왜 안 해?"

그의 낮고도 선명한 목소리가 귓가에 닿자, 지안은 천천히 시선을 들어 올렸다. 그 눈에 담긴 것은, 어두운 눈동자 안에 오롯이 담겨 있는 것은 자신이었다.

지안은 떨리는 숨을 내뱉으며 어딘가 날이 선 말투로 묻는 도진을 혼란스러운 얼굴로 바라보았다.

왜 이렇게 화가 났지? 그동안 내 전화를 받지도 않던 사람이 누구인데?

갑작스러운 등장에 도진이 했던 질문을 까맣게 잊어버린 지안은 오히려 예민해 보이는 도진의 모습에 너무 어이가 없어 힘없이 입술만 벌릴 뿐이었다. 도진은 어리둥절한 그녀의 표정을 보고 헛웃음을 '픽' 터뜨렸다.

지안이 작은 실소와 함께 딱딱하게 굳어 있던 얼굴을 푸는 도진을 의아하게 바라보자, 그는 기다란 손가락을 들어 그녀의 볼 근처를 맴돌다가 아프지 않게 꼬집었다.

"아!"

힘이 실려 있지 않았기에 딱히 아프지는 않았지만 지안은 반사적으로 짧은 소리를 내었다. 그런 지안을 바라보던 도진은 아래서부터 위로 그녀를 한 번 쓱 훑고서는 고개를 살짝 비스듬히 기울였다.

"그렇게 입고 어디 가는데."

지안은 어디 가냐는 질문을 듣고, 그제야 아차 싶은 마음과 함께 도진의 등장으로 인해 기억에서 삭제되었던 목적지가 생각났다.

"맞다!"

다급하게 손에 쥔 핸드폰을 들어 시간을 확인하던 지안은 머리 위에서 느껴지는 눈초리에 슬그머니 시선을 위로 올렸다. 아니나 다를까 여전히 삐딱하게 기울어진 고개, 게다가 삐딱한 눈빛까지 장착한 도진의 이글거리는 시선을 볼 수 있었다.

자신이 잘못한 건 없는 것 같은데 괜히 저렇게 쳐다보니 가슴 한구석 어딘가가 찔리는 기분에, 지안은 커다란 눈을 깜빡이고 눈동자를 굴리며 주춤하는 목소리로 말을 꺼냈다.

"약속이 있어요."

"그 약속이 나보다 중요한가?"

지안은 미간을 티가 나지 않을 만큼 살짝 좁혔다. 예상하지 못했던 질문보다도 눈에 먼저 들어온, 자신보다 중요하냐고 물으며 부드럽게 눈매를 휘는 도진의 얼굴 때문이었다. 당연히 자신에게 가장 중요한 것은 본인이라는 것을 알고 있는 사람처럼 얼굴에 내려앉은 여유로움이 괘씸했다.

"약속은 지키라고 있는 거니까."

어깨를 으쓱거리며 도진에게 막힌 공간을 비집고 몸을 틀어 한쪽 다리를 앞으로 뻗었다. 그러나 제 품에서 빠져나가려는 지안을 가만히 놔둘 도진이 아니었다. 곧바로 긴 다리를 이용해 그녀를 다시 가두었다.

"여기까지 찾아온 사람을 바로 버리는 건 너무 매정한 거 아니야?"

서운한 표정을 짓는 도진을 보며 어이가 없는 건 지안뿐이었다. 의미심장한 말을 남기고서 연락을 하지 않은 건 도진이었다. 그리고 그 시간만큼 애가 탔던 건 그녀였다. 화를 낼 사람도, 서운함을 티 낼 사람도 그녀여야 했다.

"그래서, 갈 거야?"

"네."

그래서 지안은 도진이 제아무리 자신에게 최우선 순위라고 해도 바로 안 간다고 하기에는 자존심이 상해 마음에도 없는 소리를 했다.

"그럼 나는 정지안 없는 이 빈집에서 네가 올 때까지 기다리지, 뭐."

"뭐라고요?"

"얼른 다녀와. 약속 시간에 늦겠다."

그러나 도진은 어쩔 수 없다는 듯 고개만 끄덕이고는 오히려 지안의 등을 두드렸다. 적어도 한 번은 더 잡을 줄 알았는데 시무룩한 목소리로 자신을 보내주는 도진의 모습에 당황한 지안은 예정에도 없는 말을 막 내뱉었다.

"나 오늘 집에 안 들어올 건데!"

얼결에 튀어나온 말에 현관으로 밀리던 지안의 발도, 등을 토닥이며 그녀를 밀어내던 도진의 손길도 멈췄다. 지안은 반사적으로 도진의 눈치를 살폈으나, 매끈한 미간에는 주름 하나 생기지 않았다. '잘못된 도발이었나?' 생각할 때쯤, 묘하게 거칠어진 도진의 음성이 지안을 향했다.

"아무리 동료여도 남자인데, 단둘이 한집에 있는 건 조금 아니지 않나?"

도진은 어딘가 불쾌한 얼굴을 지었다. 지안은 변해 버린 도진의 표정보다 그가 한 말에 더 놀랐다. 자신이 누구를 만나러 가는지 다 알고서 찾아온 것 같았다.

"어떻게 알았어요?"

지안은 동그란 눈을 크게 뜨며 도진을 올려다보았다.

몇 시간 전, CHA 호텔, 도진의 집무실.

도진은 책상에서 아무 의미 없이 펜대만 굴렸다. 멀리서 보면 그가 회사 발전을 위해 심각하게 고심하고 있는 것처럼 보였으나, 사실은 결재 서류를 펼쳐 놓고도 글자가 눈에 들어오지 않아 반복해서 읽는 중이었다. 물론 여러 번 읽는다고 해서 나아지는 건 없었지만. 특히 그녀에게서 온 전화가 울리는 1분여의 시간 동안 화면을 바라보기만 한 이후로는 지끈거리는 두통까지 생겨 버렸다.

다시 만난 우리는 모든 게 갑작스러웠다. 그래서 혹시 이성적인 선택보다 감정이 더 앞서는 건 아닐까, 걱정이 된 도진은 지안에게 시간을 주고 싶었다.

"하아……."

좀처럼 일에 집중이 안 되자 짙은 한숨을 내쉬며 손가락 끝으로 눈썹을 매만지던 도진이 답답함에 결국 펜을 던지고 자리에서 일어나 잔잔하게 흘러가고 있는 물결을 내려다보았다. 이리저리 엉킨 마음과는 대조적인 풍경이었다.

지안과 마지막으로 만난 다음 날부터 계속 머릿속이 정리되지 않았다. 그러나 이런 마음을 또 어떻게 알았는지, 안 그래도 복잡한 마음에 불을 지르는 김 비서였다.

"정지안 씨, 지금 70층에서 촬영 중입니다."

"……."

"보러 가지 않으십니까?"

도진은 천천히 뒤로 돌았다. 김 비서를 향해 짧은 시선을 던진 도진이 단정하게 매고 있던 넥타이를 살짝 내리며 자리에 다시 앉았다.

"업무에 불필요한 이야기는 사양하겠습니다."

펜을 손에 쥔 도진이 서류의 마지막 장에 거침없이 사인을 했다. 그렇게도 집중을 못 하던 도진이 타인을 앞에 두고 나서야 비로소 정신을 차린 것이었다. 김 비서는 묵직하게 고개를 숙였다.

"주제넘은 말이었다면 죄송합니다."

"사양하겠다고 했지, 주제넘었다고 한 적 없습니다."

도진은 나긋한 목소리로 말하며 사인을 마친 결재 서류 판을 김 비서를 향해 뻗었다. 빠르게 받아 드는 김 비서를 가만히 보다가 귀 끝을 매만지며 물었다. 불과 몇 분 전에 업무에 불필요한 이야기는 사양하겠다고 했지만, 이런 말을 괜히 꺼낼 자신의 비서가 아니었으니까 이유가 궁금했다.

"그런 말을 할 정도로 제가 평소와 다른가요?"

"아……."

김 비서의 입에서 짧은 탄식이 흘러나왔고, 도진은 그 반응을 긍정의 대답이라고 알아들었다.

"티가 많이 났나요?"

"네."

의자 헤드레스트에 머리를 기대며 묻자, 한 치의 망설임도 없이 고개를 끄덕이는 김 비서에 도진은 '피식' 웃었다. 책상 위를 손가락으로 몇 번 두들긴 도진이 다시 한번 입을 열었다.

"그러면 김 비서님까지 알고 있는 제 문제를 지금 해결하는 게 좋을까요?"

"원활한 업무를 위해 그래 주시면 감사하겠습니다."

표정 하나 변하지 않고 일침을 가하는 김 비서의 모습에 도진은 결국 헛웃음을 터뜨렸다. 요즘 들어 자신의 생활이 많이 망가진 느낌이 들었다. 게다가 곁에 있는 비서조차 원활한 업무를 원하고 있으니, 더 이상 이대로 있는 건 프로답지 못했다. 원인도, 해결 방법도 이미 알고 있으니, 실행에 옮기면 되는 일이었다.

"바람 좀 쐬고 오겠습니다."

"오늘 특별한 일정은 없으니 오래 쐬고 오셔도 됩니다."

자신이 무엇을 하러 가는지 이미 알고 있는 듯한 미소를 짓는 김 비서를 향해 고개를 끄덕였다.

집무실을 나오고 엘리베이터를 잡는 동안 무거운 마음과는 다르게 발걸음은 가벼웠다. 엘리베이터에 오른 도진이 71층으로 가는 버튼을 눌렀다.

띵―.

지안이 있는 곳보다 한 층 위에서 내린 도진이 망설임 없이 저벅저벅 걸어간 다음에 활짝 문을 연 곳은 비상구였다.

철컥―.

묵직한 비상구의 문이 닫히고, 도진은 천천히 아래로 향하는 계단을 밟았다. 목적지에 가까워질수록 웅성거리는 소리도 커졌다. 마지막 계단을 앞둔 도진이 계단참에서 걸음을 멈추고 차가운 벽에 몸을 기대었다.

도진의 눈에 보이는 것은 열려 있는 70층 비상구에 나란히 기대어 대화를 주고받고 있는 지안과 건우의 모습이었다. 그들의 눈에는 도진의 모습이 계단에 가려져 보이지 않았다.

"그러면 우리 집 올래?"

"너희 집?"

반가운 목소리였으나 반길 수 없는 대화에 도진이 미간을 슬쩍 구겼다. 소리가 울리는 구조 덕에 둘의 대화는 도진의 귀에 하나도 빠짐없이 들어왔다.

"심심하면 일찍 와도 좋아."

그 말을 끝으로 멀리서 들리는 스태프의 부름에 지안과 건우는 비상구를 빠져나갔다.

딱 봐도 작업 멘트처럼 느껴지는 건우의 말에 도진은 실소를 흘렸다. 그리고 침묵했으나 거절의 의사를 비추지 않은 지안의 암묵적인 동의까지, 모든 게 마음에 들지 않았다.

원래 지안의 얼굴만 조용히 보고 가려던 계획이었는데 상대 배우, 친한 동료, 그딴 거 다 상관없이 다른 남자와 다정한 모습을 보자마자 속이 부글부글 끓었다. 그녀에게는 잘 생각해 보라고, 그녀가 어떤 선택을 하든지 군말 없이 다 받아들일 것처럼 행동했으면서 고작 저런 모습에 가슴부터 꽉 막히는 자신의 이중적인 모습에 헛웃음을 터뜨렸다.

"널 놓고 싶지 않아."

마음 깊숙한 곳에서 탁, 하고 터져 나온 진심이었다. 얼마 만에 만난 우리인데. 이대로 다시 무작정 참기만 했던 지난날들로 돌아가고 싶지 않았다.

도진은 눈을 감고서 목을 뒤로 젖혔다. 심사가 뒤틀려 바닥부터 차오르는 화는 등과 맞붙어 있는 차가운 벽으로 가라앉히기에는 역부족이었다.

숨소리만 존재하는 계단 위에서 한참을 그러고 있다가 눈을 번뜩 뜨고는 몸을 돌려 집무실로 올라갔다. 이번에는 자신의 마음이 가는 대로 해 볼 생각이었다.

금방 나타난 상사의 모습에 김 비서는 놀란 눈으로 바라보았다.

"특별한 일정 없으니, 오늘은 일찍 퇴근하죠."

"지금요……?"

아까 자신이 한 말을 놓치지 않고 그대로 말하는 도진을 본 김 비서는 벽에 걸려 있는 시계를 보았다. 점심시간까지는 아직 한 시간이 남아 있었다. 그런데 지금 퇴근을 하겠다고? 김 비서는 자신이 제대로 들은 말이 맞는지 다시 곱씹느라 눈을 굴렸다.

"아, 지금 가면 반차려나. 그러면 그렇게 처리하셔도 됩니다."

반차로 처리하라는 도진의 말에 김 비서는 생각했다.

지금 가시면 반차도 아니십니다. 그냥 땡땡이지.

대체 무슨 일이 있었길래 워커홀릭 차도진이 점심시간이 지나기도 전에 퇴근을 말하는지. 당장 해결해야 하는 급한 보고가 있는지 없는지, 김 비서의 머리가 바쁘게 굴러갔다. 김 비서의 속도 모르고 도진은 이미 나갈 채비를 모두 마쳤다.

"그럼 내일 봅시다."

"내일 뵙겠습……."

김 비서가 인사를 마치기도 전에 바람처럼 호텔을 나온 도진은 단 한 번도 멈추지 않고 지안의 집으로 향했으면서도, 주차를 마친 차 안에서 자신의 얼굴을 쓸어내리며 실없이 웃음을 터뜨려야 했다.

"꼭 스토커가 된 기분이네."

도진은 의자에 머리를 기대며 주차장의 입구만 하염없이 바라보다 눈을 감았다. 이게 그녀를 향한 집착일지라도 다시 돌아갈 생각은 전혀 없었다.

주차장으로 들어오는 차량의 소리에 도진은 감았던 눈을 천천히 떴다. 그새 익숙해진 지안의 회사 차 번호판을 확인한 도진은 매니저와 인사를 하고 문 안으로 들어가는 그녀를 가만히 바라보았다.

잠깐의 텀을 두고 차에서 내린 도진은 그대로 다음 엘리베이터를 타고 지안의 집 앞에서 서성거렸다. 쿨하지 못한 이런 자신이 한심하면서도, 그녀의 일이라면 남달리 강한 소유욕부터 끓는 낯선 이 기분이 나쁘지 않다고 생각했다.

벌컥─.

잡다한 생각이 머리를 지배하고 있을 때 열린 문 사이로 얼굴을 보인 그녀를 보자마자 도진은 얼굴이 일그러지지 않도록 노력해야 했다. 화장기가 없어 수수하지만 화사한 얼굴, 청초하게 빛나는 저 얼굴이 마음에 들지 않았다.

친하고 익숙한 사람에게 가는 듯한 편해 보이는 모습도 마음에 들지 않았다. 말간 얼굴로 짓는 해사한 웃음이 자신이 아닌 다른 남자에게 닿는 것도 보기 싫었다. 제 앞에서 짓는 어색한 모습이 아닌 자연스러운 이 모든 게 도진의 심기를 거스르고 있었다.

도진은 사람 욕심이 정말 끝도 없다는 것을 몸소 체험 중이었다. 이 욕심을 어떻게 너그럽게 포장해야 들키지 않을까 고심해야 했다.

"나 오늘 집에 안 들어올 건데!"

잘못 들은 줄 알았다. 그러나 표정 변화가 없는 지안을 보니 진심인 것 같아 불쑥 신경질이 나 예민하게 말이 튀어나왔다.

"아무리 동료여도 남자인데, 단둘이 한집에 있는 건 조금 아니지 않나?"

"어떻게 알았어요?"

그러나 집에 안 들어온다는 말 한마디에 터져 버린 질투심에 누구를 만나는지, 어디를 가는지, 아무것도 모른 척 지안을 막아서려던 도진의 속내가 전부 들통이 나 버렸다. 뒤늦게 입을 꾹 다물었지만 자신을 뚫어져라 바라보는 지안의 눈빛을 피하지는 못했다.

"오빠 혹시⋯⋯."

"⋯⋯."

"나 아까 호텔에서 촬영할 때, 왔었어요?"

놀란 표정으로 자신에게 묻는 지안의 얼굴을 바라보던 도진은 슬그머니 자신의 입 안의 여린 살을 깨물었다. 그녀는 대답을 꼭 듣고야 말겠다는 듯 그의 눈을 끝까지 따라오며 시선을 떼지 않았다. 건우에게 가려던 것도 잊었는지 허리에 손까지 짚으며 도진에게 완전히 몸을 돌려 입술을 움직였다.

"나 만나러 온 거예요?"

"응."

결국 도진은 솔직하게 대답했다. 그러자 지안의 반응은 더욱 격하게 변했다. 콩콩, 자리에서 작게 뛰어오르며 목소리까지 높아졌다. 자신을 만나러 왔다는 그 한마디에 그에게 서운했던 마음 한구석이 사르르 녹아 버렸다.

"만나러 왔는데, 왜 인사도 없이 다시 갔어요?"

"외간 남자랑 다정하게 저녁 약속을 잡고 있길래."

이미 다 들킨 상황에 이제 와서 굳이 숨길 이유도 없었고, 그러고 싶지도 않았다. 이 감정이 질투라고 대놓고 말을 하는 것일지라도 도진은 하고 싶은 대로 해 보기로 했다.

"건우가 무슨 남자예요?"

"여자는 아니잖아."

당연한 사실을 심각하게 말하는 도진을 보고 지안은 말을 삼켰다. 굳이 입 밖으로 소리 내어 말하지 않아도 그녀가 무슨 생각을 하고 있을지 눈에 보인 도진은 눈웃음을 지을 뿐이었다. 길게 휘어지는 눈매를 놓치지 않은 지안은 눈썹을 작게 꿈틀거리며 눈을 가늘게 떴다.

"혹시 건우를 질투했어요?"

"응."

얼굴색 하나 변하지 않고 빠르게 나온 도진의 대답이 믿기지 않는지 지안의 눈이 희미하게 일렁였다. 오히려 도진은 무엇이 문제냐는 듯 한쪽 눈썹을 들어 올린 채 지안을 내려다보았다.

"보면 몰라?"

"……"

"다른 남자 집에 내 여자가 들어갈까 봐, 눈 돌아서 여기까지 달려왔잖아."

도진은 대충 머리를 쓸어 넘기며 헛웃음을 터뜨렸다. 갑자기 이런 감정을 터뜨리는 자신을 자신조차 이해하지 못하겠으니, 그녀가 놀라는 것도 무리는 아니었다. 도진은 지안에게 가까이 다가가 자신의 얼굴을 확 들이밀었다.

"그래서, 질투하는 나를 두고 나갈 거야?"

한 번도 부려 본 적 없는 끼를 내, 지안이 자신을 두고 가지 않기를 바라며 눈가를 접었다. 다행히도 여우처럼 웃으며 묻는 도진의 얼굴이 통했는지 지안은 고개를 살짝 저어 보였다. 그제야 후련한 얼굴로 마음을 놓고 웃었다.

"들어가자."

도진은 지안의 어깨에 손을 올리고는 집 안으로 이끌었다.

띠링—.

어디야?

타이밍 좋게 울리는 지안의 핸드폰에 그녀의 시선도, 도진의 시선도 한곳으로 몰렸다. 발신자가 건우임을 확인한 그녀는 도진의 눈치를 힐끔 살피다가 괜히 목을 가다듬고서 손가락을 빠르게 움직였다.

미안. 나 갑자기 일이 생겨서 못 갈 것 같아.

답장을 보내자마자 건우도 확인했는지 다시 알람이 연달아 울렸다.

그래? 그럼 일 잘 보고.

너 못 온다니까 다른 사람들 엄청 아쉬워하는 중.

지안은 밝게 빛나는 화면을 빠르게 훑고서 혹시나 도진이 볼까, 다시 꺼 버렸다.

"들어가요."

지안은 도진의 등을 밀며 걸음을 옮겼다. 하나만 알고 둘은 몰랐던 도진이 놓친 것은, 그녀만이 건우의 집에 가는 게 아니라는 사실이었다. 오늘은 같이 작품을 하고 있는 다른 배우들과 친한 스태프까지 건우의 집으로 모이기로 한 약속이었다.

질투라는 건 하나도 모를 것 같은 매사 차가운 사람이 다른 사람도 아닌 건우를 질투해서 여기까지 달려온 것이 내심 마음에 들었던 지안이다. 그녀는 스멀스멀 피어오르는 미소를 숨기지 않고 앞서 나가는 도진의 뒤를 총총 따라갔다. 도진을 질투심에 사로잡히게 만들었던 말간 얼굴이 더욱 화사하게 빛나고 있었다.

"우리 뭐 먹을까요?"

거실에 들어선 지안은 벽에 걸려 있는 시계를 보고 도진에게 말했다. 촬영이 애매한 시간에 끝난 탓에 오늘 하루 동안 제대로 먹지 못한 지안은 점점 허기가 지는 배에 손을 얹었다. 그 모습을 놓치지 않은 도진이 그녀에게 물었다.

"배고파?"

끄덕끄덕, 도진의 물음에 지안은 고개를 크게 끄덕이며 배달 앱을 켰다. 도진은 그런 그녀를 보고 '피식' 웃음을 터뜨렸다. 지안은 마땅한 음식이 있나 메뉴를 살펴보며 도진을 살짝 흘겨보았다.

"하루 종일 간단하게 먹었더니 밥이 필요하다고요. 근데 오빠도 배달 음식 먹어요? 그런 거⋯⋯."

지안은 도진이 직접 배달 음식을 시켜서 먹는 상상이 전혀 되지 않아 의문스럽게 말하다가 말꼬리가 길게 늘어졌다. 어느새 그녀 곁으로 가까이 다가온 도진이 바짝 붙어서 화면을 내려다보고 있었기 때문이다. 귓가에 닿은 도진의 심장 소리가 적나라하게 들렸다. 도진의 심장 박동을 듣자마자 지안의 심장 역시 빠르게 뛰기 시작했다. 이 정도면 부정맥을 의심해 봐야 하는 것 아닌가 싶을 정도로 비정상적으로 뛰는 심장 소리에 지안은 반사적으로 도진에게서 한 걸음 떨어졌다.

"크흠, 그런 거 안 먹죠? 그러면 내가 만들어 줘도 돼요?"

지안은 일부러 큰 소리로 목을 가다듬으며 도진에게 물었다. 지안의 물음에 도진은 고개를 갸웃거리며 의아한 얼굴로 답했다.

"요리할 줄 알아?"

"잘하지는 못해도, 간단한 건 할 줄 알아요."

"그래."

바로 고개를 끄덕이며 대답하는 도진의 모습에 지안은 호기롭게 말한 것과 다르게 언제나 최고급 셰프들의 음식만 먹어 왔을 그에게 본인의 요리를 내보일 자신이 없어져 조금 위축된 목소리로 다시 한번 물었다.

"정말 내가 해도 괜찮아요?"

"네가 했다면 독을 타도 맛있게 먹어 줄 수 있어."

"무슨 말도 안 되는……."

도진의 장난에 지안은 그를 째려보고서 냉장고 문을 열었다.

"도와줄까?"

"괜찮아요. 오래 안 걸려요."

냉장고에서 재료를 꺼내는 지안을 보며 도진이 묻자 그녀는 고개를 절레절레 저으며 손을 씻었다. 도진은 그런 지안을 가만히 바라보다가 주위를 둘러보았다.

"집 구경해도 돼?"

"돼요. 볼 건 없지만."

별거 없다는 듯이 말하며 허락한 지안을 보며 도진이 능글맞게 웃어 보였다.

"침실도 허락해 주나?"

도마 위에서 칼을 들다가 손목을 삐끗한 지안은 베이지 않은 자신의 손가락을 보고 안도의 한숨을 내쉬며 도진을 향해 코웃음을 쳤다.

"어차피 어딘지도 모를걸요?"

"나도 이 집 구조는 대충 알고 있어서."

도진이 어깨를 으쓱이며 대수롭지 않게 말하자 지안은 미처 생각하지 못한 사실에 입을 떡 하고 벌렸다. 한 번도 보지 못했던 의문의 이웃이 바로 눈앞에 있다는 것을 말이다.

"거긴 안 돼요!"

"알았어, 알았어."

지안이 다급하게 도진을 말리자 그는 '쿡쿡'거리며 웃고는 손가락을 들어 동그라미를 만들며 거실로 나갔다. 도진의 뒷모습을 노려보던 지안이 바람 빠진 웃음을 터뜨렸다.

도진과 있으면 연기할 때보다 더 다이내믹한 감정을 느끼는 것 같았다. 사람을 숨 막히게 긴장시키다가도, 언제 그랬냐는 듯 편안하게 만들었다.

연기할 때를 제외하고 자신이 지금처럼 많은 감정을 가진 적 있었나 생각해 보면, 지극히 단조로웠던 일상뿐이었다. 도진의 등장 하나로 롤러코스터를 타고 있는 이 일상이 적어도 그가 없었던 날들보다는 훨씬 괜찮았다. 무언가 속으로 다짐한 지안은 다시 요리에 집중하기 시작했다.

착, 착, 착.

매끄러운 칼질에 재료들이 정갈하게 잘려 나갔다.

평소보다 더 심혈을 기울여 만든 지안의 요리는 김치볶음밥이었다. 웍에 담긴 김치볶음밥을 그릇에 예쁘게 옮겨 담은 지안이 고개를 돌려 도진이 왔는지 확인했다.

"이렇게 오랫동안 구경할 만한 게 없을 텐데."

아직까지 돌아오지 않은 도진을 의아하게 생각한 지안이 앞치마를 벗고 그를 찾아 나섰다. 방을 하나하나 살펴보던 그녀가 도진을 발견한 곳은 자신의 서재였다.

가만히 서 있는 도진의 옆모습을 본 지안은 그에게 다가가며 여기서 뭐 하고 있냐고 물어보려다가 그 자리에 멈췄다. 지안은 멍하니 도진을 바라보았다. 아니, 정확히는 액자를 들고 있는 도진의 손을.

군이 가까이 다가가서 확인하지 않아도 그녀는 그게 무엇인지 정확히 알고 있었다. 도진을 다시 만난 이후로 늘 제 마음을 괴롭히던 사진. 볼 때마다 자신을 충동적인 사람으로 만들던 사진. 유안을 가운데 두고 이안과 지안이 나란히 서서 환하게 웃고 있는 사진은, 자신의 집에서 유안이 담겨 있는 유일한 사진이었다.

어느 순간부터 자신의 책상 위에 엎어져 있던 사진을 들어 알 수 없는 눈으로 바라보고 있는 도진을 물끄러미 보며 지안은 그 자리에 가만히 있었다.

인기척을 느낀 도진은 고개를 들어 시선을 문 쪽으로 두었고, 지안을 확인하자 들고 있던 액자를 제자리에 내려놓고서 그녀를 보고 환하게 웃었다. 그러나 도진을 따라 웃을 수 없던 지안은 도진이 내려놓은 액자에 시선을 두었다가 천천히 입술을 떼었다.

"나, 오빠한테 하나만 물어봐도 돼요?"

"응."

단번에 고개를 끄덕이는 도진이었으나, 지안은 망설이듯 입술만 달싹였다. 도진은 몇 번이나 말하기를 주저하는 그녀를 재촉하지 않고 기다렸다. 정적이 길어지자 지안은 손바닥에 난 땀을 바지에 슥슥 문질렀다.

"정말 내가 보고 싶었어요?"

지안은 말을 하면서 자신의 눈가가 뜨거워지는 것을 느꼈

116

다. 예상하지 못한 질문이었는지 도진의 눈이 살짝 커졌다가 원래의 크기로 돌아왔다. 지안은 미세하게 변했다가 돌아온 그의 눈을 알아차렸지만 내색하지 않았다.

"정말 내가 보고 싶었어요?"

물기 가득한 물음을 끝으로 도진과 지안 사이에는 고요한 숨소리만 내려앉았다. 1분이, 1초가 이렇게도 길었던가. 지안은 겉으로는 차분하게 그의 대답을 기다리면서도 속은 바싹 타들어 갔다. 뜨거워진 눈가에 눈물이 핑 돌기는 했으나, 절대 흘리지는 않았다. 불쑥, 치고 올라오는 감정에 지배당하고 싶지 않았다.

도진은 입술을 질끈 물고 있는 지안의 입부터 천천히 위로 눈길을 주었다. 쭉 뻗어 있는 콧등을 지나 촉촉하게 젖은 눈망울을 마주하자, 눈을 지그시 마주하고 고개를 끄덕였다.

"응, 아주 많이."

잠시 대답을 미뤘던 것에 비해 도진의 입술 사이로 흘러나온 건 단호하고도 확고한 목소리였다.

아주 많이 보고 싶었다는 대답을 듣자마자 지안은 그대로 울어 버리고 싶었다. 분명 듣고 싶었던 말인데, 마음은 왜 이렇게 이상한 건지. 그녀는 바르르 떨리는 입술을 안으로 말아 숨기며 미소를 그려 냈다.

"다 됐어요. 얼른 먹으러 가요. 나 배고파요."

도진이 고개를 끄덕이자 지안이 등을 돌리며 서재를 먼저 빠져나왔다. 어느새 도진이 다가와 뒤를 따르는 게 느껴지자,

그녀는 일부러 식탁 근처를 부산스럽게 움직였다.

"치즈도 올려 줄까요?"

"괜찮아. 이거 옮기면 돼?"

"네, 고마워요."

김치볶음밥이 담긴 그릇을 양손에 들어 올린 도진이 테이블 위로 옮겼다. 지안은 간단히 마실 것을 챙긴 다음에 도진의 맞은편에 앉았다.

"내가 오빠한테 해 준 첫 요리네요."

지안이 슬며시 웃으며 파르르 떨리는 입가를 숨겼다. 다행히 도진은 눈치채지 못했는지 '피식' 웃으며 지안의 말을 받아쳤다.

"첫 요리 아닌데."

"네……?"

"네가 중학생 때인가? 그때도 김치볶음밥이었는데."

지안은 희미하게 남아 있는 기억을 되짚었다. 그러다가 번뜩 뇌리를 스치는 기억에 눈을 반짝였다. 그녀가 기억을 해 낸 것을 알아차린 도진이 확인시켜 주듯 작게 웃음을 터뜨리며 말을 보탰다.

"학교에서 요리했다고, 도시락에 담아서 줬잖아."

지안은 도진의 기억력에 새삼 감탄했다. 학교에서 만들었던 김치볶음밥은 그녀 생애 처음으로 만든 요리였다. 기념이라도 하듯 준비해 온 도시락에 예쁘게 담은 뒤, 맞은편 고등학교에서 공부하고 있던 이안과 유안, 그리고 영과 도진에게 주었다.

자신도 잊고 있던 일을 기억하고 있는 도진이 신기했다.

"그걸 기억해요?"

"글쎄. 기억이 나는 건지, 아니면 잊지 못한 건지."

의미를 알 수 없는 말에 지안이 도진을 가만히 바라보자, 그는 가벼운 웃음을 터뜨렸다.

"잘 먹을게. 고마워."

"입맛에 맞을지 모르겠어요."

"그때도 맛있었어."

지안은 처음이라 모든 것이 서툴렀던 오래전인 그때나 지금이나 맛있다며 그릇을 빠르게 비워 나가는 도진의 손끝에 시선을 두며 생각에 잠겼다. 하고 싶은 말이 있는데 지금 하는 게 맞을까 아닐까. 고민의 끝은 길지 않았다.

도진이 수저를 내려놓고 절반도 채 비우지 못한 지안의 그릇을 보며 걱정스럽게 입을 열려던 찰나, 지안의 말이 더 빨랐다.

"오빠가 그랬었죠. 아무것도 감당하지 말라고."

지안이 꺼낸 이야기에 도진은 말없이 그녀의 눈을 응시했다. 지안은 자신과 눈을 맞추는 도진의 까만 눈동자를 보며 무릎 위에 얹어 놓은 손에 힘을 주었다.

"나는 감당하고 싶어요. 그게 무엇이든, 아파도 감당하고 싶어요. 오빠의 모든 것을."

'결국 내가 감당해야 하는 것의 끝이 언니라 해도.'

미처 뒷말은 하지 못하고 속으로 삼킨 채 도진에게 대답했다. 혹시라도 목소리가 흔들리면 어떡하나 걱정했지만, 다행히 담담하게 나오는 음성에 안도하며 편안하게 도진을 바라볼 수 있었다. 그러나 반대로 도진은 무거워진 입으로 그녀의 이름을 불러야 했다.

"지안아."

고작 이름만 불렀을 뿐인데, 자신을 막으려는 것만 같은 느낌을 받은 지안은 아랑곳하지 않고 말을 이었다. 어차피 그의 입에서 나올 말은 그가 의도하지 않았어도 자신에게 상처 주는 말뿐일 테니까. 아프지 않았으면 좋겠다는 말이 자신에게는 더 아팠다. 지금까지 자신을 위해 꺼내는 도진의 말에 더 다치는 기분을 느껴야 했던 지안은 굳은 다짐을 했다.

방금 전, 서재에서 유안과 함께 찍은 사진을 슬프게 바라보던 도진의 눈을 보고 생각했다.

이대로 다 포기하고 그를 보지 못한다고 해도 어차피 아픈 건 똑같을 것이라고. 그러면 차라리 그의 옆에 남아서 아프겠다고.

지안은 속이 새까맣게 탄다고 해도, 기꺼이 그럴 생각이었다. 어차피 자신이 오롯이 감당해야 하는 것들이었다.

"그러니까 다시는 나 피하지 말아요."

지안은 새까만 눈동자에 비친 자신의 모습을 바라보며 마음먹었다.

Chapter 3

나한테는 정말 너뿐인가 봐

제이 호텔 1층 카페, 유진은 카페 입구로 들어서자마자 느껴지는 소란스러움에 주위를 둘러보았다. 카페 안에 있는 사람들은 모두 한곳을 계속 힐끔거리고 쳐다보기 바빴다. 유진 역시 자연스럽게 사람들의 시선이 향한 곳을 돌아보았다. 그러자 그곳에는 의외의 사람이 주변 시선은 신경 쓰지 않은 채 무언가를 집중해서 읽고 있었다.

"차도진?"

도진은 자신의 이름을 부르는 목소리에 보고 있던 서류에서 시선을 떼고 고개를 들었다. 도진이 반응하자 반가움에 환하게 웃어 보인 유진은 도진의 맞은편에 있는 의자를 빼내어 자리에 앉았다.

"CHA 호텔 이사님께서 경쟁 호텔에는 어쩐 일이야?"

유진은 생각지도 못한 만남에 마음이 들떴다. 쫓겨나듯이 도진의 집무실을 나와야 했던 그날을 마지막으로 다시 찾아갈 마땅한 이유가 생기지 않아 만나지 못했었는데, 행운처럼 찾아온 기회를 놓칠 이유가 전혀 없었다.

도진은 자신의 앞자리에 앉는 유진을 무심하게 쳐다보고는 다시 서류로 눈을 돌리며 말했다.

"너는 무슨 일인데."

전혀 궁금하지 않은 듯한 도진의 말투였지만 유진은 가슴 한구석이 뜨끔해지는 것을 참아야 했다. 도진 앞에서 마땅한 말을 찾지 못하던 그녀는 간신히 표정을 관리해 입꼬리를 끌어 올리고서 가볍게 어깨를 으쓱였다.

"아버지로부터의 자유?"

도진은 자유를 찾아 집을 나와 호텔에 왔다는 유진의 말에 관심이 없는 듯 가볍게 고개를 끄덕였다.

유진은 여전히 서류에서 눈을 떼지 않는 도진의 눈치를 살피다가, 그동안 자신을 답답하게 만들었던 일을 조심스럽게 꺼냈다. 말투는 무심했지만 눈빛은 그렇지 않았다.

"지안이 오랜만에 보니까 반갑더라. 너는 지안이랑 종종 만났어?"

지안의 이름을 꺼내자마자 빠르게 자신을 바라보는 도진을 보고 유진은 슬그머니 이유 모를 불안감에 휩싸였다. 10년 넘게 공을 들이고 있는 이 남자를 꼭 허무하게 뺏길 것만 같은 느낌. 유진은 불길한 기분을 떨치기 위해 목소리를 높이며 웃었다.

"연예인은 연예인인가 봐. 어렸을 때도 예쁘더니, 더 예뻐졌더라."

마음에도 없는 소리를 해 가며 도진의 반응을 살피던 유진은 이유 모를 불안감이 어느 정도 윤곽이 잡힌 듯해서 입술을 지그시 깨물었다.

"지안이 보고 싶어 하는 애들 많았는데, 그동안 연락 주고받았으면 네가 초대 좀 하지 그랬어."

유진은 대답을 하지 않는 도진의 모습에 점점 굳어 가려는 얼굴을 억지로 풀어내고 아쉬운 척 다시 말을 건넸다.

"남의 동생한테 관심 끄는 건 어때?"

드디어 대답을 받았지만, 그건 도진이 아닌 다른 사람에게서 나왔다. 유진이 고개를 번쩍 들어 옆을 바라보자, 이안이 한 손을 주머니에 넣은 채 빼딱하게 서서 유진을 내려다보고 있었다.

"이안 선배?"

유진이 이안을 보고 엉거주춤 자리에서 일어나며 물었다.

"선배가 어쩐 일로……."

"내가 내 호텔에 있는 게 이상해?"

이안의 당연한 말에 유진이 다급하게 고개를 젓자 이안은 남은 의자를 빼내어 털썩 앉았다. 한순간에 불편한 자리가 되어 버린 유진이 어색하게 웃어 보였다.

"얼마 전에 도진이 집무실에서 지안이 봤어요. 동문회도 나오면 좋을 텐데……."

지안을 보고 싶어 하는 사람들이 많다는 이야기를 하려고 했던 유진은 이안의 표정을 보고 말끝을 흐려야 했다.

"내 동생한테 관심 끄라고 조언해 준 것 같은데."

"네?"

"그거 계속 가져 봤자 너한테 좋을 게 없을 텐데 말이야."

이안은 부드럽게 미소를 짓고 있었지만 그의 눈매는 싸늘하게 굳어 있었다. 유진은 당황스러운 얼굴로 도진을 쳐다보았지만, 그는 이 자리에 없는 사람처럼 자신의 할 일만 하고 있었다. 이안이 온 이상 지안의 이야기를 더 할 수 없기 때문에 득 될 것이 없다고 판단한 유진은 재빨리 자리를 정리했다.

"제가 급한 일이 있어서요. 먼저 일어날게요. 다음에 봬요, 선배. 나 갈게, 도진아!"

"그래."

도진은 고개를 가볍게 끄덕였고, 이안은 빠르게 사라지는 유진의 뒷모습을 보며 헛웃음을 터뜨렸다. 그러다가 고개를 휙 돌리고는 도진을 향해 말했다.

"왔으면 올라와서 기다리지, 왜 안 하던 짓이야?"

이안은 자신의 집무실로 올라오지 않은 도진을 타박하며 의자에 등을 기대었다. 흔하게 보지 못하는 도진과 이안이 같이 있는 모습에 사람들의 시선이 더 많아졌지만 둘은 신경 쓰지 않았다.

"근데 여기에서 왜 이러고 있는데?"

"도피."

"도피?"

도진의 말을 이해하지 못한 이안이 눈썹을 찡그렸으나 도진은 자신들을 쳐다보고 있는 사람들을 힐긋 쳐다본 뒤에 여유로운 동작으로 커피를 마실 뿐이었다.

같은 시각, 지안은 서울 도로 한복판에 서 있었다. 지나가는 사람들은 전부 가던 길을 멈추고 그녀를 향해 카메라를 켜고 있었다. 스태프들 사이로 작은 환호성이 터졌다. 지안은 햇빛을 피하기 위해 쓰고 있던 양산 아래로 쏙 들어온 작은 생명체를 보며 놀랐다.

"안녕하세요!"

해맑고 우렁찬 목소리로 인사하는 아이를 보고 지안이 코를 찡긋하고 웃었다. 배에 가지런히 손을 올리고 씩씩하게 인사를 한 아이는 아역 배우인 도우였다.

녹색 등이 켜지고 길을 건너는 중 맞은편에서 공을 들고 달려오는 도우와 부딪히는 장면을 찍기 위해 서로 반대편 신호등 앞에 섰다.

"다시 한번 갈게요!"

지안과 도우의 속도가 맞지 않아 NG가 났다. 그들은 각자 자리로 돌아가야 했지만 이미 그녀 쪽으로 많이 건너온 도우로 인해 신호가 바뀌기 전에 같은 방향으로 나란히 걸었다. 그러다가 갑자기 도우가 뒤를 돌아 반대편으로 뛰어갔다.

"도우야!"

도우와 가장 가까이 있던 지안이 깜짝 놀라며 본능적으로 뒤따라갔고, 아슬아슬하게 손끝에 걸린 도우의 옷깃을 간신히 잡아챘다.

끼이이익―.

그와 동시에 타이어가 바닥을 긁는 소름 끼치는 소리가 들렸고, 지안은 자신을 향해 달려오며 반짝이는 헤드라이트의 불빛에 두 눈을 질끈 감았다.

"그래서, 넌 뭐로부터 도피 중인데?"

이안은 알쏭달쏭한 말만 던져 주고 여유롭게 커피나 마시는 도진을 흘겨보았다. 그러다가 주위를 빙 훑어본 뒤, 자세를 낮춰 작게 속삭이며 물었다.

"혹시 너 비자금 챙긴 것 들켰어?"

"내가 형이야?"

말도 안 되는 말을 사실처럼 속삭이는 이안을 보던 도진은 '피식' 웃음을 터뜨리다가도 피곤한 듯 눈꺼풀을 문질렀다. '농담 100%'인 장난에 돌아온 반응에 어딘가 기분이 이상해져 이안은 도진을 향해 발끈했다.

"네가 그렇게 말하면 내가 꼭 구린내 나는 사람 같잖아!"

"형이 먼저 했잖아."

"그러니까 사람이 궁금한 걸 물으면, 그에 맞는 대답부터

해.”

　도진은 나이에 어울리지 않게 볼에 바람을 넣으며 투덜거리는 이안을 빤히 바라보았다. 이안을 관찰했다기보다, 정확히는 이안의 얼굴을 바라보며 그와 닮은 지안을 떠올렸다.

　“남매라서 그런가, 비슷하네.”

　무언가 마음에 들지 않으면 볼을 은근히 부풀리는 건 남매가 똑같다고 생각했다. 지난 시간에도 그녀를 생각하기는 했었다. 하지만 이렇게 시도 때도 없이 불쑥 떠오르는 건 아니었다. 자신에게 자제력 따위는 느껴지지 않았다. 아무래도 중증이다 싶었던 도진은 고개를 저으며 혼자 ‘피식’ 웃었다.

　오른손으로 턱을 괴며 이안은 혼자 웃고 있는 도진을 이상한 눈으로 바라보다가, 여전히 자신들에게 꽂혀 있는 사람들의 시선을 쓱 훑어봤다.

　“경쟁사 이사끼리 친한 모습은 대충 보인 것 같으니까…….”

　“이사님.”

　이제 그만 자리에서 나가자고 하려던 이안의 말은 도진의 뒤로 다가온 김 비서로 인해 끊겼다. 이안에게 정중하게 인사를 한 김 비서는 다시 도진을 향해 몸을 기울이며 말했다.

　“회장님께서 이사님 오실 때까지 회사에서 기다리겠다 전하라고 하셨습니다.”

　도진은 김 비서가 하는 말을 전해 듣고는 낮게 한숨을 내쉬었다. 차 회장이 이렇게 자신을 끈질기게 찾는 이유는 회장으로서가 아니라 할아버지로서 찾는 것이 분명했다. 결혼하겠다는 지안의 수락만 믿고서 당장이라도 식을 올리라며 닦달할 것임을 알고 있었다.

하지만 지난밤, 자신의 모든 것을 감당하고 싶다고 한 지안의 말을 어떻게 받아들여야 할지 아직 정하지 못한 상태에서 맞닥뜨린 귀찮은 상황에 도진은 입 안에서 혀를 굴리며 볼 사탕을 만들어 냈다.

이안은 그제야 도진이 누구로부터 도피 중인지 알게 되었고, 양쪽 어깨를 으쓱 올렸다 내리며 자리에서 일어났다.

"차도진 잡는 우리 차 회장님 어디 안 가시네."

이안이 휘파람을 불며 도진에게 다가가 그의 어깨를 두드렸다. 성격이 비슷한 할아버지를 둔 도진을 향한 위로였다. 그렇게 위로 아닌 위로를 받고서 도진은 제이 호텔을 나섰다.

CHA 그룹 본사 사옥.

나라 속의 또 다른 나라, CHA 그룹 건물의 가장 높은 곳을 차지하고 있는 문이 거칠게 열렸다.

"오셨습니까? 전무님."

"회장님이 기어이 절 여기까지 부르시네요."

도진은 날카로운 눈빛으로 장 비서를 꿰뚫고 지나가며 감히 아무도 마음대로 열지 못하는 회장실의 문을 벌컥 열었다. 성큼성큼, 차 회장의 앞으로 걸어간 그가 입을 떼었다.

"무슨 일로 부르셨습니까?"

책상 앞에 서서 자신을 내려다보며 말을 하는 손자의 모습에 차 회장은 헛웃음을 터뜨렸다.

성격 급한 건 대체 누굴 닮았는지, 원.

차 회장은 턱짓으로 소파를 가리켰다. 비서가 문을 열고 테이블 위에 커피 두 잔을 내려놓자 도진의 눈썹 끝이 휘어 올라갔다.

"혈압 관리는 스스로 하세요. 괜히 하 박사님 잡지 마시고."

"디카페인이다, 이 자식아."

도진은 두툼한 커피잔에 입술을 가져갔다. 꽤 고소한 향기가 나쁘지 않았다. 여유로운 그 모습에 차 회장은 괜히 울컥하여 버럭 소리를 쳤다.

"지안이랑은 언제 결혼하냐고!"

시종일관 여유로웠던 도진의 미간에 옅은 실금이 그어졌다. 10년이라는 긴 시간은 어떻게 버텼을까, 본인조차 의문이었다. 그녀를 안 보면 보고 싶었고, 보면 안고 싶었다. 앞뒤 재지 않고 언제부터 자신이 본능대로 움직였을까, 그런 생각은 이제 의미가 없었다.

그러나 이런 자신의 마음과 현실은 별개의 문제였다. 여전히 지안이 그 사고에서 벗어나지 못했다면 결국 10년 전과 똑같이 도돌이표였다. 무한으로 반복되는 구간에 갇혀서 빠져나오지 못할 것이다. 자신도 이제 어떡해야 좋을지 몰랐다.

도진을 이런 상념에서 이끌어 낸 것은 진지한 차 회장의 음성이었다.

"네 작은할아비가 너 밀어내려고 단단히 준비하고 있는 것 같아."

차 회장의 진지한 목소리가 도진에게 닿았다. 찰랑이는 커피 표면을 보던 도진이 잔을 다시 테이블 위에 내려놓으며 대답했다. 별 타격이 없는 목소리였다.

"제 자리에 오를 사람, 그 집에는 없어요. 회사 말아먹을 사람들만 가득하지."

"그건 네가 정하는 게 아니야. 지분이 정하는 거지!"

이런 걸 모를 애가 아닌데 모른 척하는 이유를 도통 모르겠는 차 회장이 답답하다는 듯 자신의 가슴을 쿵쿵 두드렸다.

"둘 다 좋다고 했던 놈들이 왜 아무런 말이 없냐는 거야. 무슨 문제 생긴 건 아니고?"

정곡을 찌르는 말에 도진은 말없이 커피를 한 번 더 들이켜고는 자리에서 일어나려고 했으나, 다급하게 문을 두드리는 소리가 먼저 들렸다.

"무슨 일이야?"

"죄송합니다, 회장님. 전무님! 이것 좀 보셔야 할 것 같습니다."

문을 열고 들어온 것은 김 비서였다. 김 비서는 도진에게 태블릿을 건넸고, 의아한 눈으로 김 비서를 바라보던 도진이 태블릿의 화면으로 시선을 돌렸다.

도진은 화면에 쓰여 있는 글씨를 읽자마자 자리에서 벌떡 일어나 차 회장에게 인사도 없이 창백해진 얼굴로 회장실을 나갔다. 빠른 걸음을 넘어 달리기 시작하는 도진의 뒤로 김 비서도 함께 달렸다. 김 비서의 품에는 여전히 꺼지지 않은 태블릿의 화면 속 글자가 반짝 빛나고 있었다.

배우 정지안, 촬영 중 교통사고!

정지안, 드라마 '메리고라운드' 촬영 중 응급실행

한편 지안은 복잡한 응급실을 빠져나왔다. 자신의 차에 올라타고 나서야 온몸의 긴장이 풀린 그녀는 의자에 머리를 기대며 앓는 소리를 내었다.

"사람들 다 쳐다보는 것 봤어?"

"네가 갑자기 매니저 등에 업혀서 나타났는데 누가 안 보겠어?"

민망함에 얼굴이 잔뜩 붉어진 지안과는 반대로 한시름을 났다는 듯 편해진 목소리로 대꾸하는 경석이었다. 마음이 놀란 것보다 주위의 시선이 더 신경 쓰였던 지안은 두 손으로 얼굴을 감쌌다.

"으으, 이런 걸로 응급실까지 왔어. 너무 창피해."

"뭐가 창피해? 더 크게 다치지 않은 게 천만다행이지."

경석의 꾸중에 지안이 입만 샐쭉 내밀었다. 아역 배우인 도우가 촬영 소품으로 들고 있던 풍선을 놓쳐서 잡기 위해 다시 도로로 뛰어든 것이었다. 차가 다니는 길이 위험하다는 인식보다 놓친 풍선을 잡아야 한다는 생각이 더 먼저인 어린아이였기 때문에 발생한 일이었다.

지안은 달려 나가는 도우를 붙잡고 경적을 울리며 달려오는 차를 보고 피하려다가 도우를 안은 채 뒤로 넘어지면서 발목을 접질렸다. 순간적으로 너무 놀라고 아파서 자리에서 일어날 수 없었던 자신에게 스태프를 포함해 그곳에 있던 모든 사람의 시선이 쏠렸다.

"으아아앙!"

경적 소리에 놀란 도우가 울음을 터뜨렸고, 호들갑을 떨며 달려온 경석과 걱정하는 스태프들로 인해 촬영장은 더욱 아수라장이 되었다. 결국 경석이 지안을 업어 차에 태우고 응급실로 가면서 상황은 일단락되었다. 병원에서는 다행히 심하게 접질린 건 아니라서 그녀가 느끼기에 괜찮을 때까지 보호대를 차면 된다는 처방을 받았다.

"귀찮다고 빼지 말고, 촬영 안 할 땐 보호대 꼭 차고 있어."

"알았다니까. 한 번만 더 하면 오빠 유행어 되겠어."

지안의 집에 도착한 후, 경석이 지안을 향해 신신당부했다. 차에서 내내 경석의 잔소리를 귀에 못이 박히도록 들은 지안이 질린다는 듯 고개를 젓고는 얼른 가라고 말했다.

"방영일이 빠듯해서 내일 스케줄밖에 못 미뤘다면서, 미안하다고 전해 달래."

"나 진짜 아무렇지도 않은데……."

"움직이지 말고 푹 쉬어. 나 필요하면 언제든지 부르고."

집 앞까지 데려다주려는 경석을 만류하고 지안은 혼자 엘리베이터에 올랐다. 밤새 촬영한 때보다 오늘이 더 피곤한 것 같았다. 얼른 들어가서 침대에 눕고 싶었다. 그래도 다친 건 맞는지, 걸을 때마다 아리는 발목 때문에 어기적어기적 걸으며 집으로 들어갔다.

"그냥 이대로 자도 얼굴 괜찮을까? 뭘 물어, 당연히 안 괜찮겠지."

지안은 빠르게 자문자답을 하고는 동선을 최소화하기 위해 현관과 가까운 욕실로 들어가 메이크업을 지워 냈다. 머릿속에는 침대밖에 떠오르지 않았다. 그만큼 휴식이 간절했다.

"나는 잠…… 잠이 필요해."

피로가 몰려온 지안은 마치 좀비처럼 어깨를 축 늘어트린 채 침실을 향해 터덜터덜 걸었다.

딩동―.

그러나 얼마 가지 못해 울리는 초인종 소리에 그 자리에 멈출 수밖에 없었다.

쿵, 쿵, 쿵, 쿵.

얼마나 세게 두드렸으면 초인종이 다 울리기도 전에 이곳까지 문을 두드리는 소리가 울렸다. 묵직한 소리가 계속해서 울리자, 덜컥 겁부터 났다. 이렇게 자신의 집을 두드릴 사람이 없는데, 불이라도 난 걸까? 인터폰을 확인할 생각도 못 하고 조심스럽게 현관을 향해 가자 초인종 소리와 문을 두드리는 소리에 묻힌 목소리가 들렸다.

"지안아! 정지안!"

다급하고 간절하게 자신을 부르짖는 목소리가 익숙했다. 문을 열자마자 보이는 건 뜨거운 숨을 내뱉으며 얼굴이 붉게 상기되어 있는 도진이었다.

"오빠가 어떻게 여기에······?"

도진은 자신의 시야 안에 지안의 얼굴이 보이자마자 그녀의 어깨를 붙잡고 머리부터 발끝까지 놓치지 않고 살폈다. 마치 쉽게 깨져 버리는 유리라도 다루는 듯이 조심스러운 손길로 그녀의 모든 곳을 꼼꼼하게 살핀 도진이 안도의 한숨을 내쉬며 다시 지안의 머리를 감싸 안아 자신의 품으로 당겼다.

얼떨결에 도진의 품에 안긴 그녀는 영문도 모른 채 가만히 눈만 깜빡였다. 지안의 귓가를 묵직하게 울리는 도진의 심장 박동은 그녀조차 불안하게 만들었다. 그래서 이러다 터지는 건 아닌가 싶을 정도로 빠르게 뛰고 있는 그의 심장을 걱정하기에 이르렀다.

눈을 꼭 감은 채 지안이 살아 있음을 느끼던 도진은 그제야 참고 있던 숨을 터뜨렸다. 드디어 위태롭게 흔들리던 마음이 가라앉자 지안을 감싸 안은 팔에 단단하게 힘을 주었다. 한참을 그녀를 안고서 침묵하던 도진이 아주 작은 목소리로 중얼거렸다.

"또 사라져 버리는 줄 알았어……."

지안은 어딘가 위태로워 보이는 도진의 말을 이해할 수 없었지만, 가늘게 떨리고 있는 그의 등 뒤로 손을 올려 천천히 토닥였다. 걱정하지 말라고.

"나 여기 있어요."

나, 당신 눈앞에 있다고.

도진이 조금씩 안정되기를 바라며 그가 하는 대로 가만히 있던 지안은 귀에 울리는 심장 소리가 천천히 원래의 리듬을 찾아가자 고개를 빼꼼 내밀었다.

지안은 한 번도 보지 못했던, 겁을 잔뜩 먹은 얼굴을 하고서 도진이 자신에게 달려온 이유가 궁금했다.

"이 시간에 어떻게 왔어요?"

"다쳤다길래."

"그걸 오빠가 어떻게 알아요?"

"기사가 났어."

기사가 났다는 말에 지안은 뜨악한 얼굴로 도진에게서 벗어나려고 했다. 그러나 도진이 놓아주지 않아 목만 뒤로 쑥 빼내어 그를 올려다보며 물었다.

"그거 하나 보고 이렇게 달려온 거예요?"

"교통사고가 났다면서……."

도진은 말을 끝맺지 못했다. 기사를 보고 무작정 지안이 실려 갔다는 응급실로 향하다가 경석과 통화를 한 김 비서의 전화를 받고 나서야 그녀의 집으로 차를 돌렸다. 크게 다치지 않고 괜찮아서 집에 데려다줬다는 말에도 안심이 되지 않았다.

기사에 굵은 글씨로 쓰여 있던 '교통사고'라는 글자가 이미 도진의 이성을 마비시켰다. 모든 걸 망쳐 버린 그때의 기억이 도진을 다시 집어삼키고 불길한 그림자 속에 가뒀다.

교통사고? 누가? 내가? 내가 교통사고……?

그러나 반대로 지안은 교통사고라는 말에 고개를 갸우뚱 기울여야 했다.

"나 교통사고 났대요?"

"응."

"기사가 그렇게 났어요? 이 사람들이, 소속사에 확인도 안 하고!"

지안은 붕대를 두르고 있는 발목을 흔들어 보였다. 도진의 시선이 발목에 닿자 그녀는 헛웃음을 터뜨리며 설명했다.

"사고가 있었던 건 맞는데, 달려오는 차 때문에 그냥 놀라서 넘어진 거예요. 인대만 살짝 늘어났어요."

가볍게 말하는 지안을 보고 그제야 요동치던 파도가 잠잠해지듯 철렁하던 마음이 가라앉았다. 그런 도진의 마음을 모른 채 지안은 미간을 콱 구기며 분노했다.

"기자들이 사실 확인도 안 하고 그렇게 기사를 막 써도 되는 걸까요? 사람들이 얼마나 놀랐겠어요."

지이이잉—.

지안의 말이 끝나자마자 주머니에 있던 핸드폰이 진동을 울렸다. 꼼지락꼼지락, 핸드폰을 꺼내 화면을 바라보자 이안이었다. 지안은 도진을 한 번 쳐다보고 전화를 받았다.

[야! 너 괜찮아?]

흥분한 목소리가 수화기를 타고 넘어오자 지안은 두 눈을 질끈 감았다. 조용히 넘어갈 수 있던 일이 왜곡되고 부풀려진 기사 때문에 여럿을 힘들게 만들었다. 지안은 도진에게 했던 설명을 그대로 이안에게 했다.

"나 혼자 넘어진 거야. 괜찮아."

[근데 왜 기사에는……!]

"그거 아니고, 나 진짜 괜찮으니까 가족들 놀라지 않게 오빠가 잘 말해 줘. 끊는다."

일방적으로 이안과의 전화를 끊은 지안이 끊자마자 다시 울리는 핸드폰에 당황했다. 이번에는 영이 전화를 걸어 온 것이었다. 지금은 가장 가까이에 있는 사람들이었지만 시간이 조금 흐르면 알고 지내는 사람들이 전부 괜찮냐고 안부를 물어 올 것이다. 일이 더 커지기 전에 수습해야 했다.

"소속사에다가 빨리 정정 보도 내 달라고 해야겠어요."

지안이 피곤한 듯 얼굴을 문지르며 도진에게 말하고 영의 전화를 받으려고 하자, 손에서 핸드폰이 쑥 빠져나갔다. 멍하니 핸드폰을 따라 시선을 옮기니 도진이 그녀의 핸드폰을 들고 전화를 받았다.

"왜."

[지안…… 뭐야, 차도진? 지안이 전화를 왜 네가 받아. 많이 심각한 거야?]

익숙한 저음이 들리자 영은 더 흥분하기 시작했다. 도진이 그녀의 전화를 대신 받자 영은 자신이 크게 다친 걸로 오해했고, 지안은 아찔한 상황이 펼쳐질 것 같아 다급하게 수화기를 향해 목소리를 내었다.

"언니! 저 안 다쳤어요!"

[지안이 괜찮아? 근데 왜 네가 전화를 받고 난리야! 사람 간 떨어지게!]

멀리서 들려온 지안의 목소리에 안심이 된 영이 신경질적인 목소리로 도진을 타박했다.

"지안이가 받으면 누나 전화 못 끊을 것 같아서."

[뭐? 야!]

"지안이 괜찮으니까 끊어."

뚝―.

미련 없이 전화를 끊어버리는 도진을 가만히 바라보던 지안이 도진을 향해 두 손을 내밀었다. 도진이 한쪽 눈썹을 들어 올리자, 지안이 입술을 열었다.

"당장 소속사에다가 전화 한 통만 해야 할 것 같아요."

도진은 내밀어진 그녀의 두 손 위로 핸드폰을 올려 줬고, 지안은 빠르게 번호를 찾아 소속사 사장인 강준에게 전화를 걸었다. 지안은 빨리 기사를 내 달라는 말과 함께 끊었다. 평소라면 자신을 걱정하는 강준이 묻는 말에 다 대답하고 있었을 테지만 옆에 멀뚱히 서 있는 도진을 보니 말이 길게 안 나왔다. 전화를 끊고서 도진을 향해 머쓱하게 웃어 보였다.

"진짜 별거 아닌데 오빠를 여기까지 찾아오게 만들었네요."

지안은 민망함을 감출 길이 없었다. 자칫 큰 사고로 이어질 수 있었던 아찔한 상황에 이 정도 부상인 게 천만다행인 건 맞지만, 걱정해서 달려온 도진의 앞에서 너무 아무렇지 않게 멀쩡히 있으려니 난감했다. 어색하게 웃어 보인 지안이 번뜩 정신을 차리고 도진을 향해 말했다.

"다시 회사로 가 봐야 해요? 아니면 잠깐 들어올래요?"

갑자기 휘몰아치는 상황에 집 안으로 들어가지도 않고 내내 둘이서 현관에 서 있었던 것이었다. 지안이 멋쩍게 웃고는 볼을 손가락으로 긁적이며 도진의 대답을 기다렸다. 그러나 기다리는 대답은 돌아오지 않았고, 갑자기 몸이 허공으로 가볍게 붕 떠올랐다.

"으앗!"

지안은 황망하게 눈동자를 굴렸다. 바닥에 얌전히 닿아 있어야 할 두 발은 갑자기 흐트러진 중심을 잡기 위해 허공을 가르며 버둥거리고 있었다.

"……지금 뭐 해요?"

도진에게 갑자기 공주님 안기로 번쩍 들린 이 상황이 황당하면서도, 그것과는 별개로 잠시 진정되었던 심장이 다시 힘차게 뛰기 시작했다. 천천히 고개를 내리며 자신을 지그시 바라보는 도진 때문에 눈꺼풀이 파르르 떨렸다.

이제 불규칙한 심장의 박동이 걱정되는 건 그가 아니라 자신이었다. 주체하지 못하고 뛰고 있는 쿵쾅거리는 소리가 혹시나 그에게 들릴까 부끄러워 한시라도 빨리 떨어지고 싶은데 그런 자신의 마음을 모르는지 도진은 마주친 눈을 떼지 않았다.

얼굴이 빨개지지는 않았을까. 볼이 조금 달아오르는 것 같기도 한데…….

지안은 숨을 살며시 참아 보기도 했고, 시선을 살짝 피하기도 했다. 그녀가 이렇게 자신의 부끄러움을 숨기기 위해 무던히 노력하고 있을 때, 도진의 나지막한 음성이 울렸다.

"발목 다쳤잖아."

진지하게 말하고 있는 도진의 얼굴에서 농담하는 기색은 찾아볼 수 없었다. 지안은 당황하며 장난치지 말고 얼른 내려 달라는 의미로 자신을 감싸고 있는 도진의 팔을 톡톡 쳤다.

"뛰지 않으면 돼요."

"걷지 않는 건 더 좋겠지."

도진은 어림도 없다는 듯 단호하게 내뱉은 음성을 끝으로 힘든 기색 없이 안정감 있게 지안을 안은 채 성큼성큼 집 안으로 들어갔다.

"나 좀 일단 내려 줄래요?"

"……"

"얼른 내려 줘요."

그가 순순히 내려 주지 않을 걸 직감한 지안이 거실로 들어서자마자 소파를 보고 다급하게 말했다. 그러나 도진에게는 다른 의미로 들렸는지, 오히려 그녀에게 물었다.

"소파? 아니면 침대?"

"당연히 소파죠!"

지안은 '침대'라는 단어에 발끈하며 손가락으로 소파를 가리켰다. 고개를 끄덕인 도진이 소파 위로 조심스럽게 그녀를 앉혔다. 그리고 자신은 한쪽 무릎을 꿇고 바닥에 앉아 그녀를 올려다보았다.

"왜 바닥에……."

그녀는 바닥에 앉는 도진을 보며 경악해 엉덩이를 들썩이다가 강건한 턱선에 맺힌 땀방울을 보자 말을 잃었다. 아슬아슬하게 맺혀 있던 땀방울이 기어코 뚝, 떨어지는 것을 보고 천천히 도진의 얼굴을 살피자, 윤기가 도는 까만 머리카락이 흐트러져 있었다.

그제야 지안은 이상함을 느꼈다. 문을 열었을 때 느꼈던 초조함과 거친 호흡이 사고 소식을 듣고 놀라서 그랬다고만 생각했는데, 숨을 몰아쉬느라 지나치게 오르내리던 도진의 상체를 기억해 냈다.

"혹시, 계속 뛰어왔어요?"

"응."

정말 혹시나 해서 물었는데 도진은 당연하다는 듯 고개를 끄덕였다.

"대체 어디서부터요?"

"차에서 내린 다음부터."

"어디서 내렸는데요?"

"1층에."

지안은 질문을 계속할수록, 그리고 도진이 대답할수록 점점 자신의 입술이 벌어지는 것을 느꼈다.

"주차장까지 갈 정신이 없었어."

"……그럼 1층에서 엘리베이터를 안 타고 왔어요?"

"그것도 기다릴 정신이 없었어."

도진은 대수롭지 않게 말했지만, 아무리 고급 아파트라 층수가 낮다고 해도 엄연히 자신의 집은 9층이었다. 이 건물의 가장 꼭대기. 그런데 이 남자는 여기까지 뛰어왔다고 한다. 지안은 헛웃음이 절로 터졌다.

"사실 어떻게 올라온 건지 기억이 잘 안 나."

"……."

"그냥 빨리 너를 확인해야겠다는 생각밖에 안 들었어."

나직하게 가라앉은 음성에는 여러 가지 감정이 담겨 있었다. 그리고 그중에서는 그녀도 느낄 만큼 안도감이 가장 짙게 있었다.

"여기로 온 거면 나 괜찮다고 들었을 거 아니에요."

"응."

지안은 속상한 마음에 도진의 행동이 미련하게 느껴져 여기까지 달려온 도진을 나무라며 그의 얼굴을 타고 흐르는 땀을 손등으로 훔쳤다.

"그러면 힘들게 뛰지 않아도 됐잖아요. 고생을 왜 사서 해요?"

지안은 도진에게서 나는 열기의 정체를 확실히 알았다. 9층까지 계단으로 뛰어왔으니, 얼굴뿐만 아니라 온몸이 땀으로 젖었을 것이다.

"이제 가요."

"안 가."

"옷도 땀으로 다 젖었잖아요."

"괜찮아."

가만 보면 도진은 이상한 곳에서 고집이 셌다. 지안은 어린 아이처럼 무조건 괜찮다고 고집을 부리는 도진을 보며 한숨을 지었다. 그녀는 고개를 살짝 틀어 도진의 옆모습을 살폈다. 아니나 다를까, 굵직한 혈관이 솟아 있는 목도 땀으로 송송 젖어 반짝 빛나고 있었다. 그도 분명 끈적하고 찝찝할 것이다.

"내가 안 괜찮아요."

"아……"

지안의 말에 도진은 무언가 깨달은 얼굴을 하며 짧은 탄식을 내뱉었다. 흐트러진 머리카락을 한 번 쓸어 넘기던 그는 고개를 숙여 자신의 옷을 살폈다.

"혹시 냄새가 나나?"

도진은 진지한 얼굴에 살짝 당황한 목소리로 말하며 앉은 자세 그대로 그녀에게서 조금 떨어졌다. 꽤 심각해 보이는 모습을 조용히 보던 지안은 헛웃음을 터뜨렸다.

이렇게 땀을 흘려도 향기로운 건 콩깍지인가?

땀 냄새는커녕 이제는 도진의 향이라고 확신할 수 있을 만큼 은은한 체향과 섞여 적당히 무게감 있는 차가운 겨울 공기의 향기만 났다.

"나 괜찮은 거 확인했으니까, 이제 쉬라는 거죠."

"이게 쉬는 거야."

"나 씻고 싶어요. 그러니까 오빠도 씻으러 가요."

지안은 도진을 떼어 낼 요량으로 말을 하긴 했지만, 세수만 하고 나온 터라 씻고 싶다는 말은 진심이었다. 잠시 무언가를 생각하던 도진은 가는 허리를 단번에 휘감고는 번쩍 들었다. 또 갑자기 들린 지안은 불안정한 자세에 자신도 모르게 도진의 목에 팔을 감았다.

"대체 날 왜 자꾸 드는 건데요?"

그녀가 기겁한 목소리로 물어도 도진의 어조는 차분했다.

"같이 씻을까?"

지안은 지금 자신의 귀가 잘못되었나 의심해야만 했다.

"미쳤어요?"

이건 진심이었다. 진심으로 도진의 머리가 어떻게 된 것 같아서 물었다. 그런 지안의 마음이 얼굴에 다 드러났는지 도진은 '피식' 웃음을 터뜨렸다. 그러다가 지안의 발목 쪽에 시선을 두고 말을 했다.

"붕대 감았잖아."

"풀고서 하면 되거든요?"

그걸 지금 말이라고. 지안은 언제든지 풀었다가 다시 감을 수 있는 붕대를 잡고 늘어지는 도진을 보고 어이없는 표정을 지었다.

"그래? 아쉽네."

진짜로 아쉬워 보이는 도진의 얼굴을 보고 할 말을 잃은 지안은 몸에 힘을 뺀 채 중얼거렸다.

"이제 좀 내려 주는 건 어때요?"

"어쨌든 인대가 늘어났으니까, 걷는 건 좋지 않잖아."

그 말에 지안은 마치 벽과 이야기를 하고 있는 기분이 들었다. 그녀가 한숨을 온전히 다 내쉬기도 전에 도진은 자연스럽게 발걸음을 옮겼다. 어차피 그에게 내려 달라는 말은 통하지 않을 것 같아 어디로 가는 건가 가만히 지켜보았다.

도진이 향한 곳은 지안의 침실이었다. 지안을 천천히 바닥에 내려 주며 잘 서 있을 수 있도록 부축했다. 세심한 손길을 받아 자신도 모르는 사이에 정말 뼈가 부러진 심각한 환자가 되어 버린 지안은 도진의 팔을 붙잡았다.

"진짜 안 가요?"

"왜 자꾸 가래."

그의 표정이 꼭 서운해 보여서 지안은 하던 말을 잠시 멈춰야 했다.

대체 어쩌다가 상황이 이렇게 된 건지.

지안은 반쯤 포기한 얼굴로 도진이 또 붙잡기 전에 그를 문밖으로 밀어냈다. 두 사람은 방문 손잡이를 잡은 채 문을 경계로 대치하듯이 서 있었다.

"나 진짜 샤워할 거예요."

"응. 진짜 불편하지는 않겠어?"

도와줄 건 없냐고 자연스럽게 나오는 말에 지안의 눈썹이 뾰족하게 올라갔다.

"당장 나가 줄래요?"

지안이 도진을 다시 만난 이래, 가장 엄격하고 단호했던 순간이었다.

쾅—.

도진은 코앞에서 닫힌 문을 보고 '피식' 웃었다. 자신이 오버하고 있다는 것을 충분히 알고 있었다.

그럼에도 불구하고. 괜찮다는 것을 알고 있음에도 불구하고 이렇게 행동할 수밖에 없던 이유는 자신의 불안감을 잠재우기 위해서였다.

도진은 끈끈하게 땀이 밴 손바닥을 펼치고 가만히 내려다보았다. 화면이 환하게 켜진 태블릿을 내밀며 말하는 김 비서의 급박한 목소리와, 자극적인 말로 범벅인 기사의 제목이 눈에 아른거리자 도진의 눈은 지그시 감겼다. 기사를 자세히 읽은 것도 아니었다. 그저 제목에 적혀 있던 '정지안', '교통사고', 그 두 단어에 숨이 그대로 멎는 것만 같았다.

반사적으로 달려가 올라탄 엘리베이터 안에서 문이 닫히는 그 짧은 시간 동안 닫힘 버튼을 얼마나 많이 눌렀던가. 그녀의 집으로 올 때까지 얼마나 자동차 액셀을 세게 밟았던가.

— 제발 눈 좀 떠 봐!

지안의 창백한 피부 위로 흐르던 붉고 끈적한 선혈이 다시금 떠올랐다. 의식을 잃은 그녀의 잔상이 흩어지지 않았다. 시간이 흐른 만큼 옅어질 만도 하지만, 유독 그 장면만은 선명하게 자리 잡고 지워지지 않았다. 손등의 굵은 핏줄이 전부 부풀어 오를 만큼 핸들을 잡은 손에 힘이 들어갔다.

사고가 나지 않은 것이 신기할 정도로 빠르게 도착했다. 바닥에 타이어 자국을 남기며 차를 버리듯 내팽개친 채, 건물에 들어오자마자 확인한 엘리베이터는 9층에 머물러 있었다.

도진은 지체 없이 비상계단의 문을 열고 두 계단씩 한꺼번에 거침없이 뛰어올랐다. 단 한 번도 쉬지 않고 달려온 탓에 입 안은 쓴맛으로 가득했지만, 개의치 않았다. 여전히 제게 남아 있는 불쾌한 잔상을 없애야 했다. 그러려면 당장 그녀를 눈에 담아야 했다. 그래서 미친 듯이 문을 두드렸다.

가녀린 몸이 자신의 품으로 들어오고 나서야, 맞닿은 가슴에 심장 소리가 느껴지고 나서야, 비로소 자신을 괴롭히던 피를 흘리며 정신을 잃은 어린 지안의 잔상이 자신을 의아하게 바라보고 있는 현재의 지안과 겹쳐지면서 사라졌다.

그러자 힘을 주고 있던 눈가가 탁, 하고 풀렸다. 뜨겁게 달아올랐던 머리가 안도감으로 인해 조금씩 식으면서 스스로에게 다짐했다. 다른 건 다 필요 없었다. 딱 하나만, 오직 딱 한 가지만 생각했다.

"다시는 네 곁에서 떨어지지 않겠다고……."

도진은 여전히 펴고 있는 자신의 손바닥을 보며 나지막이
되뇌고는 허공을 움켜쥐었다.

지안은 샤워를 마친 후 느껴지는 나른함에 고개를 뒤로 젖
히며 스트레칭을 했다. 그리고 눈을 몇 번 깜박이다가 닫힌 문
에 시선을 두었다.

"오빠는 갔나?"

수건으로 머리를 몇 번 털어 내고 문을 벌컥 연 그녀는 소
스라치게 놀라며 외마디 비명을 지를 뻔했다.

"……계속 그러고 있었어요?"

"다 했어?"

도진은 문을 열자마자 보이는 벽에 기대어서 입가에 부드러
운 호선을 그리고 그녀를 바라보고 있었다. 놀란 지안이 멈칫
거리며 주춤거리는 사이에 한 걸음, 성큼 걸어와 당연하단 듯
그녀를 안아 들었다. 또다시 번쩍 들린 자신의 모습에 지안이
이제는 실소를 터뜨렸다.

"언제까지 이럴 거예요?"

"다 나을 때까지."

"그냥 살짝 삐었어요."

"그러니까 힘을 안 주는 게 가장 좋겠지."

전혀 말이 통하지 않았다. 자신은 똑같은 말을 하고, 도진도

똑같은 대답만 하고. 평행선처럼 각자 자신이 하고 싶은 말만 하기 때문에 대화는 의미가 없었다. 반쯤 체념하고 넋을 놓자 도진은 오히려 만족스럽게 웃으며 성큼성큼 걸음을 옮겼다.

이제는 거실로 향하는 걸음이 자연스러웠다. 망연하게 도진에게 안겨 가던 지안은 그가 소파에 내려놓자, 그제야 도진의 모습을 제대로 볼 수 있었다. 재단한 듯 몸에 알맞게 걸쳐져 있던 정장은 사라지고 다소 편안해 보이는 옷차림이었다.

고개를 더 들어 얼굴을 바라보자 뛰느라 흐트러졌지만 반듯하게 올라가 있던 머리는 어느새 이마를 완전하게 덮고 있었다. 그리고 차가운 겨울 향보다는 조금 더 따뜻하고 포근한 보디 워시의 향이 도진을 감싸고 있어, 자신이 씻을 동안 그도 샤워를 하고 왔다는 것을 알았다.

"씻고 온 거예요?"

"씻고 오라며."

도진의 대답에 지안의 눈가가 반달처럼 예쁘게 접혔다.

'꼭 말을 잘 듣는 강아지처럼 대답을 하네. 지금까지 내가 한 말은 하나도 안 들었으면서.'

지안은 속으로 도진을 향한 불만을 투덜투덜하다가 훅 다가온 도진의 얼굴에 눈동자가 작게 일렁였다.

갑작스러운 눈 맞춤에 흠칫 놀란 지안이 숨을 참고서 마른침을 꿀꺽 넘겼다. 어색하게 입꼬리만 올리며 웃으려는 찰나, 도진의 손길이 더욱 빨랐다.

"잘 썼어."

도진이 지안의 눈앞으로 검은색 카드를 흔들었다. 그가 자신의 집에서 씻고 이곳으로 돌아올 때 필요했을 그녀의 집 카드 키. 지안은 말도 없이 쓰고서 당당하게 돌려주는 모습에 어이가 없어 그저 헛웃음을 터뜨리며 도진의 손에서 카드를 빼앗았고, 도진은 뺏긴 카드가 아쉽다는 듯 바라보았다.

"너무 당당한 거 아니에요?"

능글맞게 웃고 있는 모습이 얄미워 눈을 흘겼으나 도진은 어깨를 한 번 으쓱이고는 얼굴을 가리고 있는 지안의 머리카락을 귀 뒤로 넘겼다. 그러면서도 그녀의 눈동자에서 시선을 떼지 않았다.

한참 동안 진득하게 눈을 맞추더니 천천히 시선이 아래로 내려갔다. 지안은 도진의 눈동자를 따라가며 그가 보고 있는 곳이 어디인지 생각했다. 눈에서 시작해서 콧대를 지나 드디어 도진의 눈길이 멈춘 곳은 도톰한 입술이었다.

설마 키스할 건가……? 지금?

지안이 무릎 위에 두 손을 가지런히 놓은 채 가만히 자신의 입술을 바라보는 도진을 한껏 긴장해 바라보자, 두 입술 사이의 간격이 점점 좁혀졌다. 곧 서로의 숨결을 공유할 수 있을 만큼 가깝게 다가오자 지안의 두 눈이 스르르 감겼다.

딩동―.

평소보다 더욱 경쾌하게 울리는 짤막한 초인종 소리가 아슬아슬하고 묘했던 분위기를 해쳤다. 도진은 숙였던 허리를 바로 하고 현관을 바라보았고, 지안은 참았던 숨을 내쉬었다.

"······올 사람이 없는데······."

그녀가 어색하게 웃으며 나지막이 말했다. 그녀를 찾아온 손님은 인내심이 없는 건지 머지않아 다시 한번 초인종을 눌렀고, 집 안을 울리는 소리에 지안이 자리에서 일어나려 엉덩이를 들썩였다. 그러자 그녀의 낌새를 눈치챈 도진이 어깨를 살짝 잡아 누르며 말했다.

"앉아 있어. 내가 나가 볼게."

"네? 아니, 오빠가 나가면······!"

이미 쌩하니 나가 버려 도진의 뒷모습은 고사하고 머리카락조차 보이지 않아서 지안은 더 이상 말을 잇지 못했다. 그러나 가만히 앉아 있을 수는 없었다. 그녀는 집주인이었고, 아직 도진과의 관계를 아는 사람은 가족 말고 아무도 없었다. 혹시라도 매니저인 경석이나 소속사 사람이 찾아온 것이라면 도진을 마주하고 많이 놀랄지도 몰랐다.

지안이 자리에서 벌떡 일어나 현관으로 나가 보니, 도진과 대치하고 있는 남자가 보였다. 그를 보자마자 반사적으로 목소리가 튀어나왔다.

"오빠······?"

그녀가 부른 '오빠'라는 호칭은 안타깝게도 도진과 남자, 두 사람 모두에게 해당되는 말이었다. 도진과 남자는 일제히 그녀에게 시선을 집중했다. 지안은 자신에게 집중된 두 쌍의 눈동자 중 하나를 바라보았다. 그녀의 시선에 부응하듯이 남자의 입이 먼저 열렸다.

"어이, 동생. 집에 남자가 있었어?"

고개를 삐딱하게 기울이며 묻는 남자는 지안의 친오빠인 이안이었다. 갑작스러운 혈육의 등장에 지안의 눈동자가 살짝 흔들렸으나, 이안은 이 상황에 전혀 개의치 않아 보였다. 오히려 손을 허공으로 휙휙 내저었다.

"나 좀 들어가자."

이안의 손짓에 지안이 주춤 뒤로 물러났다. 조용히 그 모습을 바라보던 도진의 눈썹이 살짝 치켜 올라갔다.

"걷지 말라니까."

도진이 한 말을 듣고 불길한 예감이 지안의 머리를 지나갔을 때는 이미 늦은 뒤였다. 도망가려는 자세를 취하기도 전에 도진에게 가뿐하게 들렸다. 그녀가 기겁하며 도진을 밀어냈지만 소용없었다.

"진짜 왜 이래요? 이안 오빠도 있는데!"

"형이 있는 거랑 네가 걷는 게 무슨 상관이야."

얼굴이 달아오른 지안이 원망하는 눈빛으로 도진을 바라보았으나 그는 무엇이 문제인지 전혀 모르는 얼굴이었다. 오히려 이안을 그대로 놔두고 넓은 보폭으로 성큼성큼 안으로 들어가, 조금 전까지 그녀가 앉아 있던 소파에 다시 내려 주었다.

원래 이런 성격이 아니었는데, 바뀌었나?

지안은 기어코 자신을 소파 위에 내려 주는 도진을 물끄러미 올려다보았다. 거침없는 행동은 다소 주책이 심해 보이기까지 했다. 고작 발목을 접질린 자신을 신경 쓴다기에는 너무 과한 행동이었다. 지안은 매번 새로운 모습을 보여 주는 도진의 모습에 혼란스러웠다.

"저기, 너희들은 혹시 내가 안 보여?"

그리고 그런 그들을 뒤따라 들어온 이안은 식탁 위에 자신이 가져온 쇼핑백을 올려 두며 실소를 터뜨려야 했다.

"동생아, 혹시 오빠가 알던 것과 다르게 뭐 수술받고 왔어?"

이안은 한 손으로 식탁을 짚고 삐딱한 자세로 말을 뱉으면서도 계속 튀어나오는 헛웃음을 멈출 수 없었다. 지안이 멀쩡하게 걷는 것을 전부 보았는데, 이안은 방금 자신이 본 것을 믿을 수 없었다. 차라리 헛것을 봤다는 게 더 말이 되었다. 지안은 자신을 아래위로 훑어보는 시선을 받으며 입술 끝을 살짝 깨물었다.

"어머니가 너 혼자 지내니까 걱정된다고 오시겠다는 걸 내가 말렸는데…… 나 혼자 온 게 이렇게 후회가 될 줄은 꿈에도 몰랐네."

진심으로 아쉬워하는 말에 살짝 비웃음이 섞여 있는 것처럼 느껴지기도 했다. 지안은 이안이 자신을 놀리는 듯한 기분에 미간을 모았다.

"무슨 뜻이야?"

"알고 싶어? 그러면 당장 어머니 부르고."

이안은 자신의 옷을 더듬거리며 핸드폰을 찾았다. 한다면 하는 이안의 성격을 아는 지안은 그를 말리기 위해 다급하게 손을 휘저었다.

"알아! 안다고!"

"그래, 이렇게 알콩달콩 연애를 하고 있는데 모를 리가."

지안은 흥미로운 사실을 발견했다는 듯 재미있어 보이는 이안의 뒷모습을 노려보았다. 저벅저벅, 걸어가 냉장고를 열고 이리저리 기웃거리던 이안은 안쪽에 자리 잡고 있는 맥주를 꺼내고 지안을 향해 흔들어 보였다.

"정지안, 괜찮으면 이리 와서 맥주나 한잔하든가."

"형."

곁에 조용히 서 있던 도진은 이안이 술을 권유하자마자 미간을 잔뜩 구긴 채 낮게 가라앉은 음성으로 이안을 불렀다. 자신을 형형한 눈빛으로 바라보고 있는 도진을 힐끔 바라본 이안이 재빠르게 말을 정정하며 의자를 빼내어 자리에 앉았다. 그건 빛보다 빠른 속도였다.

"응. 다친 너는 주스나 마셔."

지안은 제집처럼 행동하는 이안을 어이없는 눈으로 바라보고는 자리에서 일어났다. 자연스럽게 앞으로 다가오는 도진을 향해 이마를 찌푸리며 경고했다.

"계속 안으면 오빠부터 당장 내쫓을 거예요."

도진의 얼굴이 미세하게 가라앉았다. 그 표정을 보자 지안은 자신의 협박이 통했다는 것을 알았다. 만족스러운 웃음을 입가에 띠며 이안이 있는 곳으로 걸어갔다.

"그래서, 둘은 언제부터 그렇고 그런 사이가 된 거야?"

지안과 도진이 자리에 앉자마자 이안은 음흉하게 미소를 지었다. 노골적인 질문에 지안이 눈을 가늘게 떴다. 대답할 생각은 없었다. 자신도 상황이 왜 이렇게 된 건지 이해가 가지 않았으니까. 그러나 대답은 자신의 옆자리에 앉은 도진에게서 흘러나왔다.

"얼마 안 됐어."

"오호."

"뭐가 얼마 안 돼요?"

오히려 지안이 그의 대답에 의문을 품었다. 그러자 도진은 간결하게 답했다.

"우리 사이."

지안은 어이없는 눈빛으로 당연하단 듯 당당하게 말하는 도진을 보았다. 그러나 그 시선은 곧 짓궂게 웃으며 질문하는 이안에게 돌아갔다. 이안은 여전히 흥미롭다는 표정을 지우지 않았다.

"그래서 고백은 누가 했는데?"

"내 모든 것을 감당하겠다던데."

"오, 내 동생, 그렇게 박력 넘치는 여자였어?"

이안이 손바닥을 짝 마주치고 작게 놀라자 자연스럽게 고백을 한 사람은 그녀가 되었다. 도진과 이안의 대화를 가만히 듣고 있던 지안은 이안의 얼굴에 장난기가 어리고 나서야 도진의 옆구리를 손가락으로 푹 찔렀다.

"이상한 말 하지 마요."

"사실이잖아. 누가 피하지 말라고 겁을 단단하게 줘서 도망갈 시간도 없던데."

도진이 이안을 바라보며 어깨를 으쓱이며 하는 말에 지안은 할 말을 잃었다. 도진의 말이 틀린 것은 아니지만 능글맞게 웃고 있는 얼굴은 괘씸했다. 알 수 없는 눈빛으로 이안이 씩씩거리는 지안과 입가를 올리고 있는 도진을 번갈아 보다가 '피식' 웃음을 터뜨렸다.

"드디어 진심으로 웃네."

나직하게 중얼거리는 소리를 들은 지안이 도진과 티격태격하던 것을 멈추고는 이안을 향해 고개를 돌렸다. 무슨 뜻이냐고 눈빛으로 물으면서. 그러나 그녀의 시선은 개의치 않고 남은 맥주를 단번에 들이켠 이안은 자리에서 일어났다. 턱으로는 어느 한 곳을 가리키면서.

"어머니가 아주머니께 부탁해서 끓인 전복죽이야. 놀라서 입맛 없을지도 모른다면서."

"아."

테이블 한쪽에 놓여 있는 쇼핑백의 정체는 죽이었나 보다. 지안은 이안의 말에 짧게 탄식하고는 고개를 끄덕였다.

"유난인 건 나도 아는데, 그래도 네가 이해해. 걱정이 크서서 그런 거니까."

"엄마한테는 내가 따로 전화할게."

"당연한 말을 하고 있어. 나 간다."

싱겁게 웃은 이안이 말하자 지안과 도진은 일어나 그의 뒤를 따랐다. 이안은 슬리퍼를 벗고 신발로 갈아 신으며 뒤를 돌았다. 말을 해 줄까, 말까. 나란히 서 있는 지안과 도진을 본 이안은 입술을 달싹이다가 지안에게 시선을 고정하고 씩 웃었다.

"둘이 잘 어울리네."

대뜸 건네진 말에 지안은 토끼처럼 눈을 동그랗게 떴고, 도진은 유쾌한 실소를 터뜨렸다.

"그래도 잠은 따로 자라."

"오빠!"

그래도 오빠라고 동생의 남자를 경계하는 이안의 모습에 지안은 빽 소리를 질렀지만, 도진은 그저 미간을 좁힐 뿐이었다. 그런 도진의 반응을 놓치지 않은 이안은 한쪽 입꼬리만 올리고는 문을 당겼다. 그러나 문을 가로막고 있는 사람으로 인해 나가지는 못 했다.

"정이안, 너 여기 있었어?"

"네가 여기 왜 왔냐?"

"우리 꼬마 괜찮은지 보러 왔다! 좀 비켜 봐."

반대로 밖에 서 있는 입장에서 문을 가로막고 있는 이안을 밀어내며 들어오려는 사람은 영이었다. 지안의 옆에 서 있는 도진의 누나.

영은 시야에 지안이 보이자마자 냅다 그녀를 끌어안았다. 지안은 영의 호들갑에 그저 웃어 보일 뿐이었다.

"정말 괜찮아?"

"나 다친 거 아니라니까. 정말 괜찮아요."

"그래도……."

영은 지안의 상태를 살피다가 옆에 우뚝 솟아 있는 도진을 보고는 한쪽 눈썹을 구겼다. 자신의 전화를 끊어 버린 도진에게 감정이 상한 그녀의 입매가 비틀렸다.

"전화를 그렇게 끊어 버리더니, 너는 계속 여기 있었나 보다?"

비꼬는 말에 도진은 그저 어깨만 으쓱였다. 더 말을 해 봤자 상대가 되지 않는 걸 알았다. 도진을 얄밉게 바라보던 영은 혼자 신발을 신고 있는 이안에게 시선을 주었다.

"넌 이제 가는 거야?"

"너도 이제 가."

이안은 의아하게 자신을 바라보는 영의 팔을 잡아 이끌었다. 세게 이끄는 손길에 맥없이 몸이 휘청이며 끌려가자 영이 억울한 음성으로 이안에게 소리쳤다.

"왜? 나는 이제 왔는데!"

"간다."

"잘 가."

그러나 아무도 영의 목소리를 들어주지 않았다. 늘 자신의 편이었던 지안조차 어색하게 웃으며 손을 흔들 뿐이었다. 이안에 의해 영의 몸이 온전하게 문밖으로 나가자 도진이 빠르게 손잡이를 잡았다.

쾅―.

영은 망설임 없이 닫히는 문을 허망하게 바라봐야 했다. 그러고는 이안을 원망스럽게 쳐다보았다.

"너 미쳤냐?"

"눈치도 정도껏 없어라."

이안은 오히려 영을 보며 한심하단 듯 말했다. 소리가 울리는 복도에서 버럭 소리를 지르는 영과 차분한 이안의 음성은 아직 문 앞에 있는 지안과 도진에게도 들렸다. 그러다가 엘리베이터가 도착해서 이안과 영이 내려갔는지, 순식간에 정적에 휩싸였다.

지안은 주변이 조용해지자 한숨을 내쉬며 두 눈을 손으로 문질렀다. 파도가 휩쓸고 간 뒤 남은 잔해처럼 피곤만이 짙게 남았다. 도진이 그런 지안의 모습을 보고 사뭇 걱정스럽게 물었다.

"피곤해?"

"하루가 너무 긴 것 같아요."

지안은 허탈하게 웃으며 고개를 저었다. 도진은 고개를 숙여 그녀의 얼굴을 살폈다. 얼굴 가득 내려앉은 피로를 확인한 그는 지안의 어깨에 팔을 올렸다. 그녀는 자신의 어깨를 감싼 손길에 힘이 들어가자 반사적으로 뒷걸음질 쳤다.

"또 안으면 내쫓는다고 했는데."

"지금은 아무도 없잖아."

지안은 짐짓 무섭게 말한다고 했지만, 한쪽 눈썹을 올리며 대수롭지 않게 말한 도진을 보며 결국 작은 실소를 터뜨렸다. 그러다가 단호하게 손짓했다. 내가 넘어갈 줄 알고?

"그래도 안 돼요."

"……."

"아."

그러나 도진에게 등을 보이며 거실을 향해 걷다가 알싸하게 퍼지는 통증을 느끼고 잠시 멈췄다. 첫날은 조금 아플 수도 있다더니. 응급실에서 들었던 의사의 말을 기억해 낸 지안이 고개를 숙여 발목을 바라보며 눈을 깜박였다. 그게 그녀를 계속 주시하던 도진의 눈에 안 보일 리가 없었다. 도진은 작게 한숨을 내쉬며 멈춰 있는 지안을 안아 들었다.

"진짜!"

"침대까지만."

단호하게 거절한 것이 무색하게 도진에게 쉬이 안겼다. 이제는 버둥거리는 것도 체력적으로 한계였다. 지안은 낮게 한숨을 쉬고 도진의 목에 팔을 둘렀다. 의미 없는 싸움을 하면서 시간을 낭비하느니, 빠르게 침대로 가서 쉬고 싶다는 생각이 더 강했기 때문이다. 얌전해진 지안을 보고 빠르게 걸음을 옮겼다.

"일단 한숨 자고 일어나."

도진은 지안을 침대에 눕히고는 이불을 그녀의 목 끝까지 덮었다. 꼼꼼하게 그녀를 살핀 뒤, 숙였던 허리를 세우고 창가로 걸어갔다. 빛이 들어오지 않게 블라인드를 모두 내리고 따뜻한 분위기를 내는 조명까지 수면에 알맞게 조절했다. 기어코 방 안의 온도와 습도까지 확인한 도진이 돌아와 지안의 곁에 서 그녀를 바라보며 웃었다.

"이 정도면 괜찮아?"

지안은 분명 처음일 텐데 모든 걸 능숙하게 만지고 있는 손길을 멍하니 좇다가 자신의 앞으로 다가와 인사를 하는 도진의 얼굴을 바라보았다. 말이 없는 그녀를 보고 많이 피곤하구나, 싶었던 도진이 지안의 머리를 한번 쓸어 넘겨 주고 방을 나서려 했다. 도진의 손길을 느끼던 지안은 자신을 스쳐 지나가는 커다란 손을 확 잡아챘다.

"갈 거예요?"

도진은 자신의 손을 낚아챈 지안을 보며 잠시 멈칫하더니 곧 다정한 웃음을 띠었다. 얼굴에 졸음을 가득 달고서 갈 거냐고 묻는 얼굴이 꽤 사랑스러웠다.

"안 가."

이게 정답이 아니었나. 도진은 가지 않겠다는 말에 짙게 내려앉은 졸음을 밀어내며 눈을 크게 뜨는 지안을 난감하게 바라보았다.

"자라니까 왜 눈을 더 크게 뜨고 그래."

"오빠가 있는데 어떻게 자요."

"왜 못 자는데. 지금 너한테 나만큼 안전한 사람이 어디 있다고."

도진이 의아한 기색을 가득 담아 물었으나 지안은 되레 정말 모르겠냐는 얼굴을 하며 그를 쳐다보았다. 당장 오늘만 해도 도진이 자신에게 한 행동이 전부 안전과는 거리가 멀어 보였는데. 지안은 여전히 아무것도 모른다는 얼굴을 한 도진을 보며 헛웃음을 '피식' 지었다.

"오빠가 나한테는 제일 위험한데……"

도진은 나직하게 중얼거리는 목소리를 듣고 실소를 터뜨렸다. 그녀가 어떤 의미로 자신이 위험하다고 하는지 알 것도 같아서. 침대의 빈 공간에 앉으며 지안의 눈을 쓸었다. 반쯤 내려앉은 눈꺼풀은 많이 무거워 보였고, 목소리에도 잠기운이 배어 있었다. 도진은 그런 지안을 천천히 토닥이며 나긋하게 말했다.

"오늘은 지켜 줄 테니까 얼른 자."

"그런 말을 하면서 자라고 하면 내가 잘 수 있겠어요?"

지안은 입술을 쫑긋하게 내밀고 도진을 흘겨보면서 얼른 가서 쉬라고 투덜거렸다. 물론 도진은 그녀의 말을 들은 척도 하지 않았다.

몇 분 뒤, 아이처럼 쌕쌕 숨을 쉬며 잠이 든 지안을 바라본 도진이 침대를 등받이 삼아 바닥에 앉았다. 자신의 눈높이에 그녀가 들어오자 그제야 잠든 지안의 얼굴을 마음 편하게 바라볼 수 있었다.

─ 언제부터야?

도진은 지안이 소속사에서 걸려 온 전화를 받기 위해 잠시 자리를 비운 사이에 이안이 제게 던졌던 질문을 떠올렸다.

─ 남에게 관심이라고는 하나도 없는 녀석이 지안이가 다쳤다는 말에 이렇게 만사 제치고 달려와서 지극정성이야?

— …….

— 게다가 너는 이 결혼 싫어했잖아.

날카롭게 눈을 빛내며 묻는 이안에게 선뜻 답을 하지 못했다. 이 결혼을 싫어했다는 이안의 말은 사실이었다. 그 물음에 솔직한 대답을 하기 위해서는 기나긴 시간이 필요했기 때문이다. 그건 온전하게 지안을 위해서였으니까.

언제부터였냐는 질문은 의미가 없었다. 도진에게는 처음부터였다. 결국 처음부터 그의 행동의 모든 이유는 지안이었다. 그러나 그는 오래전 자신을 찾아온 사랑을 깨닫는 동시에 도로 제자리로, 어쩌면 그것보다 먼 곳으로 보내 줘야 했다. 비록 자신은 멀어지지 못해 평생 그 자리에 남아 있을지라도.

그랬던 그가 다시 발걸음을 뗄 수밖에 없었던 건 자신에게도 지독하게 남아 있는 악몽 때문이었다. 모든 걸 망가뜨렸던 그날의 기억은 지안만 괴롭히지 않았다. 온몸이 부서졌던 도진에게도 후유증이 남는 건 어쩌면 너무 당연한 일이었다.

꼭 그날을 잊지 말라고 경고라도 하는 것처럼 주기적으로 찾아오는 악몽을 꾸고 나면 옷이 다 젖을 만큼 얼굴과 등 뒤에서 식은땀이 줄줄 흐르고 찝찝함이 가득했지만, 그것보다 도진을 더 늪에 빠뜨렸던 게 있었다.

도진은 또다시 떠오르는 잔상을 지워 내고서, 침대에 잠들어 있는 지안을 보며 숨을 토해 냈다.

"네가 사라졌어."

유안이 죽었던 사실과 다르게, 도진을 찾아오는 그 꿈에서는 지안이 죽었다. 바뀌는 것 하나 없이 똑같이 반복되는 꿈은 도진을 끊임없이 괴롭혔고, 쌓여 있던 불안감이 오늘에서야 모두 터져 버린 것이었다.

지안이 괜찮다고 확인했다는 김 비서의 연락에도 사고가 났다는 사실 하나에 미친놈처럼 눈이 돌아서 자신의 눈으로 확인해야겠다는 생각 하나로 여기까지 달려왔다. 자신을 보며 놀란 두 눈망울을 직접 마주하고 나서야 끊겼던 이성의 고리가 연결되는 느낌이었다.

도진은 작게 뒤척이느라 흐트러진 지안의 머리를 정리하다가 불현듯 드는 생각에 움직이던 손길을 멈췄다.

"너를 다시 만나고부터 그 꿈을 꾸지 않았어."

미처 생각하지 못했던 사실을 떠올린 도진은 허탈하게 웃어야만 했다.

"나를 낫게 할 사람은 너밖에 없나 봐."

나직하게 건넨 음성에는 애정이 가득 담겨 있었다.

"나한테는 정말 너뿐인가 봐."

잠들어 있는 그녀가 듣지 못할 고백을 나직하게 건넨 도진은 '잘 자.'라는 말을 끝으로 침묵한 채 지난 시간을 보상받기라도 하는 듯 하염없이 지안을 눈에 담았다.

시간이 얼마나 흘렀을까, 뻑뻑한 눈을 깜빡여 몽롱한 정신을 깨운 지안은 손끝에서 느껴지는 온기에 눈동자를 굴렸다.

"불편하게……."

지안은 침대 위에 팔을 베고 기대어 잠든 도진을 보다가 말끝을 흐렸다. 혹시라도 자신의 음성이 그를 깨울까 봐. 조심스럽게 몸을 움직인 지안이 모로 누워 눈을 감고 있는 도진을 빤히 감상했다.

"잘생겼네. 누가 이 얼굴을 서른이라고 볼까?"

흐트러진 자세를 보니, 꽤 색다른 모습이었다. 비스듬한 자세로 인해 흩어진 머리카락은 하얀 이마 위를 지나 눈가 근처에 있었다. 그것이 도진을 간지럽힐까 봐 숨을 참고서 천천히 손을 뻗었다. 간신히 손끝에 걸쳐진 머리카락을 조심스럽게 넘기고 안도의 한숨을 내쉴 때, 손목이 턱 붙들렸다.

"안…… 안 잤어요?"

"응."

어느새 두 눈을 모두 뜨고 있는 도진의 눈빛에서는 잠기운을 찾아볼 수 없었다. 도진이 고개를 끄덕이자 지안이 발끈하며 쏘아붙였다.

"그러면서 왜 자는 척을 해요?"

자는 줄 알고 잘생겼다고 소리를 내어 말했는데 안 자고 다 들었을 것이라고 생각하니 얼굴을 대하기가 민망해 목소리가 커졌다. 그런 지안의 모습에 도진은 태연하게 으쓱였다.

"잠든 사이에 사랑 고백이라도 해 줄까 싶어서."

도진의 말이 끝나기 무섭게 지안의 입에서 기침이 터졌다.

고백이라는 말에 사레가 들렸는지 캑캑거리자 도진이 그녀를 일으켜 세웠다. 몸을 바로 세우자 상태가 나아진 지안이 눈가에 맺힌 눈물을 닦아 내며 침대에 걸터앉은 그를 흘겨보았다.

"나 놀리면 재미있어요?"

"몰랐는데, 아무래도 그런 것 같아."

부정할 줄 알았던 도진이 순순히 수긍하자 괜히 얄미운 마음이 든 지안의 입술이 뾰로통하게 변해 앞으로 쭉 나왔다. 그러나 그 모습을 보고 도진이 툭 던진 말에 다시 입을 앙다물어야 했다.

"그렇게 입술 내밀면 키스한다."

지안이 당황해서 눈동자를 부자연스럽게 돌리자 도진은 가볍게 웃으며 몸을 완전하게 일으켰다. 그러고는 지안을 향해 손을 뻗었다.

"뭐라도 먹자. 약 먹어야지."

'키스'라는 단어를 들어서일까, 아니면 예고도 없이 입을 맞춘 전적이 한두 번이 아니여서일까. 괜히 도진의 의도가 순수하지 않게 보여 지안은 경계의 눈빛을 띠었다. 그럼에도 여유롭게 웃은 도진이 나직하게 말을 덧붙였다.

"진짜 잡아먹기 전에 얼른 나와."

"……내가 이런 사람을 눈앞에 두고 속 편하게 잠잤네요."

지안은 자포자기의 심정을 어렴풋이 느끼며 제게로 뻗은 도진의 손을 붙잡고 일어났다. 잠을 충분히 자서 그런지, 피곤함은 사라지고 배가 고프기 시작했다.

잡아먹히더라도 배는 부른 상태로 잡아먹혀야지 덜 억울하지. 도진의 뒤를 지안이 구시렁거리면서 따라나섰다. 곁눈으로 슬쩍 그녀를 바라본 도진의 입가에 웃음기가 맺힌 것을, 고개를 숙이며 걷는 지안은 끝까지 몰랐다.

"앉아 있어."

"내가 할게요."

지안은 아무리 그래도 마음 편하게 혼자 앉아 있을 수는 없었다. 우물쭈물하며 자신의 근처에서 벗어나지를 않는 그녀를 보던 도진은 지안에게 얼굴을 가까이 들이대며 속삭였다.

"다시 안기고 싶으면 그렇게 해도 좋고."

짧은 한마디였으나, 지안을 움직이기에 이만큼 효과적인 말도 없었다. 말을 꺼내자마자 단번에 뒤돌아서 거실로 나간 지안은 도진이 죽을 데워 올 동안 TV 채널 목록을 뒤적거렸다. 소파를 등받이 삼아 바닥에 앉아서 손가락으로 채널을 계속 돌리면서도 눈길은 주방에 주었다.

어쩐지 도진을 부려 먹고 있다는 느낌밖에 들지 않아 마음이 편하지 않았다. 게다가 자신은 환자가 아니었다. 사고를 당할 뻔한 건 맞지만, 결론은 일상에서 흔히 겪을 수 있는 아주 작은 통증이었다.

"나이롱 환자가 따로 없네."

다쳤다고 죽을 챙겨 먹기에도 민망하고 어처구니없는 이 상황을 어떻게 해야 벗어날 수 있을지 생각하던 지안의 눈에 죽과 반찬을 정갈하게 담은 트레이를 들고 오는 도진이 들어왔다. 도진은 테이블 위에 트레이를 내려 두고 지안의 곁에 털썩 주저앉았다. 이렇게 같이 주저앉을 줄은 몰랐는데. 생각보다 가까운 거리에 지안은 입술 끝을 물었다.

주방에 있는 식탁에서 먹으면 맞은편에 앉아 자신을 바라볼 도진이 어색할까 봐 일부러 이리로 왔는데, 나란히 앞을 보는데 곁에 앉은 것만으로도 두근거렸다. 지안은 도진에게 쏠리는 감각을 제어하려 넓은 화면에만 시선을 고정했다.

"영화 보게?"

"아."

지안은 화면을 슬쩍 바라본 도진이 그녀에게 묻고 나서야 자신이 영화 카테고리에 들어왔다는 것을 알았다. 어색하게 웃으며 고개를 끄덕인 지안은 화면에 들어온 몇 개의 영화 중 가장 익숙한 제목의 영화를 눌렀다.

"우리 이거 봐요."

사실 대충 아무거나 눌렀다. 숨소리만 오가는 정적이 부담스러웠던 지안이 영화를 재생시키자 도진이 영화의 오프닝 크레딧을 보며 제목을 조용히 중얼거렸다.

"Old Memory……."

'Old Memory, 오래된 기억'은 세계 국제 영화제에서 수상을 한 영화였다. 과거에 서로 사랑했던 남자와 여자가 헤어지고 시간이 흘러서 다시 만나 또 사랑하는 고리타분하고 흔한 로맨스 영화지만, 가슴을 울리는 대사가 많은 사람의 공감을 이끌어 내 인기를 얻으며 세상에 나온 지 꽤 오랜 시간이 흘렀어도 꾸준히 사람들의 입에 오르내리는 명작이었다.

　연기를 위해 다양하고 많은 작품을 참고하는 지안뿐만 아니라 도진도 이미 내용을 알고 있는 영화였다.

　"오빠는 이거 봤어요?"

　영화가 시작되고 사운드가 집 안을 울리기 시작하니 긴장이 조금 풀린 지안은 숟가락을 들어 죽을 크게 떠 입술로 가져가며 도진에게 물었다.

　"응, 봤어."

　"세상에 저런 사랑도 실제로 있겠죠?"

　지안은 단 하나의 사랑만을 추구했던 남자 주인공과 여자 주인공을 떠올리다가 무의식적으로 도진에게 물었다. 도진은 정말 있다면 꽤 낭만적이라고 중얼거리는 지안을 모호한 표정으로 바라보았다. 그런 도진의 표정을 보지 못한 채 지안은 어느덧 숟가락도 내려 두고 영화에 집중했다. 그렇게 아무 말 없이 지안은 영화가 재생되고 있는 화면을, 도진은 영화에 푹 빠져 있는 지안을 바라보며 시간이 흘러갔다.

　[서로에게 남아 있는 오래된 기억은 우리의 이야기가 아니야. 지금 우리의 기억에는 그때의 우리보다 더 아프게 남아 있을 테니까.]

　서로를 향해 많은 상처를 주고, 또 많은 상처를 받아 다시 시작하기를 두려워하는 여자를 향해 남자가 건네는 말로, 용기를 내라는 말이었다. 이 영화를 몇 번을 다시 봐도 모든 대사 중에 지안에게 가장 인상 깊게 남는 말이었다.

"더 아프게 남아 있을 테니까……"

여운이 길게 남은 대사를 곱씹던 지안이 문득 느껴지는 시선에 고개를 돌렸다. 그러자 자신을 바라보던 도진과 눈이 마주쳤다.

"계속 그렇게 보고 있었어요?"

도진이 가볍게 미소를 그리는 것을 보니, 계속 영화가 아닌 자신을 바라보고 있었던 것 같아 그녀가 의아한 눈빛으로 물었다. 그러자 그녀를 보고 있던 것이 사실이었는지 도진은 가볍게 웃었다.

"응."

"왜요?"

"그냥."

싱거운 대답에 지안은 눈을 가늘게 뜨며 도진을 의심스러운 눈초리로 바라보았다. 언제 어떤 말을 꺼낼지, 어떤 행동을 할지, 정확히는 자신을 무슨 말로 유혹할지 알 수 없었기에 몸을 살짝 뒤로 젖혀 도진에게서 떨어졌다.

"뭐 하는 거야?"

갑자기 벌어지는 거리에 도진이 실소를 터뜨렸다.

"갑자기 오빠가 위험해 보였어요."

다소 그에게 황당하게 느껴질 말일 수도 있겠으나 지안은 진지하게 말했다. 그녀의 말에 '피식' 웃음을 터뜨린 도진은 귓불을 몇 번 매만지더니 청량한 웃음을 보였다. 갑작스럽게 보이는 웃음에 당황한 지안이 말을 꺼내기도 전에 도진의 말이 더 빠르게 나왔다.

"정지안, 우리 연애부터 시작해 보자."

이건 고백이었다. 지안은 머리가 울리는 기분에 멍한 얼굴로 도진과 눈을 마주쳤다. 타이밍이 좋다고 해야 할까, 서로를 말없이 바라보는 장면이었기에 스피커에서는 배경 음악만 잔잔하게 흘러나왔다. 그러나 그건 주변 소음에 불과하다는 듯 그녀의 귓가에는 음악 소리가 전혀 들어오지 않았다.

"한 번만 다시 말해 줄래요?"

당황하기는 했으나 그녀는 도진이 한 말을 또렷하게 들었다. 그럼에도 이렇게 다시 확인하는 이유는 그 말을 다시 듣고 싶어서였다. 조금 덧붙이자면 그렇게 말한 이유까지 알고 싶어서, 지안이 가만히 도진을 기다렸다.

"우리 연애부터 시작해 보자."

별로 어려운 말이 아니었는지 도진은 바로 했던 말을 반복하며 허리를 살짝 소파에 기대었다. 그것도 모자라서 얼굴을 한쪽으로 나른하게 늘어뜨렸다. 그 모습을 보고 지안은 한 가지 뜻으로 해석했다. 저 사람, 지금 작정하고 유혹한다고.

어떻게 대답을 해야 할지 고민하는 지안의 머리 위로 다시금 영화 속 주인공들의 목소리가 울렸다. 그건 남자의 용기에 응답하는 여자의 대사였다.

[그래, 우리 한번 시작해 보자.]

하필 지금 이 타이밍에 저런 대사가 나오는 건 무슨 일인지. 우연히 자신이 침묵을 지키는 동안 운명처럼 도진의 말과 이어지는 여자의 대사에 당황해 눈동자가 크게 흔들렸다. 도진은 기가 막힌 타이밍에 의미심장하게 웃었다.

"대답은 들었다고 생각해도 되는 건가?"

지안은 장난기가 배어 있는 얼굴을 보고 미간을 찌푸렸다.

"은근슬쩍 넘어가려고 하지 마요."

기가 막혀 웃음을 터뜨리며 도진에게 짐짓 단호하게 말은 건넸으나, 머릿속이 뒤죽박죽으로 변해서 어떻게 답해야 좋을지 도무지 떠오르지 않았다. 연애부터 시작하자는 말이 좋으면서도 불안했다.

신종 밀어내기 수법인가.

오늘 그가 자신에게 보여 줬던 행동은 그 전과는 비교할 수 없을 정도로 지나치게 다정했다. 도진의 곁에 있기만 해도 좋다는 그간의 생각을 비웃기라도 하는 듯 점점 욕심이 생길 만큼 설렜고, 사랑받고 싶게 만들었다. 그러나 문득 들었던 생각이 사실이라고 말해 주듯이 연애부터 시작하자는 도진의 말은 오히려 불안감에 휩싸이게 했다.

"진심으로 하는 말이에요?"

지안은 의심을 가득 품고서 도진의 표정을 살피며 물었다. 그러나 아무런 표정 변화 없이 덤덤하게 고개를 끄덕이는 도진에게서 알아낼 수 있는 건 아무것도 없었다.

그녀에게 갑작스러운 말이라는 것을 인지한 도진이 사뭇 진지하게 입술을 떼었다.

"우리 사이에는 10년이라는 공백이 있어."

"……."

"네가 자란 만큼 나도 자랐고, 네가 변한 만큼 나도 변했어."

변했다는 말을 무슨 의미로 받아들여야 할까.

지안은 저도 모르게 주먹을 꽉 쥐었다. 10년 전의 도진은 제게 항상 다정하고 저를 세심하게 챙겨 주는 사람이었다. 그런데 변했다고 해 버리면, 자신한테 어떤 사람이 되는 걸까. 입술이 바르르 떨렸지만 내색하지 않으려 힘을 잔뜩 주었다.

"우리가 잃은 그 시간을 채워 보자고."

"그 시간을 다 채우면요?"

"응?"

"우리가 그 시간을 다 채우면, 끝은 어떻게 되는 건데요?"

다소 말투가 공격적으로 튀어 나갔다. 이러려고 한 건 아닌지, 아차 싶은 듯 지안의 눈빛에 당혹감이 짙게 내려앉았다. 도진이 차분하게 자신을 설득하려는 듯한 느낌에 마음이 조급해졌다.

도진은 사뭇 평온하게 대답했다.

"연애의 끝은 둘 중 하나겠지."

도진은 끝까지 말하지 않았으나, 지안은 어떤 말이 생략되었는지 알았다.

연애의 끝은 두 갈래였다. 행복한 미래를 약속하는 결혼 또는 비극적인 이별. 그러나 다시 재회한 순간부터 도진과의 결혼을 결심한 지안에게 이별이라는 선택지는 존재하지 않았다.

도진도 자신과 같은 생각일까. 아니면 이별을 염두에 두고 자신에게 이런 말을 하는 것일까.

지안이 조금은 초조한 눈길로 바라보자 도진은 '피식' 웃었다.

"결혼하자며."

"네?"

"나랑 결혼하자며. 우리는 그거 해야지."

지안이 초조하고 불안해 겁을 먹은 것이 무색하게 도진이 지안에게 전한 것은 의외의 대답이었다.

Chapter 4

나랑 데이트해야지

드라마 '메리고라운드' 촬영 세트장.

지안은 촬영 대기 중에 약봉지를 뜯어 입 안으로 털어 넣었다. 인대가 조금 늘어났다더니, 금방 낫는 건 무리인가. 뻐근한 발목을 두어 번 돌리어 상태를 살폈다.

"보호대 안 해도 괜찮아?"

"어차피 신발이 안 들어갈 것 같아."

걱정스럽게 바라보는 경석을 향해 괜찮다는 듯 웃은 지안은 핸드폰을 집어 들었다. 오늘 촬영할 상황에 맞게 서정적인 음악을 들으며 기분을 가다듬으려고 했는데 알림 창에 있는 메시지를 보고는 '푸핫' 웃음을 터뜨렸다.

오늘도 걷지 말기.

'오늘도 걷지 말기', 단 일곱 글자일 뿐이었는데 그녀가 소리까지 내며 웃음을 터뜨린 이유는 단 한 가지였다.

"촬영하는데 어떻게 안 걷냐고."

발신인을 보지 않아도 말도 안 되는 이런 말을 할 사람은 딱 한 사람밖에 없었다. 요즘 들어 자꾸만 자신을 내내 당혹스럽게 만든 사람. 메시지를 보고 나서 말로는 계속 투덜거렸지만 입가에 새겨진 미소는 사라지지 않았다.

연애부터 시작하자는 도진의 말이 머릿속을 내내 맴돌았다. 우리가 함께하지 못했던 시간을 채우고 나면 결혼하자는 도진의 말을 아무 의미도 부여하지 않고 곧이곧대로 믿어 보기로 했다. 그가 무슨 생각으로 한 건지는 중요하지 않았다. 자신을 밀어내던 사람이 처음으로 다가온 순간이었다.

마음에 걸리는 건, 자신을 괴롭히던 건 모두 묻어 두고 도진이 내민 손을 잡을 생각이었다. 도진도 우리의 종착지를 결혼으로 생각하고 있으니까 머리 아프게 생각하고 싶지 않았다. 욕심이라 할지라도, 그저 도진과 다른 평범한 연인처럼 지내 보고 싶었다.

연인…….

문득 떠오른 단어를 입 안에서 곱씹었다. 우리에게 어울리는 말일까. 어울렸으면 좋겠다. 지안은 곱씹기만 해도 설레는 마음을 가다듬으며 '피식' 웃었다.

"누구인데 그렇게 웃어?"

"응?"

"연락 와서 웃은 거 아니야?"

운전석에 앉아 있던 경석이 몸을 돌려 의심스럽게 바라보자 지안은 표정을 빠르게 감췄다.

"언니, 남자 친구 생겼어요?"

"응?"

"뭐라고?"

"정말?"

옆자리에 앉아 있는 메이크업 스태프인 연희의 말에 매니저인 경석을 포함해 차 안에 있는 모든 사람들이 목소리를 키웠다. 정곡을 찌르는 말에 지안은 할 말을 찾느라 눈을 도르륵 굴렸다.

"지안 씨. 촬영 준비할게요!"

"네!"

때마침 창문을 두드리는 조연출의 말에 지안이 빠르게 반응했고, 그녀에게 집중되었던 시선들이 단숨에 흐트러졌다.

"가자."

지안은 괜히 스태프들을 재촉하며 차에서 빠져나왔다. 물론 도진에게 눈물이 가득한 이모티콘까지 붙이며 답장을 무사히 보내는 것도 잊지 않았다.

> 여기에는 안아 줄 사람이 없어서 걸을 수밖에 없네요ㅜㅜ

지안은 세트장 안으로 들어가자마자 건우와 마주쳤다. 건우는 그녀를 보자마자 후다닥 달려와 걱정스러운 얼굴로 살피기 시작했다.

"도우 안고서 넘어졌다며. 괜찮아? 촬영 아닐 때 전화했는데, 전화기가 꺼져 있더라."

사고 당일에는 기사를 보고 많은 연락을 받은 탓에 핸드폰을 잠시 꺼 둔 것을 기억한 지안이 코를 찡긋거리며 멋쩍게 웃었다. 촬영 스케줄이 꼬이는 바람에 며칠 만에 만나는 건우는 걱정스러운 눈빛으로 지안을 바라보았다.

"괜찮아. 별로 다친 것도 아닌데, 기사가 그렇게 나가는 바람에……."

"암튼 오버하는 건 우리나라 기자님들이 최고야."

진심인지, 비꼬는 건지 알 수 없었지만 지안은 고개를 절레절레 젓는 건우를 따라 가볍게 어깨를 으쓱였다. 그러다가 자신들을 부르는 스태프가 서 있는 곳으로 향했다. 이제는 정지안이 아닌 '메리고라운드'의 여자 주인공이 될 시간이었다.

장면을 얼마 찍지도 않았는데 금세 몇 시간이 흘렀고, 사이좋게 NG를 나눠 가진 지안과 건우는 실수한 것이 네 탓이니, 내 탓이니 티격태격하고 있었다.

"거기서 네가 입꼬리만 씰룩거리지 않으면 한 방에 'OK'였는데."

"너야말로 눈을 그렇게 부릅뜨면 어떡해? 웃기잖아."

잠시 휴식을 위해 가지는 대기 시간 동안 모니터링을 하기 위해 감독 옆에 준비되어 있는 의자에 나란히 앉아 싸우던 지안과 건우의 대화가 멈췄다. 조명 감독이 지안에게 다가와 손에 든 박스를 흔들며 말을 걸었기 때문이다.

"잘 먹을게, 지안아."

"네?"

"네 앞으로 간식 조공 왔잖아."

여러 차례 작품을 같이한 적이 있는 터라 말을 편하게 하는 조명을 담당하는 감독의 인사에 지안은 고개를 갸웃거렸다.

"팬클럽? 아니면 다른 연예인?"

건우가 궁금하다는 듯이 물어봐도 지안이 할 수 있는 건 어깨를 으쓱이는 것뿐이었다. 왜냐하면 자신도 알지 못했으니까. 보통 누가 보내면 보낸다고 미리 연락을 줬는데, 오늘은 아무런 연락을 받지 못했다.

"건우, 너한테 온 거 아닐까?"

"말이 되냐. 포장지에 떡하니 네 얼굴이 박혀 있는데."

지안이 의아함에 쓰읍, 입맛을 다시며 건우에게 말했지만 돌아오는 건 한심하다는 표정이었다. 전혀 짐작이 가는 바가 없어 직접 확인하기 위해서 자리에서 일어나자, 저 멀리서 경석이 달려오는 것이 보였다.

"지안아, 네 앞으로 샌드위치가 왔는데……."

"샌드위치?"

"응. 연락받은 거 있어? 포장지 보니까 네가 좋아하는 곳이던데?"

"엥?"

경석이 안내하는 곳으로 따라가자 스태프들이 줄지어서 간식을 받아 가고 있었다. 세트장 안으로 들어오던 스태프들이 하나둘씩 지안을 보자 '잘 먹겠다'는 인사를 했다. 풀리지 않는 의문에 간식이 담긴 박스의 주위를 빙 둘러봐도 보내는 사람의 이름이 없었다.

"보내는 사람 이름도 없고, 카페 이름도 없네. 소속사로 연락 온 건 없어?"

"그러면 내가 알았겠지."

"이렇게 받아도 되는 거야?"

자신의 것이 아닌 건가 싶어도 건우 말대로 이렇게 얼굴이 박혀 있으니 마음이 어수선했다. 근처에서 한참 가만히 서서 생각하던 지안은 스태프들의 대화 소리에 고개를 들었다.

"저기 건너편에 주차되어 있는 차 봤어?"

"새로 나온 차 같던데? 처음 봤어. 멋지더라."

"그거 전 세계에 백 대밖에 없는 차야!"

"잘못 본 거 아니야? 그런 차가 왜 여기에 있어?"

차에 관심이 없어 보이는 여자 스태프가 대수롭지 않게 넘기자 남자 스태프가 흥분에 차서 열변을 토하며 지안을 스쳐 지나갔다.

어딘가 이상한 느낌이 들자 반듯했던 지안의 눈썹이 꿈틀거렸다. 누가 보냈는지 모르는 상자를 한 번 바라봤고, 방금 지나친 사람들의 대화를 한 번 곱씹었다.

경석조차 모르는 사람으로부터 전달된 간식 차와 전 세계에서 백 대밖에 없는 차가 이 근처에 있는 게 단순히 우연일까?

지안은 어쩐지 모두 한 사람을 가리키는 것 같아 발걸음을 세트장 밖으로 옮기려고 했다. 자신의 팔을 낚아채며 아무도 듣지 못할 만큼 아주 작은 목소리로 속삭이는 건우만 아니었다면 말이다.

"야, 정지안. 너 연애하지?"

건우의 날카롭게 변한 눈매가 지안을 뚫어지도록 응시했다.

뭘 알고서 말을 하는 거야?

갑작스럽고 정확한 질문에 숨조차 제대로 쉬지 못했던 지안은 곁에 있던 경석의 눈치를 슬쩍 보고서 마찬가지로 건우에게만 들릴 아주 작은 목소리로 말했다.

"그게 무슨 소리야?"

당연히 모르는 척 시치미를 떼면서.

"이상해서 그러지."

"뭐가 이상한데?"

"보통 누가 보냈는지 큼지막하게 써서 자랑을 하잖아."

지안은 틀린 말 하나 없는 건우의 말을 그저 가만히 듣고 있었다. 건우는 다 안다는 듯 음흉하게 웃으며 말을 이었다.

"이렇게 보낼 때는 딱 비밀 연애 중인 애인이 몰래 티 내고 싶어서 보내는 건데 말이야."

"뭐?"

"사랑하는 사람에게 바치는 서프라이즈~."

건우의 표정은 마치 비밀을 딱 잡은 듯한 표정이었다. 그러나 지안 역시 이 상황에서 도망갈 구멍을 조금 팔 수 있었다.

"꽤 익숙해 보인다? 많이 해 줬나 보다?"

"어……?"

"그래서, 넌 누가 해 줬는데?"

"어어……?"

지안은 당황한 건우의 팔을 손가락으로 쿡쿡 찌르며 웃었다. 그녀가 툭툭 나열하는 잊을 수 없는 이름으로 인해 건우의 얼굴은 점점 새하얗게 질렸다.

"누구야. 나영 언니? 유리 언니?"

"야야. 지나간 인연들을 그렇게 막 네 멋대로 소환하고 그러면 안 돼."

건우가 다급하게 지안의 입을 손바닥으로 막고 눈에 힘을 주며 말했다. 지안은 뭉개지는 발음으로 말을 하다가 결국 '피식' 웃었다. 그제야 손을 떼어 낸 건우가 억울해하며 말했다.

"불공평해. 나는 지나간 네 연인들의 이름조차 모르는데."

"모르는 게 당연하지. 날 지나간 사람들이 없는데."

자연스럽게 넘어간 화제에 한숨을 돌린 지안은 스튜디오 밖에 시선을 두었다.

"일단 나 좀 나갔다가 올게."

"어디를?"

"잠깐이면 돼."

경석이 놀란 눈으로 말리려고 했지만, 지안은 자신의 팔을 잡은 경석의 손을 떼어 냈다. 따라오지 말라는 손짓을 하고 걸어가는 발걸음이 점점 빨라졌다.

촬영 관계자들을 위해 마련된 주차 공간을 지나고 완전하게 밖으로 나가자마자 나온 도로를 앞에 두고 걸음을 멈췄다.

다행히 이 앞으로 지나다니는 사람들이 없어 지안은 마음

놓고 주위를 두리번거렸다. 그러자 한산한 도로 건너편에 주차되어 있는, 흔히 볼 수 없는 미끈한 스포츠카가 눈에 보였다. 횡단보도 앞으로 걸어가 신호가 바뀌기를 기다리면서 움직이지 않는 차를 주시했다.

빨간불이었던 보행자 신호가 파란불로 바뀐 것을 확인한 지안은 빠른 속도로 도로를 건넜다. 목적지에 닿은 지안은 생각보다 행동이 더 빨랐다. 조수석의 손잡이를 잡아 문을 벌컥 열고, 허리를 숙여 운전석에 앉아 있는 사람을 보았다.

"헐."

짧은 감탄사와 함께 지안의 입이 딱 벌어졌다. 지나가던 사람이 갑자기 자신의 차 문을 열어 버리면 당황할 법도 한데 운전석에 앉아 있는 사람은 놀란 기색이 전혀 없었다. 오히려 그녀가 오고 있는 것을 알고 있었다는 것처럼 고개까지 살짝 숙이며 정확하게 시선을 맞췄다.

"이곳에는 또 어떻게 왔어요?"

지안이 황당한 얼굴로 묻자 씩 웃으며 대답하는 사람은 요즘 들어 동에 번쩍, 서에 번쩍, 그녀가 있는 곳이라면 연락 하나 없이 갑자기 나타나는 도진이었다.

"일단 타."

도진의 말에 지안은 조수석에 발을 올리고 올라탄 다음에 문을 닫았다. 순식간에 밀폐된 공간에 내려앉은 정적 속에서 도진이 지안의 손목을 붙잡았다.

"안아 줄 사람이 없다며."

"네?"

팔이 붙들린 건 신경도 못 쓰고, 한 번에 이해가 되지 않는 말에 잠시 머리를 굴리며 생각했다. 순간 머릿속을 설핏 스치는 기억에 기겁하며 눈가를 찌푸렸다. 그런 지안의 반응에도 무덤덤하게 있던 도진이 일순간 나른하게 웃으며 자신의 입술을 혀로 핥았다.

"그래서 내가 안아 주러 왔는데."

도진은 느릿하게 매만지던 손목을 제 쪽으로 훅 끌어당겼다. 갑자기 끌어당기는 남자의 힘에 못 이겨 끌려간 지안은 코앞에 있는 도진의 얼굴을 보며 마른침을 삼켰다. 숨소리까지 적나라하게 들리는 가까운 거리에 말도 못 하고 눈동자만 흔들리고 있을 때, 도진이 먼저 입술을 열었다.

"안아 줄 사람이 있어야 안 걸을 거 아니야?"

"네?"

"골라 봐. 가서 안길래, 아니면 업힐래?"

음성은 다정했으나 내용은 꽤 짓궂었다. 지안은 자신의 손목을 붙잡고 있던 도진이 힘을 뺀 것을 느끼자 아무렇지 않은 척 몸을 뒤로 뺐다. 일단은 저 자비 없는 얼굴로부터 멀어지는 것이 먼저였다.

"농담이죠?"

지안은 말을 함부로 뱉는 법이 없는 도진이 왠지 불안해서 일부러 웃지도 않고 정색하며 물었다. 그러나 대답은 해 주지 않고 어깨만 가볍게 으쓱이는 도진을 보며 허탈한 웃음을 터뜨렸다. 메시지로 걱정을 받을 때는 기분 좋은 웃음이 터졌지만, 막상 실제로 마주하니 전혀 반갑지 않았다.

"과잉보호는 이제 그만하는 거 아니었어요?"

유별난 그의 간호가 꽤 괴로운 것처럼 보이는 지안의 얼굴을 빤히 바라보던 도진의 입가가 호선을 그리며 올라갔다. 여전히 잡고 있는 가는 손목을 부드럽게 문지르면서 다리로 힐끔 시선을 던졌다.

"약은?"

"먹었어요."

"샌드위치는?"

"역시 그거, 오빠가 보낸 거 맞죠?"

"응."

지안이 손바닥을 부딪치며 눈을 빛내는 것과 대조적으로 도진은 무덤덤하게 고개를 끄덕였다.

"잘 챙겨 먹으라고 아예 식사를 보내고 싶었는데, 여기는 가스가 연결이 안 된다고 하더라고."

"근데 그런 건 어떻게 알았어요? 한 번도 안 해 봤을 텐데."

"비서가 조금 유능해서."

지안은 별일 아니라는 듯 말하는 도진의 얼굴을 보며 그의 곁을 항상 보좌하고 있는 김 비서의 얼굴을 떠올렸다. 조금 딱딱해 보이는 인상이었는데, 자신과 관련된 일을 맡기는 것을 보면 입이 무거운 사람 같았다. 그러고 보니 도진의 집무실을 찾아갔을 때도 놀라지도 않고 안내해 주셨는데.

지안이 김 비서를 떠올리는 것을 느꼈는지 도진은 미간을 살짝 꿈틀거리다가 말을 꺼냈다. 자연스럽게 김 비서에서 자신으로 화제를 돌리는 그였다.

"나인 줄은 어떻게 알았어?"

"누가 이 앞에 보기 힘든 자동차가 있다잖아요. 우리나라에서 이 차를 가지고 있는 사람이 얼마나 된다고."

"아."

만만치 않은 값인 익명의 조공과 근처에 있는 구경하기 힘든 자동차라니. 지안이 두 가지를 조합하여 생각하자니 결론은 딱 하나밖에 나오지 않았다. 조공은 날짜와 시간, 장소까지 신경 써야 하는데 자신뿐만 아니라 소속사 관계자까지 아무도 몰랐다. 처음에는 그가 그럴 일 없다고 생각했지만, 또 반대로 이렇게 일을 할 수 있는 사람은 그밖에 없어 보였다.

"어이없게 들켰네. 아깝다."

그녀는 진심으로 아쉬워 보이는 그의 얼굴을 보자 헛웃음이 절로 터져 나왔다. 도진은 가만히 지안이 웃는 것을 지켜보다가 듣기 좋은 저음으로 물었다.

"맛있었어? 네가 좋아하는 곳이라던데."

지안은 '픽' 웃다가 자신에게서 눈을 떼지 않는 도진의 얼굴을 마주하며 궁금하다는 표정을 지었다.

박스에 붙어 있던 익숙한 카페 로고가 떠올라 고개를 살짝 갸웃거렸다. 처음 맛봤을 때부터 자신의 입맛을 저격한 터라, 지안은 집에서 조금 먼 곳에 카페가 있는데도 찾아갔다. 그러다가 어느덧 단골이 되었고, 사장님의 SNS에 인증샷이 올라가면서 자신이 좋아하는 곳이라는 게 팬들에게 조금씩 알려졌다. 그녀는 우연이라도 도진이 체인점도 아닌 그곳에서 주문한 것이 신기했다.

"맞아요. 거기는 어떻게 알았어요?"

"팬들이 알려 줬어."

"네……?"

지안은 이해할 수 없는 도진의 대답에 미간이 확 좁아졌다. 팬들이 그에게 알려 줬다는 것 자체가 말이 되지 않았다. 도진은 구겨진 지안의 미간을 검지로 문지르다가 곁눈에서 느껴지는 인기척으로 인해 운전석에 있는 창문으로 시선을 돌렸다.

"근데 이렇게 나와 있어도 돼?"

"헐."

도진이 고갯짓으로 그가 바라본 창을 가리켰고, 지안이 고개를 빼 밖을 쳐다보자 그곳에는 자신을 찾으러 나왔는지 경석이 도로에서 주위를 두리번거리고 있었다. 생각지도 못한 도진의 등장에 이어 그에게 휘둘리고 있느라 자신이 대기 시간이었다는 것을 잊었던 지안이 다급하게 말했다.

"저 가야 할 것 같아요. 대충 말하고 뛰어나온 거라서."

"응."

마음은 급한데 움직임은 굼떴다. 머리는 당장이라도 자신을 찾는 경석에게 달려가야 하는 게 맞다는 걸 아는데, 몸은 조수석 문을 열지도 않고 자꾸만 미적거리다가 멀거니 도진을 바라보았다.

내가 가면 오빠도 돌아가는 건가? 설마 내가 나올지도 모르면서 그냥 기다렸나? 아니겠지. 근처에 다른 일이 있겠지.

물어보고 싶은 말은 너무 많았는데 정리가 되지 않아 튀어나가지는 못하고 입에서만 맴돌았다. 입술만 달싹이는 지안을 알아챘는지 도진이 먼저 입을 뗐다.

"얼굴 봤으니까 나는 이제 호텔로 가야 할 것 같아."

사뭇 미안하다는 얼굴을 한 채 손을 흔들어 손목시계를 확인하는 도진을 보고 지안은 말을 제대로 잇지 못했다.

"이대로 확 데리고 가고 싶은데······."

어버버하는 자신을 보며 장난스럽게 한쪽 눈썹을 찡긋 추켜올린 도진을 보고, 지안은 그제야 내내 묻고 싶던 말을 했다.

"나 때문에 여기 직접 온 거예요?"

"내가 여기 있는 이유가 너밖에 없는데?"

도진이 당연하단 듯 대답하자 지안은 묘한 기분에 휩싸였다. 시간을 쪼개서 쓸 만큼 바쁜 사람이라는 건 굳이 눈으로 직접 보지 않아도 알았다. 그런데 자꾸만 자신 하나 때문에 시간을 아무렇지 않게 바닥에 버리는 도진을 보면 당황스러우면서도 가슴 언저리가 간질거렸다. 익숙하지 않은 감정을 포장하려 일부러 그를 탓했다.

"내가 촬영하느라 안 나왔으면 어쩌려고 연락도 안 했어요?"

"이참에 기다리는 법을 배워 보지."

아무런 문제가 되지 않는다는 듯 어깨를 으쓱인 도진의 눈가에는 피곤한 기색이 역력했다.

마음이 일렁일렁하다가도 결국에는 미안함만 가득해졌다. 무리해서 시간을 사용하는 도진이 걱정되어 무심결에 손을 들어 도진의 볼을 살며시 어루만졌다. 갑작스러운 터치에 도진의 눈이 미세하게 커졌지만, 겉으로 티가 나지는 않았다. 지안은 자신의 손길에 미소를 띤 채 얼굴을 살짝 기대는 도진을 알아차리지 못하고 그의 눈가를 찬찬히 살피며 물었다.

"바쁘지 않아요? 오빠는 중요한 일이 많은 사람이잖아요."

"음, 바쁘지."

아주 짧게 생각하던 도진이 인정한다는 듯 고개를 끄덕였다. 지안은 당연하단 듯 나오는 말에 도진 모르게 한숨을 내쉬었다.

"나까지 신경 쓰지 않아도 돼요."

"무슨 소리야."

"네?"

자신의 말에 화라도 난 것인지 도진은 표정을 굳히며 목소리를 착 낮게 깔았다. 그게 못내 서늘한 분위기를 내었다. 그러나 이어진 말은 지안의 가슴을 두근거리게 했다.

"나한테 최우선순위가 너인데."

예고도 없이 훅 들어오는 고백은 언제 들어도 적응되지 않았다. 지안의 눈꼬리가 미세한 경련을 일으켰다.

"나는 지금 가장 중요한 일을 하고 있는 중이야."

말을 마친 도진의 얼굴에는 언제 표정을 없앴냐는 듯 잔잔한 미소가 맴돌고 있었다. 그의 표정을 본 지안은 옅은 한숨을 호흡에 섞어 내보냈다.

오늘도 예고 없이 불시에 훅 들어오는 모습을 감당해야 하는 건 오직 그녀뿐이었다. 차도진에게 있어서 지금 가장 중요한 일이 자신이라니. 제법 뻔뻔하게 낯간지러운 소리를 아무렇지도 않게 하는 것을 보니 부끄러움은 오직 자신의 몫 같았다. 얼굴에 열이 오르는 것을 느낀 지안은 마치 잊고 있었던 걸 떠올린 것처럼 의자에 붙였던 엉덩이를 들썩였다.

"들…… 들어가야 해요!"

"그래."

어딘가 어수선해 보이는 그녀와 달리 도진은 언제나 그랬듯 차분하고 담담했다. 그녀가 조수석 손잡이를 잡자 도진도 운전석 손잡이를 잡았다.

철커덕—.

자동차의 양쪽 문이 동시에 열렸다. 지안이 차에서 나오자마자 경석이 서 있었던 도로 건너편을 바라보았으나, 그는 이미 촬영장 안으로 들어갔는지 보이지 않았다. 아직 빨간불인 신호등을 본 지안이 제 곁으로 다가온 도진에게 말했다.

"나 갈게요. 운전 조심해요."

"안길래?"

도진이 양팔을 지안의 앞으로 쭉 뻗으며 웃음기가 섞인 목소리로 물었다.

"무슨 말도 안 되는……!"

지안은 기겁하며 몸을 뒤로 물렸다. 하여튼 끝까지 장난이야. 눈을 삐쭉 올려 도진의 장난기가 가득 서린 눈을 흘겨보았다. 신호가 금방 바뀌는지, 어느새 신호등은 그녀가 건널 수 있도록 파란불로 바뀌어 있었다.

"진짜 갈게요!"

지안이 신호를 확인하고 도진에게 손을 들어 인사를 하자 도진도 그녀처럼 오른팔을 들어 손을 흔들었다.

"집 도착하면 연락해."

"왜요?"

도진의 연락하라는 말에 무슨 일이 있나 싶어 지안이 눈을 동그랗게 떴다.

"나랑 데이트해야지."

도진은 마치 밥을 먹자고 하는 것처럼 단조롭게 말했지만, 지안은 '데이트'란 단어에 급브레이크를 밟은 사람처럼 발걸음을 멈춘 탓에 기우뚱하는 몸을 간신히 바로잡았다.

"얼른 건너. 다쳐."

마치 명령을 기다렸던 로봇처럼 지안은 도진의 말에 삐걱거리며 고개를 끄덕이고는 횡단보도를 건너고 뒤를 돌아보았다.

도진은 그 자리에서 트렁크 부분에 몸을 기댄 채 시선으로 그녀를 좇았다. 여전히 느껴지는 시선에 지안이 돌아보자 다시 가볍게 손을 흔들기까지 했다. 지안은 얼떨떨한 눈으로 도진에게 인사를 하고 촬영장으로 들어갔다. 도진은 지안의 모습이 사라질 때까지 그 자리에서 움직이지 않았다.

"정지안!"

지안은 세트장 안으로 들어가자마자 입구에서 경석에게 붙잡혔다. 다소 거칠게 잡아당긴 손길에 지안은 자신이 혹시 늦은 건 아닌가 하고 경석의 눈치를 살펴야 했다. 그래서 눈을 부릅뜨고 자신을 보고 있는 경석의 눈을 마주치자마자 반사적으로 두 손을 모으며 사과를 했다.

"오빠 미안!"

"너!"

"진짜 미안해! 나 많이 늦었어?"

도진과 있었던 시간은 매우 짧게 느껴졌지만 애초에 길게 주어진 대기 시간이 아니었다. 혹시나 자신 때문에 촬영이 지연되어 경석이 난감했을까 봐 지안은 싹싹 비는 것을 택했다. 그러나 그녀의 직감이 잘못된 건지, 경석은 주위를 살펴 사람이 없는 곳을 찾아 그녀를 끌고 갔다.

"그 사람, 누구야?"

"누구?"

"지금까지 너랑 같이 있던 남자!"

경석의 질문에 지안은 벌렸던 입을 슬그머니 다물었다. 분명 자신이 차에서 내리고 돌아올 때까지 경석은 밖에 없었는데, 어떻게 본 건지 도진에 대해 물었다. 머리를 바쁘게 굴리며 어떻게 말해야 할까 고민하던 지안은 갑자기 머릿속을 스친 생각에 아랫입술을 살짝 깨물었다.

"혹시 건우도 같이 봤어?"

"지금 그게 중요해?"

중요하지. 아까 확신한 표정으로 연애하냐고 의심하던 건우가 자신이 도진과 같이 있는 모습을 봤다면 그것만큼 피곤한 일은 또 없을 테니까. 다른 생각에 빠져 있는 지안을 눈치챈 경석이 발을 한 번 쿵, 굴러 그녀의 시선을 빼앗았다.

"사실대로 말해라. 나중에 나 뒤통수 때리지 말고."

"내가 무슨 뒤통수를 때린다고……."

지안은 뾰로통한 얼굴을 하고 손가락으로 볼을 긁적이며 중얼거렸다. 경석은 넘어갈 생각이 없는지 팔짱을 낀 채 지안을 쳐다보았다. 어떻게 말을 해야 할까 생각을 하느라 말이 없는 지안을 바라보며 목소리를 한껏 낮추었다.

"차도진이잖아."

"어?"

"너랑 같이 있던 남자, CHA 그룹 후계자 차도진 아니야?"

아직 자신은 한 번도 도진의 이름조차 꺼낸 적이 없는데 경석은 이미 얼굴만 보고 도진을 알아봤다. 얼굴이 웬만한 연예인보다 알려져 있다고 하지만, 생각보다 날카롭게 정곡을 찌른 경석을 보던 지안은 낮게 한숨을 지었다.

"너랑 어떤 사이야?"

"⋯⋯."

"머리 굴리지 말고. 나한테는 솔직하게 말해야 해. 어차피 난 네 배경 알고 있으니까 놀랄 것도 없어."

경석이 딱 잘라 지안의 변명을 차단했으나 그녀는 다른 말로 도진의 존재를 숨길 생각은 없었다. 다만 날마다 바뀌었던 도진과 자신의 감정으로 인해 과연 우리가 무슨 사이인지 정의조차 할 수 없었기 때문이었다.

그러나 지금은 말을 해도 괜찮지 않을까. 도진이 먼저 자신에게 연애부터 하자고 말했고, 그 끝은 결혼이 될 것이라고 말했다. 그러면 괜찮은 것 아닌가.

도진이 제게 건넨 말이 귓가에 생생했다.

— 나랑 데이트해야지.

게다가 아까 도진이 분명 데이트라고 했다. 데이트. 명백하게 우리가 연인 사이가 되었다는 것을 증명하는 단어였다.

자신에게서 눈을 떼지 않고 덤덤하게 말을 하던 도진이 떠올랐다.

어차피 경석은 대중들에게 철저하게 비밀인, 자신이 제이 그룹의 막내딸이라는 사실을 알고 있었다. 그리고 양가 회장님들이 추진한 정략결혼을 무사히 치르기 위해서는, 아니 자신의 욕심으로 시작된 일방적인 사랑을 지키기 위해서는 비밀을 알고 있는 소속사 사장인 강준과 매니저인 경석의 도움이 절대적으로 필요했다.

이건 그에게 당연히 해야 할 말이었다. 하지만 확신이 부족했다. 갑자기 다가오는 도진으로 인해 정신이 혼미하다가도 매일 느껴지는 설렘과 두근거리는 가슴이 불안했다. 이 제안을 처음 받았을 때 모질고 냉정하게 자신을 밀어냈던 그가 마음에 걸렸으니까.

과연 우리가 그가 말한 것처럼 평범한 연인이 될 수 있을까? 드디어 도진이 자신을 밀어내는 것을 멈추고 다가왔는데, 평범을 막상 입 밖으로 꺼내려니 오히려 그게 종종 잘못 끼워진 단추처럼 느껴졌다. 모든 것이 꿈일까 봐, 다 깨고 나면 자신에게 남아 있는 것이 하나도 없을까 봐 마음을 졸여야 했다.

자신이 무엇을 포기하면서까지 정한 결정인데 자꾸만 마음이 약해졌다.

요즘 들어 이런 자신을 알기라도 하는 것처럼 꿈에 자주 나타나는 얼굴을 떠올리며 지안은 씁쓸하게 웃었다.

"나중에 말해 줄게."

결국 대답을 미루는 지안이었다.

"언제? 그러다가 기자들한테 걸리고 나면?"

그러나 경석은 쉽게 넘어갈 생각이 없었다. 어떻게든 그녀의 꼬리를 붙잡으려는 사람들이 있으니 그녀를 관리하는 매니저로서 모든 일에 대처 방안이 필요했다.

"오빠, 이러니까 진짜 회사 사람 같다."

"회사 사람 맞고, 너 걱정돼서 그런 것도 맞아."

지안은 부러 장난스러운 표정을 지었다. 그리고 그녀의 시선은 바쁘게 움직이는 스태프들을 향했다. 얼추 정리되어 가는 모습에 다시 경석을 향해 시선을 돌려 까치발을 들고서 자신보다 키가 큰 경석의 어깨에 손을 올렸다. 툭툭, 두어 번 두드린 지안은 습관처럼 환하게 웃어 보였다.

"뭘 걱정하는 건지는 알겠는데, 걱정하지 마."

지안은 자신의 말에 어리둥절해진 경석의 표정을 보며 그저 미소만 지었다. 경석은 태평해 보이는 지안을 향해 다시 말을 얹으려고 했지만, 그녀는 고개를 저었다.

"갑자기 우리가 모르는 기사가 터지는 일은 절대 없을 테니까."

소속사뿐만 아니라 이안을 비롯한 가족 전부가 자신을 주시하고 있다. 그건 곧 제이 그룹의 힘을 이용한다는 것이고, 이제는 도진까지 신경을 쓰고 있으니 만약에 기자가 기사를 쓰기 시작한다면 써 내려가는 속도보다 지워지는 속도가 더 빠를 것이다.

아무것도 모르는 척하며 오롯이 자신의 힘으로 배우 생활을 하고 있다고 믿고 싶어도, 제이 그룹의 도움을 받고 싶지 않다고 당당하게 선언했음에도, 가족인 이상 어쩔 수 없는 현실이었다.

지안은 씁쓸하게 웃으며 다음 촬영을 위해 몸을 돌렸다.

"조금만 기다려 줘. 나 슛 들어간다."

지안은 손을 흔들며 건우와 감독이 있는 곳으로 달려갔다. 그런 그녀의 뒷모습을 보며 경석은 허탈하게 웃을 수밖에 없었다.

"저거 지금 돈 많다고 자랑하는 거야?"

건우와 웃으며 대화를 하고 있는 지안을 밉지 않게 흘겨보며 투덜거린 경석은 그래도 믿고 있는 구석이 있다는 것에 내심 안도했다.

M 미디어 본사.

톡, 톡, 톡.

유진이 손가락으로 일정한 간격으로 책상을 두드렸다. 딱딱한 소리가 매우 신경질적으로 울리는 게 딱 그녀의 기분 같았다. 그러나 유진은 그 소리를 의식하지 못했는지, 골똘히 생각에 잠겨 있었다.

그녀의 책상 앞에 곧은 모습으로 서 있는 윤 비서는 기분이 좋지 않아 보이는 자신의 상사를 늘 있는 상황처럼 무감각한 눈으로 응시했다.

"이상한데……."

유진은 미간을 찌푸리며 답이 없는 윤 비서를 쳐다보았다. 그제야 그는 유진의 시선을 피하지 않고 입술을 열었다.

"어떤 것 말씀이십니까?"

"차도진하고 정지안."

"배우 정지안 말씀이십니까?"

"응. 사람 시켜서 알아봐."

윤 비서의 물음에 유진은 성가신 걸 받은 사람처럼 짜증 난 손길로 머리카락을 흩트리며 넘겼다.

어딘가 불순한 느낌과 좋지 않은 예감이 들었다. 마치 자신이 공들여 쌓은 탑을 그대로 다른 사람이 가로챌 것 같은, 그런 느낌.

"둘이 그동안 교류가 있었던 걸 내가 몰랐던 건지, 아니면 둘이 10년이 지난 지금 만나야 할 일이 생긴 건지."

그들이 만난 것이 단순한 우연이기를 바라지만, 그것이 아니라면 정리를 해야 했다. 가만히 손 놓고 있다가 바보처럼 속만 뒤집히면 안 되니까.

"도진이는 눈치가 빠른 편이니까, 정지안 쪽에 사람 붙여. 혹시라도 걸렸을 때 연예부 기자라고 둘러대면 되니까."

"네."

"그렇다고 걸릴 놈을 보내면 안 되겠지?"

"일을 잘하는 사람으로 붙이겠습니다."

유진은 윤 비서의 대답에 만족스럽게 고개를 끄덕이고는 나가 보라고 고갯짓을 했다.

─ 내 동생한테 관심 끄라고 조언해 준 것 같은데.

─그거 계속 가져 봤자 너한테 좋을 게 없을 텐데 말이야.

유진은 불현듯 제게 건넸던 이안의 말이 떠올랐지만 대수롭지 않게 넘겼다. 헛웃음을 '픽' 터뜨리며 자신의 핸드폰을 두드렸다.

"정지안은 좋겠네, 지켜 줄 사람도 많고."

그녀의 모든 것이 마음에 들지 않는 유진이었다.

드라마 '메리고라운드' 촬영 세트장.

"자! 퇴근하자!"

물 흘러가듯 자연스럽게 아무 문제도 생기지 않고 오늘의 촬영을 마무리한 감독의 기분 좋은 목소리가 스태프들과 배우들의 웃음을 자아냈다.

"고생했어."

"너도."

건우가 지안에게 다가와 가벼운 포옹을 하며 인사하자 지안도 그의 등을 가볍게 두드리며 웃었다. 그러자 건우가 얄궂은 얼굴을 하며 말했다.

"무슨 기분 좋은 소식이라도 들었어?"

"응?"

"서포트 받고 난 이후부터 촬영하는 내내 들뜬 것 같아서."

지안은 빙글 웃는 건우의 표정을 보고 속이 뜨끔했다. 도진이 제게 건넸던 데이트하자는 말이 머릿속에 자리 잡고서 빠져나올 생각을 하지 않아 표정 관리를 하는 데 애를 먹었기 때문이었다. 오늘 촬영한 장면이 깊은 감정을 요구하지 않아서 다행이지, 자칫하면 실실 웃어 버리는 불상사가 일어났을지도 몰랐다.

그러나 자신보다 더 오랜 시간 배우 생활을 한 건우에게는 이런 감정의 변화를 딱 들킨 모양이었다. 지안은 얼굴에 잠시 스쳤던 당황한 기색을 재빠르게 지우고 능청스럽게 대꾸했다.

"우리 촬영 현장은 언제나 즐거우니까. 난 오늘 아침에도 좋았는데?"

여유로운 표정으로 뻔뻔하게 대답하는 지안을 보며 '픽' 웃은 건우는 고개를 절레절레 저었다.

"사랑은 사람을 바꿔 놓는 게 분명해."

"그거 아니라니까?"

"원래 처음에는 다 아니라고 해."

마치 창과 방패처럼 서로 물러날 생각 없이 아웅다웅하는 지안과 건우였다. 지안은 계속 약올리는 건우를 말없이 바라보다가 묘한 미소를 지었다.

"그래? 나 다음 주에 세영 언니 만나기로 했는데, 김건우는 사랑 앞에서 얼마나 변했었는지 물어봐야겠다."

"누구를 만나?"

"벌써 이름도 잊어버렸어? 세영 언니, 네 전 여자 친구잖아."

건우는 자신의 귓가에 속삭이는 지안을 보며 몸을 부르르 떨었다. 그리고는 누가 들었을까 주위를 한번 둘러본 다음에 허탈하게 웃어 보였다.

"너 내 전 여자 친구들 수집하냐? 어째 너랑 안 친한 사람이 없어."

지안은 그저 어깨만 으쓱이고는 투덜거리는 건우를 두고 그가 한 말에 있는 오류를 잡아내었다.

"말은 바로 해. 나랑 먼저 친했던 사람들이 더 많아."

"너랑 만나는 사람, 이번에 잡히기만 해. 이렇게 놀리는 거 다 갚아 줄 거야."

건우의 다짐에 '피식' 웃은 지안이 어깨를 높게 으쓱였다.

"얼른 퇴근하자. 이 누나 바쁘다."

"생일도 느린 게 무슨 누나야. 오빠부터 간다!"

지안은 씩씩거리며 자신의 차로 돌아가는 건우를 보며 웃음을 터뜨리고는 차에 올라탔다.

의자에 앉자마자 핸드폰을 찾아 도진에게 메시지를 보냈다. 끝나면 연락하라는 그의 말이 제일 먼저 떠올랐기 때문이다.

> 오늘 스케줄 다 끝났어요.

바쁜 사람이니까 답장이 오려면 그래도 시간이 걸릴 것이라고 생각한 지안은 핸드폰을 도로 집어넣으려고 했다. 손안에서 조금 긴 진동이 울리지만 않았다면.

> **할아버지**

할아버지는 특별한 일 아니면 밤낮없이 불규칙하게 일하는 손녀를 방해할까 봐 연락을 안 하시는 분이라, 지안은 의아한 눈으로 화면을 빛내고 있는 이름을 바라보다가 전화를 받았다.

"네, 할아버지."

통화를 하는 지안의 음성에 운전석에 올라타 시동을 걸려던 경석의 손이 멈칫했다. 언젠가 흘러가듯이 한, 그녀의 할아버지가 대기업 총수라는 이미지가 강해 괜히 자신이 긴장된다는 경석의 말을 기억해 낸 지안은 머뭇거리는 그를 보며 작게 웃음을 터뜨렸다.

[집에 좀 오거라.]

"알았어요. 조만간 갈게요."

정 회장과 대화를 이어 간 지안은 집에 좀 오라는 마지막 말에 애정을 가득 담은 웃음을 짓고 대답하며 통화를 끊었다. 그와 동시에 울리는 알람음과 화면에 뜬 메시지를 본 그녀는 눈꼬리를 길게 접었다.

나도 끝났어.

집으로 갈게.

연달아 울리는 메시지에서 시선을 떼지 못했다. 갑자기 기분이 이상해졌다.

스케줄이 끝났다고 연락했고, 도진도 끝났다고 답장을 했다. 특별할 것 하나 없는 일상적인 대화 중 하나일 뿐인데 묘해지는 자신의 감정이 촌스러워서 지안은 헛웃음을 터뜨렸다.

간지러운 기분을 떨치기 위해 도진에게 알았다는 답장을 보내려는 찰나, 핸드폰은 다시 한번 진동을 울렸고, 집으로 온다는 도진의 메시지 아래로 새로운 메시지가 떠 있었다.

오늘 우리 첫 데이트인데 어디 갈까?

평정심을 유지하기 위해 겨우 노력하던 지안은 결국 핸드폰을 집어 던지고 두 손으로 확 달아오른 자신의 얼굴을 감싸며 탄식했다.

"아아! 진짜 어떡하지?"

경석은 뒤에서 갑자기 냅다 소리를 지르는 지안 때문에 핸들을 돌리다가 삐끗했다. 재빨리 핸들을 꽉 부여잡은 경석은 룸 미러를 통해 그녀를 노려보았다.

"깜짝이야! 사고 날 뻔했잖아!"

"미안. 근데 어떡하지?"

"널 어떡하지, 진짜?"

사고가 날 뻔했다는 경석의 말에 지안은 놀라 바로 미안하다고 하면서도 머릿속에는 도진에게 어떻게 답장해야 할까라는 생각으로 가득 찼다.

이미 생각이 다른 곳으로 가 있는 지안의 얼굴을 확인한 경석이 짧은 한숨을 내쉬며 고개를 젓고 운전에 집중했다. 오늘따라 차가 없어 뻥 뚫려 있는 고속도로가 참 다행이었다. 그녀를 빨리 집에 데려다주고서 자신도 쉬고 싶었다.

"고마워. 얼른 들어가."

경석의 간절한 퇴근 생각 덕분인지 지안은 평소보다 꽤 빠르게 자신이 살고 있는 펜트하우스에 도착할 수 있었다.

그녀는 짐을 챙기고서 경석을 향해 인사했다. 경석은 오는 내내 발개진 얼굴로 혼잣말을 중얼거리던 지안을 떠올렸다.

"너 좀 쉬어야겠더라."

"나? 괜찮은데?"

"안 괜찮아 보여. 간다."

지안은 단호하게 말을 하고 차를 출발시키는 경석을 의아한 눈으로 바라보았다. 점점 사라지는 검은 차를 바라보다가 뒷머리를 긁적이며 안으로 들어가기 위해 뒤를 돌았다.

"오빠?"

그러자 도진이 바지 주머니에 양손을 찔러 넣고서 느긋하게 자신을 바라보고 있는 것이 보였다.

"언제 왔어요?"

"조금 전에."

"나 부르지."

"언제까지 그러고 있을까 싶어서 그냥 기다렸어."

도진이 살짝 미소를 띠고서 지안에게 다가섰다. 안에서 무슨 말을 들었는지 멍한 표정으로 주차장을 빠져나가는 차를 응시하는 그녀의 모습이 퍽 귀여워 보고 있던 참이었다.

자신이 바보처럼 멍한 얼굴이었다는 것을 아는 지안은 슬그머니 드는 민망한 기분에 헛기침해 괜히 목을 가다듬었다.

"어…… 우리 일단 올라갈까요?"

"그래."

도진은 올라가자는 지안의 말에 고개를 끄덕이고 자연스럽게 그녀의 손에 들린 짐 가방을 옮겨 들었다. 지안은 가벼워진 손에 당황하며 그를 말렸다. 평소보다 짐이 많기는 했지만, 그가 도와줄 만큼 무겁지는 않았다.

"괜찮아요! 제가 들게요!"

"나도 괜찮아."

가방을 다시 가져가려는 지안의 손길을 여유롭게 피한 도진은 긴 다리를 이용해 앞서 걸었다. 지안은 어쩔 수 없이 빈손으로 도진의 뒤를 따랐다. 나란히 오른 엘리베이터 안에서도 지안은 도진의 손에 들린 가방을 빼앗으려 했고, 도진 역시 뺏기지 않기 위해 계속 요리조리 피했다.

"포기를 모르네."

도진이 '피식' 웃으며 지안을 향해 말했다. 남에게 민폐를 끼치는 건 죽어도 싫어했던 어린 시절 정지안의 모습이 불쑥 떠오른 탓에 웃음이 절로 나왔다. 그러나 그가 왜 웃는지 모르는 지안은 자신을 꼭 놀리는 것만 같아서 볼을 부풀렸다.

"그걸 알면 좀 져 줄 만도 한데."

"나는 또 지는 법을 잘 몰라서."

지안은 코를 찡긋거리며 너스레를 떠는 도진을 보고 결국 빵빵하게 부풀렸던 볼에서 바람을 뺐다.

지는 법을 잘 모른다는 말이 왜 이렇게 잘 어울리는 거야.

저런 말을 하면 사람이 재수 없을 법도 한데, 도진에게는 너무 잘 어울려서 오히려 당황스러웠다. 지안은 고개를 두어 번 젓고서 도어 록에 카드를 대고 문을 활짝 열었다. 이것도 몇 번 겪었다고 자신의 뒤를 따라오던 도진이 집 안으로 들어오는 것이 이제는 제법 자연스럽고 편안하게 느껴졌다.

"발목은 좀 어때?"

도진이 한쪽 벽면에 들고 있던 짐을 내려 두며 지안에게 물었다. 아픈 것도 잊고 있었던 지안이 자신의 발목을 획획 돌려보았다. 여전히 욱신거리는 감각은 남아 있지만, 그래도 이정도면 꽤 많이 나아진 편이었다.

"완전 멀쩡해요."

멀쩡하다는 지안의 말을 믿지 않는지 도진이 한쪽 무릎을 바닥에 대고 앉아 심각한 눈으로 그녀의 발목에 시선을 고정했다. 상태를 살피는 그에 민망했지만 잊지 않고 하루 종일 제 걱정을 하는 것 같은 모습에 지안은 저절로 입가에 미소가 피어올랐다. 지안의 발목을 살펴보던 도진이 아무 말 하지 않고 자리에서 일어났다.

"가고 싶은 곳은 생각해 봤어?"

지안은 그의 물음을 듣고 그제야 아차, 싶었다. 오는 내내 도진이 말한 '첫 데이트'라는 말에 꽂혀서 정작 어디를 가야 할지 고민하지 못했던 것이다.

"글쎄요. 갑자기 생각하려니까 막상 가고 싶었던 곳은 다 사람이 많을 것 같아서……."

말끝을 흐린 지안은 눈썹 언저리를 손가락으로 긁적이며 멋쩍게 웃었다. 그녀가 평소에 가고 싶었던 곳을 말한다 한들 이미 대중에게 노출되어 있는 도진과 자신이 편하게 다닐 만한 곳들은 아니었다.

얻은 것이 있다면 잃는 것이 있는 것도 당연한 일이었다. 많은 사람들의 관심과 사랑을 받고 사는 직업이기에 지안은 자유로운 일상을 포기해야 했다. 사람들의 시선을 견디거나 다른 일상을 택하는 것 역시 당연한 일이라며 감내했는데 오늘 따라 조금, 아니 꽤 많이 아쉬워졌다.

"어디를 가고 싶은데?"

"음⋯⋯."

지안은 한강이 비치는 유리창을 골똘히 바라보며 생각에 잠겼다. 쉬는 날까지 타인의 시선을 견디기는 힘들어 사람을 많이 만나기보다 혼자 집에서 쉬는 것을 택하던 그녀에게 꽤 어려운 질문이었다. 도진은 그런 그녀의 대답을 가만히 기다렸다.

"너무 어렵다."

노는 법도 놀아 본 사람이 안다고, 결국 어느 한 곳도 고르지 못한 지안이 어색하게 웃었다. 도진은 천천히 손을 올려 지안의 머리 위로 얹었다.

"꼭 한 곳일 필요는 없잖아."

"⋯⋯."

"앞으로 천천히 하나씩 가 보면 되지, 나랑 같이."

'같이'라는 그 말이 뭐라고 이렇게 울컥하는 건지. 지안은 애써 삼켰던 숨을 길게 내뱉었다. 말 한마디로 가끔씩 찾아드는 공허함을 채워 줄, 앞으로 제 인생에 기댈 수 있는 든든한 사람이 생긴 것 같았다.

"좋아요. 오늘은 시간도 조금 늦었으니까, 그냥 집에서 보낼까요?"

지안은 일부러 씩씩하게 말을 하며 도진에게 제안했고, 그는 고개를 한 번 끄덕이고는 의미를 알 수 없는 미소를 짓고서 대답했다. 그녀는 그와 어떻게 시간을 보낼까 고민하다가 도진에게서 흘러나온 대답에 모든 생각이 백지장처럼 새하얗게 날아가 버렸다.

"보통 집에서 모든 역사가 쓰이기는 하지."

지안은 자신이 도진의 말을 잘못 들었다 생각하기에 이르렀다. 아련한 마음을 와장창 깨 버린 이 남자는 너무나도 태연한 표정이었다.

나 분명 불과 몇 분 전에 지금 이 사람한테 감동받았던 것 같은데……?

"역사……?"

그래서 굳이 다시 확인을 했다. 잘못 들은 게 아닌 걸 알면서도 굳이 또 입 밖으로 소리를 내었다. 지안이 혼잣말처럼 나지막이 되묻자, 도진은 어깨를 가볍게 올렸다가 내렸다.

"생각해 보면 우리의 모든 키스도 집에서……."

"그만, 그만!"

지안은 도진의 입에서 흘러나오는 말이 끝나기도 전에 그의 팔뚝을 찰지게 여러 번 내려쳤다.

"듣는 사람 부끄럽게 그런 걸 막…… 막!"

도진은 그녀에게 여러 차례 맞으면서도 뭐가 그리 재미있고 좋은지 호탕한 웃음을 터뜨렸다. 쿡쿡거리며 지안의 손길을 모조리 받아 내던 도진은 지안의 힘이 빠질 때쯤 그녀의 손을 자신의 손으로 잡고서 아래로 내렸다.

"여기 너랑 나 둘뿐인데 뭐 어때서."

지안은 자신의 작은 손이 도진의 큰 손안에 잡혀 움직이지 못하자 흐트러졌던 숨을 고르며 그를 흘겨보았다.

"오빠는 어릴 때도 하지 않던 장난을 지금 와서 하네요."

자연스럽게 어린 시절의 도진을 떠올리며 저도 모르게 볼멘소리가 튀어나오자 지안은 마치 실수라도 한 사람처럼 놀라서 그를 바라보았다.

의식적으로 과거를 언급하지도, 떠올리지도 않기 위해 부단히도 노력했다. 그러나 아이러니하게도 지안에게 남겨진 기억은 고작 스무 살까지의 어린 도진의 모습밖에 없었다. 그럼에도 남겨진 그 모습들은 이제 추억이라고 부르기도 힘든 얼룩이었다. 아무리 지우고 지우려 노력해 봐도 흔적이 남는 것처럼, 유안의 빈자리는 이렇게 그녀의 감정을 건드렸다.

지난날의 차도진과 정지안을 생각하면서 정유안도 같이 떠올리는 자신이 싫었다. 의지와 상관없이 문득 떠오르는 기억은 어찌할 수 없다지만, 스스로 추억이랍시고 과거를 회상하는 일 따위는 하지 않았다.

도진과의 재회를 선택했고, 이기적이고 나쁜 사람이 되겠다며 자신에게 되뇌었고, 그의 앞에서 살아가고 있다. 우리가 앞으로 이 사이를 견디기 위해서는 둘 사이에 남아 있는 정유안이라는 존재를 지워 내야 한다고 생각했다.

사소한 것 하나라도 어린 시절을 떠올리지 않게 해야 했는데, 적어도 제 입으로 도진이 지난 일을 생각하게 만들면 안 됐는데. 지안은 잘게 일렁이는 눈빛으로 도진을 바라보았다.

"제…… 제 말은……."

자신이 어떤 걱정을 하고 있는지 알기나 할까. 고작 장난 한 번 치지 않았던 어린 도진을 떠올린 것만으로 이런 생각까지 하고 있는 자신의 모습이 들킬까 다른 말을 꺼내기 위해 입을 열었지만, 마땅한 말이 나오지 않았다.

도진은 그런 그녀를 보며 고개를 살짝 젖히고서 눈을 지그시 맞추더니 이내 허탈하게 웃었다.

"그러게. 살아오는 내내 아쉬웠나 봐. 조금 더 네게 친근하고 다정하게 다가갈 걸 그랬다고."

후회가 담긴 듯 씁쓸한 말투에 지안의 입이 다물렸다. 어떤 말을 꺼내야 할지 몰라 우물쭈물 망설이는데 도진의 목소리가 다시 원래의 음색을 찾으며 울렸다.

"데려가고 싶은 곳이 있어."

"어디요?"

"가 보면 알아."

목적지는 말해 주지 않은 채 씻고 편안한 옷으로 갈아입자는 도진의 말에 정신없이 얼렁뚱땅 준비를 마쳤다.

준비를 마치고 나오니 도진 역시 자신처럼 편안해진 차림이었다. 저번에도 느꼈지만, 편안한 차림의 도진은 그 이미지가 평소보다 한결 부드러워 보였다. 손질하지 않은 머리는 그의 얼굴을 더욱 어리게 만들어, 꼭 순둥순둥한 대학생 같은 느낌도 받게 해 웃음이 저절로 튀어나왔다. 갑자기 웃음을 터뜨리는 지안을 보고 도진이 고개를 갸웃했다.

"왜 그렇게 웃어?"

"오빠 그렇게 입을 때마다 이미지가 많이 달라지네요."

"그래?"

지안의 말에 도진이 자신의 모습을 한 번 훑었다. 그러다가 스스로는 잘 모르겠는지 지안을 쳐다보며 물었다.

"어떤 게 더 나은데?"

진심으로 묻는 듯한 도진의 표정을 보고 지안은 빙그레 미소를 지으면서 대답했다.

"둘 다 잘생겨서 좋은데요?"

꾸밈없이 솔직한 지안의 대답에 도진은 '피식' 웃음을 지었다. 그러고는 자연스럽게 지안의 손을 마주 잡고 그녀를 이끌었다.

"이제 가자."

"여기를 오는데 편안하게 입으라고 하면 어떡해요?"

지안은 잔잔하게 흘러나오는 우아한 클래식을 배경 삼아 높은 천장을 한 번, 그리고 반짝반짝 빛나는 대리석 바닥을 한 번 바라보았던 눈을 도르륵 굴려 옆에 서있는 도진을 향해 허망한 눈길을 보냈다.

"충분히 예쁘니까."

도진은 지안의 원망스러운 눈길을 받아 내고도 무엇이 문제인지 모르는 듯 단조롭게 대답했다. 도진이 지안을 데려온 곳은 CHA 호텔 내 전망대에 위치한 고급 레스토랑이었다.

"여자 마음을 너무 모르는 거 아니에요?"

화려한 샹들리에가 압도적인 파인 다이닝에서 심플하고 새하얀 니트에 청바지, 거기에다가 운동화까지 신은 자신의 모습은 매우 이질적으로 느껴졌다. 지안은 한숨을 얕게 내쉬고는 주위를 둘러보았다.

"사람이 아무도 없네요?"

어차피 다시 돌아가서 꾸미고 나올 수도 없는 노릇이기에 현실을 받아들이기로 했다.

"아직은 누구 눈에 띄는 게 불편할 것 같아서 전부 비워 달라고 했어."

도진은 연신 두리번거리는 지안의 손을 붙잡고 모든 세팅이 완벽하게 되어 있는 자리로 이끌었다. 그가 이끄는 대로 움직인 지안은 테이블 위에 차려져 있는 음식에 두 눈이 커졌다. 둘이 먹기에는 상당한 양의 음식이 눈에 들어왔기 때문이다.

"앉아."

지안은 얼떨떨해하며 도진이 빼 준 의자에 앉았다. 지안을 앉히고 맞은편으로 돌아간 도진도 자신의 자리에 앉았다. 지안은 자리에 앉는 도진의 모습을 보고는 '픽' 하고 웃었다.

친절하고 다정한 사람이다. 자신을 배려해서 만에 하나 생길 걱정거리를 처음부터 모두 차단해 버리는 세심한 사람. 그래. 이 모습에 멋모르고 반해서 지금까지 제 마음이 고생하는 거겠지.

지안은 점차 가라앉는 마음을 환기하려 눈을 여러 번 깜박였다. 도진이 자신과 보내기 위해 준비한 곳에서 이런 감정을 느낄 필요가 없었다.

"첫 데이트라고 신경 썼어요?"

얼굴을 살짝 앞으로 기울여 짓궂고 장난스러운 말투로 물었다. 그러자 도진은 수긍하듯 고개를 끄덕였다.

"좀 떨리기는 하네."

목을 축이기 위해 물이 담긴 잔을 들어 올리던 지안의 손은 허공에서 멈췄다. 긴장했다는 말이 도진과 어울리지 않아서일까, 원래의 목적을 잃은 잔은 제 일을 하지 못하고 다시 제자리를 찾았다. 지안이 잔을 내려놓는 것을 가만히 바라보던 도진이 희미하게 웃었다.

"분위기 잡지 못하고 충동적으로 고백한 것 같아서."

"네?"

충동적으로 고백했다는 말을 단번에 이해하지 못한 지안이 되묻자 도진은 메마른 입술을 혀로 한 번 쓸어내렸다.

"분위기 좋은 곳에서 정식으로 말하고 싶어서."

도진은 말하고도 민망한 듯 손바닥으로 목덜미를 문질렀다.

"푸핫."

어색한 침묵이 계속되다가 지안의 웃음보가 터져 버렸다.

눈에 눈물이 맺힐 만큼 웃음을 터뜨리던 지안이 눈가를 닦아 내며 환한 미소를 짓고 말했다.

"난 우리 집도 분위기 좋았는데?"

"……."

"오빠가 아까 그러지 않았나? 보통 집에서 모든 역사가 쓰인 다고."

그가 자신을 당황하게 했던 말을 그대로 돌려주었다. 예상하지 못한 말이었는지, 도진의 표정은 살짝 얼어 있었다.

"우리 관계의 시작도 집에서 이뤄진 거, 나는 마음에 드는데 요?"

이번에는 와인이 담긴 잔을 들어 도진의 앞으로 내밀었다. 그런 지안의 행동에 도진이 헛숨을 내뱉더니 그녀의 앞으로 자신의 잔을 가져가 부딪쳤다.

챙―.

"항상 지켜 줄게."

유리잔끼리 부딪치는 소리가 청아하게 울리는 찰나의 순간, 도진이 말했다. 지안은 시큰해져 오는 눈을 깜박였다. 누군가를 지켜 주겠다는 말. 그 말의 무게를 왠지 도진은 잘 알고 있을 것 같아서 꼭 눈물이 날 것 같았다.

Chapter 5

있지, 첫사랑

"경석 오빠는?"

다음 날, 아침부터 진행되고 있던 촬영 중간에 대기 시간이 생긴 지안은 바로 경석을 찾았다. 다음 촬영이 세팅되기 전까지 대기해야 하는 지안은 자신의 스태프들이 모여 있는 곳에 와서 경석의 위치를 물었다. 그러자 그녀의 메이크업 스태프가 다가와 핸드폰을 건네며 말했다.

"회사로 가셨어요."

"갑자기?"

"언니 퇴근 픽업은 다른 분이 오신대요."

메이크업 스태프의 말을 들으며 핸드폰을 받은 지안은 제게 남겨진 메시지를 확인했다.

나 지금 회사로 들어가 봐야 해서 이따가 막내 매니저 보낸다.

어떤 일인지 말해 주지 않고 달랑 막내 매니저를 보낸다는 경석의 메시지에 지안이 의아한 얼굴로 중얼거렸다.

"무슨 일 있나?"

경석의 연차가 쌓여 스케줄 중에 다른 일 처리를 위해 잠깐 자리를 비우는 건 종종 있었던 일이라 대수롭지 않게 여긴 지안은 핸드폰을 다시 스태프에게 돌려주었다. 기지개를 한 번 켜고 고개를 돌리는데, 다음 장면을 위한 준비가 금방 끝났는지 건우가 손짓했다.

"다녀올게."

"빠른 퇴근을 위한 실수 없는 연기 부탁해요, 언니."

뻔뻔하게 웃으며 말하는 스태프를 향해 윙크를 날린 지안이 카메라 앞으로 돌아갔다.

"알았어. 나만 믿어."

그리고 두 시간 뒤, 빠른 퇴근을 염원하던 스태프의 바람은 건우와 지안의 환상적인 호흡으로 이루어졌다. 스태프들과 내일 보자며 인사한 지안은 차가 주차되어 있는 곳으로 나와 자신을 데리러 왔을 막내 매니저를 찾았다.

"어디 있지?"

아무리 고개를 돌려도 매니저의 모습은 보이지 않았다. 그러다가 익숙한 번호판을 보고 자신의 회사 차인 것을 확인한 지안이 괘씸한 표정을 짓고 쿵쿵 걸어가 문을 열고 올라탔다.

"너~ 누나가 차 어디 있는지 찾는데 나와 보지도 않고 운전석에 편하게 앉아 있어?"

지안은 신발을 벗으며 자신보다 어린 막내 매니저에게 장난기 섞인 푸념을 늘어놓았는데, 돌아오는 반응이 없자 이상함을 느끼고 고개를 들어 앞자리를 확인했다.

"누나?"

"오빠?"

서로를 부르는 호칭이 이상했다. 그도 그럴 것이, 둘 중 하나는 누나나 오빠가 아니었으니까. 막내 매니저가 앉아 있어야 할 자리에는 다른 사람이 앉아 있었다.

"촬영 잘했어?"

부드러운 음성으로 지안에게 묻는 사람은 도진이었다. 지안은 갑자기 나타난 도진의 존재에 넋을 잃고 바라보기만 했다.

"이왕이면 옆자리에 앉았으면 좋겠는데."

코를 찡긋거리며 고갯짓으로 조수석을 가리킨 도진을 보고 지안은 벗어 둔 신발을 다급하게 고쳐 신고는 차에서 내려 조수석의 문을 벌컥 열고 빠르게 올라탔다.

"오빠가 어떻게 이 차에 있어요?"

아직 회사에다가 도진에 대해 말한 적이 없는데 그가 이렇게 나타나자 지안은 당혹스러웠다. 그런 지안을 아는지 모르는지, 도진은 너스레를 떨었다.

"남자 친구의 의무를 다하는 중이야. 여자 친구 퇴근길에 데리러 가는 거."

도진이 지안을 데리러 가기까지의 과정은 길지 않았다.

"저를 왜 보시자고……."

한껏 당황한 경석의 목소리가 탁 트인 전망이 보이는 고요한 공간을 울렸다.

"제가 너무 무례하게 초대를 했나요?"

자연스럽게 테이블 위에 있는 커피 잔을 입가로 가져가는 사람은 도진이었다. 여유가 흘러넘치는 행동을 꼿꼿한 자세로 앉아 바라보던 경석은 예의상 고개를 저었다.

오늘은 CHA 호텔 내에서 지안이 출연 중인 드라마 촬영을 하는 날이었다. 어느 때와 다름없이 한 발 뒤에서 연기를 하는 지안을 보고 있었는데, 낯선 남자가 정중하게 다가와 경석을 밖으로 불러내었다.

― 차 이사님께서 고경석 매니저님을 뵙기를 원하십니다.

― 저요? 정말 저를 찾으신다고요?

― 네.

경석은 두 눈을 크게 뜨고 손가락으로 자신을 가리키며 몇 번을 되물었다. 믿을 수 없는 말에 대한 지극히 당연한 반응이었다. 표정 하나 없는 남자에게 여러 번 물어도 같은 대답이 돌아오자, 그때부터 경석의 손바닥에서 땀이 홍수처럼 흘러나오기 시작했다. 재벌을 마주할 면역력은 아직도 전혀 없는지 벌써 다리부터 굳는 듯한 기분이었다.

검은 정장을 입은 사람의 안내를 받아 도착한 곳은 이 호텔의 가장 꼭대기에 위치한 도진의 집무실이었다.

똑똑.

노크 소리와 함께 열린 문안에서 자신을 기다리는 도진의 모습을 보자마자 같은 남자로서 감탄이 절로 흘러나왔다.

자리에서 일어나 긴 다리를 이용해 저벅저벅 걷는 모습은 그냥 걸었을 뿐인데 런웨이라도 보는 것 같은 느낌이었다. 도진이 먼저 인사를 하지 않았다면 그 자리에서 쇼를 보는 것처럼 계속 감상할 뻔했다.

"외부의 눈을 피해서 만날 곳이 여기밖에 없더군요."

"아……."

"무례를 범했다면 사과드립니다."

도진의 젠틀한 인사에 경석은 고개를 도리도리 젓다 못해 손사래까지 치며 부정했다.

"괜찮습니다! 그런데 차 전무님이 왜 저를……."

"지안이 일로 부탁드릴 것이 있습니다."

그의 입에서 자연스럽게 나오는 지안의 이름에 경석의 표정은 순식간에 굳어졌다. 매니저의 본능이었다.

"저는 지안이에게 전무님에 대한 이야기를 아무것도 듣지 못했습니다."

경석은 대뜸 먼저 선부터 그어 버렸다. 도진이 무엇을 부탁하든 거절부터 할 생각이었다. 그런 경석의 마음이 그에게도 느껴졌는지, 도진은 느긋하게 소파에 몸을 기대며 살짝 웃음기를 내비쳤다.

"이미 알고 계신 것 같은데……."

"저는 아무것도 모릅니다."

"그때 보셨잖아요, 외곽에 있는 스튜디오 촬영장에서."

경석은 정곡을 찌르는 도진의 말에 속이 뜨끔했다. 안 그래도 그날 도진과 무슨 관계냐며 지안에게 물었었는데. 그러나 겉으로는 모르는 척 시치미를 떼 보려고 했다.

"제가 지안이 끝날 때 데리러 가고 싶은데."

"안 됩니…… 예?"

그러나 전혀 예상하지 못한 말에 경석은 얼빠진 얼굴을 했고, 도진은 눈언저리를 손가락으로 문지르며 물었다.

"저 좀 도와주실 수 있으십니까?"

"정말 그러고 가실 생각이십니까?"

김 비서가 심각한 눈으로 눈앞의 도진을 머리부터 발끝까지 천천히 훑고서, 진지하게 말을 건넸다.

"눈에 많이 띕니까?"

"네."

도진의 물음에 김 비서는 단 한 순간의 망설임도 없이 긍정을 표했다.

흔하지 않은 피지컬로 인해 가만히 있어도 사람들의 눈에 잘 띄는 남자였다. 그런 사람이 얼굴의 반을 가리는 새까만 선글라스를 끼고 촬영 현장에 나타난다면 누가 봐도 힐끔거리는 건 기본에, 나아가 또 다른 배우라고 착각할 것이 분명했다.

220

평범하게 입는다고 입은 지금 도진의 모습은 마치 사람들의 눈에 띄고 싶은 사람이 아닌가 하는 착각까지 일으킬 만큼 완벽한 비주얼이었다.

잘난 사람은 뭘 해도 피곤하겠네.

자신의 상사를 보며 시답잖은 생각을 하던 김 비서는 도진 몰래 고개를 두어 번 젓고는 무거운 목소리로 단호하게 말했다. 충신만 할 수 있는 직언을 말이다.

"이사님은 가만히 계셔도 튑니다."

"……."

"아무래도 밖으로 나오지 않고 차에서 기다리시는 게 좋을 것 같습니다."

김 비서의 충고대로 도진은 경석과 차를 바꾼 후 차 안에서 지안이 나오기를 기다렸다. 다른 스태프들과 인사를 하고 두리번거리는 지안을 발견했을 때는 저도 모르게 밖으로 나갈 뻔했으나 아직 남아 있는 사람들을 보고 문고리를 잡으려던 손을 제자리로 돌렸다.

"너~ 누나가 차 어디 있는지 찾는데 나와 보지도 않고 운전석에 편하게 앉아 있어?"

지안은 자신을 보지 못했는지 차에 올라타자마자 다른 말을 했다. 항상 가장 어렸던 지안이라서 그런지, 누군가에게 '누나'라는 호칭을 사용하는 그녀가 낯설어 가만히 바라보았다. 부산스럽게 가방을 정리하던 그녀가 이상함을 느끼고 고개를 들자 마주친 눈에 '피식' 웃으며 물었다.

"누나?"

"오빠?"

토끼처럼 놀라 동그란 눈으로 자신을 바라보는 지안을 본 도진은 앞으로 올 것을 권유했고, 지안은 빠르게 조수석으로 자리를 옮겼다.

생각하지 못한 만남에 들뜬 듯 지안의 목소리는 상기되어 있었다. 도진은 그런 지안을 바라보다가 팔을 쭉 뻗었다. 팔을 점점 멀리 뻗을수록 도진의 얼굴은 지안에게 가깝게 밀착되어 갔다. 지안은 점점 가까워지는 도진의 얼굴을 보고 두 눈을 질끈 감았다. 기묘한 기류가 흐름과 동시에 찰칵, 하고 안전벨트를 채우는 소리가 울렸다. 소리를 듣고 천천히 눈을 뜬 지안은 서서히 달아오르는 볼을 매만졌다.

도진은 그런 지안을 바라보다가 '피식' 웃고서는 손에 가려지지 않은 입술에 가볍게 입 맞췄다. 부끄러워하는 모습이 사랑스러워서 참기 힘들었다.

"눈을 너무 일찍 떴네."

갑작스러운 입맞춤에 당황한 지안이 어버버거리는 사이, 도진은 능숙하게 핸들을 돌리기 시작했다. 도로를 달리기 시작할 때쯤 지안은 정신을 차렸는지 도진에게 말을 걸었다.

"어떻게 왔어요? 이 차는 또 어떻게……!"

"그냥. 데리러 오고 싶어서."

심플한 대답에 지안은 할 말을 잃은 것처럼 보였다. 도진은 그런 지안을 힐끔 보고서 '피식' 웃었다.

"그냥 내가 와서 좋아해 주면 안 되는 건가?"

"좋아요. 믿기지 않아서 그렇지."

"방금 입 맞춘 걸로는 현실성이 없어?"

능글맞게 묻자 지안의 눈이 다시 뾰족하게 올라갔다. 도진은 지안이 저렇게 반응하는 맛에 계속 장난을 치고 싶었다. 이제 와서 말 한마디, 행동 하나하나에 반응해 사춘기 남자애처럼 행동하고 싶어지는 건 무슨 심보인지. 도진은 유치하게 변한 자신이 낯설었다.

도로를 빠르게 달리면 달릴수록 지안은 도진을 째려보던 것도 잊고 조수석에 앉아 미주알고주알 자신의 일상을 공유하기 시작했다.

"나 할아버지 호출 왔어요. 기사로 그렇게 사람 걱정시켰으면서 전화만 하고 집에 와서 얼굴 한 번 안 비춘다고 뭐라고 하시는 거 있죠?"

"……"

"이안 오빠가 그러는데, 제가 요즘 들어 할아버지를 만나 주지도 않는다고 삐지셨대요. 그래서 풀어 드리러 가야 해요. 우리 할아버지, 너무 귀엽지 않아요?"

신이 나서 이야기하는 지안의 모습이 도진의 눈동자에 고스란히 담겼다. 이렇게 웃는 모습이 보고 싶어서 그녀의 앞에 나타나지 않았던 것이었다. 자신 때문에 계속 아플까 봐 다가가지 못했었다.

그런데 자신이 곁에 있는 지금, 눈앞에서 행복해 보였다. 그러면 계속 그녀 곁에 있어도 되는 거겠지. 이제는 정말 괜찮은 거겠지. 도진은 시큰해지는 목울대와 손끝이 저릿한 감각에 괜히 핸들을 잡은 손에 힘을 더 꽉 주었다.

일주일 후, 오늘이 할아버지 인내심의 마지노선이라는 이안의 언질에 지안은 본가에 갈 때만 사용하는 차를 이끌고 이안과 자신을 제외한 가족들이 살고 있는 집으로 향했다. 주차를 마치고 돌계단을 천천히 밟으며 올라가자 어머니인 효선이 그녀를 마중 나와 있었다.

"추운데 왜 나왔어?"

"우리 딸 조금이라도 더 일찍 보고 싶어서 그러지."

지안이 다정하게 말하며 효선을 끌어안자 그녀 역시 지안을 꽉 안으며 따뜻하게 웃어 보였다. 나란히 집 안으로 들어가자 지안의 할아버지인 정 회장을 제외하고 모두 그녀를 맞이했다. 지안은 이미 방에서 나와 소파에 앉아 있으면서 제 쪽은 쳐다도 보지 않은 정 회장을 보며 웃음을 터뜨렸다.

"우리 할아버지, 어디 계시나?"

"크흠!"

"할아버지가 제일 예뻐하는 손녀 왔네?"

평소에는 있지도 않은 애교를 장착하고 정 회장의 앞에서 눈을 길게 휘며 웃자, 정 회장은 그런 손녀딸을 눈을 가느다랗게 만들어 흘겨보았다.

"몸은 괜찮은 게 맞아?"

"나 혼자 넘어진 거라니까. 진짜 괜찮아요."

도진을 비롯해 모든 사람의 걱정을 사다 보니 말을 할 때마다 멀쩡한 게 무안할 지경이었다. 이제는 거의 다 나은 발목을 이리 꺾고, 저리 꺾어 괜찮다는 것을 보여 준 지안은 행여 또 다칠까 걱정한 정 회장의 만류에 얌전히 자리에 앉았다.

"저러다가 또 다쳐 봐야 안 까불지."

이안이 고개를 절레절레 저으며 자신의 옆자리에 앉자 지안은 코웃음을 쳤다.

"안 다치거든?"

"어차피 또 다치면 차도진이 안아…… 읍!"

"조용히 안 해?"

지안은 적어도 이 집에서는 금기어와도 같은 말을 아무렇지 않게 꺼내는 이안의 입을 다급하게 틀어막았다. 이안의 말이 끊기자 효선이 바로 물었다.

"도진이가 왜?"

"얘 걱정을 많이 하더라고요."

도진의 이름이 나오자 눈을 빛낸 정 회장은 잘됐다는 듯이 바로 이야기를 꺼냈다. 그러자 호준과 효선도 고개를 휙 돌렸다.

"그래서 지안이, 너는 도진이랑 언제 식 올리려고?"

"네?"

"두 놈 다 결혼하겠다고 했으면 빠릿빠릿하게 진행해야지! 도대체 왜 말이 없어?"

정 회장은 많이 답답했는지 호통에 가까운 목소리로 물었다. 지안은 갑작스러운 질문에 눈을 이리저리 굴리다가 애교를 섞으며 웃었다.

"저 차기작까지 끝내면 좀 쉬려고요."

데뷔한 이후로 단 한 번도 쉰다는 말을 한 적 없던 지안이 이렇게 말한다는 건 본격적인 결혼 준비를 시작하겠다는 뜻이었다.

"어머!"

"그래그래! 잘 생각했다!"

도진과 연애부터 시작하기로 한 지금, 당장 결혼이 급할 것 없으나 지안을 제외한 모두가 원하던 소식이었는지 어른들은 작게 환호했다. 지안은 그들이 이렇게 기다리고 있었다는 생각을 하지 못했기에 살짝 당황하다가 그냥 웃어 버렸다. 타이밍 좋게 저녁이 다 되었다는 말에 다들 자리에서 일어나 다이닝 룸으로 향했다.

"아들 혼자 왔을 때는 없던 반찬이 많이 보이네요?"

많은 가짓수의 반찬을 본 이안의 너스레에 가족들은 웃음을 터뜨리며 자리에 앉아 식사를 시작했다. 지안도 오랜만에 보는 집밥에 볼이 빵빵할 만큼 입 안을 가득 채우며 먹었다.

단란한 저녁식사를 마친 후, 거실에 다시 모여 과일을 먹던 중 아버지인 호준이 제안했다.

"올해는 다 같이 가는 게 어때?"

"어디를?"

가볍게 목적지를 물으며 그릇에 놓인 딸기를 먹으려던 지안은 효선의 말에 그만 포크를 놓쳐 버렸다.

"곧 유안이 기일이잖아."

요란한 소리를 내며 포크를 놓쳐 버린 지안에게로 온 가족의 시선이 쏠렸다.

"괜찮아?"

이안의 물음을 듣고 나서야 정신을 차린 지안이 허둥지둥 바닥에 떨어진 포크를 줍고는 겸연쩍게 웃었다.

"손…… 손이 미끄러졌네."

"조심해. 잘못해서 상처라도 나면 어쩌려고."

효선이 작게 타박하자 지안은 알았다는 의미로 고개를 끄덕였다. 그러고는 서서히 떨리기 시작하는 양손을 서로 붙잡고 무릎 위로 모았다. 가족들이 다시 끊겼던 대화를 이어 나가자 그녀는 눈을 아래로 내리깔았다.

유안의 기일, 믿기지 않게도 전혀 생각하지 못했다. 도진과 만나면서 수도 없이 정유안의 존재를 떠올렸으면서 얼마 남지 않은 그녀의 기일을 생각하지 못한 자신이 어이가 없을 뿐만 아니라 괘씸하기까지 했다.

얼마나 됐다고, 과분한 행복에 취해 잊고 있었다. 절대 이룰 수 없을 것이라고 생각했던 평범하고 소소한 일상과 도진이 제게 주는 다정함에 취해서 10년 동안 아무리 바빠도 절대 빠지지 않고 챙겨 온 언니의 기일을 잊어버렸다. 지안은 믿을 수 없는 일에 저절로 튀어나오는 헛웃음을 감출 수가 없었다.

유안의 기일을 속으로 곱씹으면서 다른 세계에 있는 사람처럼 멍하니 있던 지안을 다시 이끌어 낸 것은 효선이었다.

"그래서 지안이는 스케줄 어때? 당일에 시간 될 것 같아?"

"오랜만에 다 같이 인사 가면 유안이가 좋아할 텐데."

아버지 호준이 아내의 말을 거들며 말했다. 자신의 대답만 기다리고 있는 가족에게 지안은 난감하게 웃으며 대답했다.

"아마 계속 촬영이 있을 거예요. 드라마 막바지라서 일정이 타이트하거든요."

"어쩔 수 없지. 다음에 같이 가자."

"같이 가면 좋을 텐데……."

아쉬워하는 효선에게 지안은 그저 미소만 지을 뿐이었다. 유안을 그리워하는 가족과 함께 아무렇지 않은 척 유안이 잠들어 있는 곳 앞에 서서 인사를 할 자신이 없었다. 그들은 감히 상상도 하지 못할 불순한 마음이었다. 갑자기 모두 모여 있는 이 자리가 숨 막히도록 불편해진 지안이 자리에서 일어났다.

"이제 가야겠어요."

벌써 가냐며 아쉬워하는 효선의 모습이 마음에 걸렸지만 또 오겠다며 그녀를 달래고 나서 본가를 나왔다.

도망이라도 치는 사람처럼 발걸음을 빠르게 옮긴 지안은 자신의 차에 올라타고 나서야 참고 있던 숨을 터뜨렸다. 공기가

228

부족해 숨을 제대로 쉬지 못하는 사람처럼 계속 불안정한 호흡을 하던 지안은 핸들에 이마를 대고서 가만히 몇 번이고 숨을 들이켰다가 내쉬어 숨을 골랐다. 거칠었던 숨소리가 점점 고르게 돌아오자 핸드폰을 찾아 어디론가 전화를 걸었다. 길지 않은 신호 끝에 상대방은 전화를 받았다.

"나 지금 가도 돼요?"

길지 않은 통화 끝에 전화를 끊은 그녀는 차에 시동을 걸고 어두운 밤길을 빠르게 달리기 시작했다.

어느 한 오피스텔의 앞에 주차를 마친 지안은 자연스럽게 걸음을 옮겼다. 엘리베이터 문이 스르륵 열리자 그녀가 움직일 때마다 어두웠던 복도의 불이 하나둘씩 켜지기 시작했다. 이윽고 복도 끝에 다다라 굳게 닫혀 있는 문 앞에서 발걸음을 멈췄다.

"왔어?"

초인종을 누르기도 전에 문을 벌컥 열고 나온 여자가 지안을 반겼다. 갑자기 튀어나온 사람으로 인해 놀랄 법도 했지만 자주 있는 일인 듯 지안은 '피식' 웃으며 익숙하게 안으로 들어갔다. 겉옷을 벗어 던지고 집주인인 것처럼 소파에 반쯤 드러누운 지안은 제법 흐트러진 모습이었다. 그런 지안을 보고 여자는 팔짱을 끼고서 벽에 기대며 가볍게 웃었다.

"술 줄까? 마음이 복잡할 때는 최고인데."

"의사가 할 소리는 아니지 않나?"

지안이 어이없는 웃음을 터뜨리며 거절하자 여자는 어깨를 으쓱이며 그녀가 드러누워 있는 소파 앞에 주저앉더니 지안의 얼굴을 세심하게 살피며 물었다.

"기분이 왜 별로인데?"

"우정 언니, 나 오늘 환자로 온 거 아니에요."

예리하게 바뀌는 우정의 눈빛을 알아챈 지안은 뚱한 표정과 음색으로 그녀의 앞에서 손을 휘휘 내저었다.

"네가 언제 내 환자였던 적이나 있었어?"

"……."

"네 앞에서 한 번도 정신과 닥터였던 적 없어. 10년 전이나 지금이나, 난 그냥 네 고민 들어 주는 학교 선배일 뿐이야."

우정은 방송에도 종종 출연하는 정신 건강 의학과 전문의였다.

지안은 그런 우정의 말에 반박할 말이 없었다. 그도 그럴 것이, 우정의 병원에서 그녀에게 정식으로 상담을 받은 것이 아니라 사석에서 친한 언니한테 고민과 문제를 털어놓은 것이 전부니까. 할 말을 잃은 지안은 그저 허탈한 웃음을 내뱉으며 중얼거렸다.

"언니한테는 감당하기 힘든 일만 털어놔서, 나도 모르게 내가 환자로 느껴졌나 봐."

감정의 낭떠러지 끝에서 만난 고마운 사람이었다. 꾸역꾸역 참고 참다가 흘러넘쳐서 정말 큰일이 나기 직전, 살기 위해 발버둥을 치는 자신을 기꺼이 받아 주는 사람이었다.

지안은 자신을 걱정하는 가족들을 위해서라도 괜찮기 위해서 노력해야 했고, 늘 괜찮아야 했다. 누구에게도 꺼내지 못하는 이 감정을 우정의 앞에서는 조금이나마 터놓을 수 있었다.

"언니."

"왜."

"나, 정유안 기일을 까먹고 있었어요."

"네가?"

소스라치게 놀란 우정의 얼굴이 당연했다. 우정은 늘 이맘때쯤 자신을 먼저 찾는 지안이었기에 오늘 그녀의 연락을 받았을 때 역시 유안의 기일이 다가오기 때문이라고 생각했다. 그러나 곧 표정을 정리하고 대수롭지 않은 말투로 말했다.

"요즘 메리고라운드 찍느라 바빴잖아."

"내가 언제는 작품을 안 했나……."

지안은 허공을 멍하니 바라보다가 '픽' 실소를 흘렸다. 아무리 바빠도 자신만 살아남았다는 죄책감이 너무 선명하게 자리 잡아 절대 잊을 수가 없었다. 새까만 밤을 홀로 올라가기도 했고, 동이 트는 새벽을 배경 삼아 내려오기도 했다. 한 해도 빠짐없이 늘 그랬는데…….

"가증스럽게도 내 행복에만 취해 있어서 그래."

"그게 뭐 어때서? 네 행복, 네가 즐기겠다는데, 누가 뭐라 그래."

우정은 잘못한 사람처럼 말하는 지안이 마음에 들지 않았다. 자신이 본 사람 중에 가장 착한 아이였다. 그래서 깊은 바다에 빠져 버린 사람처럼 허우적거리며 계속 아파하는 아이였다. 그런 아이가 처음으로 행복을 말하면서 잘못으로 느끼는 게 이해가 가지 않은 우정은 쏘아붙이면서 말을 했다. 그러자 지안은 우정을 한 번 바라보고 자리에서 일어나 벗어 둔 코트를 다시 챙겨 입었다. 그러고는 씁쓸하게 웃으며 중얼거렸다.

"정유안이 죽었기 때문에 얻은 기회라고 해도 다를 게 없으니까."

나지막이 말한 지안의 말을 또렷하게 들은 우정은 표정을 굳혔다. 그녀가 한마디 하려는 찰나, 지안의 인사가 더 빠르게 나왔다.

"술 너무 많이 마시지 마요. 내가 해 봤었는데, 딱히 도움은 안 되더라."

경험을 토대로 나온 조언에 우정은 할 말을 잃어버렸다. 지안은 그런 우정의 모습을 보고 손을 흔들며 그녀의 집을 나왔다.

운전을 좋아하지도 않으면서 일부러 길을 빙 돌아 집에 도착한 지안은 몰려오는 피곤에 온몸을 축 늘어뜨리며 걸었다.

오늘따라 더 무겁게 느껴지는 문을 힘겹게 닫은 그녀는 차가운 현관문에 머리를 기대어 눈을 감고 잠시 쉬었다. 독하게 마음을 먹어 놓고 기일 하나를 잊어버렸다는 사실 하나에 충격받아 폭풍에 몸을 맡긴 듯 이리저리 휘청이는 꼴이 볼썽사나웠다. 언제쯤 뻔뻔하게 정유안을 제대로 바라볼 수 있을까. 여기서 얼마나 더 나빠져야 하는 걸까.

스르르, 감았던 눈을 뜬 지안의 눈동자가 잔잔하게 일렁였다. 문에 기대었던 몸을 떼어 내고 천천히 앞으로 걸어갈 때, 뒤에서 초인종 소리가 울렸다. 문밖에 있는 사람이 누군지 확인할 기력조차 남아 있지 않은 그녀는 다시 발걸음을 돌려 문을 열었다.

"함부로 문 열어 주는 습관, 위험하다니까."

문을 열자마자 들리는 자신을 타박하는 목소리에 지안은 눈을 천천히 깜박였다. 짐짓 단호한 표정으로 서 있는 사람은 도진이었다.

"연락도 없이 어떻게⋯⋯."

"우리 이제 연락 따로 안 하고 만나도 되는 사이 아닌가?"

서운함을 숨기지 않고 표현하는 도진을 빤히 바라보던 지안이 고개를 내저었다.

"그런 뜻이 아니었어요."

"알아."

도진은 살짝 웃고는 지안에게 가까이 다가서며 지쳐 보이는 그녀의 얼굴을 쓰다듬었다. 지안은 가만히 서서 도진의 손길에 얼굴을 맡기고는 눈을 감았다.

"많이 피곤해?"

"오늘따라 하루가 길었어요."

"쉬어. 갈게."

지안은 가겠다는 도진의 말에 감았던 눈을 떠 그를 올려다보았다. 그런 지안을 내려다본 도진은 그녀의 얼굴에 닿아 있는 손을 내리며 말했다.

"그냥 보고 싶어서 왔어."

"……."

"봤으니까 갈게."

보고 싶어서 왔다는 도진의 말에 지안의 마음이 요동쳤다. 집에 도착했을 때만 해도 정유안이고 차도진이고 다 머릿속에서 잊어버리고 쉬고 싶었는데, 눈앞에 있는 이 남자가 간다니까 또 아쉬웠다.

같이 있으면 괜찮지 않을까, 이 남자가 곁에서 자신을 어루만져 주면 다 괜찮아지지 않을까. 지안은 도진으로 인해 빠져 있는 이 늪에서 그가 자신을 꺼내 주기를 바랐다.

"나 오빠랑 더 있고 싶은데."

도진은 도발적인 지안의 말에 '피식' 싱겁게 웃어 버리고는 그녀의 어깨를 감싸 안았다. 마치 피곤하고 지친 그녀가 기댈 수 있는 버팀목처럼 단단하게 끌어안았다. 느껴지는 든든함에 지안 역시 '피식' 웃으며 도진과 나란히 집 안으로 들어갔다.

"정 회장님은 잘 계시지?"

도진이 따뜻하게 데운 우유를 지안에게 건네며 물었다. 컵을 받아 든 지안은 고개를 끄덕이며 본가에서의 일을 떠올렸다. 화기애애하게 나누었던 소소한 가족들의 대화에 꼬리를 물고 자연스레 따라오는 유안의 생각에 눈빛이 낮게 가라앉았다. 그리고 그걸 놓치지 않은 도진이 제 몫의 커피를 한 모금 마시며 지안을 지그시 바라보았다.

묘하게 불편한 분위기와 함께 도진의 눈빛을 느낀 지안은 문득 그에게 물어보고 싶은 것이 생겼다. 여기서 왜 이런 질문이 떠올랐는지, 자신도 알 길은 없었다. 그저 갑자기 떠올랐고, 궁금했다. 그러나 속에서만 맴돌았지, 쉽게 튀어나오지 않았다. 이럴 줄 알았으면 우정이 제안한 술을 한 모금이라도 마시고 올 걸 그랬다고 후회했다.

도진은 꼭 지안이 하고 싶은 말이 있는 걸 아는 사람처럼 아무 말도 하지 않고 그녀의 눈만 마주했다. 자신을 기다려 주는 도진을 본 지안은 충동적으로 말을 내뱉을 수 있었다.

"오빠도 첫사랑이 있겠죠?"

앞뒤 맥락 없이 뜬금없는 물음에 당황할 법도 한데 도진은 표정 변화가 없었다. 생각보다 길어지는 침묵에 지안이 부끄러워 웃었다. 다른 화제로 말머리를 돌리려는 찰나, 도진의 낮은 목소리가 들렸다.

"있지, 첫사랑."

어쩌면 당연한 대답이었다. 한편, 어떤 대답이 나올지 알고 있었음에도 지안은 당황했다. 덤덤한 표정으로 고개까지 얕게 끄덕이는 도진을 보며 바보처럼 눈만 끔벅거렸다. 도진은 할 말을 찾지 못한 지안을 향해 어깨를 으쓱였다.

"그래도 세상에 나온 지 30년은 되었는데, 첫사랑 정도는 당연히 있는 거 아닌가?"

오히려 없는 게 더 이상한 것 아니냐며 가볍게 웃는 도진을 향해 지안은 긍정의 뜻도, 부정의 뜻도 담지 않은 채 고개만 주억거렸다. 부자연스럽게 움직이는 지안의 모습이 마치 기름 칠이 필요한 뻑뻑한 로봇처럼 느껴진 도진은 자꾸만 씰룩거리는 입가를 손바닥으로 가려 버렸다.

"그렇죠……. 당연하죠."

영혼이 쏙 빠진 채 반사적으로 대답만 건넨 지안은 도진의 얼굴에 배어 있는 장난기를 미처 발견하지 못했다. 도진은 웃음기가 밴 입가를 매만지며 무심한 음색으로 말을 보탰다.

"지금 생각해 보니까, 내가 그때 그 아이를 꽤 많이 좋아했던 것 같아."

지금이라도 술을 마실까. 맥주가 집에 있었나? 지안의 시선이 냉장고로 향했다. 그러다가 벌떡 일어나 냉장고에서 맥주를 꺼내 마시는 그림도 웃기다는 생각을 한 그녀는 다시 원래의 자리로 눈길을 돌렸다.

하지만 가만히 앉아 있기에는 속이 아주 미약하지만 점점 타기 시작하는 것 같았다. 이 작은 불씨가 거세지기 전에 어떻게든 잠재워야 할 것 같았다.

눈앞에 있는 것이라고는 도진이 데워 준 따뜻한 우유뿐이다. 지안은 아랑곳하지 않고 일단 들이켰다.

우유는 왜 데워 가지고. 식도를 타고 흐르는 따뜻함이 그녀의 속을 잠재울 리가 없었다. 늦은 시간으로 인해 그녀를 생각한 도진의 배려가 지금 이 순간만큼은 반갑지 않았다. 갑자기 우유를 벌컥벌컥 마시는 지안을 가만히 바라보던 도진은 테이블 위로 팔꿈치를 얹고는 턱을 괴었다.

"보고만 있어도 웃음이 나더라."

지금도 기분이 좋아졌는지 도진의 얼굴에 웃음기가 가득한 걸 확인한 지안은 자신의 표정이 질투심으로 뒤틀리지 않도록 노력해야 했다. 그러나 노력을 한다고 해서 완벽하게 숨기지는 못했다.

굳이 안 들어도 될 이야기인 것 같은데, 도진은 첫사랑에 대해 계속 이야기하고 싶은 사람처럼 보였다.

뭘 또 저렇게 정성스럽게 알려 주려고 그래?

저절로 뚱하게 변해 가는 지안의 얼굴을 가만히 바라보던 도진이 평온한 어조로 나지막이 물었다.

"질투 나?"

"제가 왜요?"

지안은 표정 하나 제대로 숨기지 못해 이미 다 들통난 속내를 뻔뻔하게 모른 척했다. 이미 지나간 사람이 뭐 얼마나 대수라고. 지금 자신이 그의 옆자리에 이렇게 앉아 있다. 이 자리가 어떤 자리인데……

또다시 불쑥 떠오른 인물에 생각을 멈춘 지안은, 그녀의 질투가 기분 좋은 듯 지그시 입꼬리를 올리는 도진의 얼굴을 물끄러미 바라보았다.

"그분을 떠올리면, 행복해요?"

"응."

도진은 첫사랑을 떠올리면 행복하냐는 질문에 일말의 망설임 없이 대답했다.

"슬프지는 않아요?"

그러나 이어서 슬프지 않냐는 질문에는 금방 대답하지 못했다. 지안은 도진의 눈빛에 서려 있는 의아함을 확인하자 첫사랑이 유안이 아님을 직감했다. 마치 그녀의 생각을 읽기라도 한 것처럼 도진은 단호하게 대답했다.

"전혀."

지안은 이상하게 웃음이 튀어나왔다. 어느 부분에서 확신이 들었는지 모르겠지만, 그의 첫사랑이 적어도 유안은 아니라는 점이 너무 안심되어서.

그의 첫사랑마저 유안이었다면 이제 아주 살짝 걷어 낸 그녀의 그림자에 다시 가둬질 것만 같은 기분이 들었는데, 너무 다행이었다. 그 한 가지 사실이 위안이 되어 어느새 잔뜩 내려가 있던 입꼬리가 미세하게 올라갔다.

그런 지안의 얼굴 변화를 하나도 놓치지 않고 바라보던 도진이 천천히 고개를 숙이며 지안의 입술에 가볍게 입을 맞췄다. 갑작스럽게 입술에서 느껴진 감촉으로 인해 당황한 지안이 이리저리 길을 잃어 흔들리는 눈빛으로 도진을 바라만 보았다. 그러자 도진은 어딘가 마음에 들지 않는다는 얼굴을 한 채 지안과 눈을 맞췄다.

"넌 머릿속에 다른 생각이 많아."

지안은 자신의 눈을 주시하며 다시 고개를 내리고 가까이 다가오는 도진으로 인해 두 눈을 감아야 했다.

칼날로 베인 것처럼 날카로운 콧등을 강하게 스치며 맞물린 입술은 짧게 붙었다가 떨어졌다. 그러나 그것도 잠시, 반대쪽으로 고개를 튼 도진이 더욱 진득하게 그녀의 입술을 머금었다.

숨을 내쉴 시간을 주지 않은 탓에 지안의 호흡이 점차 흐트러졌다. 그러자 도진이 눈을 천천히 떴다. 짧지 않은 입맞춤이었건만 그마저도 아쉬운지, 느릿하게 입술을 떼어 냈다.

도진이 입술을 떼어 냄과 동시에 지안의 눈도 가늘게 뜨였다. 흐트러진 호흡만큼 흐릿해진 초점을 바로잡기 위해 노력하는 지안의 귓가로 도진이 낮게 가라앉은 목소리로 말했다.

"나만 생각해."

뺨에 닿은 숨결이 뜨거웠다.

"어차피 내 곁에 있을 사람, 너인데."

확신에 가득 찬 음성이 지안의 귓가에서 흩어졌다.

두 시간 전, 도진은 자신의 핸드폰에 뜬 이름을 보고 순간 멈칫했다.

꽤 오랜만에 보는 그 이름 하나에 도진은 지난 시간을 떠올렸다. 지안은 모르겠지만, 그녀에게 우정을 소개해 준 것은 사실 도진이었다. 자신의 누나인 영과 친구 사이로, 대영 고등학교를 나온 우정은 대형 병원 이사장의 손녀였다. 집안의 숙명처럼 자연스럽게 의사가 된 그녀에게, 특히 정신 건강 의학과를 전공했다는 말을 듣고서 먼저 연락했다.

— 의외다? 네가 나한테 먼저 만나자는 연락을 다 하고.

도진을 마주한 우정이 웃음을 터뜨리며 커피를 마셨다. 어디 가서 누구에게 꿇리지 않고 살아온 우정의 지난날들을 무용지물로 만들어 버린 차도진은 선후배 할 것 없이 모두가 우러러보는 아이였다. 그런 애가 부탁이 있다며 찾아온 것이 우정의 입장에서는 믿을 수 없는 일이었다. 그 이유가 오직 한 여자 때문이라는 것은 더더욱.

그런 그녀를 가만히 바라보던 도진은 차갑지도, 그렇다고 따뜻하지도 않은 목소리로 담담하게 말했다. 지안을 부탁하기 위해서 어쩔 수 없이 꺼내야 하는 사고를 이야기하면서도 목소리는 흔들리지 않았다.

자신은 괜찮다며 아무에게도 기대지 않으려는 지안이지만 이 사고와 아무 관련 없는 우정에게라면 마음을 터놓을 수 있지 않을까. 도진에게 우정은 마지막으로 남은 실낱같은 희망이었다.

─ 그 아이와 나눈 이야기를 저에게 알려 주실 필요 없어요.
　그냥…….

그러나 덤덤하게 잘 이어 나가던 목소리조차 결국 어긋나
버렸다.

─ 그냥 괜찮은지, 그 정도만 알려 주세요.

지금 자신이 바라는 단 한 가지는 지안이 전부 괜찮아지는
것. 그것 하나뿐이었다.

─ 가족과도 같은 동생이라서 그렇게 신경을 쓰는 거야? 아
　니면…….

우정은 놀란 눈으로 도진을 바라보며 말끝을 흐렸다. 남부
러울 것 없이 모든 것을 가진 남자가 이렇게 간절해 보이는 건
처음이었다. 그러나 그건 도진에게 어울리지 않았다. 우정은
더 이상 도진에게 말을 걸기보다 자신의 가방을 챙기는 것을
택했다.

─ 어차피 무슨 이야기를 나눴는지 너한테 알려 줄 생각은
　없어. 그거 불법이거든.

자리에서 일어나 자리를 뜨는 우정의 뒷모습을 가만히 보던
도진은 웃음을 터뜨렸다. 부디 제 선택이 틀리지 않았기를 바
라면서.

어느새 시간이 많이 흐른 지난날을 떠올리던 도진이 통화
버튼을 눌렀다. 그리고 우정에게서 흘러나온 말에 벌떡 일어
나 차 키부터 손에 쥐어야 했다.

[뭐랄까. 오늘 지안이가 평소와 좀 달랐어.]

"……."

도진은 우정에게 계속 말하라는 의미로 침묵을 택했다. 그러자 그의 뜻을 알아차린 듯 우정의 목소리가 계속 이어졌다.

[조금 있으면 그 아이 기일이잖아.]

도진은 저절로 핸드폰을 든 손에 힘이 들어갔다. 아직 아무 이야기도 듣지 않았는데 괜히 불안한 마음이 스멀스멀 차오르는 것이 불쾌했다.

[그동안 괜찮았는데, 오늘은 어딘가 위태로워 보였어. 네가 알아야 할 것 같아서.]

그 말이 더 절망적이었다. 자신이 없었을 때는 괜찮았는데, 자신이 나타나고 나서 위태로워 보였다는 거니까.

"……고맙습니다……."

숨소리조차 내지 못하던 도진이 목에 무언가 탁, 걸린 듯 간신히 인사를 건넨 후, 전화를 끊었다.

사람의 감정을 능숙하게 캐치하는 우정이 그렇게 말할 정도면 지안에게 무슨 일이 있는 것이 분명했다. 도진은 다급하게 그녀의 집으로 향했고, 그런 그를 마주한 건 얼굴에 피곤이 잔뜩 묻은 지안이었다. 제 손에 얼굴을 기대며 하루가 길었다고 투정을 부리는 그녀를 붙잡을 수 없었다.

그리고 우정의 우려와 달리 괜찮아 보이는 얼굴에 만족하고서 아쉬운 손길을 떼어 내고 발걸음을 돌리려고 했으나 자신을 붙잡는 지안을 거절하지 못했다. 아니, 거절하지 않았다. 같이 있고 싶은 건 마찬가지였으니까.

안으로 들어가 그녀의 몫인 따뜻한 우유와 자신의 커피를 들고 소파를 등받이 삼아 나란히 바닥에 앉았다.

삐친 정 회장님을 달래느라 피곤했다는 지안의 목소리와 위태로워 보인다던 우정의 목소리가 겹쳐져 지안의 얼굴에만 시선을 고정했다. 정말 괜찮은 건지, 아니면 자신의 앞이라 괜찮은 척하는 건지. 혹시라도 자신이 지안의 표정을 놓칠까 봐 주시하는 도진에게 지안은 뜬금없이 첫사랑에 대해 물었다.

"있지, 첫사랑."

그게 너고.

도진은 뒷말은 차마 하지 못하고 잔잔한 미소만 지어야 했다. 자신이 생각보다 첫사랑을 꽤 많이 좋아했다는 말에 점점 입꼬리가 내려가는 지안의 표정에는 웃음을 참아야 했다. 그럼에도 올라가는 입꼬리를 숨기기 위해 자연스럽게 입가를 손으로 매만져 가렸다.

제 첫사랑이 본인이라는 것도 모르면서 자꾸 질투하는 지안의 모습이 퍽 사랑스러워 견딜 수가 없었다. 첫사랑을 생각하면 행복하냐는 질문에 망설임 없이 대답했다. 그러나 이어진 질문은 자신의 말문을 턱하고 막히게 만들었다.

"슬프지는 않아요?"

전혀 예상하지 못한 질문이었고, 전혀 그런 감정이 든 적이 없었기 때문이었다. 한발 늦게 대답했지만, 단호했다.

"전혀."

그러자 얼굴에 퍼지는 지안의 미소에 도진은 당황했다. 우정이 캐치한 얼굴이 이거였을까? 크게 티가 나지는 않지만 시시각각 변하는 지안의 감정이 눈에 보였다. 저 작은 머리로 또 어떤 생각을 하고 있을까.

천천히 시선을 내려 시야에 들어온 붉은 입술을 그대로 삼켰다. 급하지 않게, 그러나 가볍지도 않게 지안의 입술을 머금었던 도진은 뜨거운 숨을 내뱉으며 말했다.

"나만 생각해."

도진은 지안이 무슨 생각을 하든 그녀에게 이것 하나만큼은 알려 주고 싶었다. 이 자리는 평생 너의 것이라고.

"어차피 내 곁에 있을 사람, 너인데."

만약 네가 나를 떠나서 빈자리가 될지라도, 이 자리의 주인은 영원히 너 하나였다.

드라마 '메리고라운드' 촬영장.

정신없이 분주하게 뛰어다니는 스태프들 사이에서 지안은 생각에 잠겨 있었다. 시선을 내리깔고서 한곳에 집중한 것이 겉으로는 대본에 열중하는 것처럼 보였지만 사실 지안의 눈동자는 대본에 쓰인 글자도, 백지도 담고 있지 않은, 그저 초점 잃은 시선이었다.

― 누군지 안 궁금해? 네가 알지도 모르는 사람인데.

― 안 궁금해요.

도진에게는 쿨하고 단호하게 대답을 듣기를 거절했지만, 못내 신경이 계속 쓰였다. 특히 자신이 알지도 모른다는 점에서 이미 저도 모르게 온갖 머리를 다 굴리고 있었다. 재회하기 전, 도진과 저의 마지막 접점은 고등학교 때니까, 같은 재단 산하 학교 출신인가. 자꾸 사람을 질척거리게 만드는 생각의 흐름에 지안은 고개를 좌우로 훅훅 털었다.

"안녕하십니까~."

유쾌한 웃음과 함께 스태프들에게 인사를 하며 등장한 건우가 지안의 곁으로 다가왔다. 그러더니 메이크업으로 인해 차마 지안의 얼굴을 붙잡지는 못하고 자신의 얼굴을 가까이 들이밀어 그녀를 살폈다.

"너 오늘 상태가 조금……."

"뭐가. 대사나 맞춰."

어딘가 많이 초췌한 그녀의 눈가를 심각하게 이리저리 살피는 건우를 심드렁하게 밀어낸 지안이 아까부터 제자리에 멈춰 있던 대본을 훑었다. 건우는 어깨를 으쓱이며 나직이 물었다.

"왜. 연애 사업이 잘 안돼?"

지안은 대본집을 넘기던 손끝을 움찔거렸다. 그 반응을 놓치지 않은 건우는 재미있다는 듯이 웃고는 그녀를 향해 몸을 살짝 숙이며 속삭였다.

"오빠한테 편하게 말해 봐. 남자 마음은 남자가 잘 알지."

으스대며 거만하게 말을 하는 건우를 불신의 눈길로 바라보던 지안은 입술을 혀끝으로 차며 고개를 절레절레 저었다. 딱히 도움이 될 것 같지 않았기 때문이다.

그러나 형광펜으로 쫙쫙 그은 자신의 대사를 중얼거리던 지안은 결국 대본을 덮어 버렸다. 그리고 자신과 마찬가지로 자신 몫의 대사를 중얼거리던 건우의 옆으로 슬그머니 다가섰다. 그리고 대놓고 말하기엔 민망해 연신 건우의 눈언저리를 힐끔거리며 눈치를 살폈다.

건우는 진작에 지안의 행동을 눈치채고 '피식' 웃었다. 그 웃음소리를 듣고 혀로 볼 안쪽을 쓸던 지안은 헛기침을 두어 번 하더니 입술을 떼었다.

"남자한테 첫사랑은 대체 어떤 의미야?"

큰마음을 먹고 물었더니 자신을 내려다보고 있는 건우의 표정이 괴이하게 변해 있었다. 마치 그녀가 이런 질문을 할 줄 몰랐다는 얼굴로 못 들을 걸 들었다는 표정이었다. 자신을 쳐다보는 건우의 시선을 어긋나게 피하는 지안의 귀 끝이 붉게 변했다.

"남자 마음은 남자가 잘 안다며……!"

침묵이 길어지자 지안은 되레 큰소리 내 건우를 다그쳤다. 그리고 편하게 말하라더니 대답은 안 해 주고 이상한 눈으로 바라보는 그를 흘겨보았다. 그제야 '큼큼', 목을 가다듬은 건우가 얼떨떨한 목소리로 대답했다.

"글쎄. 쉽게 잊지 못하는 존재는 맞지."

"……"

"오죽하면 노래까지 있겠냐?"

무슨 노래냐고 반문하기도 전에 건우는 심오한 표정으로 그녀도 언젠가 들어 본 노래를 말했다.

"첫사랑은 무덤까지 가지고 간다고."

건우의 대답으로 인해 지안의 기분은 한순간에 우울하게 변했다. 자신의 첫사랑은 도진인데, 도진은 저 아닌 다른 사람을 무덤까지 가지고 간다고 생각하니 불쾌했다. 자신의 언니가 문득문득 떠오르는 것만으로도 벅찬데 누군지도 모를 사람조차 도진의 마음 한편에 자리 잡고 있을 것이라고 생각하니까 퍽 억울했다. 자신도 도진을 놓지 못해 이 마음고생을 하고 있으면서 괜히 투덜거렸다.

"이미 지나간 사람이 뭐라고."

"이미 지나가서 그래. 가끔은 그런 것 같아. 왜, 시간이 지나면서 기억이 미화된다고 하잖아."

"……."

"내가 처음으로 마음 준 사람이 뭐라고, 정말 나빴던 사람도 시간이 지나면 괜히 이해해 보려고 하거든."

어느덧 진지하게 말을 하는 건우를 지안이 물끄러미 올려다보았다. 지안의 눈길을 받아 낸 건우가 '피식' 웃으며 너스레를 떨었다.

"너 진심으로 좋아하는 사람 있구나? 이런 것도 물어보고. 정지안, 다 컸네."

진심으로 뿌듯한 듯 미소를 짓고 있는 건우를 지안은 어이없는 표정으로 쳐다보았지만, 그는 아랑곳하지 않고 짓궂게 물었다.

"잘생겼냐?"

"응."

남자 마음까지 물어본 지금 와서 모른 척을 해 봤자 소용없는 일이었다. 지안이 일말의 고민도 없이 긍정의 뜻으로 고개를 끄덕이자, 건우는 두 눈을 크게 뜨고서는 손가락으로 자신을 가리켰다.

"나보다 더?"

"비교도 안 되지."

지안은 가볍게 고개를 흔들며 말했다. 도진의 얼굴은 난다 긴다 하는 얼굴 천재 연예인 저리 가라였다. 오죽하면 그의 얼굴을 싣고 싶어서 경제면에 쓸데없는 기사까지 쓰려고 한다는 소문이 있을까. 그러나 건우는 믿을 수 없단 듯이 반문했다.

"대한민국에 나보다 잘생긴 사람이 있다고?"

지안은 건우의 마지막 말에 표정을 일그러뜨렸다. 할 말을 잃은 그녀는 고개를 두어 번 젓고는 동선을 위해 자신을 기다리는 카메라의 앞으로 걸어갔다. 건우에게 묻고 나면 조금은 후련할 줄 알았는데 더 속이 콱 막히는 기분만 들었다.

"응? 정말 있다고?"

"얼굴 저리 치워라."

건우는 지안의 앞으로 자신의 얼굴을 요리조리 들이밀며 장난을 쳤다. 지안은 자신에게 들이미는 건우의 얼굴을 손바닥으로 밀어냈다. 그러자 지나가던 한 스태프가 그들을 향해 장난스럽게 말했다.

"저렇게 친하니까 열애설이 뜨지."

"네?"

"열애설이요?"

배우에게 예민한 단어인 열애설을 듣자마자 지안과 건우의 고개가 동시에 돌아갔다. 그리고 건우의 매니저와 경석이 다급하게 그들에게 다가왔다.

"너희 뭐야?"

동시에 내밀어진 핸드폰을 받아 든 지안과 건우는 내용을 읽어 가며 상황을 파악하기 시작했다.

화면을 꽉 채우는 큼지막한 사진과 함께 올라온 짧은 줄글은 최소한의 성의조차 없었다.

김건우랑 정지안, 둘이 비밀 데이트 함

사진은 웃으며 길을 걷고 있는 건우와 자신의 모습이었다. 지안은 어두운 밤길에 찍힌 듯한 사진을 확대해 자세히 살폈다. 사진을 확인하던 지안의 입술 사이로 작은 탄식이 흘러나왔다. 그건 건우도 마찬가지였다.

정신없는 현장에서 건우와 자신의 대본이 서로 바뀌어 다시 돌려주기 위해 만났던 날이었다. 어차피 둘 다 주연이기 때문에 곧 만날 사이라 촬영장에서 돌려줘도 괜찮았지만, 아무래도 어떻게 연기할지 대본에 적어 놓은 감정선을 포함하여 각자의 대본이 보기 편하니까, 빨리 바꾸자는 건우의 말에 아주 잠깐 만난 것이 사진에 찍힐 줄이야. 게다가 저 날로부터 이미 시간이 많이 흐른 뒤였다. 차라리 정식 기사였다면 사전에 차단할 수 있었겠지만, 일반 커뮤니티에 올라온 게시 글이었다. 인기 게시 글이 된 글을 각 연예부 기자들이 너도 나도 복사하면서 뒤늦게 일이 커진 것이었다.

"이게 언제 적 일인데!"

"지금 밖은 난리 난 것 같거든?"

건우가 어이가 없다는 듯 헛웃음을 터뜨렸다. 그리고 그건 지안도 마찬가지였다. 다만 영문을 모르는 건우의 매니저와 경석은 심각한 표정을 지었다.

"그냥 대본 바뀌어서 다시 바꾸려고 만난 거야. 이런 걸로 무슨!"

귀찮게 되어 버린 상황에 타박이 이어지자 결국 건우에게서 예민한 목소리가 튀어나왔다. 지안이 건우의 팔을 툭 건들어 진정시키고, 경석을 향해 고개를 저었다.

"내가 얘랑 사귄다고? 말이 안 되잖아."

지안이 매우 단호하게 이야기하자 건우의 고개가 그녀를 향해 휙 돌아갔다. 열애설이 뜬 것보다 더 억울하고 황당해 보이는 얼굴이었다.

"말이 안 될 건 뭐야? 내가 어때서!"

유치한 어린아이 같은 모습에 지안은 물론, 건우의 매니저와 경석까지 동시에 얼굴이 일그러졌다. 한숨을 내쉰 지안은 이 철없는 친구를 어떻게 하면 좋을까 고민하다가 멀리서 다가오는 감독을 보고 멋쩍게 웃어 보였다.

"우리 드라마, 정말 잘되려나 봐."

감독이 털털하게 웃으며 다소 굳어 있는 그들의 분위기를 풀어 냈다. 감독이 오자 매니저들은 회사에 연락하겠다며 사라졌고, 무어라 말을 전할까 고민하던 지안보다 빨랐던 건 건우였다.

"저희가 너무 잘 어울려서 같이 숨만 쉬어도 사귀는 것처럼 보이나 봐요."

지안의 어깨에 턱 하니 팔을 올리고 너스레를 부리는 건우였다. 어깨에 얹어지는 무게를 느낀 지안은 헛웃음을 터뜨리고는 감독에게 사과했다.

"곧 제작 발표회도 있는데 시끄럽게 만들어서 죄송해요."

"아니야. 둘이 잘 어울린다는 걸 다른 사람들도 다 아는 거지."

"그래도……."

"괜찮다니까? 얼른 촬영 준비나 해. 너희가 죄송해야 하는 건 NG 내서 우리의 소중한 퇴근을 늦추는 거야."

손을 휘휘 내저으며 멀찍이 떨어져 있는 자신의 자리로 돌아간 감독을 보던 지안과 건우는 평소와 다름없는 스태프들을 돌아보며 크게 허리를 숙였다.

"죄송합니다!"

"왜? 덕분에 드라마 대박 나서 보너스 나올 것 같은데!"

나이가 지긋한 카메라 감독이 큰 소리로 답했다. 솔직한 말에 사람들에게서 웃음이 터져 나왔다. 제작진들은 잘못한 게 없음에도 사과를 건네는 지안과 건우를 안쓰럽게 바라보기보다는 박수를 쳐 분위기를 띄웠다.

피곤이 덕지덕지 묻은 얼굴로 퇴근을 한 지안은 기자들이 집으로 가는 길 주변에서 자신을 기다리느라 길이 막혔다는 말에 깊은 한숨을 내쉬었다.

"본가로 데려다줄까?"

"회사 차로 본가는 못 가."

지안은 경석의 제안을 단호하게 거절했다. 혹시나 본가로 들어가는 자신의 꼬리가 밟히면 그건 그것대로 돌이킬 수 없었다. 자포자기한 심정으로 의자에 머리를 기대던 지안은 무릎 위에서 요란하게 울리는 전화를 받았다.

"여보세요?"

[언니가 구해 줄까?]

전화의 주인공은 영이었다. 집에 편하게 들어가지 못할 것을 예상이라도 했는지 다 알고 있다는 듯한 음성이 지안의 마음을 조금이나마 편하게 만들었다.

[언니 집으로 와서 지내.]

"정말요?"

[당연하지. 오랜만에 같이 자자.]

"좋아요."

전화를 끊은 지안은 경석에게 영의 집 주소를 알려 주고 다시 핸드폰을 켰다. 여전히 나타나지 않는 이름에 볼이 불퉁하게 튀어나왔다.

"내가 걱정도 안 되나?"

괜히 화면을 손가락으로 콩 때리며 중얼거리던 지안은 이내 핸드폰을 옆자리로 던져 버리고 영의 집에 도착할 때까지 잠깐 눈을 붙였다.

영의 집 앞에 도착한 지안은 초인종을 눌렀다. 영이 나오기를 기다리던 지안은 열린 문 사이로 나타난 도진으로 인해 당혹한 표정을 숨기지 못했다. 그러나 도진은 지안이 올 줄 알았다는 듯 놀라지 않았고, 되레 팔짱을 끼며 열린 문에 기대고서 그녀를 바라보았다.

"오빠가 왜 여기 있어요?"

지안의 물음에 도진은 실소를 터뜨리고는 고개를 삐딱하게 기울였다.

"나 아닌 다른 남자와 사귄다고 나라를 시끄럽게 만든 내 여자 친구 보러?"

지안의 입꼬리가 가늘게 떨렸다. 어쩐지 뼈가 느껴지는 대답이었다. 지안은 슬그머니 자신의 가슴 언저리에 손을 올리고 더듬거렸다. 그럴 일은 절대 없지만 아주 혹시라도 도진의 말에 맞은 제 갈비뼈가 몇 개는 부러지지 않았을까 하고.

"어…… 나 여기 계속 서 있을까요?"

지안이 멋쩍은 웃음을 짓고서 아무도 없는 주변을 휙휙 돌아보며 말을 하자 도진은 팔짱을 낀 그대로 몸만 뒤로 물렀다. 지안은 아무 말 없이 자신이 들어갈 공간을 만들어 준 도진을 힐끔 쳐다보았다. 질투의 말이라도 더 할 줄 알았는데 예상외로 도진은 그 말을 끝으로 침묵을 지켰다.

몸을 완전히 안으로 들여 넣자 문이 완전히 닫혔고, 도진과 저 사이에 남은 건 숨 막히는 정적뿐이었다.

"계속 여기 있었어요? 나 올 거라고 언니가 말했어요?"

지안은 집 안으로 들어가며 도진을 향해 물었으나, 그는 천천히 그녀의 뒤를 따라오기만 할 뿐이었다.

"언니 곧 올 텐데, 우리 술 마실까요?"

도저히 맨정신으로 이 분위기를 버틸 자신 없는데.

지안이 맥락 없이 던진 말에 아무 표정 없는 매끈한 미간에 가는 실이 생길 만도 하건만 도진의 얼굴에는 표정 변화가 전혀 없었다.

이렇게 계속 말을 안 할 건가. 예상하지 못했던 도진의 반응에 당황한 기색이 역력한 얼굴이 새까만 그의 눈동자에 그대로 비쳤다. 안절부절못하며 눈치를 살피는 것이, 제가 봐도 잘못한 사람의 모습이었다. 도진의 반응이 어떻든 간에 뻔뻔하게 계속 말을 할 수 없었던 지안의 어깨가 결국 축 늘어졌다.

"나 언제까지 혼자 말해요?"

차라리 화를 내지. 어떠한 감정도 표현하지 않는 도진의 모습은 생각보다 무서웠다.

따지고 보면 솔직히 건우와의 열애설에서 자신의 잘못이라고 볼 수 있는 건 없었다. 아니, 대본이 뒤바뀐 거? 매니저들 없이 건우와 단둘이 만난 거? 그렇다면 처음부터 모든 게 잘못된 일이었다.

퍽 억울해 비에 맞은 강아지처럼 처량하게 서 있는 지안의 모습이 도진의 눈에 담기는 것과 동시에, 그들 사이에는 지안의 목소리도, 도진의 목소리도 아닌 제삼의 소리가 들렸다.

꼬르륵―.

지안은 익숙하면서도 낯설게 울리는 소리를 듣자마자 황급히 두 팔로 제 배를 감싸 안았다. 하필 너무 조용해서 이 소리는 더욱 우렁차게 공간을 울렸다. 생각해 보니 오늘 정신없어서 한 끼도 챙겨 먹지 못했다.

아무리 그래도 그렇지, 어떻게 지금……!

'쿨럭', 당황한 지안이 마른기침을 콜록거렸다. 기침이 멈출 기미가 보이지 않자 도진이 성큼성큼 걸어와 지안의 앞에 다가섰다. 그리고 커다란 손을 작은 등 뒤로 내려 천천히 두드렸다. 등을 두드리는 박자에 맞춰 지안의 기침이 멎어 가자 도진은 등을 두드리던 손을 그녀의 머리 위로 턱 하니 올리고서 머리카락을 이리저리 흩트렸다.

"널 어떡하면 좋냐."

힘이 빠진 목소리에는 웃음기가 서려 있었다. 단 한 마디로 누그러진 분위기와 도진의 다정한 손길을 느낀 지안이 어린아이처럼 배시시 웃어 보였다.

"뭘 웃어."

도진이 어딘가 퉁명스러운 목소리로 투덜거렸다. 지안은 민망한 소리를 냈던 것도 잊어버리고 어깨를 으쓱였다.

"음, 예쁘니까?"

"그래서 그런가, 혼내려던 마음이 싹 사라졌어."

꽤나 뻔뻔한 대답이었음에도 도진은 순순히 수긍했다. 혼내려고 했다는 도진의 말에 속이 뜨끔했던 지안은 그저 자신이 지을 수 있는 가장 환한 웃음을 얼굴에 떴다. 그러자 도진은 지안의 의도를 알아차리기라도 한 듯 '픽', 웃음을 터뜨렸다.

"내가 저 웃음에 속았지."

"속았다니요?"

"내 앞에서만 예쁘게 웃는 줄 알았더니, 다른 남자 앞에서도 그렇게 예쁘게 웃을 줄이야."

못마땅한 눈을 한 채 속을 찌르는 도진으로 인해 결국 지안은 입술을 쭉 앞으로 내밀었다. 그리고 자신의 입술을 손가락으로 톡톡 가리키며 입술을 움직였다.

"이 애교는 오빠한테만 할 줄 아는데."

처음 보는 지안의 애교에 도진의 눈빛이 달라졌다. 단숨에 지안의 허리를 손으로 감아 자신에게로 바짝 당겼다. 갑자기 도진의 품으로 끌려간 지안의 눈이 커다랗게 떠졌다.

차이나는 키로 인해 도진이 아래로 내리깐 눈으로 자신을 바라보자, 그녀의 심장이 제멋대로 쿵쾅거렸다.

지안은 도진의 얼굴이 천천히 아래로 내려오자 바들바들 떨리는 눈을 스르르 감았다. 그러나 시간이 지나도 입술에 아무런 감촉이 느껴지지 않자 다시 눈을 떴다. 그러자 보이는 것은 입꼬리를 올린 채 아슬아슬한 거리에 멈춰 있는 도진이었다.

한발 앞서 나간 것이 민망했던 지안이 헛기침을 하며 도진을 밀어내려 했으나, 밀어내는 손에 온전히 힘이 닿기도 전에 도진이 행동했다. 키스라기에는 뭔가 허전하지만, 뽀뽀라기에는 꽤나 진득하게 지안의 입술을 머금던 도진이 지안의 목덜미를 느릿하게 문질렀다. 그러더니 그녀의 어깨 위로 자신의 얼굴을 묻으며 숨을 내쉬었다.

"지금 많이 배고프니까 짧게."

지안은 배고프다는 도진의 말을 이해하기까지 약간의 시간이 필요했다. 이윽고 도진의 앞에서 허기진 티를 낸 제 배를 떠올렸다. 부끄러움에 귀밑이 확 달아오르는 것이 느껴졌다. 민망하게 콕 집어낸 도진을 새침한 얼굴로 흘겨보았다.

"난 안 고픈데?"

"내가 고프네. 누가 하도 괘씸해서 하루 종일 아무것도 못 먹었거든."

불과 몇 분 전에 꼬르륵, 소리를 낸 건 자신이 아니라는 듯 시치미를 떼는 지안을 향해 도진은 여유롭게 받아치며 너스레를 뗐다. 지안은 그 말에 눈과 입꼬리를 아래로 내렸다.

"밥은 챙겨 먹지 그랬어요."

저도 저지만 오늘 내내 먹은 것이 없다는 도진의 말에 그가 걱정된 지안이 속상한 목소리로 말하자, 도진은 그녀의 손을 낚아채 마주 잡아 흔들었다.

"지금 먹으면 되지."

지안은 도진이 자신의 손을 붙잡고 영의 집을 나가려고 하자 다급하게 발끝에 힘을 주어 멈췄다. 도진과 시간을 보내는 것은 좋았으나, 잊으면 안 되는 것이 있었다.

"언니 곧 올 텐데? 저녁 같이 먹기로 했거든요!"

"차영 안 와."

"네?"

기어코 지안을 이끌고 문을 열어젖힌 도진은 그녀를 돌아보고 코를 찡긋거리며 웃었다.

"우리도 다시 여기로 안 올 거고."

도진이 하는 말을 이해할 수 없던 지안은 그저 영문을 모르는 얼굴을 한 채 그의 손길에 이끌려 그가 가는 대로 따라가야 했다.

지안은 도진이 차를 세우자 차창 너머 주위를 훑어보았다.

"여기가 어디예요?"

분명 낯선 곳인데 노란 간판 위에 쓰인 이름이 묘하게 익숙해 지안이 도진을 돌아보았지만 도진은 뒷자리에서 모자 하나를 꺼내 지안에게 씌우며 중얼거렸다.

"모자가 너무 커서 얼굴 다 가리겠다."

모자 끈을 줄인다고 줄였는데 워낙 얼굴이 작은 터라 지안의 얼굴은 모자에 덮인 것처럼 사라졌다.

"모자는 왜……?"

"사람은 없을 테지만, 우리는 또 조심해야 하니까."

하루 종일 세상이 시끄러웠던 만큼 사람들의 눈길을 받아 냈을 지안을 위한 도진의 생각이었다. 지안에게 꼼꼼히 모자를 씌운 도진은 차에서 내렸다. 지안 역시 그를 따라 차에서 내리자 도진은 그녀의 손을 다시 마주 잡았다.

"들어가자."

삐그덕거리며 열리는 문으로 들어가자 그녀를 반긴 건 백발의 나이가 지긋한 노인이었다. 지안은 두 눈을 커다랗게 뜨고 노인을 바라보았다.

"송씨 할머니?"

"우리 꼬마 아가씨는 여전히 예쁘네요."

"할머니!"

지안은 반가운 마음에 송씨에게 다가가 와락 그녀를 끌어안았다. 제 키보다 작은 할머니였지만, 안아 주는 것이 아니라 그녀의 품에 폭 안기려고 했다. 그런 지안의 마음을 아는 송씨는 지안의 등을 툭툭 두드렸다.

"여전히 아이구먼."

"한번 막내는 평생 막내니깐요."

"도련님도 참……."

"그렇게 부르지 마시라니까."

도진은 송씨의 말에 대답하면서도 도련님이라는 단어에는
몸을 부르르 떨었다.

"잘 지내셨어요?"

"그럼요. 이 나이에 이렇게 걸어 다니는 거 보면 잘 지냈지
요."

지안은 꼭 눈물이 날 것 같았다. 송씨는 도진이 태어나기 훨
씬 전부터 CHA 그룹의 집안일을 봐 주던 사람이었다. 할머니
를 어린 나이에 일찍 떠나보낸 도진뿐만 아니라 지안에게도
세월의 지혜를 건네주는 든든한 조력자였던 송씨는 집안 사
정으로 지안이 성인이 되기도 전에 고향으로 내려가야 했다.

송씨 할머니와 함께 있을 때 언제나 행복했고, 위로를 받았
다. 그녀가 종종 생각날 만큼 빈자리가 지안에게 컸다. 눈물
을 눈가 끝에 매달고 있자 도진이 지안을 자리에 앉혔다.

"얼른 앉아요. 금방 밥 줄게."

송씨는 지안과 도진이 자리에 앉자마자 급하게 안쪽에 있는
주방으로 향했다. 지안이 송씨의 뒷모습만 가만히 바라보다가
도진을 쳐다보았다. 상황을 설명해 달라는 눈빛을 보이자 도
진은 그저 어깨만 으쓱였다.

"송 할머니 밥 먹고 싶다며."

260

"그걸 기억했어요?"

언젠가 나란히 소파에 앉아 지나가듯이 흘린 말을 기억하고 이곳으로 데려다준 도진을 보며 지안이 놀란 눈을 했다. 본인조차 언제 말했는지 기억나지 않을 만큼 가볍게 중얼거린 말이었는데 생각해 준 도진이 고마웠다.

뭐라고 말해야 좋을지 입술이 선뜻 떼어지지 않는 지안의 옆으로 송씨가 커다란 쟁반을 들고 나타났다. 도진이 그녀를 도와 쟁반을 받아 들었다.

"자, 얼른 먹어요."

송씨가 한가득 차려 낸 상에 지안은 환하게 웃었다. 옛날 생각도 나고 좋았다. 국을 한입 뜬 지안이 맛있다며 송씨에게 엄지를 척 들어 보였다. 그런 그녀를 귀여운 손녀 바라보듯이 본 송씨는 도진과 지안을 번갈아 쳐다보았다.

"그래서, 둘이 만나요?"

"그런 줄 알았는데, 오늘 괘씸하게 다른 남자랑 열애설 나던데요?"

"컥."

도진은 여유롭게 젓가락으로 반찬을 집었고, 지안은 또 한번 걸린 사레에 물을 찾아야 했다.

"어머, 그래서 아가씨는 누가 좋은데?"

"네?"

"우리 도련님은 다 완벽한데 좀 차갑잖아. 열애설 난 그 사람은 좀 따뜻한가? 여자는 자기한테 다정한 사람을 만나야 해요. 잘 골라 봐."

　도진을 앞에 두고 가리는 것 없이 쭉쭉 내뱉는 송씨의 말에 지안은 당혹감에 물들었다. 도진은 대놓고 자신을 험담하는 송씨를 보고 그저 '픽' 웃음을 터뜨리다가 주머니에서 울리고 있는 전화를 받기 위해 자리에서 일어났다. 발신자를 확인한 후 밖에서 받고 오겠다며 가게를 나가는 도진의 뒷모습을 빤히 바라보던 지안에게 송씨는 나긋하게 말했다.

　"도련님이 지안 아가씨한테만은 다정한 남자지요?"

　조금 전과는 다르게 다 알고 있다는 듯이 말을 하는 송씨의 목소리에는 확신이 있었다. 지안은 고개를 끄덕였다.

　"네. 저한테 너무 완벽한 남자예요."

　그는 언제나 과분할 만큼 완벽한 사람이었다.

　"너무 완벽한 사람을 제 욕심으로 옆에 두는 게 미안할 만큼."

　그래서 항상 제가 미안한 사람이었다.

　식사를 마치고도 지안은 아쉬운 마음에 송씨를 끌어안고 놓지를 못했다. 송씨는 그런 지안을 달랬다. 지안은 송씨에게 충분한 인사를 한 다음, 도진이 열어 준 문으로 차에 올랐다. 조수석의 문을 닫은 도진이 송씨에게 인사를 하고 운전석에 올랐다. 자정에 가까워진 시간에 모두 어두워졌지만, 지안의 마음만큼은 여전히 환한 빛이 남아 있었다.

"고마워요. 오빠 덕분에 오늘 하루가 너무 행복했어요."

나직이 건넨 인사에 도진은 앞을 바라보고 있던 고개를 돌려 지안을 바라보았다. 깊은 눈을 마주하자 부끄러워진 지안이 다시 창가로 고개를 돌리려는데, 도진은 그녀의 손을 잡고 자신 쪽으로 당겼다. 훅, 당겨진 몸이 도진에게 가까워졌고, 도진은 운전을 위해 앞을 힐끔거리면서도 지안에게서 시선을 떼지 않았다. 서로의 숨결이 느껴질 만큼 가까운 거리에서 도진은 낮게 가라앉은 목소리로 지안에게 속삭였다.

"나도 행복하게 해 줘."

"……어떻게요?"

지안이 살짝 떨리는 목소리로 되묻자 입꼬리를 올리며 씨익 웃은 도진은 그녀의 손을 잡고 있는 자신의 손을 그대로 올려 손가락으로 콕콕 그의 볼을 찔렀다.

"나 지금 이거면 너무 행복할 것 같은데."

생각보다 소박한 그의 말에 지안이 바람 빠진 웃음을 터뜨렸다. 그가 행복해진다면 겨우 볼 뽀뽀 정도야 얼마든지 할 수 있었다. 가볍게 생각한 지안은 상체를 조금 더 일으켜 세우며 도진의 볼 가까이에 입술을 붙였다. 그러나 지안의 입술이 닿은 곳은 부드러운 뺨이 아니라 촉촉하고 말랑한 입술이었다. 도진이 타이밍에 맞게 고개를 돌려 입술끼리 부딪치자 지안의 얼굴은 더 나아가지도, 제자리로 돌아가지도 못했다.

신호에 맞춰 차가 멈추자마자 도진은 멍하니 굳어 있는 지안의 목덜미를 오른손으로 바짝 당기며 입술을 진하게 부딪쳤다. 그 짧은 시간에 살짝 벌어진 입술 사이로 파고드는 도진에게 속수무책으로 당하던 지안은 마무리로 버드 키스를 쪽 남기고 멀어지는 도진의 얼굴이 시야에 다 들어오고 나서야 정신을 차렸다. 흐려졌던 동공이 점점 또렷하게 변하면서 도진을 부리부리하게 응시했다.

"볼 뽀뽀면 행복하다면서요!"

지안은 도진의 단단한 팔뚝을 제 주먹으로 콩콩 때리며 투덜거렸다. 언제나 원하는 걸 능숙하게 얻어 내는 건 도진이었고, 당하는 건 자신이었다. 그녀의 억울함이 느껴지지도 않는지 도진은 느긋하고 차분하게 대화를 이어 나갔다. 그녀가 좋아하는 듣기 좋은 낮은 음성에 옅은 웃음기가 섞여 있었다.

"생각해 보니까 뽀뽀만 하기에는 오늘 내가 너무 상처를 많이 받아서."

하나도 타격을 입지 않은 얼굴로 뻔뻔하게 상처 받았다고 말하는 도진이 어이가 없으면서도 귀여워 보인 지안은 헛웃음을 터뜨렸다.

미소를 짓는 도진을 흘겨보다가 유난히 차가운 자신의 손바닥으로 붉게 달아오른 볼을 식히기 시작했다. 도진의 앞에서 숨기지도 못하고 그대로 티가 나는 자신의 얼굴을 매만지느라 도진에게서 나는, 저보다도 훨씬 더 뜨거운 열기를 지안은 미처 눈치채지 못했다.

널 가지고 싶어

CHA 그룹 본사 사옥.

"제이 그룹 정이안 이사님께서 기다리고 계십니다."

영은 회의실에서 돌아오자마자 제게 건네는 비서의 말에 고개를 갸웃거렸다. 온다는 말이 없었는데 연락도 없이 찾아온 이안이 이상했지만, 사전 연락 없이 못 만날 사이도 아니기 때문에 영은 대수롭지 않게 고개를 끄덕이고는 제 집무실의 문을 열었다. 문을 열자마자 보인 건 팔짱을 끼고서 소파에 기대 두 눈을 감고 있는 이안이었다. 제 안방처럼 편하게 있는 자세에 헛웃음을 터뜨린 영이 문을 닫고서 훤하게 드러나 있는 이안의 둥근 이마에 딱밤을 가볍게 놓았다.

"아!"

경쾌한 소리와 함께 퍼지는 갑작스러운 통증에 눈을 뜨고 이마를 부여잡은 이안은 영을 향해 어이없는 시선을 보냈다. 그러자 영은 이안에게 오히려 핀잔을 주었다.

"엄살 부리지 마. 그 정도로 안 때렸어."

"내가 너 손 매운 거 알고 있으라고 했지?"

"알아서 그 정도였는데?"

영이 이안을 향해 짧게 메롱을 하며 어깨를 으쓱였다. 타인의 시선이 없어서인지 서른이 넘은 지 한참이어도 여전히 유치한 장난을 치는 둘이었다.

한두 번 당하는 것도 아니고, 끝까지 인정하지 않을 영을 알기에 넘어가기로 한 이안은 뻔뻔하게 웃는 영을 보다가 고개를 절레절레 저었다. 영 역시 이안의 생각을 알기에 입꼬리를 길게 늘어뜨리며 그의 맞은편에 털썩 앉았다.

"유안이한테 다녀왔어?"

평소와 다르게 패턴 하나 없는 심플한 원단의 검은 정장에 검은 넥타이까지 한 이안의 모습을 눈에 담은 영은 가볍게 물었다. 그러자 이안은 고개를 끄덕여 대답을 대신했고, 그들 사이에는 무거운 침묵이 아주 짧게 내려앉았다가 지나갔다.

함께한 시간이 긴 만큼, 함께 겪은 일도 많았다. 그리고 이건 그 무수히 많은 일들 중 하나였다. 시간이 지난 것을 따지고 보면 이제는 제법 아무렇지 않을 만도 한데 말할 때마다 고개를 드는 착잡함을 숨길 수 없었다. 영은 가라앉으려는 목소리를 끌어 올리려 노력했다.

"오늘 아니잖아."

"당일에는 출장이 있어서."

이안은 목을 조이고 있는 넥타이가 갑자기 갑갑해진 듯 느슨하게 끌러 내렸다. 그럼에도 갑갑함이 해소되지 않는 것을

266

보니 넥타이가 아닌 착잡한 마음에서 비롯된 답답함 같았다. 피곤해진 눈가를 문지르며 영을 향해 물었다.

"도진이는 괜찮아?"

"차도진은 항상 괜찮았지. 우리가 눈치를 못 채는 한……."

뒷말을 흐리며 아주 작게 중얼거리는 영의 목소리를 들은 이안은 고개를 끄덕였다. 도진은 내색하지 않았지만 이맘때쯤 그 역시 컨디션이 안 좋은 걸 다른 사람은 몰라도 영과 이안은 알았다. 그러나 도진은 전혀 티를 내지 않았고, 단 한 번도 쉬지 않았다.

"언제나 대단한 놈이잖아."

"그렇게 대단한 차도진도 고작 스무 살이었어."

영의 속상한 마음이 그 한마디에 전부 드러났다. 이안은 영의 마음이 전부 이해가 되었다. 10년 전에 일어났던 모든 일은 할 수만 있다면 전부 도려내고 싶을 정도로 기억하고 싶지 않은 일이니까. 그건 사고 당사자인 도진과 지안, 그리고 이 세상에 없는 유안에게만 해당되는 일이 아니었다. 그런 일인데 그 누구보다 덤덤했던 도진을 떠올린 이안이 입 안에서 혀만 굴렸다.

"온몸이 부서지는 사고였어. 그걸 겪고 괜찮을 리가 없는데, 걔는 이상할 정도로 처음부터 괜찮았다고."

"……."

"나는 그게 걱정돼. 언젠가 크게 탈이 날까 봐."

영의 입술에서 자신도 모르게 땅이 꺼질 듯한 한숨이 새어

나왔다. 그러다가 자신에게 온 의외의 연락에 두 눈을 동그랗게 뜨며 전화를 받았고, 이안 역시 영의 반응에 의아한 기색을 감추지 못했다. 통화를 마친 영은 이안과 함께 당황한 얼굴로 집무실을 나섰다.

영과 이안이 달려간 곳에서는 열이 펄펄 끓는 도진이 침대에 누워서 정신을 못 차리고 있었다.

"하 박사님께서 이제 곧 괜찮아질 거라고 하셨습니다."

놀란 얼굴로 도진을 살피는 영에게 김 비서가 차분한 어조로 상황을 설명했다.

출근 시간이 지났음에도 연락이 되지 않는 도진이 걱정된 김 비서가 집으로 찾아왔을 때, 고열로 정신을 차리지 못한 도진이 침대에서 일어나지 못하고 있었다. 주치의를 부르고 나서야 고른 숨으로 잠이 든 도진을 챙긴 김 비서는 오후에 있을 영과의 회의를 미루기 위해 그녀에게 연락을 한 것이었다.

"차도진이 아픈 날도 다 오네."

놀라움에 가까운 헛웃음을 터뜨린 영이 말과는 다르게 얼굴에는 걱정을 가득 담고서 도진을 살폈다.

살면서 아픈 티 한 번 내지 않고, 다시는 예전처럼 몸을 움직일 수 없을지도 모른다는 진단을 비웃기라도 하듯이 재활에 성공해, 그 모든 걸 의연하게 해낸 도진이었다.

268

영은 그런 제 동생을 보고 무슨 강철로 이루어진 사람인가 싶었다. 물론 강철이었다면 처음부터 10년 전에 그렇게 어깨가 박살 나지도 않았겠지만.

영의 옆에서 나란히 도진을 바라보던 이안이 김 비서에게 물었다.

"도진이한테 무슨 일 있었어요?"

"요즘 일이 많으셨습니다."

"얘한테 일이 많은 게 원, 투데이가 아닌데, 그걸로 앓아누웠다고……."

영이 이상하다는 눈빛을 김 비서에게 보내자 김 비서는 말없이 시선을 아래로 내렸다. 김 비서가 제 상사만큼이나 입이 무겁다는 것을 잘 알고 있는 영은 숨겨진 대답을 듣는 것을 포기했다. 그러다가 문득 든 생각에 손바닥을 부딪치며 소리를 내고 말했다.

"아침부터 상태가 이랬으면, 오늘 지안이한테는 연락 한 번도 못 했겠네?"

"여기서 갑자기 정지안 이름이 왜 나와."

"지안이가 걱정할 거 아니야."

이안은 헛웃음을 터뜨리며 갑자기 자신의 동생의 이름을 꺼낸 영을 기가 막히다는 얼굴로 바라보았다. 어떻게 생각이 여기에서 저기로 튈 수가 있는지. 그러다가도 생각하기를 멈췄다. 지난날 지안의 집에서 본 도진의 행동이 떠올랐기 때문이었다. 어쩌면 영의 생각이 마냥 기막히고 틀린 것이 아닐지도 몰랐다. 그래서 지안에게 전화를 하는 영의 모습을 잠자코 지켜보았다.

  — 지안아, 도진이가 아파. 근데 이 새끼가 자기 걱정돼서 찾아간 누나를 귀찮다고 내쫓지 뭐야? 아파서 정신도 못 차리는 주제에 힘만 더럽게 세서는.

스케줄이 끝난 지안은 도진이 아프다는 영의 연락을 받고서 당황스러운 마음을 안고 도진의 집으로 달려왔다.

불과 어제까지만 해도 그의 컨디션이 나쁘다는 것을 알아차리지 못했는데, 단순한 몸살이라지만 영에게서 연락이 올 정도라면 꽤 심한 듯싶었다.

지안은 사람을 옆에 두고 바보처럼 알아차리지 못했던 자신을 탓하며 비밀번호를 눌렀다. 조심스럽게 현관문을 연 그녀가 신발을 슬리퍼로 갈아 신고 천천히 안으로 들어가자마자 그녀를 반긴 것은 숨소리 하나 들리지 않을 만큼 무거운 정적이었다.

도진이 잠에 든 것인지 집 안에서 사람의 인기척이 하나도 느껴지지 않자 지안은 다리에 힘을 빼고서 조용히 걸음을 옮겼다. 끝없이 이어지는 대리석을 밟던 지안이 침실 앞에 다다라 걸음을 멈추고 숨을 골랐다. 행여 문소리에 그가 깰까 천천히 문을 열자 뜨거운 열기가 그녀를 덮쳤다.

침대 위에는 도진이 잠들어 있었고, 그가 내뿜는 열기가 방 안을 가득 채우고 있었다. 생각보다 더 상태가 안 좋아 보이는 도진의 모습에 지안이 다급하게 다가가 도진의 이마 위에 제 손을 얹었다. 얼음처럼 차가운 손이 펄펄 끓는 도진의 열기 앞 에서 금세 녹았다.

"하 박사님이 다녀갔다고 했는데 열이 왜 안 떨어지지……."

지안은 자리에서 벌떡 일어나 화장실에서 찬물을 적신 수건 을 가져와 도진의 이마 위로 올렸다. 그러고는 마른 수건으로 얼굴에 내맺힌 땀방울을 찍어 내었다.

금방 미지근하게 변하는 물수건만으로는 부족하다는 생각 이 들어 냉장고에서 얼음을 전부 꺼내 주머니에 담아 도진의 몸을 식히기 시작했다. 얼른 이 차가움이 도진의 열을 전부 앗아 가기를 바라면서.

그녀의 간절한 바람대로 열이 가득한 도진의 몸이 시원함을 느꼈는지, 그의 입가로 옅은 신음이 번졌다.

도진이 아픈 모습을 처음 본 지안은 덜컥 겁이 났다. 꼭 자 신 때문에 아픈 것만 같아서. 자신 때문에 쉬지 않고 무리하 게 움직였을 그라는 걸 알아서. 지안은 바닥에 무릎을 꿇고 앉아 도진의 큼지막한 손을 제 손으로 감쌌다. 그러고는 제 얼굴을 그 위로 묻으며 중얼거렸다.

"아프지 마요. 제발……."

제가 더 아픈 것처럼 나직이 도진을 향해 속삭이던 지안의 얼굴이 한순간에 석상처럼 굳어 버렸다.

"유안아, 제발……."

유안의 이름을 고통스럽게 내뱉은 도진의 얼굴은 비통하게 일그러져 있었다.

하얀 연기가 자욱하게 가득 찬 곳이었다. 코를 찌르는 매캐한 연기 속에 우두커니 서 있던 도진은 가만히 서서 끝없이 늘어진 길을 바라보았다.

꿈인지 현실인지 분간하려 애쓰는 동안, 시야를 가리던 모든 연기가 걷혔다. 무척이나 선명해진 거리는 그를 긴장 속으로 밀어 넣기에 충분했다.

이국적인 조각들로 꾸며진 건물의 외벽, 웅장하지만 층수가 높지는 않은 오래된 건물들은 절대 잊을 수 없는 도진의 기억 속 파편이었다. 한동안 꾸지 않았던 악몽이라는 것을 깨닫기까지 그리 오랜 시간이 걸리지 않았다.

그럼에도 깰 수 없는 이 꿈에 갇혀 버린 도진은 마른침을 삼켜야 했다. 셀 수 없이 많이 꿨던 꿈이라고 해서, 이 적막과 불길한 분위기가 익숙하고 이 허상에서 벌어질 일을 모두 알고 있다고 해서 무던하게 지나갈 자신은 없었다.

제법 불쾌하고 두려운 느낌마저 들게 만드는 이 공간을 막연하게 걷던 도진의 무거운 발걸음이 멈췄다. 그리고 순간 이동이라도 한 것처럼 눈앞에 갑자기 나타난 두 여자의 형상을 바라보았다. 그녀들의 뒤에서는 참혹하게 뒤집힌 자동차가 검은 연기를 내뿜으며 위태로운 상황을 연출했다.

이 꿈에서 결국 자신은 저들을 구하지 못한다는 것을 알고 있음에도, 도진은 달리기 시작했다. 그러자 유안이 지안의 손을 잡았다. 저런 장면은 없었는데. 도진은 어딘가 틀어진 상황에 불길한 기운을 지울 수 없었다.

"뭐 하는 거야."

나직이 중얼거린 도진의 말이 신호탄이라도 된 것처럼 빛이 번쩍하더니 차가 폭발했고, 주위는 순식간에 끝이 보이지 않는 화염에 휩싸여 불바다가 되었다. 저 멀리 활활 타오르는 불길이 바로 옆에 있는 것처럼 도진은 숨 막히는 열기와 타들어 가는 목의 통증을 느꼈다.

그러나 그 열기보다 도진의 숨을 막히게 한 건 그에게서 등을 돌리더니 손을 잡고 있던 지안을 불구덩이로 밀어 넣기 시작한 유안의 행동이었다. 지안은 발버둥을 치며 유안을 밀어내려 했으나, 유안의 거침없는 손길은 멈추지 않았다.

당황한 도진이 더욱 빠르게 지안을 향해 달려갔지만, 이상하게 거리는 좀처럼 가까워지지 않았다. 끊임없는 달리기에 호흡이 점점 가빠지는데도 여전히 지안이 손에 잡히지 않을 것 같은 느낌에 조급해진 도진이 힘겹게 입을 열었다.

"유안아, 제발……."

제발 그녀의 손을 놓으라고. 정말 이대로 저 불구덩이 속으로 들어가 모든 것이 사라질까 봐 나오지 않는 목소리를 쥐어짜 유안의 이름을 불렀다.

이마를 타고 흐른 땀이 턱 끝으로 떨어짐과 동시에 기적적으로 지안의 손끝을 잡아챈 도진이 '헉' 하고 숨을 토해 내며 눈을 떴다. 그리고 거짓말처럼 지안이 눈앞에 있었다.

놀란 눈빛을 하고 있는 지안을 보자마자 도진은 땀으로 흠뻑 젖은 몸을 일으켜 그녀를 당겨 제 품에 안았다. 긴 악몽의 끝에 보인 지안의 온전한 모습에 안도했지만, 들썩이며 오르내리는 가슴을 진정시키기에는 시간이 조금 필요했다.

흔들리는 눈빛을 하고 멀거니 올려다보는 지안의 눈동자에 비친 건 겁에 질려 볼품없는 표정으로 잔뜩 인상을 구기고 있는 자신의 얼굴이었다. 그러나 그런 것 따위는 하나도 중요하지 않았다.

화염에 휩싸여 고통에 허덕거리는 지안이 아직도 선명했다. 마치 환영이라도 보듯 끊임없이 그녀를 살피느라 하염없이 떨리는 도진의 시선을 확인한 지안이 조심스럽게 그를 불렀다.

"오빠?"

도진은 살짝 떨리는 그녀의 음성을 듣고 난 후에야 잃어버렸던 이성이 돌아오는 것을 느꼈다. 아아, 너는 이렇게 내 곁에 있구나. 붉은 화염에 휩싸인 뜨겁고 외로운 그곳에 홀로 있지 않았어. 동그란 이마 위로 갈라진 입술을 내렸다. 천천히 그리고 아주 오랫동안 지안의 이마 위에 입술을 대고 있던 도진이 안도의 숨을 몰아쉬었다.

흐트러진 품에 안긴 지안이 불편할 것을 알았지만 도진은 지안의 머리를 감싼 팔에 더욱 힘을 주었다. 어떤 일이 있어도 놓치지 않게, 어떤 일이 있어도 절대 빠져나가지 못하게. 그리고 자신을 밀어내지 않고 품에 안겨 있는 지안을 느끼며 눈을 감았다.

"다행이다."

정말 다행이었다. 자신을 지독하게 괴롭히는 악몽을 버티고 나면 결국 다치지 않은 네가 있으니까. 이렇게 내 눈앞에 있으니까. 도진은 그 한 가지 사실만으로 전부 괜찮아졌다.

다음 날, 지안은 하루 종일 머리가 맑지 않음을 느꼈다. 하필 빠듯하게 늘어진 스케줄 사이로 단비처럼 존재하는 휴일을 이렇게 보내고 있다니.

그녀는 이렇게 컨디션이 좋지 않은 이유를 잘 알았다. 지난밤에 절 보며 안도의 한숨을 내쉰 도진을 보고 지안은 속이 콱 막히는 것을 느껴야 했다.

그게 일어나기 전 도진이 유안의 이름을 간절하게 부른 탓인 건지, 아니면 자신을 보자마자 긴장감에 사로잡혔던 도진의 얼굴이 풀어진 탓인 건지 알 수는 없었다. 다만 확실한 건 도진이 꿈속에서 내내 고통스럽게 유안을 찾다가 꿈에서 깨어나자마자 안도의 한숨을 내쉬었다는 것이었다.

자신을 품에 안고서 나직이 다행이란 말을 흘린 도진은 다시 정신을 잃었다. 이걸 다행이라고 해야 하는 건지 잘 모르겠지만, 머리부터 발끝까지 젖을 만큼 땀을 흘리고 난 도진은 열이 쑥 가라앉았다.

전보다 조금 더 편안하게 숨을 쉬며 잠든 도진을 망연하게 바라보던 지안은 김 비서에게 연락해 도진을 부탁하고서 도망치듯이 그의 집을 빠져나오는 것밖에 할 수 있는 게 없었다.

지안은 손가락으로 느릿하게 자신의 이마를 매만졌다. 무엇이 다행이었을까. 열이 올라 뜨거웠던 도진의 입술이 닿았던 곳을 더듬거리며 한참을 도진이 나직이 뱉었던 말에 대해서 생각하던 지안의 귓가로 투박한 도어 록 기계음이 들리더니 문이 덜커덕 열렸다.

"왔어?"

지안은 마치 그녀가 올 줄 알고 있었다는 듯 자연스럽게 문을 열고 들어온 우정에게 인사했다. 그러나 우정은 집 안으로 자연스럽게 들이던 발을 멈칫해야 했다. 허리를 뒤틀며 뒷걸음을 치고 문밖을 한 번 확인한 우정은 헛웃음을 터뜨리며 태연한 지안을 향해 말했다.

"누가 보면 네가 집주인인 줄 알겠다."

아무 연락도 없이 자신의 집을 꿰차고 앉은 지안을 향한 핀잔이었지만, 우정 역시 딱히 개의치 않아 보였다.

자신이 모르는 사람도 아니고, 그녀가 자신의 물건을 훔쳐 갈 도둑은 더더욱 아니고, 설령 정말 도둑이라고 해도 어차피 이 집에서는 가져갈 것도 없고.

무신경한 우정의 태도에 지안은 작게 웃었다.

　"너 전화 와."

　냉장고에서 맥주 한 캔을 들고 자신이 앉아 있는 소파 옆자리에 털썩 앉은 우정은 무음으로 해 두었지만 요란하게 빛을 내고 있는 핸드폰을 무심하게 가리켰다. 지안은 애써 모른 척을 하고 있던 핸드폰에 시선이 가자 화면이 보이지 않게 뒤집었다. 그 행동을 모를 리 없는 우정의 예민한 눈이 지안에게로 향했다.

　"언니, 나 오늘 여기서 자고 가도 되지?"

　"네 집이 더 좋은데, 왜."

　"그냥……."

　가느다란 한숨과 함께 말끝을 흐리는 지안을 보며 우정은 어떻든 상관없다는 얼굴로 맥주를 들이켰다. 그녀에게서 무언의 허락을 얻은 지안은 여전히 뒤집혀 있는 핸드폰으로 시선을 주었다.

　몸은 좀 괜찮아졌을까?

　지안은 오늘 내내 도진을 슬그머니 피하는 중이었다. 아침에 온 메시지를 비롯하여 지금까지 그에게서 온 두 번의 전화 모두 받지 않았다. 연락이 안 되는 저를 도진이 걱정할 것도 알았고, 이런다고 달라질 것도 없었지만, 원치 않은 감정 소모로 많이 지쳐 버린 자신에겐 어느 정도 시간이 필요했다.

　무릎을 모아 그 위로 얼굴을 묻은 지안은 답답한 마음에 기나긴 한숨을 내쉬었다. 숨을 들이켰다가 내쉴 때마다 목에 가

시가 턱, 하고 걸린 것 같았다. 개운하지 않은 호흡에 늘어나는 건 한숨뿐이었다.

혼자 곰곰이 생각하던 지안은 나직이 중얼거렸다.

"꿈을 꾸다가 일어나고 앞에 있는 사람을 꿈에서 본 상대랑 헷갈릴 수도 있나?"

"어?"

"그 사람은 꿈속에 나왔던 사람이 아니어도 막 착각하고 그럴 수 있나?"

우정은 제게 하는 말인지, 혼잣말인지 모르게 말하는 지안을 보며 미간을 구겼다. 어쩐지 생각이 많아 보이더니 차도진이 무슨 꿈을 꾸고 헛소리를 했나, 아니면 헛짓거리를 했나. 우정은 저렇게 생각이 많아 보이는 지안의 고민이 도진과 관련된 문제라는 것을 단번에 알았다.

"응? 얼굴이 완전 다르게 생겼어도 사람을 착각할 수도 있어? 그래?"

아, 질문이었구나. 자신이 못 들은 줄 알고 다시 한번 더 묻는 지안을 향해 우정은 마시던 맥주를 입술에서 떼어 내며 어깨를 가볍게 으쓱이고는 대답했다.

"당연하지. 길 가다가도 모르는 사람 보고 아는 사람인 줄 알아서 인사할 때도 있는데, 잠에 취했을 때 뭔들 못 하겠어."

이게 아닌가?

너무 심각해 보여서 일부러 대수롭지 않게 말했건만, 정답이 아니었는지 지안의 표정이 더 어두워지는 것을 본 우정이 조용히 침묵하며 숨을 흘렸다. 아니나 다를까, 얼굴에 전부 드러난 대로 지안은 우정의 대답에 머리와 마음이 더 복잡하게 변한 상태였다.

나를 언니로 생각했던 것일까.

한껏 놀라면서 일어나 현실과 꿈이 분간이 안 되는 아득한 상태였던 도진이 나직이 부른 이름에 놀라기도 전에 끌려들어간 품은 마치 낭떠러지 끝에 서 있는 사람의 품처럼 아슬아슬하게 느껴졌다. 대체 무슨 꿈을 꾸고 있었길래, 이미 자신을 안고 있으면서도 불안한 사람처럼 계속 세게 끌어안던 도진이 잊히지 않았다.

꿈속에서 그가 놓지 않기 위해 애쓰던 사람은 자신이었을까, 아니면 그녀였을까. 지안의 밝은 눈동자가 생각에 잠겨 낮게 가라앉았다. 생각을 깊게 하고 싶지 않은데 계속 꼬리를 물고 늘어지는 우울한 기분에 결국 두 눈을 감았다. 가지런히 모은 무릎 안으로 더욱더 깊이 얼굴을 파묻었다. 형광등을 껐다 켜는 스위치처럼 눈을 감아 생각을 딱 멈추고 싶었다.

"언니."

"왜."

우정은 여전히 무릎에 고개를 묻은 채 다시 자신을 부르는 지안의 목소리에 결국 손에 쥐고 있던 맥주 캔을 테이블 위에 내려놓으며 그녀를 향해 돌아앉았다.

"내일, 유안 언니 기일이야."

"그건 이제 나도 알아."

"근데 자꾸 나쁜 생각을 하게 돼."

지안의 나쁜 생각이라는 말에 우정은 미간을 슬쩍 찡그렸다. 얼마 전 도진에게 연락했던 그때처럼, 아니 그보다도 더 자신의 감정을 이기지 못하고 잠식되어 있는 사람처럼 보였다. 지안은 과하지도 덜하지도 않게, 딱 우정에게만 들릴 정도로 나직이 중얼거렸다.

"그냥 그랬으면 좋겠어."

"뭐가."

"그럴 수 없다는 걸 알면서도……."

그저 바람이었다.

"그 사람만큼은 내일 그곳에 안 왔으면 좋겠어."

자신 하나만을 위한 아주 이기적인 바람.

지안은 결국 우정의 집에서 나와 자신의 집으로 돌아왔다.

자고 가도 괜찮다는 우정의 말에 그냥 한 번 해 본 소리라며 웃으며 인사하고 돌아온 집에서 그녀는 아무것도 하지 않고 시간을 흘러보냈다. 오늘따라 유독 더 짧게만 느껴지는 밤을 뜬눈으로 다 보냈다.

모두 잠에 들었을 시간에도 계속 켜져 있는 도심의 불빛들에 의지해 창밖을 바라보던 지안이 무심코 시계를 향해 고개를 돌렸다. 생각보다 많이 흐른 시간에 놀라 한쪽 눈을 찡그리며 시계에서 시선을 떼지 않았다.

지안은 더 이상 가지 않았으면 하고 바랐던 시계의 작은 바늘이 기어코 어느 한 숫자에 도달하자 작게 한숨을 내쉬며 몸을 일으켰다. 터덜터덜, 걸어 욕실로 들어가 씻고, 옷을 갈아입고, 가볍게 화장을 했다. 마치 감정이 없는 로봇처럼 기계적으로 움직여 준비를 마치고서 집을 나섰다.

어두컴컴한 도로를 쉬지 않고 달려온 시각은 새벽 4시, 지안은 인적이 느껴지지 않는 휑한 주차장에 주차를 마치고 차에서 내렸다. 탕, 문이 닫히는 소리가 무겁게 귀를 강타했다.

지안은 잠시 고개를 올려 멀리 하늘을 바라보았다. 출발할 때부터 눈발이 조금씩 흩날리더니 지금은 제법 거세게 캄캄한 이곳을 하얗게 수놓고 있었다.

효선에게 말한 오늘 촬영이 있다는 것은 거짓말이 아니었다. 다만 온전하게 오늘의 스케줄을 비운 그들과 충분히 시간을 맞출 수 있었음에도 그렇게 하지 않았다. 가족들 사이에서 심보가 못된 아이가 된 것 같은 기분을 자처해 느끼고 싶지 않았다.

'하하', '호호' 단란하고 다정한 사람들 가운데서 그들처럼 순수하게 유안을 그리워할 수 없었던 지안은 또 홀로 이곳에 오는 것을 선택했다.

멍하니 하늘을 바라보던 그녀가 고개를 내리고 뒷좌석의 문을 열었다.

지안이 차 안에서 꺼낸 것은 주위로 흩날리고 있는 새하얀 눈과 잘 어울리는 한 아름의 흰 백합 꽃다발이었다. 꽃송이가 망가지지 않도록 조심스럽게 한 팔 안에 꽃다발을 안은 그녀는 향을 진하게 풍기고 있는 백합에 시선을 두었다가 몸을 돌렸다.

삐ㅡ.

차 문을 잠그는 소리가 마치 정신을 차리라는 신호처럼 느껴진 지안은 차디찬 겨울바람 앞에 옷깃을 더 단단하게 여미고서 발을 한 발자국 앞으로 내디뎠다. 우산을 쓸 생각을 하지도 않고 어느새 굵어진 눈발을 그대로 맞으며 천천히 앞으로 나아갔다.

익숙한 듯 묵묵히 오르는 이 길이 올 때마다 쓸쓸하게 느껴지는 건 자신의 마음이 편하지 않아서일까. 걸으면 걸을수록 매섭게 치는 바람에 지안의 코끝과 귀 끝이 점점 붉게 변하기 시작했다.

그날도 이렇게 추웠었는데. 시린 코끝을 손가락으로 쓱 매만진 지안은 괜히 더 씩씩하게 걸었다. 그러나 지안은 눈앞에 있는 익숙한 인영을 발견하자마자 그대로 걸음을 멈추었다.

오늘따라 목적지에 다다를수록 이상하게 기분이 내키지 않더라니, 이러려고 그랬던 것일까. 이 모습을 보려고.

조금 멀리 떨어진 곳인 유안이 잠들어 있는 납골함 앞에서 고인에 대한 예를 갖추고 있는, 검은색 정장과 검은색 넥타이를 하고 서 있는 사람은 도진이었다. 그의 발 앞에는 자신의 품에 있는 것과 똑같이 새하얀 백합이 자리 잡고 있었다.

이 시간에 혼자서 왜…….

"하."

지안은 저도 모르게 그만 실소를 터뜨렸다. 어제 자신이 우정에게 한 말이 떠올랐기 때문이다.

─ 그 사람만큼은 내일 그곳에 안 왔으면 좋겠어.

정말 바보 같았다. 그런 생각을 하고 입 밖으로 꺼냈던 자신이 너무 바보처럼 느껴져서 비참했다. 오늘 도진이 이곳을 찾는 건 제가 이곳을 오는 것만큼이나 당연했다. 그걸 모르고 힘들게 뱉은 말이 아니었다. 하지만 왜 하필 지금인 건지. 어떻게 이렇게 마주칠 수 있는 건지.

스물네 시간이라는 긴 시간 중에 하필 지금 자신을 비웃기라도 하는 듯이 눈앞에 떡하니 도진이 있었다. 단 1분의 시간이라도 서로 어긋날 수도 있었는데 모두를 피해 혼자 외롭게 온 이 시간에 도진이 있었다.

지안은 도진을 보자마자 얼어붙은 두 발을 여전히 움직이지 못하고 제자리에 가만히 서 있었다. 마치 도진과 유안, 두 사람만의 시간처럼 느껴져 감히 제가 방해하면 안 될 것만 같았다.

"오늘만큼은 꼭 해야 할 말이 있어."

착각이기를 바라지만 제가 좋아하는 도진만의 굵고 낮은 음성이 꽤 다정하게 들렸다. 지안은 그런 도진의 뒷모습을 멍하니 바라보며 후들거리려는 다리에 힘을 주었다. 정확하게 정의를 내릴 수 없는 불안감이 밀려오자 그것을 애써 떨쳐 내며 손에 있는 꽃다발을 더 꽉 쥐었다.

아직 자신의 인기척을 느끼지 못한 것인지, 도진은 잔잔한 음성으로 유안을 바라보며 말을 이었다.

"나, 지안이랑 결혼해."

"……."

"네 앞에서는 염치없지만 이제 다른 사람 생각 안 하고, 그 아이만 생각할 거야."

이런 상황만 아니었다면 기쁘게 들었을 말이었다. 자신이 사랑하는 남자가 자신만을 생각한다는데 어떻게 안 기쁠 수가 있을까. 그러나 지안의 눈동자에는 어룽어룽 눈물이 고이기 시작했다.

"미안하다."

눈가에 맺힌 눈물을 흘리지 않으려 잔뜩 힘을 주고 있는데 대뜸 내뱉어진 사과에 지안은 여전히 일렁이는 눈빛을 거두지 않고서 도진의 뒷모습을 응시했다.

"너를 잊지 않아. 내 죗값이니 평생 기억할게."

— 내가 평생 기억할게. 내가 다 안고 갈게.

지안은 단번에 아무도 없던 텅 빈 새벽에 유안의 영정 사진 앞에서 눈물을 흘렸던 과거의 도진을 떠올렸다. 처음 보는 그의 눈물보다 더 뇌리에 깊이 박혀 버린, 보는 제가 다 가슴 아플 만큼 절절했던 그의 마지막 고백과도 같은 그 말.

그 누구에게도 강인하고 어떤 일에도 내색하지 않던 도진이 유안의 앞에만 서면 나약해지는 것 같았다. 스물의 어린 도진과 서른이 된 지금의 도진이 서로 겹쳐졌다.

"그러니까 나 좀 이해해 줘."

그와 어울리지 않게 쓸쓸하게 웃는 도진의 모습을 마지막으로 지안은 도망치듯이 몸을 돌려 그 자리를 벗어났다. 유안을 위해 준비했던 예쁘게 묶인 꽃다발은 그녀의 품에서 떨어져 그대로 바닥에 내팽개쳐졌다. 그러나 그걸 돌아볼 여유가 있지 않던 지안은 걷는 속도를 늦추지 않았다.

들키면 안 돼.

이런 날, 이런 시간에 저런 모습으로 있는 도진과 눈을 마주할 자신이 없었다. 또 충동적으로 어떤 말이 튀어나올지 저도 몰랐다. 이곳을 빠져나갈 때까지 도진이 자신을 발견하지 못하도록 소리 없이 걸었다. 다리에 힘이 쑥 빠지는 것을 느꼈지만, 어떻게든 걸었다. 여기서 초라하게 주저앉을 수는 없었다.

정신이 쏙 빠진 채 어떻게 내려왔는지 기억이 나지 않았지만 도진에게서, 그리고 유안에게서 멀어졌다고 생각했을 때, 지안은 비로소 내내 참고 있던 숨을 터뜨릴 수 있었다.

"너를 잊지 않아……."

지안은 아주 작은 목소리로 제가 들었던 마지막 말을 똑같이 중얼거리다가 끝을 흐렸다. 뒤에 무슨 말이 더 있었던 것 같았는데 유안을 잊지 않겠다던 단호한 목소리가 이미 그녀의 귀를 멀게 했다. 그러나 생각이 나지 않는 건 중요하지 않았다. 어차피 가장 중요한 것은 말 그대로 도진이 유안을 잊지 않겠다는 것, 하나였다.

시간이 많이 흘렀다고 생각했다. 이미 도진에게 있어서 유안은 지나간 사람이라고 생각했다. 알고 보니 제 마음 하나 편하자고 그렇게 믿고 있었던 것이었다.

문득 제 이기적인 선택이 저 하나뿐만 아니라 도진까지 나쁜 사람으로 만들고 있다는 생각이 들었다.

아무도 몰래 자신에게서, 그리고 도진에게서 유안을 지워 내기 위해 무던히도 노력했던 지안은 갑자기 물밀듯이 밀려오는 허탈함에 정신을 차리지 못했다.

그동안 도진과 공유했던 평범하고 소소했던 일상과 가슴을 두근거리게 했던 모든 일이 입 안을 텁텁하게 만들었다.

빨리 여기를 벗어나고 싶었다. 금방이라도 울 것처럼 눈물을 머금은 채 운전석의 문을 열려고 손을 뻗은 그 순간, 지안의 몸이 휙 돌아갔다. 아무런 저항 없이 돌아간 몸보다 더 놀라운 것은 어깨를 단단하게 붙잡고 있는 손의 주인이었다.

"그냥 가는 거야?"

커다란 손으로 지안의 손을 낚아채고서 고개를 살짝 기울이며 묻는 도진의 얼굴에는 의아한 빛이 확연하게 서려 있었다. 지안은 저를 보고도 아무렇지 않은 얼굴에 울컥했고, 고작 하루 아팠다고 야윈 얼굴에 마음이 쓰여 또 한 번 울컥했다.

"이 시간에 위험하게 왜 혼자 오고 그래."

"……"

"그리고 나 있는 거 봤으면서, 왜 그냥 가?"

286

잠긴 목소리로 다정하게 묻는 도진을 물끄러미 올려다본 지안은 도진의 눈을 제대로 마주하지 못하고 눈언저리쯤을 대충 바라보며 간신히 대답했다. 흔들리는 목소리를 감추기 위해 목에 잔뜩 힘을 주었다.

"아무에게도 보여 주고 싶지 않을 것 같아서……."

"……."

"그러니까 이 시간에 혼자 왔을 거잖아요."

다 알고 있다는 듯이 체념한 지안의 힘없는 목소리에 도진의 눈매가 짙어졌다. 그러나 그의 얼굴을 제대로 마주하지 않은 지안은 도진의 눈빛을 눈치채지 못했다. 어떤 말로 형용할 수 없는 긴장감이 둘 사이에 맴돌았다.

"오빠한테 유안 언니는 어떤 존재인가요?"

지겹도록 반복되는 똑같은 감정의 늪에 빠져, 없던 용기가 생겼다고 해야 하나. 생각을 거치지 않고 튀어나온 말에 지안조차 스스로에게 놀라며 피하고 있던 도진의 눈을 마주했다. 흔들림 없는 까만 눈동자는 지안을 눈에 담고 있었다.

생각보다 오래 걸리는 대답에 지안의 얼굴이 살짝 일그러지려고 할 때, 도진은 단조로운 목소리로 말했다.

"정지안의 언니."

그 내용이 지극히 간단하고 평이해서 결국 그녀의 표정은 구겨졌다.

"그게 다예요?"

"더 필요한가?"

"오빠."

부족한 듯해 보이는 지안의 반응에 도진이 오히려 인상을 찡그리며 되물었다.

"정지안의 언니, 정이안의 동생, 제이 그룹 정씨 남매의 죽은 둘째. 뭐 이런 거?"

도진이 무감하게 말하는 단어들은 타인이 유안을 지칭할 때 쓰는 말이었다. 그 어디에도 도진의 진정한 생각은 담겨 있지 않았다. 똑똑하고 눈치 빠른 도진이 자신의 질문을 이해하지 못했을 리가 없는데, 제게 솔직하지 못한 그가 미웠다.

"차도진한테 정유안이 무슨 의미냐고 묻는 거예요."

"꼭 의미가 있어야 하나?"

"그게 무슨 뜻이에요?"

"말 그대로 아무 의미 없다는 뜻이야."

"그럴 리가……."

이상할 만큼 어떠한 감정도 담지 않고 내뱉는 대답에 지안이 믿을 수 없다는 듯이 고개를 저었다. 도진은 그런 지안의 반응에 자조적인 표정으로 '피식' 웃음을 흘렸다.

"그래, 굳이 필요하다면……."

"……."

"굳이 내게 정유안의 의미가 있다면, 아마도 그건……."

억지로 끼워 맞추려는 듯이 이어진 도진의 대답에 굳게 다문 지안의 입술이 미세하게 떨리기 시작했다.

"죄책감이겠지."

대답과 동시에 과거를 떠올린 도진의 눈빛이 짙어졌다.

13년 전.

"선배, 좋아해요."

도진은 뜬금없는 유안의 고백에 겉으로는 티가 나지 않게 눈썹만 살짝 들어 올렸다.

그가 고백을 받는 것은 하루 스케줄에 이미 짜여 있는 것처럼 당연하게 일어나는 일이었지만, 다른 사람들처럼 무시하기에는 마음에 걸렸다.

유안은 이안의 동생이었으며, 지안의 언니였다. 이안과 지안은 자신뿐만 아니라 자신의 가족 전부와 앞으로도 계속 볼 사이였으며, 유안은 그들과 남매로 묶여 있었다.

복잡하고 어색한 관계가 되는 것은 딱 질색이었다. 정확하게는 유안을 신경 쓰는 것이 아니라 어색하게 느끼고 괜히 눈치를 볼 지안이 신경 쓰였다.

도진의 침묵이 기회였는지 두 눈을 꽉 감은 유안이 까치발을 있는 힘껏 들어 도진의 입술에 자신의 입을 맞췄다.

갑작스러운 입맞춤에도 도진은 동요하지 않았고 여전히 무감한 얼굴이었다. 당황하지도 않았고, 전혀 부끄러워하지도 않았으며, 그저 서늘한 얼굴로 얼굴이 잔뜩 달아오른 유안을 내려다볼 뿐이었다. 그 얼굴이 자존심을 상하게 했지만 기분이 나쁘지는 않았던 유안은 손가락을 꼼지락거리며 도진이 할 말을 기다렸다.

"없던 일로 할게."

마치 감정이 하나도 없는 사람처럼 단칼에 없던 일로 치부한 도진은 유안에게서 미련 없이 등을 돌렸다. 도진은 이 정도면 유안이 마음을 정리하는 데 충분할 것이라고 생각했다.

도진은 시간이 지나도 여전히 제 앞에서 얼굴을 붉히는 유안을 알고 있었으나, 크게 신경 쓰지 않았다. 사실 관심이 없었다는 것이 더 맞았을 것이다. 어쩌면 그녀에게 미안한 말이지만, 그녀는 도진의 선 안에 끼지도 못했으니까.

제 신경을 오롯이 가져가는 사람이 있다면 그건 이 울타리 안에서도 가장 어린 지안이었다. 그렇기에 유안은 그저 제가 좋아하는 형인 이안의 여동생, 제가 신경 써야 할 지안의 언니일 뿐이었다.

유안의 졸업 여행이라는 명분으로 떠난 여행에서도 오랜 비행 시간으로 인해 지쳐 있는 지안의 얼굴이 마음에 걸렸다. 지친 그 얼굴을 지나치지 못해 결국 피곤해하면서도 운전대를 다시 잡았으니까.

"까불다가 다친다."

조수석에는 유안이 앉아 있었으나 도진의 눈길은 미러를 통해 지안만을 주시하고 있었다. 보기만 해도 웅장하고 아름다운 건물에 시선을 뺏겨 신이 난 지안이 혹시라도 위험할까 봐. 그녀가 다칠까 봐 걱정한 것은 맞았지만, 이렇게는 아니었다.

지나치게 거슬리는 엔진 소리에 시선을 옆으로 돌리자, 엄청난 속도로 SUV가 이쪽으로 돌진하고 있는 것이 보였다. 도진은 반사적으로 핸들을 틀었으나, 빠른 속도를 이기지 못하고 두 차가 충돌했다.

끼이이익— 쾅!

"지안아! 정신 차려 봐!"

도진은 처음으로 느꼈다. 자신도 이렇게 큰 두려움을 느낄 수 있는 존재라는 것을 말이다.

세상에 태어나 눈을 떠 보니 가질 수 있는 건 이미 다 가진 상태였다. 그랬기에 세상 무서울 게 없었고, 모든 것을 다 가진 생활이 무료하기까지 했다. 그러니 지금 도진이 느끼는 두려움은 생전 처음 느끼는 생경한 감각이었다. 머리에서 피를 흘리며 쓰러진 지안을 품에 안았을 때, 움직이지 않는 어깨, 늘어난 다리의 인대 같은 건 하나도 느끼지 못했다.

그저 눈앞에 쓰러진 이 작은 아이가 꼭 사라질 것만 같단 막연한 공포만이 도진의 온몸을 휘감을 뿐이었다.

"제발…… 제발 살아야 해……."

자신조차 무어라 중얼거리는지 깨닫지 못한 채 도진은 지안을 사고가 난 지점에서 멀리 떨어뜨리고 나서야, 여전히 차에 남겨져 있는 유안을 뒤늦게 떠올렸다.

어이가 없고, 우습게도 유안을 전혀 생각하지 못했다. 자리에서 일어나 그녀에게 다가가려는 순간, 검은 연기에 뒤덮인 차에서 작은 스파크가 튀며 불길이 일자 한 치의 머뭇거림도 없이 지안을 감싸 안았다. 폭발로부터, 그 어떤 위험으로부터 제가 다 막아 내겠다는 생각 하나로 꽉 안았다.

병실에서 눈을 뜨고 울고 있는 누나인 영으로부터 정유안이 죽었다는 말을 들었을 때조차, 뻔뻔하게 그 순간조차 제가 느낀 건 지안이가 살았다는 것에서 온 안도감이었다. 제가 지켜 낸 정지안은 무사하다는 말이 얼마나 다행이었던지.

한국으로 돌아와서 성치 않은 몸을 이끌고 향한 곳은 장례식장이었다. 아무도 없을 새벽을 틈타 감히 자격이 없는 자신이 더 늦기 전에 꼭 해야 할 말이 있었다. 한 팔로 목발을 짚으면서 고요한 길을 걸었다. 환자복이 전부 젖을 만큼 움직이기 힘들었으나, 개의치 않았다.

도진은 그렇게 힘겹게 도착한 환하게 웃고 있는 정유안의 영정 사진 앞에 서서 한참을 바라보다가 입을 떼었다.

"내가 너에게 감히 이런 말을 해도 될지 모르겠는데……."

도진은 목발을 짚은 손에 힘을 더했다. 얼마나 세게 잡았는지, 손등의 파란 힘줄이 툭툭 불거졌다. 어떻게든 이를 악물고 격해지는 이 감정을 참아 내었다.

"미안하다."

죽은 사람의 앞에서 뒤늦게 하는 사과가 의미가 있을지는 잘 모르겠다. 그러나 이제 와서 아무 소용이 없더라도, 그럼에도 도진은 이 자리에서 꼭 해야만 했다.

"지안이가 살아 있는 걸 다행이라고 생각하는 나를 용서하지 마."

절대 용서하지 마.

죽은 사람 앞에서 못할 말이라는 걸 알았지만, 단 한 순간도 지금을 후회하지 않는 잔인한 제 모습에 도진은 헛웃음을 터뜨리고는 밀려오는 감정을 참아야 했다.

지안은 묘하게 바뀌어 버린 공기에 마른침을 삼켰다. 연기를 하다 보면 그럴 때가 있다.

이미 다음 장면의 내용을 알고 있어도, 이 사람이 어떤 말을 할지 알고 있어도, 그래서 이들이 결국 어떤 일을 겪게 될지 모두 알고 있어도, 그들에게 닥쳐올 곤경과 불안에 연기를 시작하기도 전에 덜컥, 겁부터 날 때가 있었다.

이건 많은 작품을 했다고 해서, 경험이 많아진다고 해서 나아지는 것이 아니었다.

결국 제가 거짓으로 연기하는 캐릭터 중 하나일 뿐인데 그 순간만큼은 제가 몰입하는 역할이 현실이 되어 저와 모든 감정을 공유했기에 무서웠고 떨렸다. 나 자신이 만들어진 가상의 인물에게 잡아먹히는 것이었다.

하필 지금 이 순간에 왜 그런 생각이 났을까. 그때 좋아했던 여자를 지키지 못했다는 뜻임이 분명할 텐데.

지난 시간을 떠올리며 씁쓸하게 변한 도진의 얼굴을 본 지안은 도진이 어떤 말을 할지 아무것도 모르면서 지레짐작으로 덜컥, 겁부터 나는 자신에게 어이가 없었지만 이미 고개를 든 불안감이 사라지지는 않았다.

"아주 솔직하게, 나는 그 순간에 정유안 생각은 하나도 나지 않았어."

그리고 그 불안감은 현실로 다가와 지안을 덮쳤다. 어떤 말이 나올지 수만 개를 생각했지만 이건 상상도 하지 못한 말이었다. 전혀 예상하지 못했던 도진의 말에 지안은 누군가 망치로 머리를 때린 것처럼 큰 충격을 받았다. 지금 무슨 말을 들은 건지, 어떤 말을 해야 할지 아무것도 모르겠는데 이미 자신의 눈가는 붉게 달아올라 있었다. 도진은 점점 붉어지는 지안의 눈을 슬프게 바라보았으나 그가 내뱉는 목소리만큼은 여전히 단호했다.

"내 마음이 이러니까, 죽어서도 볼 면목이 없지."

"……."

"이 잔인함이 고작 '죄책감'이라는 한 단어에 담길 수 있다면, 그게 나한테 남아 있는 정유안의 존재야."

자신도 모르게 입을 손으로 틀어막은 지안이 할 수 있는 건 떨리는 눈으로 도진을 바라보는 것뿐이었다. 그런 그녀를 이해한다는 듯이 자조적으로 웃던 도진이 차마 지안을 어루만지지 못하고 허공을 움켜쥐었다.

갑자기 맞이한 폭풍이 숨소리마저 앗아 가 버린 듯 지안과 도진 사이에는 지나친 적요함만 남겨져 있었다.

지안은 도진의 앞에서 숨 쉬는 것도 잊어버린 채 어떤 말을 꺼내야 하는 건지 끊임없이 생각했지만, 쉽게 입술이 떨어지지 않아 그 어떤 말도 할 수 없었다. 도진 역시 그녀를 기다렸다.

그렇게 새벽의 찬 기운이 가득한 곳에서 서로를 마주 본 상태로 한참을 가만히 있던 두 사람이었다.

어느덧 밤하늘을 메우던 달빛이 서서히 걷히고 있는 것이 느껴졌다. 춤추며 흩날리던 눈송이들은 사뿐히 바닥에 내려앉음과 동시에 자취를 감췄다.

대화로부터 도망쳤던 지안이 이번에는 먼저 용기를 내어 정적을 깨뜨렸다. 그러나 그 용기가 무색하게도, 입으로는 말을 더듬거리며 바보 같은 질문이 흘러나왔다.

"둘······이 서로 좋아하던 사이, 아니었어요?"

"누구."

"······."

"나랑 정유안이?"

저 작은 입술에서 무슨 말이 나올지 긴장하던 도진은 그녀의 입에서 나올 것이라 절대 상상도 하지 못했던 황당한 질문에 저도 모르게 실소를 터뜨렸다. 지안은 긍정도, 부정도 아닌, 아예 있을 수 없는 일처럼 반응하는 도진의 모습에 눈앞이 아찔해지며 현기증이 일었다.

내가 알고 있고, 믿고 있던 것이 사실 진실이 아니라면, 그렇다면 나는 도대체 그동안 왜 그렇게 살아온 거지?

지안은 바들바들 경련이 일어난 입술에 힘을 준 채 도진에게 정말 아니냐며, 다시 한번 확인을 했다.

"그때 분명 우리 집에서 둘이 입을……."

그러나 차마 문장을 끝맺지 못했다. 유안이 도진을 좋아한다고 했고, 그가 그녀에게 다정하다고 말했으며, 자신은 아무도 없는 2층에서 둘이 입을 맞추고 있는 모습을 보았다. 이보다 더 확실한 증거가 어디 있을까. 그런데 지금 도진의 모습에 왜 이 모든 것이 전부 자신의 오해였던 것처럼 느껴질까.

"입?"

도진은 조각난 지안의 말에 이미 흐릿해진 오래된 기억을 더듬어야 했다. 유안과 자신이 지안이 있던 집에서 그녀에게 어떤 오해를 받을 만한 행동을 했던 것인지. 곰곰이 생각하던 도진은 이내 '아', 짧은 탄성을 내뱉었다.

"정유안이 기습적으로 뽀뽀한 거?"

"기습이요?"

"청춘의 패기로 벌어진 충동적인 행동에 당한 나는 피해자였으니까."

사소한 해프닝이었다는 듯 아무렇지 않게 하는 도진의 말에 지안은 헛숨을 들이켰다. 눈을 질끈 감고서 파르르 떨리고 있는 손끝을 안으로 말았다. 믿고 있던 세상이 무너지는 기분이었다.

그 긴 세월 동안 자신은 얼마나 멍청하게 살아온 것인가. 대체 누굴 위해 끝없이 도망쳤고, 대체 무엇을 위해 나 자신을 미워했는지. 힘들었던 지난 시간이 한 번에 머릿속에 가득 들어차자 속이 꽉 막힌 것 같았다.

지안은 주먹을 쥐고서 제 가슴을 한없이 세게 내리쳤다. 당장이라도 답답함에 죽어 버릴 것 같았다. 아픈 줄도 모르고 연달아 내리치자 도진이 다급하게 지안의 팔목을 잡아당겨 멈추게 했다.

"지안아."

"나는요…… 나는……!"

도진에게 팔이 붙들린 채 꽉 막힌 속을 넘어 간신히 밖으로 낸 지안의 목소리는 위태로웠다. 도진은 자신에게 전혀 대수롭지 않은 지난날의 이야기를 들은 지안이 이토록 격하게 반응하는 것이 이해가 가지 않았지만, 혹여 그녀가 쓰러질까 행동 하나하나에 온 신경을 기울였다.

"나는요, 둘이 서로 좋아하는 줄 알았어요."

지안이 나지막이 말하는 음성에는 물기가 잔뜩 서려 있었다. 당연하다고 생각해 믿고 있던 일이 자신의 말도 안 되는 오해였다는 사실을 받아들이자 몰려오는 허탈함에 정신을 차릴 수 없었다. 결국 두 손에 얼굴을 묻고서 무거운 숨을 내쉬었다.

"그래서 이런 마음을 품은 내가 둘한테 미안해서……."

지안은 당장 도진이 알아들을 수 없는 말이라도 지금 해야만 했다. 그래야 울렁거리는 이 속을 조금이나마 진정시킬 수 있을 것 같았다. 도진은 지안이 그냥 하고 싶은 말을 할 수 있도록 놔두었다.

"그래도 내 마음이라고, 그게 나한테는 안쓰러워서……."

지안은 얼굴을 가렸던 두 손을 힘없이 아래로 떨구었다. 비틀거리는 몸을 도진에게 의지하려 한 걸음 가까이 그에게 다가섰다. 넓은 가슴에 머리를 기대며 다시 두 눈을 감았다. 금방이라도 어린아이처럼 울음이 터질 것 같았다.

"나, 그래서 도망쳤어요."

지안은 도진의 앞에서 이런 말을 하게 될 날이 올 거라 단 한 번도 생각해 본 적 없었다.

"내 마음을 나조차도 견디기 너무 힘들어서……. 그래서 현실에서 매일 도망치기만 했었어요."

눈을 감고 조용한 목소리로 중얼거리듯이 말을 했다. 이렇게 작은 목소리가 도진에게 닿을까 싶었지만, 그는 듣고 있다는 것을 알려 주려는 듯 그녀의 어깨를 끌어안고 토닥였다. 그런 도진의 품이 너무 따뜻해서 눈물이 났다.

비틀―.

"지안아!"

지안은 기어코 다리에 힘이 전부 풀려 비틀거리며 아래로 주저앉았다. 넘어지기 전에 주저앉은 도진이 재빠르게 붙잡지 않았다면 그대로 쓰러졌을지도 몰랐다. 머리도 몸도 지나치게 무거웠는데, 이상하리만큼 마음 한구석이 가벼워졌다. 이 와중에도 마음의 무게를 덜고 있는 자신을 비웃으며 지안은 중얼거렸다.

"우리는 전부 불쌍한 사람들이었네요."

도진은 힘겹게 말하는 지안을 말없이 쳐다보기만 했다. 어쩌면 그조차 그렇게 생각하고 있을지 몰랐다. 이보다도 더 우리를 표현하기에 잘 어울리는 말은 없었다.

도진은 그가 구하지 못한 유안에 대한 죄책감을 버리지 못하고 살고 있었고, 자신은 그런 도진과 유안의 사이를 오해해 단 한 번도 마음에 둔 도진을 제대로 바라보지 못하고 살았다. 그리고 이미 세상에 없는 유안까지. 자신은 심지어 일찍 목숨을 잃은 그녀를 미워하고 원망하기까지 했었다. 그녀에게 찾아가 도진이 온전히 자신에게 올 수 있게 좀 놔 달라고 했던 말이 아직도 선명했다.

그래 봤자 이제는 자신을 오랫동안 괴롭힌 마음과 생각, 모두가 부질없는 감정이 되어 버렸다. 이걸 좋아해야 하는 건지, 아니면 울어야 하는 건지, 아무리 생각해도 갈피를 잡지 못하던 지안이 도진을 불렀다.

"오빠……."

"일단 가자."

그러나 도진은 더 이상 지안을 기다려 주지 않았다. 언제까지 시린 바람이 부는 이곳에 몸이 좋지 않아 보이는 그녀를 무방비한 상태로 놔둘 수 없었던 도진이 지안을 안아 들었다.

저벅저벅, 큰 보폭으로 걸어간 도진은 조수석의 문을 열고 지안을 앉혔다. 의자를 뒤로 조정해 누울 수 있도록 만들어 세심하게 그녀를 챙겼다. 안전벨트까지 채운 도진이 문을 닫고 차를 돌아 운전석에 올라탔다. 지안은 자연스럽게 스타트 버튼을 누르는 도진에게 물었다.

"……오빠 차는 어떡하고요?"

"그런 걸 생각할 여유는 있어?"

도진이 별걱정을 다 한다는 말투로 그녀를 작게 타박했다. 천천히 움직인 것 같은데, 어느새 유안이 있는 납골당은 시야에서 사라졌다. 사이드 미러로 점점 멀어져 이내 사라지는 납골당만 멍하니 보던 지안이 고개를 돌려 도진을 바라보았다. 그리고 그에게 무슨 말을 더 하고 싶은데 어떤 말을 해야 할지 몰라 입술만 달싹이다가 말하는 것을 포기했다. 도진은 그런 지안을 힐끔 보고는 그녀에게 손을 뻗었다. 따뜻한 손바닥이 차가운 그녀의 손을 덮었다.

"일단 좀 자."

도진의 말에 이미 모든 에너지를 다 써서 말할 기운조차 잃어버린 지안은 고개를 끄덕이며 눈을 감았다.

깜빡 잠이 들었다 깬 지안이 천천히 눈꺼풀을 들어 올리니 도진은 주차를 하고 있었다. 자신의 집인가 싶었으나, 그렇다기에는 주차장의 공간이 꽤 컸다.

"어디예요?"

"호텔."

호텔이라는 도진의 말에 지안은 몸을 일으켜 주위를 둘러보왔다. CHA 호텔을 상징하는 로고가 벽면에 그려져 있는 것을 발견한 그녀가 눈을 동그랗게 뜨며 도진을 향해 고개를 돌렸다.

"여기로 오면 어떡해요!"

"제일 가까웠어."

어쩔 수 없었다는 듯이 어깨를 으쓱이며 말한 도진이 차에서 내리며 입고 있던 코트를 벗었다. 그러더니 조수석 문을 열고 잘 내릴 수 있도록 에스코트하는 자연스러운 움직임에 지안도 얼떨결에 차에서 내렸다.

차에서 내린 지안이 가만히 도진을 올려다보자, 그는 앞에 서서 팔에 걸친 코트를 지안의 어깨 위에 둘렀다. 키가 큰 그에게는 딱 보기 좋은 적당한 길이였는데, 자신에게로 오니 바닥에 끌릴 만큼 길고 컸다. 마치 옷에 삼켜진 것 같았다.

도진 역시 똑같이 느꼈는지 살짝 웃고는 그녀의 어깨를 감싸 안고서 엘리베이터로 이끌었다. 두 사람이 올라탄 엘리베이터는 이 건물의 가장 높은 곳으로 빠르게 올라갔다.

평소라면 주위를 둘러보고 사람들이 있지 않을까 살펴봤겠지만, 이미 모든 것이 벅찼던 지안은 더 이상 생각하기를 그만두고 그저 도진을 믿고 의지한 채 걷기만 할 뿐이었다.

도진이 능숙하게 문을 열자 널찍한 거실이 눈에 들어왔다. 그러나 도진은 목적지가 처음부터 정해져 있었다는 듯 지안의 손을 잡고 거침없이 발걸음을 옮겼다.

여유롭게 돌아가고 있는 천장의 실링 팬 아래를 가로질러 들어간 곳은 침실이었다. 깔끔하게 정리된 침대 위의 이불을 휙 젖힌 도진은 지안을 그 위로 앉혔다. 당황한 지안이 다시 일어나려고 하자 도진은 그녀의 어깨를 양손으로 누르며 다시 앉혔다.

"몸이 차."

"괜찮아요."

"안 괜찮아. 이거 덮고 있어."

허리를 숙이고 조심스러운 손길로 자신에게 이불을 둘러 주는 도진의 얼굴을 물끄러미 바라보던 지안이 오늘은 더 이상 하지 못할 것 같았던 이야기를 꺼냈다.

"파리에서 우리가 사고 난 이후로 오빠와 나는 제대로 마주할 수 없었죠."

도진은 따뜻한 차를 요청하려 침대 옆에 비치되어 있는 태블릿으로 뻗었던 손을 그대로 멈췄다. 그러나 곧 아무렇지 않게 멈췄던 행동을 자연스럽게 이어 나가며 간결하게 대답했다.

"네가 나를 피했으니까."

지안은 도진에게서 나온 답이 놀라웠다. 자신이 그를 피한 것도 맞았고, 어쩔 수 없는 상황에서는 도진과 단둘이 마주하지 않으려고 부단히 애를 쓴 것도 맞았다. 그러나 그걸 도진이 알고 있을 것이라고 생각하지는 못했다.

그의 주변에는 항상 사람이 많았고, 워낙 타인에 대해 관심이 없는 남자였으니까. 하지만 언제나 도진이 모르는 것이 없었다는 생각이 불쑥 들자, 지안은 허탈하게 웃었다.

"알고 있었어요?"

"모르는 게 더 이상한 거 아닌가?"

화면을 만지작거리던 도진이 시선을 지안에게로 옮기더니 싱겁게 웃으며 말을 덧붙였다.

"그렇게 대놓고 나만 보면 '불편해요' 티를 냈는데."

지안은 한쪽 입꼬리만 올려 웃는 도진을 보며 그를 피하기 바빴던 무수히 많은 지난날들을 떠올렸다. 어제는 이런 핑계, 오늘은 저런 핑계를 대며 이유 같지 않은 이유들로 자신의 행동을 정당화했다. 결국 어느 한쪽도 놓지 못하고 잡지 못해 도망치는 걸 선택한 못난 마음이 문제였으면서.

"내가 피한 걸 알았으면 한 번쯤은 오빠가 나를 찾아올 만도 했잖아요."

"……."

"우리, 그 정도 사이는 되잖아요."

지안도 이게 괜한 투정이라는 것을 알고 있었다. 그러나 억지로 그를 피해 다니느라 힘겨웠던 날이 떠오르자 어쩔 수 없었다. 최선을 다해 숨기며 도망쳤는데 사실은 도진이 다 알고 있었다는 허무함에서 비롯된 억지였다. 제멋대로 말을 하며 말도 안 되는 투정을 가볍게 부렸으나, 돌아온 도진의 반응은 진지했다.

"네가 나를 피하는 이유를 알았으니까."

도진은 대수롭지 않게 말을 꺼내려 노력했으나, 속 깊은 곳에서부터 올라오는 착잡함은 숨기지 못했다. 결국 고개를 아래로 떨구었다.

"날 보고 싶어 하지 않는다고 생각했어."

"……."

"그날 이후로 많은 게 바뀌었지."

많은 말이 함축되어 있었지만, 지안은 도진이 어떤 말을 하는지 모를 수 없었다.

"충격에서 벗어나지 못해 아픈 너를 보고, 내가 무슨 생각을 했을 것 같아?"

지안은 도진의 물음에 쉽게 답할 수 없었다. 사고 이후, 제정신으로 그를 마주 본 적 있는지조차 기억나지 않았으니까.

"우리를 덮친 사고가 재수 없는 우연이 아니라, 빌어먹게도 나 때문이니까. 결국 네가 아팠던 것도, 유안이가 죽은 것도 전부 나 때문이니까."

도진은 유안 대신 죽었어야 한다고 중얼거리던 어린 지안의 모습을 아직도 똑똑히 기억한다.

아무 죄도 없는 지안에게 누군가를 대신해 죽었어야 한다는 말도 안 되는 생각을 남겨 주고 싶지 않았다. 자신의 존재는 그녀를 아프게만 했기에, 기꺼이 그녀의 앞에서 사라질 수 있었다. 정지안이 얼마나 정유안을 좋아했는지, 유안을 잃고 얼마나 울었는지, 전부 다 기억하니까 그럴 수 있었다.

"그건 전부 내 탓이었어."

"오빠 때문이 아니에요."

지안은 모든 것을 자신의 탓으로 돌리는 도진을 보며 눈가가 굳었다. 그의 탓이 아니었다. 그 역시 사고의 피해자였다.

"우리는 그저 나쁜 마음을 먹은 사람들에게 당한 것뿐이었는데……."

말을 하다가 가슴에서 울컥, 치밀어 오르는 얼굴도 모르는 사람에 대한 분노와 희생양이 되어 버린 유안, 그리고 지금의 도진과 자신의 모습을 생각하자 지안은 저도 모르게 목소리가 잠겼다.

"오빠는 나를 살린 은인인데, 이게 어떻게 전부 오빠 탓이에요?"

"지안아."

"오빠가 만약 잘못되기라도 했으면……."

지안은 목이 메여 말을 끝맺지 못했다. 상상도 하기 싫었다. 도진이 잊지 못하듯이, 그녀 역시 아직도 잊지 못한 것이 있었다. 지금은 멀쩡하게 움직이는 저 팔과 다리가, 무리해서 저를 구해 낼 때 조금이라도 더 다쳤다면 평생 사용하지 못했을지도 모른다고 조심스럽게 제게 전하던 이안의 말을 떠올리면 아직도 소름이 끼쳤다.

지안은 손을 뻗어 도진의 왼쪽 팔의 언저리에 올렸다. 다친 적 없다는 듯이 팔을 움직이는 도진을 보았을 때, 제가 얼마나 안도하고 감사했는지 이 남자는 모를 것이다. 도진의 팔을 위에서부터 아래로 천천히 쓸어내리며 두 눈을 감았다.

"그러니까 제발…… 그런 생각하지 말아요."

애원하는 표정으로 속삭이는 지안의 목소리를 가만히 듣고 있던 도진이 지안의 손을 자신의 손으로 감쌌다. 그녀가 무슨 생각을 하고 있는지 알 것 같았다. 온기가 전해지자 감고 있던 눈을 뜬 지안과 눈을 마주친 도진이 낮은 목소리로 전했다.

"지금 당장 우리 파리에서 사고 난 날로 돌아간다 해도, 똑같을 거야."

"……"

"내가 어떻게 되든 너부터 괜찮은지 확인하고, 무슨 일이 터질지 모르는 그곳에서 가능한 멀리 끌어낼 거야."

"오빠……."

"그게 나한테는 가장 중요한 일이야. 평생 죄책감에 갇혀 산다고 해도 좋아."

도진의 까만 동공이 더욱 확장되며 짙게 가라앉았다. 지안은 파르르, 떨리는 눈빛으로 도진을 바라보았다.

"절대 후회하지 않아."

단호한 목소리에 담긴 진심이 지안에게 닿자 결국 잔뜩 붉어진 눈에서 또르르, 눈물이 흘러내렸다. 이것이 바보 같은 제가 알아차리지 못했던 그의 마음이었던 것일까. 그 어느 것보다 묵직하게 전해진 진심에 숨이 가쁠 만큼 벅찼다.

고개를 떨구고서 터질 것 같은 심장을 부여잡고 미간을 일그러뜨리며 참지 못한 눈물을 흘리자, 도진이 지안의 고개를 들게 하려고 노력했다.

자신의 눈물에 어쩔 줄 모르는 도진을 느낀 지안은 그대로 두 팔로 도진의 목을 감싸 안고 자신에게로 당겼다. 가까워진 도진의 입술에 망설임 없이 입술을 포개었다. 평소와 다르게 느릿하게 뒤섞이는 혀와 혀끝이 맞물렸다.

툭, 투둑, 이상하게 맞닿은 얼굴 사이로 눈물이 계속 비집고 흘렀다. 지안은 자신에게 한정된 도진만의 따스한 체온이 전해지자 감정이 북받쳤다. 얼굴을 적신 눈물로 인해 혀끝에 짠기가 느껴졌으나 개의치 않았다.

입술을 떼어 내고 그의 품에 파고들며 갓난아이가 칭얼거리듯 얼굴을 묻었다. 기대자마자 참고 있던 울음소리가 꽉 막힌 목을 타고 새어 나왔다.

"흐윽……."

한번 터진 눈물은 멈추는 법을 모르는 것처럼 끊임없이 흘렀다. 속절없이 터져 나온 흐느낌은 잦아들 기미가 보이지 않았다. 지안이 하는 대로 가만히 있던 도진이 숨을 헐떡거리며 우는 지안의 모습에 결국 낮은 한숨을 내쉬며 그녀의 어깨를 붙잡았다.

"나 좀 봐 봐."

도리도리, 우는 아이를 달래듯 다정한 음성에도 지안은 그저 고개를 저을 뿐이었다. 그녀가 쉽게 얼굴을 보여 줄 것 같지 않자 도진은 한 손으로는 작은 뒤통수를 끌어안고, 다른 한 손으로는 등을 하염없이 쓸어내렸다.

"지안아."

가슴을 흠뻑 적시고 있는 그녀의 눈물이 도진의 마음을 무겹게 만들었다. 그저 참고 견뎠을 뿐이지, 스스로조차 제대로 위로하지 못하는 도진이 타인을 위로하는 법을 알 리 없었다. 그럼에도 지안의 눈물을 보자 초조하고 조급해진 마음에 결국 그녀에게 애원했다.

"제발 울지 마."

그렇게 보는 사람의 가슴도 아프게 울지 말아 달라고. 도진은 예전이나 지금이나 저 맑은 눈에 슬픔이 찬 걸 그토록 견딜 수 없었다.

"네가 울면 나는 어떻게 해야 할지 아무것도 모르겠어."

처음 듣는 도진의 애달픈 음성에 지안은 영영 들지 않을 것처럼 굴던 고개를 천천히 들어 올렸다. 이미 눈물로 범벅되어 얼룩진 얼굴은 상관없었다. 지안의 머릿속에는 단 하나의 생각만 가득 찼다.

"내가 정말…… 좋아했어요."

꼭꼭 숨겨 두고 감춰 두기만 했던 안쓰러운 이 마음을 지금 당장 입 밖으로 꺼내야겠다는 생각뿐이었다. 우느라 헐떡거리는 호흡에 드문드문 말이 끊길 만도 하건만, 지안은 절대 용납할 수 없다는 듯 단어 하나하나에 힘을 주었다.

이런 타이밍에 이런 식으로 전하게 될 줄은 단 한 번도 예상해 본 적 없었지만, 비록 눈물로 망가진 얼굴일지라도 더 못나 보이지 않게 더듬거리지 않으려고 노력했다.

"그리고 지금까지 좋아하고 있어요."

도진에게 처음 하는 고백이었다. 표현 한 번 제대로 해 보지 못하고 숨기기에 급급했던 마음은 저조차 제대로 돌보지 못했던 오래된 마음이었다. 10년, 아니 그보다도 더 오래 간직하고 있는 소중하고 또 귀한 자신의 마음이었다. 좋아한다는 말에는 다 담지 못할 만큼 커다란 이 마음을 온전하게 도진에게 전해야 했다.

"나는 처음부터 오빠 하나뿐이었어요."

그리고 기나긴 시간 동안 닿지 못해 방황하던 마음이 드디어 종착지에 도착해 마침표를 찍었다.

지안의 옅은 갈색 눈동자 안에 흔들리는 눈빛을 한 도진의 얼굴이 여과 없이 전부 담겼다. 당황한 얼굴을 보자 지안은 방금 전까지 울던 것도 잊어버리고 살짝 웃었다.

지안의 올라가는 입꼬리를 바라보던 도진은 느릿한 움직임으로 그녀에게 가까이 다가갔다. 조금만 움직이면 서로 닿을 거리에 잠깐 멈췄던 그는 날카로운 턱선을 비틀고서 조심스럽게 지안의 입술 위로 제 온기를 전했다. 조심스러웠던 행동과 다르게, 조금 전까지 약한 모습을 보인 사람이라고 믿지 못할 만큼 강하게 도진은 지안을 옭아매기 시작했다.

지안은 가까이 다가온 도진의 힘을 감당하지 못하고 팔을 들어 그의 목에 감았다. 진하게 맞물려 파고드는 열기에 혼미해지려는 정신을 간신히 부여잡던 그녀는 멀어지는 도진을 느끼고 감고 있던 두 눈을 천천히 떴다. 그러나 도진의 얼굴을 볼 수는 없었다.

도진은 시선을 반쯤 내리깐 채 지안의 헐렁한 니트 위로 드러난 목에 그의 숨결을 불어넣었다. 목과 쇄골의 경계선에 입을 맞춘 도진은 이를 세워 하얀 살결을 씹었다. 생소한 자극에 긴장한 지안이 상체를 들썩이자 도진은 허리의 언저리를 쓸어내리며 토닥였다.

"이 고백이 실수였다고 해도 괜찮아. 절대 후회하지 않게 해 줄 테니까."

그녀의 숨소리가 고르게 진정되기를 기다리며 몇 번 토닥이던 도진이 나직이 말하자 지안은 눈을 크게 떴다. 그게 무슨 뜻이냐고 묻기도 전에 뒤로 넘어가는 자신의 몸에 놀란 지안은 그저 도진만 멍하니 바라보았다.

풀썩, 푹신푹신한 매트리스 위에 놓인, 그보다도 더 포근하고 부드러운 이불 위로 떨어지는 지안이 행여나 다칠까 한 손으로 머리를 감싼 도진이 그녀의 얼굴 옆에 놓은 다른 한 손으로 자신의 무게를 지탱하며 그녀를 내려다보았다.

"싫으면 지금이라도 말해."

앞뒤 다 자르고 불완전하게 완성된 말에도 무슨 말인지 알 수 있었다. 도진을 감싸고 있는 열기가 침실 안을 가득 메워 가고 있었으니까. 당장이라도 전부 태워 버릴 것 같은 뜨거운 눈빛을 한 그가 이성만은 붙잡고 있는 듯 참을성 있게 지안의 대답을 기다렸다.

지안은 그런 도진을 가만히 올려다보다가 이성을 지키고 있는 도진 대신 자신이 본능을 선택하기로 결정했다. 손끝을 뻗어 도진의 뺨을 어루만진 지안이 코를 찡긋하고 웃었다. 이렇게 나른한 얼굴로 자신을 내려다보는 섹시한 이 남자를 어떻게 거부할 수가 있겠어. 처음부터 존재하는 선택지는 하나뿐이었다.

"안아 줘요."

안아 달라는 말로는 부족함을 느낀 지안은 다시 한번 도진에게 속삭였다.

"지금 오빠한테 안기고 싶어요."

지안이 도발적인 눈매를 길게 접으며 도진을 안기 위해 팔을 뻗자 도진은 그 손을 낚아채며 탁해진 숨을 내뱉었다.

"미안."

"……."

"이제는 싫다 해도 못 멈출 것 같아."

도진은 사과인지 경고인지 모를 애매모호한 말을 던졌다. 앞으로 통제되지 않을 제 본성을 감당할 지안에 대한 용서를 미리 구하는 것이었다. 다급하게 말을 한 도진은 망설임 없이 고개를 틀어 지안의 입술을 흉포하게 집어삼켰다. 그녀의 모든 숨을 자신이 전부 가져가겠다는 듯이.

단정하게 목을 감싸고 있던 넥타이가 거침없는 도진의 손길에 뒤틀려 볼품없이 바닥으로 툭 떨어졌다. 일렬로 채워져 있는 단추를 가장 위에서부터 하나씩 풀어 내려가던 도진이 곧은 눈썹을 꿈틀거리다가 이내 양손에 힘을 주었다.

툭, 투둑, 한순간에 벌어진 셔츠 사이로 보이는 섬세하게 빚어진 도진의 근육이 지안의 눈을 사로잡았다. 숨을 쉴 때마다 오르내리는 상체로 인해 펄럭이는 옷 사이로 감질나게 움직이는 근육은 굳이 자세히 보지 않아도 예사롭지 않았다.

지안은 저도 모르게 자꾸 숨었다가 나타나는 도진의 상체로 손가락을 뻗었다. 그러나 그에게 닿기도 전에 도진이 셔츠를 벗어 바닥으로 내던졌다. 순식간에 드러난 상반신에 지안이 '흡' 하고 숨을 참으며 눈만 깜박였다.

처음이 아니었다. 여자 주인공으로서 로맨스를 찍는 배우 생활을 하면서 남자의 적나라한 상체는 수도 없이 보았지만, 그들과 도진은 차원이 달랐다. 시선을 어디에 둬야 할지 몰라 이리저리 움직였음에도 자꾸만 눈에 담기는 딱 벌어진 어깨의 아래로 드러난 갈라진 근육은 모난 곳 없이 완벽한 좌우 대칭으로 균형을 이루고 있었다.

도진은 지안을 다리 사이에 가두고 침대 위로 완전하게 올라온 다음 양손으로 침대를 짚었다. 그러자 두 사람의 얼굴이 한껏 가까워진 탓에 서로의 숨결을 공유하기 시작했다. 도진은 점점 섞이는 공기가 마음에 든다는 듯 보조개를 드러내며 입꼬리를 올렸다.

지안은 더 이상 가까워지지도, 멀어지지도 않고 가만히 웃고만 있는 도진을 보니 애가 탔다. 이 순간에 조급한 마음이 드는 자신을 이해할 수 없었지만, 그저 도진과 지금보다 더 가까워지고 싶었다.

지안이 팔을 뻗자 도진은 그 팔을 붙잡고 자신의 목뒤를 감싸게 했다. 그러고는 얼굴을 내리고 그녀의 윗입술과 아랫입술을 차례대로 깨물었다. 아프지는 않았지만 신경을 자극하는 감각에 지안의 입술이 느슨하게 벌어졌다.

찰나를 놓치지 않은 도진은 그녀의 입술을 물고 늘어졌다. 한참을 지안의 입술을 놓아주지 않고 달콤함을 느끼던 도진이 니트 끝자락을 붙잡았다. 못 멈출 것 같다고 뱉은 말과 다르게 손끝에 걸리는 옷자락을 잡고서 망설이는 것 같았다.

그런 도진의 망설임을 눈치챈 지안이 그만 웃음을 터뜨렸다. 자기 옷은 너덜너덜하게 벗어 던졌으면서 벗기기 쉬운 헐렁한 니트 끝자락을 붙잡고 고민하는 것이 전부 느껴져서 그럴 상황이 아닌데 도진이 귀여워 보이기까지 했다.

살짝 흘린 웃음소리에 도진의 시선이 지안의 눈으로 향하자 지안 역시 도진의 눈을 피하지 않고 마주한 채 그의 양 팔목을 자신의 손으로 잡으며 위로 끌어당겼다. 그녀의 의도가 무엇인지 모를 리 없던 도진은 니트를 잡고 있는 손을 천천히 밀어 올렸다.

지안의 엷은 빛의 머리카락이 니트가 벗겨지면서 시트 위에 이리저리 흐트러졌다. 그러나 시트보다 더 하얀 살결이 눈에 박혀 도진의 머릿속이 하얗게 비워졌다. 어찌할 줄 몰라 당장이라도 일을 저지를 것 같았던 도진은 다시 지안의 얼굴 위에 입술을 내렸다.

동그란 지안의 이마를 타고 내려오는, 그동안 했던 키스보다 훨씬 더 농밀하고 깊은 움직임이었다. 불과 몇 분 전의 것과도 다르게 느껴지는 감각에 지안의 발갛게 상기된 양 볼 위

반쯤 뜬 눈 위에 붙어 있는 속눈썹이 파르르 떨렸다. 미세하게 반응하는 지안을 본 도진이 그녀의 눈꺼풀에 짧게 입을 맞추고 떨어졌다.

그것도 잠시, 드러난 목덜미에 콧날을 부딪치며 입술을 문 도진은 이를 세워 잘근잘근 씹기 시작했다. 지안은 입술보다 더 야하게 느껴지는 느낌에 두 눈을 질끈 감았다. 매끈한 피부 위로 새겨질 붉은 자국보다 더 신경 쓰이는 것은 간질간질하며 묘하게 흥분되는 낯선 감각이었다.

지안은 당장이라도 민망한 소리가 터져 나올 것 같아 양손으로 입을 막았다. 한 손으로 허리를 휘감은 도진이 다른 손으로 길게 나 있는 지안의 등줄기를 위에서부터 긁어 내렸다.

지안의 몸 구석구석에 도진의 손길이 닿았다. 짧은 시간 안에 감당하기 힘들 만큼 많은 자극을 한 번에 느낀 지안의 눈동자에 결국 눈물이 맺혔다. 말간 눈동자에 도진의 이글거리는 눈빛이 그대로 담겼다. 도진은 그녀의 눈동자에 비친 자신을 보고 생각했다.

내가 널 이렇게 보고 있구나. 이렇게 널 갈망하고, 갈증을 느끼고 있었구나.

도진은 시선을 내려 자신이 남긴 흔적을 바라보았다. 워낙 피부가 하얘 더 도드라지는 붉은 자국들이 자극적이었다.

예민한 감각을 찌르는 손길에 지안이 몸을 활처럼 휘자 도진은 있는 힘껏 그녀를 끌어안았다. 너무 예뻐서, 너무 사랑스러워서 무의식적으로 자잘한 입맞춤을 지안의 곳곳에 남기던 도진이 고개를 들고 지안의 눈을 바라보며 탁한 음성을 내뱉었다.

"널 가지고 싶어."

모든 걸 태워 버릴 것 같은 눈빛이 그 말을 증명하고 있었다. 이보다 더 적나라하게 드러내는 고백이 또 있을까.

지안은 사랑스럽고 다정하게 자신을 감싸는 목소리와 다르게 다소 갈급하고 거친 숨결을 내뿜는 도진의 머리를 감싸 안았다. 자신만 느낄 수 있는 도진의 애정으로부터 비롯된 간질간질하고 몽글몽글한 감각에 더는 참을 수 없었다.

지안은 도진을 향해 무어라 말을 하려다가 그의 한쪽 어깨를 차지하고 있는 기다란 흉터를 발견했다. 매끈한 피부 위에서 유독 도드라진 짙은 흔적에 시선을 빼앗긴 지안은 멍하니 바라보며 손가락을 앞으로 뻗었다.

떨리는 손길의 끝에 닿은 건 그의 반대쪽 팔을 붙잡고 있는 것과는 다른 촉감이었다. 어깨 전체를 감싸고 있는 수술 자국은 그것도 모자란 듯 길게 내려와 팔꿈치 근처까지 자리를 잡고 있었다. 보고 있는 것만으로도 오래된 기억이 다시 생생하게 다가오는 것 같았다.

눈에 담기만 해도 아픈 상흔을 한쪽 끝에서부터 끝까지 천천히 쓸어내리던 지안이 입꼬리를 바들바들 떨었다. 한 번의 수술로 끝나지 않았던 건지, 군데군데 균일하지 않게 자리 잡은 흉터가 그녀를 속상하게 했다. 지안은 상체를 들어 올려 진하게 남겨진 도진의 흉터 위로 입술을 가져갔다.

도진은 아무 말 없이 지안의 행동을 가만히 지켜보았다. 지안은 눈을 감고 흉터에 입을 맞추며 그가 자신을 어떤 마음으로 구하려고 했을지 생각해 보았다. 감히 자신이 그 답을, 그때의 감정을 느낄 수 있을까. 지안은 뒤늦게 알게 된 모든 진실에 울컥하며 천천히 고개를 들어 도진의 눈을 바라보았다.

"사랑해요."

그건 자신을 가지고 싶다고 하는 도진에 대한 허락이었다. 또한 평생을 누르고 또 눌러서 참아야 했던 말이었다. 평생 이렇게 투명한 진심을 도진의 앞에서 보일 수 없을 것이라고 생각했다. 이제는 참을 필요도, 그럴 이유도 지안에게 남아 있지 않았다. 벅차게 달아오른 이 마음을 표현하고 싶었다.

단 하나도 놓치지 않으려는 사람처럼 아름다운 곡선을 어루만지던 도진의 손이 지안의 애절한 목소리에 갈 길을 잃었다.

"⋯⋯다시 말해 줘⋯⋯."

도진이 잠기려는 목소리를 끌어 올리며 말한 것은 부탁이었다. 이게 잘못 들은 것이 아니라는 것, 제 착각이 만들어 낸 말이 아니라는 것. 사고가 완전히 끊어지려는 것을 간신히 붙잡은 도진이 지안을 재촉했다. 그러자 지안은 얼마든지 해 줄 수 있다는 듯 도진의 얼굴을 붙잡고 살짝 미소를 짓고는 글자 하나하나에 진심을 담아 느릿하게 발음했다. 제 마음 하나라도 흘릴 수 없다는 듯 조심스럽게 전했다.

"내가 많이 사랑해요."

사랑한다는 말에 거침이 없는 지안의 모습을 보고 결국 도진은 짙은 숨을 토해 냈다. 지안을 내려다보고 있는 그의 목에 굵은 힘줄이 솟구쳤다. 이제 그에게 남아 있는 여유란 단한 톨도 없었다. 마음껏 지안의 입 안을 헤집는 혀는 유려하게 움직이며 끊임없이 그녀를 갈구했다.

이제 더 이상 지안을 가리고 있는 옷은 없었다. 그건 도진도 마찬가지였다. 이를 세워 구석구석 놓치지 않고 여린 곳에 잇자국을 남기던 도진은 지안의 뜨거워진 아래를 느끼고 살틈에 파묻었던 고개를 들었다.

지안의 허벅지를 아프지 않게 잡은 도진이 굽혔던 허리를 바로 세우고 잔뜩 긴장한 그녀의 골반을 살살 어루만졌다.

"하웃……!"

군더더기 없는 움직임에 턱이 젖혀진 지안의 잇새로 나지막한 신음이 흘러나왔다. 난생처음 느끼는 고통이었다. 그러나 단순히 고통이라고만 단정 지어 말하기에는 지나치게 황홀했다. 마치 감전이라도 된 사람처럼 온몸을 타고 흐르는 짜릿한 전율에 지안은 정신을 차리지 못했다.

덜덜, 떨리는 무릎은 도진이 아니었다면 이미 볼품없이 널브러져 있을 것이 분명했다. 서로의 몸이 겹치고 살결이 스칠 때마다 불에 덴 듯 화끈거렸다.

지안은 물기 어린 눈을 감으며 도진의 너른 등을 꽉 끌어안았다. 정신없는 와중에도 혹시라도 손톱으로 자신의 몸에 상처라도 낼까 손끝에 바짝 힘을 주며 안고 버티는 지안을 느낀 도진이 그녀의 여린 어깨를 살짝 깨물었다.

"나 생각해 줄 여유가 없을 텐데."

전혀 봐줄 생각이 없다는 듯 단호하게 말한 도진이 지안의 허리를 두 손으로 감고서 다른 생각은 하지 못하도록 몰아붙였다. 도진이 의도한 대로 정신을 차리지 못한 지안은 결국 선명하게 자리 잡은 도진의 근육 위로 상처를 내었다.

"그만…… 그만!"

둘이 하나가 되어 격하게 움직이는 동안, 보이지 않는 무언가가 계속 자신을 조이고 있는 듯한 기분을 느끼던 지안이 눈을 질끈 감으며 몸을 비틀었다.

이전과는 감히 비교도 할 수 없이 머리부터 발끝까지 지배하는 쾌락으로 인해 눈가에 눈물이 그렁그렁 맺혔다. 아래로 말린 발끝을 펼 여유 따위는 존재하지 않았다.

눈앞이 하얗게 점멸했다가 시야가 돌아온 지안은 이를 악물고서 생각했다. 이건 미친 짓이었다.

"……미쳤어."

'피식', 분명 머릿속으로 말했다고 생각했는데 도진의 웃음소리가 들리는 건 착각일까. 지안은 발갛게 달아오른 눈꺼풀을 들어 올렸다. 곧바로 자신을 다정하게 바라보고 있는 도진의 눈과 마주치자, 그는 한껏 탁해진 목소리로 말했다.

"네가 더."

"아……."

생각을 말로 내뱉은 것에 대한 부끄러움은 온전히 지안의 몫이었다. 더듬더듬, 손을 옆으로 뻗어 잡히는 이불을 끌어와 눈을 가리려던 지안의 계획은 이불을 도로 채 가는 도진의 손 짓에 실패했다.

"예쁜데 왜 가리려고 그래."

도진은 낯간지러운 소리를 아무렇지 않게 하며 지안의 허리 를 양손으로 붙잡고 같이 몸을 굴리어 서로의 위치를 바꾸었 다. 위에 있던 도진은 지안의 아래로, 아래에 있던 지안은 도 진의 위로. 다른 점이 있다면 지안에게 무게를 얹지 않았던 도 진과는 다르게 지안은 도진의 위로 털썩 앉아 있다는 정도?

지안은 자신도 모르게 도진의 상체 위에 앉아 그를 내려다 보고 있으니 당황스러워 눈을 바르르 떨었다. 자신을 빤히 바 라보고 있을 도진의 눈을 제대로 마주치지 못하고 아직도 진 정되지 않은 호흡을 정리하던 지안이 나직이 들려오는 음성에 두 눈을 질끈 감았다.

"나도 사랑해."

감격에 젖어 지안의 사랑한다는 말에 대한 답을 지나쳤던 도진이 뒤늦은 답을 전했다. 땀을 뚝뚝 떨어뜨리며 흐트러진 모습으로 애절하게 고백하는 저 남자를 어떡하면 좋을까.

지안은 그에 응답하듯 도진의 부드러운 머리카락에 손을 넣 어 제게로 끌어당겼다. 그와 하나가 된 지금 느껴지는 온기를 잃고 싶지 않았다. 조금이라도 멀어지는 거리를 용납하지 않 았다. 절대 잃고 싶지 않았다.

누구의 것인지 구분되지 않을 만큼 엉킨 숨결이 끝도 없이 공기를 데웠다. 더운 공기를 가르고 도진의 낮은 음성이 지안에게 닿았다.

"이제 절대 도망 못 가."

다시는 놓을 리 없는 손이다. 그렇게 마음먹었다. 길고 가늘게 뻗은 손가락 사이사이로 제 손가락을 겹쳐 넣은 도진이 자신을 향한 다짐처럼 중얼거렸다.

얼마나 시간이 지났는지 가늠할 수는 없었지만, 뿌연 시야 사이로 보이는 커튼에서 새어 나오는 빛을 통해 날이 이미 완전히 밝았음을 느꼈다. 그러나 도진은 햇볕이 환하게 내리쬐고 있을 밖을 모른 체하며 지안을 다시 껴안았다. 어차피 그들의 밤은 이제부터 시작이었으니까.

몇 시간 뒤, 지안은 갈증이 느껴지자 눈꺼풀을 스르르 밀어 올려 눈을 떴다.

"으……"

처음 경험하는 근육통에 온몸이 욱신거렸고, 손끝 하나 움직일 힘조차 남아 있지 않았다. 완전히 잠에서 깨지 않아 몽롱한 상태로 눈만 깜박이던 그녀는 고개만 옆으로 돌렸다.

그곳에는 자신 쪽으로 몸을 틀고서 팔베개를 한 상태로 곤히 잠들어 있는 도진의 얼굴이 있었다. 씻고 나와서 잠든 건지, 샴푸 향을 풍기며 이마를 덮고 있는 머리카락을 살짝 건드렸다. 항상 반듯하게 넘긴 포마드 머리가 그의 차가운 이미지에 톡톡히 한몫을 했었는데, 간간이 저에게 보여 주는 내추럴한 모습은 도진을 한껏 어려 보이게 만들었다.

언제나 거대하고 듬직한 사람 같기만 했는데, 이렇게 무방비하게 풀어진 채 잠든 모습을 보니 색다르게 느껴졌다. 뽀송뽀송한 느낌도 있는 것이 꼭…….

"아이 같네."

30대가 되었어도 미소년처럼 느껴질 수 있는 얼굴이 신기한 나머지 자는 사람을 계속 빤히 쳐다보게 되었다. 뚫어질 듯이 쳐다보고 있는 것을 자면서도 느꼈던 것일까, 움직이지도 않고 바라보기만 했는데 곤히 감겨 있던 눈이 천천히 뜨였다.

"일어났어?"

지금 일어난 건 아니지만 도진도 잠에서 깬 지 얼마 안 되었는지, 그의 목소리가 가라앉아 있었다. 갑자기 눈을 뜰 줄 전혀 예상하지 못했던 지안이 당황해 눈꺼풀을 파르르 떨었다.

그런 지안의 얼굴을 보던 도진이 '피식' 웃으며 자신의 팔을 베고 있는 지안의 머리를 그대로 들어 안쪽으로 당겼다. 자연스러운 움직임에 도진의 코앞까지 당겨진 지안이 아차, 하며 머리를 번쩍 들어 올렸다.

"미안해요. 오빠 팔 아프죠?"

언제부터 이러고 있었는지 모르겠지만 적지 않은 시간임은 분명했다. 도진이 편하게 팔을 뺄 수 있게 고개를 든 지안의 눈에 선명하게 남은 어깨 흉터가 어둠 속에서도 들어왔다. 저건 옅어지지도 않는 건지. 아직도 선명하게 느껴지는 자국을 망연하게 바라보던 지안의 머리 위로 웃음소리가 낮게 흐르더니, 그녀의 이마가 뒤로 밀리면서 머리가 제자리를 찾았다.

"목 아프겠다."

"아⋯⋯."

도진이 힘을 다 뺀 검지로 동그란 이마를 두어 번 톡톡, 두드렸다. 처음 보는, 도진이 겪었던 고통의 자취에 시선을 빼앗겼던 지안은 공중에 떠 있느라 뻐근해진 목이 신경도 쓰이지 않았다. 자꾸만 눈길이 가는 흉터를 바라보는 것을 눈치챈 도진이 자신의 품으로 꽉 끌어당겨 시야를 차단하지 않았다면 아마 계속 보고 있었을 것이다.

속상함에 가라앉은 지안의 기분을 느꼈는지 도진이 대수롭지 않게 말했다. 그녀를 안심시키기 위해 웃음기까지 섞으며, 아주 가볍게 말이다.

"괜찮아."

"많이 아팠어요?"

"전혀."

재활하는 것도 힘들었다고 들었는데 아팠냐고 묻다니, 참 바보 같은 질문이었다. 그럼에도 도진은 단호하게 부정했다. 그러나 괜찮다는 그의 말을 순수하게 믿을 수 없던 지안은 당시에 제대로 못한 걱정을 뒤늦게라도 하고 싶은 건지, 자꾸만 도진에게 정말 이제는 괜찮냐고 묻고 싶었다.

"그래도⋯⋯ 아!"

다시 흉터를 보려 도진의 품에 붙잡힌 채 이리저리 움직이려던 지안은 온몸을 관통하는 찌르르한 느낌에 반사적으로 짧은 신음을 내뱉었다. 그러자 도진이 '피식' 웃음을 흘리며 자리에서 일어나 앉았다.

"내 몸이 아니라, 네 몸을 걱정해야지."

웃음기 섞인 음성은 마치 지안을 놀리는 것 같았다. 장난스러운 음색과는 달리 지안에게로 뻗은 그의 손은 조심스럽게 그녀의 놀란 근육을 어루만졌다. 느릿하게 전해지는 감각에 지안은 어깨를 움찔하며 벌떡 일어나 앉았다. 이불이 흘러내리지 않게 꽉 붙잡는 것도 잊지 않으면서.

"괜…… 괜찮아요."

"뭉친 건 풀어 줘야지."

지안은 한쪽 다리를 딱 붙들린 채 도진에게 마사지를 받고 있자니 민망함이 몰려와 목을 긁적이며 시선을 이리저리 피했다. 그런 지안을 아는지 모르는지, 도진은 그녀가 아프지 않도록 집중해서 정성스럽게 지압을 하고 있었다.

이 남자는 왜 지압까지 잘하는 걸까. 고작 종아리를 몇 번 눌렀을 뿐인데 부끄러움을 밀어내고서 퍼지는 시원함에 지안도 어느새 감탄하며 자신의 다리와 도진의 손가락을 집중해서 바라보았다.

움직임 하나하나에 지안을 향한 배려를 담던 도진은 그녀에게 시선을 잠깐 두었다가 다시 다리로 옮기며 여전히 가라앉은 목소리로 나지막하게 말을 건넸다.

"끝내줬어."

도진이 담백하게 전하는 말에 지안의 얼굴은 잘 익은 사과처럼 달아올랐다. 굳이 짚고 넘어가는 것과 아닌 것의 차이는 많이 컸다. 무슨 그런 말을 대놓고 하냐는 듯 경악에 물든 그녀의 얼굴에 도진이 짓궂게 물으며 어깨를 으쓱였다.

"넌 별로였어?"

낯부끄러운 줄 모르고 계속되는 도진의 언행에 말을 잃은 지안은 어쩔 줄 몰라 하며 대답을 피했다. 단단히 부여잡고 있던 이불을 머리끝까지 올려 얼굴을 가렸다가, 결국 도진의 품에 딱 달라붙으며 얼굴을 숨겼다.

아, 그가 별로였다는 대답은 절대 아니었다. 오히려 그 시간 동안 한순간도 빠지지 않고 끝내줬던 건 도진이었으니까. 그렇다고 자신의 입으로 말할 자신은 없었던 지안이 민망함이 덕지덕지 묻은 아주 작은 목소리로 웅얼거렸다.

"더 말하지 마요."

도진에게 안기느라 훤히 드러난 등에 느껴지는 한기에 반사적으로 지안은 도진에게 더 안겨 들었다. 그러다가 팔에서 느껴지는 탄탄한 근육에 조용히 감탄사를 내뱉었다. 연예인도 아닌데 군살 하나 없는 몸매가 신기했던 지안이 자신의 팔과 맞닿아 있는 도진의 허리를 쓱쓱 문질렀다.

"헉."

맨살로 일으키는 마찰은 생각보다 자극이 컸다. 허리가 성감대는 아니었던 것 같은데, 도진은 꽤 야릇하고 자극적으로 느껴지는 지안의 행동에 탁한 신음을 흘려야 했다. 괴로운 사람처럼 도진의 얼굴이 살짝 일그러져 있었다.

"그 표정, 진짜 야하다."

마치 제가 괴롭히는 사람처럼 느껴진 지안은 도진을 놀리며 일그러진 그의 미간을 손가락을 꾹꾹 눌렀다. 작게 웃음을 터뜨린 지안이 손을 올려 도진의 딱 벌어진 어깨를 거침없이 쓰담쓰담 문질렀다. 아침에 깨어난 짐승이 얼마나 무서운지 감히 상상도 하지 못한 어린양의 호기로운 행동이었다.

"몇 시에 나가야 한다고 했지?"

귀엽게 봐 주는 것도 한계가 있었다. 도진은 순식간에 지안을 들어 올려 눕히어 그 위로 올라탔다. 지안은 한순간에 잠에 취해 나른했던 눈빛이 혈기를 되찾은 모습에 당황해야 했다. 앞으로 벌어질 일을 직감한 지안이 눈을 동그랗게 뜨고 다급하게 외쳤다.

"한 시간 뒤면 준비해야 해요!"

"충분해."

이미 해가 중천에 떠 있었지만, 토끼가 범 무서운 줄 모르고 겁도 없이 덤빈 것에 대한 벌을 주는 시간은 정해져 있지 않았다. 그리고 그 벌은 아침부터 도진을 자극한 지안이 톡톡히 치러야 했다.

Chapter 7

이곳에 온 목적

몇 시간 후, CHA 호텔, 도진의 집무실.

김 비서는 도진의 앞에 차를 내오며 미소를 지었다. 마지막으로 본 상사의 모습이 심하게 앓고 있었기에 컨디션이 좋아 보이는 도진의 얼굴에 안도하며 말했다.

"푹 쉬신 것 같아 다행입니다."

"그래 보여요?"

도진이 가볍게 되물었다. 기어코 지안을 붙잡고서 마지노선까지 괴롭힌 도진이었다. 그리고 뒤늦게 드는 양심의 가책으로 인해 괜찮다는 지안을 경석을 대신해 촬영장까지 데려다주었다. 헤어질 때까지 운전 조심하라는 다정한 인사를 하면서도 뾰족하게 올라간 눈을 끝까지 내리지 않던 그녀를 떠올린 도진이 웃음을 터뜨렸다.

도진의 웃음을 가만히 지켜보던 김 비서는 자신의 입꼬리도 저절로 올라가는 것을 느꼈다. 도진은 몰아치는 호텔 일로도 모자라 후계자로서 본사 일까지 관여해야 했다. 'CHA'라는 거

대한 그룹의 왕좌에 오르기 위해서 어쩌면 당연한 일이었지만, 옆에서 봐도 해도 해도 너무하다 싶을 정도로 업무량이 많았다. 그럼에도 도진은 단 한 번도 어긋난 적이 없었고, 모든 걸 묵묵히 감당해 왔으며, 심지어 실패를 해 본 적도 없었다.

김 비서가 본 차도진은 자신이 어깨에 지고 있는 무게가 어느 정도인지 스스로가 제일 잘 아는 사람이었다.

그를 모시는 짧지 않은 시간 동안 단 한 번도 제대로 쉬지 못한 제 상사가 늘 걱정되었다. 완벽한 사람이기에 더 걱정이 되었는데 딱 하루의 결근을 알렸을 때, 정말 다행이다 싶었다. 컨디션이 안 좋아도 곧 죽어도 출근했던 사람이라 그의 휴식이 너무나도 반가웠다. 무엇보다 하루 만에 평소의 도진으로 돌아온 것이 제일 다행이었다.

기분을 숨기지 않고 얼굴에 미소를 띠고 있는 김 비서를 힐끗 쳐다본 도진이 모니터를 바라보며 '피식' 웃었다.

"쉰 건 나인데 김 비서가 그렇게 좋아하면, 좀 민망한데요."

"상사의 건강 관리도 비서의 업무입니다. 제가 무사히 해낸 기분이라서요."

"그러면 나 엄청 말 안 듣는 상사였네."

"이제 아셨습니까?"

뻔뻔하게 도진의 휴식을 자신의 공으로 돌리는 김 비서를 받아 주자 더 뻔뻔하게 나오는 모습에 도진이 결국 소리 내어 웃음을 터뜨렸다. 고작 이틀을 꽉 채우지 않은 짧은 기간을 쉬었을 뿐인데 좋아하는 김 비서의 표정에 고개를 절레절레 저었다. 이어서 자신의 사인이 필요한 결재판을 들어 올린 도진에 김 비서가 비서로서의 본분을 시작했다.

"대영 고등학교 총동문회에서 참석 의사 알려 달라고 연락이 왔습니다."

"시간이 꽤 남은 걸로 아는데, 이런 때만 부지런하네요."

만년필로 막힘없이 사인을 마친 도진이 감흥 없는 표정으로 뚜껑을 닫았다.

동창회나 동문회는 사람들에게 기회의 장이라 불릴 만큼 더할 나위 없이 좋은 행사였지만, 도진에게만큼은 예외인 곳이었다. 기회를 붙잡기 위해 모이는 곳의 중심에는 항상 도진이 있었고, 사람들을 피하고 싶어도 귀신같이 알고서 슬금슬금 눈치를 보며 말을 거는 사람들이 천지인 동문회는 도진에게 가장 지루하기 짝이 없는 곳이었다.

차 회장은 인맥 관리도 리더의 능력이라며 도진과 영에게 사교의 중요성을 끊임없이 강조하고 가르쳤으며, 그건 도진 스스로도 잘 알고 있는 사실이었다. 그러나 아는 것과 느끼는 것은 달랐다. 벌써부터 피곤한 기분이 들자 눈썹 끝을 꾹꾹 누르며 눈을 감았다.

도진이 얼마나 동문회를 귀찮아하는지 누구보다 제일 잘 아는 김 비서가 말을 덧붙였다.

"차영 상무님과 제이 그룹 정이안 전무님은 참석하신다고 합니다."

"대영 총동문회를 둘이 나란히 출석한다고……."

"네."

도진은 김 비서가 전한 의외의 소식에 검지로 테이블 위를 톡톡 두드리며 생각에 잠겼다. 둘이 마음 맞아서 붙어 다닐 때, 그다지 좋은 꼴은 보지 못했던 것 같은데.

"저도 간다고 전해 주세요."

그들이 어떤 꿍꿍이를 가졌는지는 가서 확인하면 될 일이었다.

이안은 자유로운 영혼의 소유자였다. 도진과는 조금 다른 방식으로 자신이 원하는 대로 사는 사람이었다. 특히 내키지 않는 무언가를 억지로 하는 건 이안의 성미에 절대 맞지 않는 일이었다. 동문회는 그중에서도 이안이 밥 먹듯이 빠지는 행사였다. 누가 친구 아니랄까 봐, 도진의 누나인 영도 이안과 비슷한 성격이었다. 그런 이안과 영의 마음이 잘 맞았다? 그건 별로 좋지 못한 신호였다.

아니나 다를까 도진의 예상대로 이안은 싱글벙글한 얼굴로 웃으며 하나뿐인 여동생인 지안의 집에 있는 소파의 한 자리를 떡하니 차지하고 있었다. 촬영을 마치고 귀가한 지안은 유독 오늘따라 기분이 좋아 보이는 이안을 이상한 눈으로 바라보며 겉옷을 벗었다.

"뭐야?"

"동문회 가자."

평소처럼 바로 드레스 룸을 향해 걷던 지안은 해맑은 이안의 목소리에 귀를 의심해야 했다. 결국 걸음을 멈추고 상체만 돌려 이안을 바라보았다.

"설마 대영 고등학교 총동문회를 말하는 거야?"

"네가 나온 학교가 대영 그리고 대영 말고 더 있어?"

지안은 이안의 확인에 몸을 부르르 떨며 못 들을 걸 들었다는 듯 귀를 손으로 마구 털어 냈다. 동시에 얼굴을 확 구기며 유쾌하지 않았던 과거의 일을 떠올렸다.

배우로 데뷔한 지 얼마 되지 않았을 때, 처음으로 가 봤던 자리는 그녀의 성격과 맞지 않는 곳이었다. 그저 오랜만에 보는 선후배의 자리가 아닌 철저하게 비즈니스 파트너를 구하는 공적인 자리였다.

특히 대영 고등학교는 모든 대기업의 자녀들이 통과하는 관문과도 같은 곳이었다. 오죽하면 '성공하고 싶으면 대영의 눈에 들어라'는 소리까지 나왔을까. 그만큼 대영 재단 산하 학교들은 '나라 안에 존재하는 왕국'이라고 불리는 곳이었다.

콧대 높은 사람들끼리 모인 곳이었으나, 보이지 않는 신분의 차이는 그 어느 곳보다 뚜렷하게 존재하는 곳이 대영 재단 산하 학교들이었다. 자신보다 잘나가는 사람이라고 생각하면 반드시 굽신거리고, 자신이 우위에 섰다고 생각하면 으스대는, 유치하기 짝이 없는 곳.

이중적인 사람들의 모습에 지안은 이안이 왜 그토록 가기 싫어했는지 뼈저리게 느끼고 나온 뒤, 뒤도 돌아보지 않고 발길을 끊어 버렸다. 그런데 지금 나보고 그곳을 가라고? 지안은 자꾸만 흘러나오는 헛웃음을 금치 못했다. 여기서 더 어이없는 건 이안 역시 그곳을 좋아하지 않는 걸 그를 아는 사람이라면 모두가 아는 사실이란 점이었다.

"오빠도 안 가면서 왜 나보고 가라는 거야?"

"나도 갈 거야."

"난 안 가."

지안이 다른 곳은 몰라도 대영이랑 관련된 곳은 절대 안 가는 걸 누구보다 잘 아는 사람이 저런 말을 하는 게 기막혔다.

오늘은 촬영이 늦게 시작한 만큼 퇴근도 늦었다. 그 말은 지금 당장 잠에 들어도 이상하지 않을 시각이었다는 뜻이다.

지안은 안 해도 될 이야기를 굳이 집까지 찾아와서 해 사람을 피곤하게 만드는 이안에게 눈을 흘겼다. 그러나 이안은 자신을 바라보는 동생의 눈초리가 어떤지는 상관없다는 듯 어깨를 으쓱였다.

"차도진도 가는데?"

"알아. 도진 오빠가 안 가면 날짜를 미룰 사람들이잖아."

"그러니까 너도 가야지."

어째서 말이 이렇게 이어지는 건데. 억지로 말도 안 되는 결론을 이끌어 내는 이안의 대답에 지안은 두 눈을 감고 한숨을 내쉬었다. 대체 도진과의 통화로 하루를 마무리하고 싶은 소중한 시간에, 왜 이안과 이런 말도 안 되는 대화를 하고 있어야 하는 건지.

"무슨 소리야. 나는 항상 안 갔는데."

지안의 마음이 도통 움직일 생각을 하지 않자 이안은 결국 한숨을 내쉬고 초강수를 두었다. 그녀가 안 오고는 못 배길 만한 단어를 고르고 골랐다.

"차도진, 인기 많은 거 알지?"

알면서도 걸려들 수밖에 없는 '차도진'이라는 세 글자는 아주 좋은 미끼였다. 지안은 이안에게서 흘러나온 도진의 이름을 듣자마자 눈을 꾹 감았다가 떴다. 그가 어떤 유혹을 할지라도 넘어가지 않겠다는 의지를 담고서 말이다. 그러나 반사적인 행동까지는 차마 통제하지 못했다. 이안은 지안의 어깨가 움찔, 움직인 것을 보고 슬그머니 웃더니 얄밉게 말꼬리를 길게 늘어뜨렸다.

"어쩌면 네가 가장 잘 알 텐데."

누가 정이안 눈치 빠른 거 모를까 봐, 지안은 자신의 미세한 움직임을 캐치한 이안의 목소리가 묘하게 더 신이 난 것을 느끼고 일부러 더 심드렁하게 대답했다.

"뭘."

"여자들 한 트럭 태워서 보냈는데도, 그 뒤로 줄줄이 대기하고 있는 거. 나는 공사장인 줄 알았지 뭐야?"

얼마나 즐거운지 웃음기를 감출 노력조차 하지 않는 목소리에 지안은 한쪽 눈썹을 찡그리며 자신도 모르게 다소 신경질적인 음성을 흘려보냈다. 특히 이안이 한 비유가 마음에 들지 않았다. 공사장에 트럭이 얼마나 많이 왔다 갔다 거리는데.

"무슨 말이 하고 싶은 건데?"

"이제 네 남편 될 사람인데, 단속이 좀 필요하지 않겠냐?"

"단속 안 해도 알아서 잘할 사람이야."

"네가 그걸 어떻게 확신해?"

도진에 대해 극강의 신뢰를 보여 주는 지안의 대답에 이안은 코웃음을 치며 반박했다. 지안과 도진이 교류하지 않은 시간이 무려 10년이었다. 막말로 차도진이 겉으로는 철옹성처럼 견고하고 단단해 보여도 아무도 모르게 방탕하게 살았는지 지안이 어떻게 알겠는가.

물론 지안이 보지 못한 도진의 10년을 모두 지켜본 이안은 스스로도 이게 모함이라는 것을 잘 알았다. 하지만 알 게 뭐야? 태어난 순간부터 지금까지 그녀를 생각하는 오빠보다 사랑을 택하는 동생이 괘씸하고 얄미웠던 이안은 지안의 마음을 뒤숭숭하게 만들 말을 고심하고는 곧 의미심장하게 씨익, 웃었다.

"차도진도 남자야. 게다가 혈기 왕성한 서른이라고."

지안은 옷을 잡고 있던 손에 불끈 힘을 주었다. 도진이 남자라는 것, 그것도 혈기 왕성한 서른이라는 건 그녀가 몸소 체험했기에 누구보다 뼈저리게 느끼고 있었다. 도진과의 아침을 떠올리자 반사적으로 몸이 움찔거렸다.

"네가 가서 옆자리 딱 지키고 있어야지."

그러나 그걸 알 리 없는 이안은 지안이 제 계획에 걸려들었음을 확신하고 환하게 웃으며 말했다. 지안은 의심을 가득 품은 눈으로 고개를 까딱였다.

"무슨 속셈이야?"

"뭐가?"

"대체 무슨 꿍꿍이로 나를 데려가려고 하는 건데."

"동생의 원활한 사회생활을 권장하는 다정한 오빠의 마음이지."

"……."

"그리고 꿍꿍이라는, 그런 계략적인 말을 쓰다니. 그러면 하나뿐인 오빠가 섭섭하다?"

내려가지도 않는 입꼬리를 억지로 내리면서 씨알도 먹히지 않을 토라짐을 연기하는 이안을 향해 지안이 고개를 절레절레 저었다.

"내가 하고 있는 사회생활이 그쪽이 아닌데, 말도 안 되는 소리 하고 있어."

그러나 지안은 관심 없다는 뉘앙스의 말과는 다르게 머릿속으로는 바로 유진을 떠올렸다. 도진과 어색하던 시기에 만났던, 제게 한없이 당당했지만 또 어딘가 불안해하던 이중적인 유진을 말이다. 도진을 향한 믿음에는 변함이 없었으나 유진이 거슬렸다.

지안은 도진을 향한 유진의 마음을 오래전부터 눈치채고 있었다. 게다가 호텔에서 마주쳤을 때, 유진은 오랜만에 본 후배에 대한 놀라움과 반가움으로 가리고 있었지만, 자신에게 분명 적대적이었다.

그러나 유진이 신경 쓰인다고 동문회에 갔다가 자신을 향한 시기와 질투를 잘못된 방식으로 풀어내는 수준 이하의 사람들이 도진까지 구설수에 오르게 만들까 봐 걱정이 되었다.

고민하느라 입술 끝을 말던 지안이 이안을 향해 작은 목소리로 물었다.

"……아직 아무도 우리 사이 모르는데, 내가 가서 오빠한테 피해 가면 어떡해?"

이안은 지안의 걱정이 무엇인지 눈치채자 표정을 무섭게 굳혔다. 주제도 모르고 함부로 지안을 입에 올리는 애송이들을 떠올리던 이안은 서서히 끓어오르려는 분노를 잠재우다가 문득 지안의 표정과 말에서 이상함을 느꼈다.

"설마 차도진이 걱정되어서 고민하는 거야?"

"응."

"네가 마음 상하고, 그런 건 없고?"

"그런 건 신경 안 써. 나 데뷔 초에 받은 악플 생각하면 귀여운 정도야."

뭘 그런 걸 묻냐는 듯 담담하게 대답하는 지안을 보며 이안은 헛웃음을 터뜨렸다. 자신은 상처 입을 동생을 걱정했는데, 정작 당사자는 오로지 도진 바라기였다. 해바라기도 이런 해바라기가 없을 것이다.

"차도진도 딱히 신경 안 쓸 것 같은데."

"그건 내가 신경 쓰인다고."

친동생의 성격을 이제 알았다고 해도 도진의 성격만큼은 누구보다 잘 알고 있다고 확신하는 이안이 떨떠름하게 대답했으나, 돌아오는 지안의 대답은 진지했다. 점점 자신이 계획했던 방향과 대화의 흐름이 다르게 흘러가는 것을 느낀 이안이 심드렁하게 말했다.

"그럼 오지 말든가."

"그럼 여자들 한 트럭이라는 이야기를 하지 말든가."

자신이 뭘 얼마나 잘못했다고 까칠하게 받아치는 지안을 보자, 불과 몇 분 전까지 저 아이를 위해 열받았던 자신이 너무 허탈하고 보잘것없이 느껴진 이안은 더 이상 이 집에 있고 싶지 않아 소파에서 일어났다.

"그러니까 와서 그 트럭들 다 밀어 버리라고."

이곳까지 온 목적은 달성했지만 어딘가 묘한 기분에 실소를 흘리며 지안의 집을 나서는 이안이었다.

지안은 이안의 제안에 몇 날 며칠을 혼자 고민했다. 도진이 동문회에 간다는 말을 할 때만 해도 아무 생각 없이 잘 다녀오라고 했었다. 그때까지만 해도 자신이 이럴 줄은 몰랐지.

"정이안, 진짜……."

도진이 얼마나 인기가 많은 줄 아냐며 신경을 거슬리게 하는 이안의 말이 아니었다면 자신이 이런 고민을 하고 있지는 않았을 것이다. 이게 이안이 노린 포인트라는 것을 지안도 잘 알았지만, 알면서도 그의 의도대로 넘어가고 있는 이 상황이 마음에 들지 않았다.

이안이 지안의 속을 긁은 지 벌써 7일이 지났다.

"다녀올게."

지안은 어제도 자신의 스케줄에 맞춰 이곳으로 퇴근하고 자연스럽게 출근까지 하는 도진의 뒤를 쫄래쫄래 따라갔다. 마음의 결정을 확실하게 내리기 위해서는 그의 생각도 필요했기 때문이다.

엄마 오리 뒤를 따르는 아기 오리처럼 한 걸음 정도 떨어져 따라오는 지안을 본 도진의 입매가 슬쩍 길게 늘어났다. 무엇을 그렇게 골똘히 생각하는지 모르겠지만, 자신이 갑자기 멈추기라도 한다면 지안이 부딪힐 것 같아 그녀의 손가락 사이로 자신의 손가락을 집어넣었다.

"언제까지 그렇게 오려고."

갑자기 잡힌 손으로 인해 깜짝 놀란 지안이 눈을 동그랗게 뜨고서 도진을 올려다보다가 어느덧 코앞에 있는 도진의 차를 보고서 배시시 웃었다. 집에서부터 주차장까지 얼마 되지 않은 거리에 아쉬운 듯 도진과 붙잡은 손을 앞뒤로 흔들었다.

"벌써 도착했네요."

"오늘 가지 말까?"

도진은 지안의 목소리에서 아쉬움이 묻어나자 진지하게 물었다.

"얼른 가시죠."

그러나 자신이 출근하지 않는 건 또 별개인지, 지안은 두 손을 공손하게 차로 뻗으며 입으로는 단호하게 거절을 말했다. 그녀가 어떤 대답을 할지 이미 알고 있었음에도 막상 진짜 아쉬운 사람이 되어 버린 건 자신이었다.

"진짜 안 가도 되는데……."

"나, 김 비서님이 우는 모습이 벌써 그려지는데요?"

"괜찮아."

"그게 뭐가 괜찮아요!"

웃으며 김 비서를 걱정하는 지안의 모습에 도진은 그녀의 손을 만지작거리며 심드렁하게 대답했다. 김 비서가 울든 말든 알 게 뭐람. 위기 상황에 닥쳤을 때 김 비서의 능력이 한껏 빛난다는 것을 누구보다 잘 알고 있었기에, 도진은 지안이 허락한다면 정말 회사를 가지 않을 생각이었다.

그러나 지안은 그렇지 않은 건지, 얼른 가라며 걸음을 멈춘 도진의 등을 운전석 쪽으로 밀고는 귀엽게 웃어 보였다. 하는 수 없이 차에 오른 도진과 그가 앞으로 나가기 편하게 한 발자국 뒤로 물러선 지안의 두 눈이 창문을 통해 마주쳤다. 누가 먼저랄 것도 없이 동시에 눈빛에 다정함을 뚝뚝, 흘렸다.

옅은 미소를 지은 지안이 손을 들어 흔들자 도진도 안전벨트를 매고 나서 손을 흔들어 그녀의 인사에 답했다. 그리고 출발하기 위해 천천히 핸들을 돌리자, 얼굴 위로 그늘이 내려앉으며 인기척이 느껴졌다.

그에 차를 멈춘 도진이 돌아보자 근처로 다가온 지안이 상체를 살짝 숙이고서 창문을 똑똑, 두드렸다. 창문을 내린 도진이 의아하다는 눈으로 바라보자 지안은 눈을 이리저리 굴리며 자신의 입술 끝을 자긋자긋 깨물었다. 도진은 창 너머로 팔을 뻗어 지안의 입술을 엄지손가락을 부드럽게 쓰다듬었다.

"너도 나 이렇게 보내기 아쉽지?"

도진은 지안의 아쉬운 마음을 다 안다는 듯 장난기 섞인 미소를 머금으며 물었다. 그러자 지안은 머뭇거리던 것도 잊어버리고 헛웃음을 터뜨렸다. 도진이 어깨를 으쓱하더니 차창 위에 팔을 걸치고서 턱을 괴었다.

"생각해 보니까 잊은 게 있는 것 같아."

"오빠요?"

"아니, 네가."

"제가요?"

지안의 의아하다는 눈길에도 불구하고 도진은 표정 하나 흐트러뜨리지 않고 고개를 끄덕였다.

"사랑해."

"네?"

"오늘 사랑한다는 말 안 해서 나 못 가게 하는 거 아니야?"

도진이 턱을 괴고 있던 손을 떼어 내고 창문 밖으로 고개를 내밀며 능청스럽게 말하자, 지안은 '푸흐흐' 웃음을 터뜨리며 고개를 저었다. 도진의 노력으로 한결 가벼워진 분위기에 지안의 입술이 열렸다.

"그냥 나도 이번에 동문회 참석해 보려는데, 오빠 생각은 어

떨까 하고요."

"그런 자리 싫어하는 거 아니었어?"

"좋아하는 건 아니지만, 이번에는……."

고개를 움직여 시선을 피하며 말끝을 흐리는 지안을 보자 도진의 눈빛이 일순간 짙게 내려앉았다가 원래대로 돌아왔다.

이안 형이 오겠다고 마음먹은 이유와 관련된 건가.

지안의 생각이 먼저였는지, 이안의 생각이 먼저였는지는 확신할 수 없지만 자신의 생각이 중요해 보이는 그녀에게 이 대답만큼은 확실하게 할 수 있었다.

"네가 하고 싶은 건 다 해."

입가에는 잔잔한 미소를 걸치고 있었지만 눈빛만큼은 진지했다. 도진이 팔을 뻗어 지안의 손을 맞잡았다. 손안에서 그녀의 온기가 느껴지는 것이 만족스러운 듯 웃고는 지안을 지그시 올려다보았다.

"내 생각이 뭐가 중요해? 난 네가 원하는 건 뭐든 다 해 줄 건데."

도진의 진심이 담긴 달콤한 말에 맞잡고 있는 지안의 손에 힘이 실렸다.

"내가 가서 사고 쳐도 괜찮아요?"

"그럴 일은 없어 보이지만, 깽판을 쳐도 괜찮아."

"내가 오빠 부끄럽게 해도 상관없어요?"

"거기서 내 옷을 다 벗겨도 그럴 일 없어."

"그게 뭐야~."

"네가 뭘 하든지 다 괜찮으니까."

도진의 마지막 말에 지안이 말도 안 되는 말을 한다며 웃음을 크게 터뜨렸다. 도진은 그대로 손을 당겨 지안과 얼굴을 가깝게 하고는 잡고 있던 손을 풀고 그녀의 목덜미를 느릿하게 문질렀다.

"넌 그냥 날 사랑해 주기만 하면 돼."

도진이 지안에게 바라는 것은 딱 하나였다. 지안은 물끄러미 도진을 올려다보았다. 자신에게 바라는 것이 오직 그를 향한 사랑뿐이라니. 도진이 주는 무조건적인 사랑에 자신이 감히 이런 사랑을 받아도 될까 싶었다. 조금 과장해서 말하면 그동안 오해로 인하여 아팠던 시간이 전부 잊히는 것 같았다.

"나도 사랑해요."

생각만 하는 것과 다르게 말로 전하는 것에는 아직도 큰 용기가 필요했지만, 그렇다고 애정 표현의 앞에서 숨고 싶지 않았다.

"안 되겠다."

지안의 웃음을 본 도진이 결국 운전석에서 내려 그녀의 앞에 섰다. 도진의 은은한 눈빛이 지안을 향하자, 그녀는 눈을 꼭 감으며 그대로 뒤꿈치를 들었다.

지안이 도진의 목을 끌어안자 잘 빚어진 날렵한 콧대끼리 살짝 스쳤다. 간질간질한 감각을 그대로 느끼며 도진의 입술 위로 자신의 입술을 꾹 눌렀다. 쪽, 하고서 짧게 닿았다가 멀어지는 입술을 느낀 도진이 지안의 가느다란 허리를 양손으

로 붙잡고 고개를 꺾으며 더 가까이 다가오려고 했으나, 지안
은 목을 뒤로 쭉 빼며 개구지게 웃었다.

"아침이니까 여기까지."

"그런 게 어딨어."

말꼬리가 짧아지는 것을 보니 혀끝에 감칠맛만 느끼게 하고
는 멀어진 자신을 향한 투정이 담겨 있는 듯했다. 도진이 허리
에 얹은 손을 거두지 않고 힘을 주자 지안은 짐짓 엄한 표정
으로 그의 가슴에 손을 대면서 거리를 유지했다.

"어허!"

"어허?"

아이를 어를 때 내는 소리를 하는 지안을 그대로 따라 한
도진이 헛웃음을 터뜨렸다. 여전히 미소를 지우지 않은 지안
은 떡 벌어진 도진의 가슴팍을 토닥였다.

"출근 잘해요!"

"정말 이대로 가?"

"네! 운전 조심하고요!"

아쉬움이 가득한 말투에도 해맑게 자신을 보내는 지안의
얼굴에 도진은 졌다는 듯 그녀의 허리에 얹어 두었던 양손을
번쩍 들어 항복 표시를 했다.

"진짜 다녀올게."

허탈하게 웃으며 운전석에 올라탄 도진은 허리를 숙여 자신
에게 인사하는 지안의 얼굴을 보며 반드시 지금의 두 배로 돌
려받겠다고 생각했다.

대영 고등학교 총동문회 당일, 실루엣에 꼭 맞는 올 블랙의 슈트를 차려입은 도진이 드레스 룸의 한가운데에 존재하는 유리로 된 수납장의 앞에 섰다. 백화점에서도 쉽게 보기 힘든 모델의 시계들이 정갈하게 나열되어 있었다. 무감한 눈으로 진열대를 쓱 훑은 도진은 그중에서도 옷과 컬러가 똑같은 블랙 다이얼의 시계를 골랐다.

　남들이 주목하는 도진만의 미적 감각은 늘 완벽했다. 그가 고른 시계는 다른 시계에 비해 비교적 심플하지만 다이얼 위에 22K의 핑크 골드가 둘러져 있었다. 그 디자인은 과하지도, 그렇다고 심심하지도 않게 은은한 고급미를 더했다.

　손목에 시계를 채운 도진이 드레스 룸을 나오면서 어디론가 전화를 걸었다. 수화기 너머에서 흘러나오는 음악을 들으며 가만히 기다리던 그는 음악이 끊기고 들리는 상대방의 목소리에 입꼬리를 길게 끌어 올렸다.

　"어디야?"

　[저 이제 거의 다 왔어요.]

　언제 들어도 기분 좋은 목소리의 주인공은 지안이었다. 목소리를 들으니 보고 싶은 마음이 더 강하게 들었다. 도진이 차키를 손에 쥐며 통화를 이어 갔다.

　"내가 데리러 간다니까."

　[오늘 중요한 미팅 있다고 그랬는데?]

"누가?"

[이안 오빠가요.]

그 형은 내 스케줄을 어떻게 꿰고 있는 거야. 도진은 지안의 대답에 눈가를 찡그리며 실소를 터뜨렸다.

"형이 쓸데없는 말을 했네."

[그럴 리가. 그것도 모르고 덥석 좋다고 해서 오빠 바쁘게 하면 내가 민폐 끼치는 거잖아요.]

"네가 왜 민폐야."

[내 남자 비즈니스를 방해하는 여자. 으음~ 너무 별로다~.]

콧소리를 내 가며 웃음기가 섞인 지안의 말소리가 듣기 좋았다. 능청을 떨며 자신을 배려하는 지안의 얼굴이 그려지자 도진은 부드럽게 웃으며 나직이 말했다.

"너는 다 해도 된다니까."

네가 하는 행동 중에 그 어느 것도 민폐에 해당되지 않으니까. 정지안 한정으로 모든 것에 관대해지는 도진의 당부였다. 지안은 능청스러움과 진지함, 그 사이 어딘가에 있는 도진 덕분에 마음이 한결 편해지는 것을 느끼고 배시시 웃었다.

[오빠는 도착하려면 시간 좀 걸리죠?]

"금방 갈 거야."

[어떻게요?]

"보고 싶으니까."

마땅하게 할 말을 찾지 못한 지안이 아주 잠깐 말을 잃은 사이, 도진은 웃음기가 가득 담긴 말을 덧붙였다.

"그 마음 하나면 되지 않을까?"

도진답지 않게 매우 공상적인 말이었다. 그렇게 느낀 건 지안도 마찬가지인지, 수화기 건너편에서 잠깐의 침묵이 느껴졌다. 짧은 정적 뒤를 이어 꾸밈없는 그녀의 웃음소리가 들렸다. 그러더니 맑은 목소리로 말했다.

[차라리 날아오겠다는 말이 더 신뢰가 가는데요?]

"아, 헬기 생각을 못 했다."

지안은 장난치듯이 말했으나 도진은 미처 그 생각을 하지 못했다는 듯 작게 탄식했다. 자주 이용하지는 않지만 언제나 타이트한 자신의 스케줄로 인해 비상시에 이용할 수 있는 헬기가 있다는 것을 깜박한 것이었다.

[그 생각만큼은 앞으로도 계속 못 했으면 좋겠어요.]

도진이 충분히 그러고도 남을 사람이라고 느꼈는지, 지안이 나직한 목소리였지만 꽤 다급하게 말했다. 자신을 만류하는 목소리 하나로 그녀가 짓고 있을 표정까지 떠오르자 도진은 웃음을 참을 수 없었다. 빨리 지안이 있는 곳으로 가고 싶었다. 그녀가 얼른 보고 싶었다.

조심히 오라며 전화를 끊은 뒤, 핸드폰을 크리스털이 촘촘하게 박힌 이브닝 백 안으로 집어넣은 지안은 올라간 입꼬리를 숨기지 못했다. 그러나 곧 부드러운 입매에 균열이 일어나야만 했다.

"여기 나도 있는 거 잊지 않았지?"

지안을 안전하게 동문회에 데려다주기 위해 운전 중이던 경석은 수줍어하는 지안의 모습을 눈과 귀로 담았다. 행복해 보이는 그녀의 모습에 경석이 얄궂게 웃으며 자신의 존재를 어필했다. 잠시 잊고 있었던 경석의 존재에 지안의 귓바퀴가 붉게 물들기 시작했다.

"좋을 때다~ 좋을 때야."

"다…… 다녀올게!"

경석의 짓궂은 장난은 지안이 대영 고등학교 총동문회가 열리는 홀에 들어갈 때까지 멈추지 않았다. 때문에 그녀는 한껏 상기된 얼굴로 몇 년 만에 찾은 동문회에 입장해야 했다.

국내 최대 규모의 CHA 호텔의 컨벤션 홀은 입구부터 화려하고 웅장했다.

"드라마 세트장도 이것보단 덜 화려하던데……."

곁에 선 경석이 지안에게만 들릴 정도의 작은 소리로 감탄을 터뜨렸다. 지안은 그런 경석을 보며 웃음을 터뜨렸고, 알게 모르게 느끼고 있던 긴장이 풀어지는 것 같았다.

"다녀올게."

"무슨 일 생기면 바로 전화하고."

"데려다줘서 고마워."

개인적인 일에 선뜻 동행해 준 경석을 보낸 지안은 입구를 지키고 있는 경호원에게 초대장을 보여 주었다. 지안의 이름을 확인한 경호원의 눈이 살짝 커졌지만 곧 원래대로의 무표정으로 돌아와 옆으로 비켜서며 높다란 문을 열어 주었다.

천천히 열리는 틈 사이로 사람들의 시선이 집중되는 것을 느낀 지안은 작게 심호흡을 했다. 안에 있는 사람들은 누가 오는지, 자신이 원하는 사람은 언제 오는지를 항상 주시한다는 것을 알고 있었지만, 결코 순수한 의도가 아닌 눈빛을 한 번에 다량으로 받는 건 기분이 좋지 않았다.

"저기 정지안 아니야?"

"웬일이야? 이런 곳 안 오잖아."

"그럼 오늘 정이안도 온다는 게 사실인가 봐."

지안이 대영 재단 산하 학교를 졸업한 것을 알고 있던 사람도, 모르던 사람들도 전부 그녀를 보고 수군거렸다.

'이곳에서 일어나고, 알게 되는 모든 일은 비밀에 부쳐야 한다'는, 국가 기밀 기관에서만 볼 법한 서약이 존재했지만, 막상 얼굴을 모르는 사람들을 마주하자 저절로 위축되었다.

자신이 뜨거운 감자가 될 수도 있겠다는 생각을 하기는 했지만, 들어온 지 1분 만에 후회하게 될 줄은 몰랐다.

지안은 직접적으로 경영에 참여하는 사람이 아니라 관심이 금방 식을 듯하면서도, 어쨌든 그녀의 배경이 제이 그룹이라는 걸 알고 있는 사람도 존재했기 때문에 이러지도 저러지도 못하는 시선들이 뚜렷하게 느껴졌다.

지안에 대해 제대로 알지 못하는 사람들은 그저 자신들과 마주친 적 없던 배우가 이곳에 있다는 신기함과 그녀에 대한 호기심, 더 나아가 눈요기로 삼는 불쾌한 시선까지 보냈다. 그녀는 홀에 입장한 불과 몇 분이 지나지 않은 시간 만에 모두 느낄 수 있었다.

태연한 척하는 것은 지안이 세상에서 제일 잘하는 일이었다. 한걸음을 내디딜 때마다 따라붙는 눈길에는 시선도 주지 않은 채 빠르게 눈동자를 굴려 제가 원하는 사람을 찾았다.

설마 언니도 아직 안 온 거야?

지안은 당연하게 있을 것이라고 생각한 영이 보이지 않자 얼굴에 낭패감이 서렸다. 도진뿐만 아니라 이안 역시 회의 때문에 조금 늦는다는 연락을 했는데, 자신은 여기를 무슨 패기로 먼저 온 것인가.

"지안아, 잘 왔어."

지금까지 교류하는 사람 하나 없는 이곳에서 자신의 이름을 친근하게 부를 만한 사람은 없을 텐데, 목소리는 묘하게 낯설지 않았다. 망연자실한 얼굴로 입술을 잘근 깨물던 지안이 뒤에서 들리는 목소리에 고개를 돌려 얼굴을 확인했다.

"얼마 전에 봤는데, 이렇게 또 보니까 반갑다!"

"아……."

지안의 뒤에는 순백의 원피스를 입은 유진이 서 있었다. 가슴을 길게 가로지르며 파인 브이넥과 몸에 과하게 밀착한 라인 덕에 그녀는 하얀색이 주는 이미지인 청순함보다는 섹시함을 풍기고 있었다.

블랙의 시스 라인으로 단정하고 우아하게 입은 지안과 유진이 마주 보자 둘의 이미지는 사람들 사이에서 더 대조적으로 눈에 띄었다. 별로 마주치고 싶지 않았던 유안을 가만히 바라보던 지안이 적당한 인사를 골라 대답하려고 했다.

"지안이를 어디서 봤는데?"

유진의 옆에 서 있는 그녀의 친구인 주현이 궁금하다는 얼굴을 한 채 지안과 유진을 번갈아 보았다. 지안은 자신에게 말할 타이밍을 주지 않는 사람들을 보며 쉽사리 움직이지 않는 입꼬리를 끌어 올려 미소를 지으며 대답하려고 했으나, 유진의 말이 더 빨랐다.

"그냥……."

"도진이 방에서 점심 먹자고 얘기 중이었는데, 지안이가 촬영 때문에 왔더라고."

지나치게 솔직한 말이었다. 말을 굳이 저렇게 하는 의도가 지안의 눈에 보여 눈가가 살짝 굳었다. '방'이라는 단어가 신경을 거슬리게 했다. 도진이 일을 하는 공적인 공간이 유진의 말 한마디에 매우 사적인 공간으로 바뀌어 버렸다. 아니나 다를까 유진의 의도대로 주현이 호들갑을 떨며 반응했다.

"역시 유진이, 너는 도진이 편하게 만날 수 있구나?"

"친구인데 당연하지."

"야, 우리 같은 애들은 비서실에 연락해서 정석으로 약속 잡아야 해. 물론 그마저도 성공한 애들이 없지만."

부러움을 숨길 생각이 없는 주현의 말에 유진이 웃음을 터뜨리며 어깨를 으쓱였다.

자신은 안중에도 없다는 듯 저희들끼리 대화를 이어 나가는 것을 가만히 지켜보던 지안이 실소를 흘렸다. 자신은 배우였다. 꽤 오랜 시간을 연기에 투자하면서 많은 표정을 관찰하고 연구한 덕분에 누구보다 쉽고 빠르게 알아차릴 수 있었다. 유진은 지금 이곳에 있는 사람들과 저는 다르다는 것을 차도진으로 느끼고 있었다.

　도진이 생각하는 유진과의 우정의 깊이가 어느 정도인지 지안은 알지 못했지만, 적어도 이것 하나만큼은 확실히 해야 했다. 도진이 유진에게 관심이 있다는 허무맹랑한 소문만큼은 퍼지지 않게 하는 것. 지안이 동문회에 온 뚜렷한 목적이 이제야 생겨났다.

　"너 왔구나?"

　대화의 흐름에 이상하지 않으면서도 유진에게 적당한 선을 그으려던 지안은 다정하게 제 어깨를 감싸며 인사하는 누군가에 의해 시선을 위로 올려야 했다. 친숙하게 자신을 터치하는 남자에 지안의 동공이 흔들리면서 여과 없이 당황을 내비쳤다. 끈적한 눈빛으로 머리부터 발끝까지 훑은 남자는 겉보기에도 음흉한 미소를 지으며 지안에게 말했다.

　"넌 더 예뻐졌다. 화면에서 보는 것보다 더 굉장한데?"

　지안은 자신을 감싸 안은 사람이 이름조차 기억나지 않고 얼굴만 간신히 기억나는 두 살 선배라는 것만 기억해 냈다. 그조차도 두 살 언니인 유안이 아니었다면 지안의 기억에서 영영 사라졌을 것이었다. 불필요한 스킨십을 하려는 그에게서 자연스럽게 빠져나온 그녀가 인사했다.

"안녕하세요, 선배님."

"고등학교도 아니고, 무슨 선배님이야? 오빠라고 불러."

눈치라고는 전혀 존재하지 않는 쌍팔년도 복학생 같은 멘트에 지안이 어색하게 웃어 보였다. 오빠, 그 단어는 제 쪽에서 거절이었다.

"현석아, 오랜만이다. 지안이 진짜 예쁘지 않아?"

"그러니까요, 누나. 내가 만나 본 애들은 이 정도까진 아니던데……"

아쉽다는 듯 입맛을 다시는 이 남자의 이름이 현석이라는 것은 그에게 인사하는 유진으로 인해 알았다. 지안은 굳이 뒤에 붙이지 않아도 될 말을 덧붙이는 유진을 보며 언젠가 영이 제게 했던 말을 떠올렸다.

― 민유진 말이야, 그 애는 하찮은 생각이 눈에 다 보여서
   더 꼴 보기 싫어.

이제야 그 말을 이해하게 된 자신을 다행이라고 해야 할지, 재수가 없다고 해야 할지. 그녀와 엮일 일이 없다고 생각했던 과거의 자신에 헛웃음이 튀어나오려는 것을 간신히 참아 낸 지안이 세 사람에게 가볍게 인사했다.

"오랜만에 만나서 반가웠어요, 선배님들."

도진이 도착하려면 시간이 조금 더 필요할 것 같았기에, 아직 오지 않은 이안이나 영을 사람들이 없는 곳에 가서 조용히 기다릴 생각을 하며 지안이 뒤돌았다. 그리고 가는 길에 비치

되어 있는 무알코올 샴페인이 담긴 잔을 들어 올렸다.

두리번거리며 구석을 찾은 지안이 발걸음을 떼기도 전에 현석이 우악스럽게 가녀린 손목을 잡아챘다. 갑작스러운 힘에 무방비하게 휘청거린 지안이 들고 있던 잔을 놓쳐 버렸다.

쨍그랑—.

작게 일어난 소음이 멀리 퍼지지 않았는지 주변 사람만 지안과 현석에게로 시선을 집중했다. 그러나 현석의 체구에 가려진 지안을 보지 못한 사람들이 흥미를 잃고 시선을 돌렸다. 얼마나 세게 잡았는지 피부가 점점 붉게 물들었고, 통증까지 느끼기 시작한 지안이 인상을 찌푸리며 잡힌 팔을 흔들었다.

"이거 놔주세요."

"나랑 얘기 좀 해. 오랜만에 봐서 반갑잖아."

이름조차 기억나지 않았던 사람이 반가울 리가 없었다. 딱 봐도 그가 어떤 식으로 살고 있는지 보인 지안은 더 이상 엮이고 싶지 않았다. 현석의 눈빛과 행동에서 말이 통하지 않을 것을 알아차리고 주위를 둘러보았으나 사람들의 시선은 대부분 떨어져 나갔고, 그나마 남아 있는 사람들은 자신에게 호의적일 것 같지는 않았다.

그다지 희망적이지 않은 상황에 혀를 짧게 찬 지안이 손목을 비틀어 현석에게서 빠져나오기 위해 노력했으나, 점점 더 세게 조이는 힘에 평소에는 입에 담지도 않는 욕설을 작게 중얼거렸다.

"비겁한 새끼. 여자를 힘으로 다루다니."

352

자신이 가지고 있는 유명세와 사회적 체면 때문에라도 소란을 일으키지 못할 것이라고 현석은 판단했을 것이다. 그리고 그건 불행하게도 틀린 생각이 아니라는 것에 지안은 분을 삼켜야 했다. 차라리 밖으로 나가서 상대하는 것이 더 낫겠다는 판단을 한 지안이 몸에 힘을 뺐다. 현석은 힘이 빠진 지안을 붙들고 만족스럽게 웃은 뒤, 그녀를 연회장 밖으로 이끌었다.

"정유안이 죽어서 그런가, 아예 널 볼 수가 없더라? 내가 너 예뻐서 좋아했는데 접점이 없어서 아쉬웠지."

이죽이죽, 웃음을 흘리며 뱉는 말에 지안의 눈가가 매섭게 굳어 갔다. 더러운 입에 유안의 이름을 올리는 현석을 참을 수 없던 지안이 주먹을 쥐며 한마디를 하려는 찰나, 그녀의 얼굴보다 더 무섭게 굳은 목소리가 현석의 뒤에서 들렸다.

"그 손 치워."

현석보다 한 뼘이나 더 큰 도진이었다. 싸늘하게 내리깐 눈으로 현석을 바라보는 도진의 모습은 보는 이로 하여금 뒷머리가 쭈뼛 설 정도로 위압적이었다.

"선…… 선배님?"

낯선 목소리에 고개를 돌려 뒤를 확인한 현석이 도진의 얼굴을 보고 말을 더듬거리며 그를 불렀으나 도진의 안중에 들리 없는 목소리였다.

도진은 순식간에 벌어져 있던 거리를 좁혀 여전히 지안의 손목을 놓지 않는 현석의 손을 세차게 내리쳐 떨어뜨렸다.

"아!"

"아파?"

조심스럽게 지안의 손목을 감싸서 등 뒤로 보내고 현석을 막아선 도진은 단말마의 비명이 현석에게서 흘러나오자 조소를 흘리며 그의 멱살을 단번에 쥐어틀었다.

"컥……!"

지안은 갑자기 나타난 도진도 당황스러웠지만, 그에게서 한 번도 볼 수 없었던 살얼음판보다 아슬아슬한 분위기를 풍기는 모습에서 더 당황을 느꼈다. 본능적으로 눈앞에 있는 도진의 슈트 끝자락을 부여잡은 지안이 조용히 도진을 불렀다.

"오빠."

여기서 소란이 일어나 봤자 손해를 보는 건 도진이었다. 아직 입장하지 않은 사람들이 들어가다가 이 모습을 보기라도 한다면 말도 안 되는 말들이 떠돌기 시작할 것이다. 지안은 어떤 말이 나돌지 누구보다 잘 알았다. 옷을 잡았던 손을 올려 도진의 팔을 부여잡은 지안이 나지막이 속삭였다.

"저 괜찮으니까 가요, 제발……."

차갑게 현석을 노려보던 도진이 지안의 말에 낮은 한숨을 내뱉었다. 그녀가 지금 어떤 생각을 하고 있는지는 도진도 잘 알았기에 귀찮다는 듯이 잡고 있던 멱살을 그대로 한쪽 벽으로 내팽개쳤다. 도진은 볼품없이 바닥에 엎어진 현석을, 살기가 아른거리는 눈빛을 구태여 숨기지 않고 내려다보았다.

"내 여자한테 손댄 값은 다른 걸로 받도록 하지."

"내…… 내 여자요?"

생각지도 못한 단어로 지안을 설명하는 도진의 모습에 눈동자를 요동치며 반문하는 현석이었다. 그러나 도진은 아랑곳하지 않고 그를 거칠게 던져 버릴 때와 전혀 다른 부드러운 손길로 지안의 어깨를 끌어당겨 감싸 안았다.

"멋대로인 그 손과 다르게 입은 조심해야 할 거야."

지안은 차갑게 경고를 내뱉는 도진을 떨리는 눈으로 바라보았다.

지안의 손을 붙잡고 자신이 지내는 룸으로 올라온 도진은 문 앞에 있던 직원에게서 약을 건네받았다. 직원이 깍듯하게 인사를 건네고 사라지자 빠른 속도로 지안이 앉아 있는 소파로 향했다.

"손목 이리 줘."

"나 진짜 괜찮아요."

지안이 멋쩍게 웃으며 현석에게 잡혔던 손목을 문질렀다. 아무래도 붉은 자국이 오래가는 것과 욱신거리는 통증을 보니 멍이 들 것 같았다. 그럼에도 괜찮다고 말했으나, 역시나 도진에게 통하지 않는 듯 그는 그녀의 손목을 잡았다. 힘을 주지 않았음에도 자신의 손안에서 떨리는 움직임을 본 도진의 눈빛이 짙게 가라앉았다.

"멀쩡한 모습으로 보낸 걸 후회 중이야."

심각하게 붉어진 부분을 살피며 내는 도진의 진지한 목소리로 인해 괜히 무거워진 분위기를 느낀 지안이 손바닥을 들어 보이며 농담을 던졌다.

"남자 친구의 폭행 전과는 사양합니다."

분위기를 살리기 위해 던진 말에 손목에만 고정되었던 도진의 눈동자가 지안에게로 움직였다. 지안이 말한 '남자 친구'라는 단어가 생소하게 느껴진 건지, 아니면 마음에 들었던 건지, 도진은 콕 집어 입에 담았다.

"남자 친구?"

"우리 아직 결혼 안 했으니까 남편은 아니잖아요."

괜히 민망해진 지안은 어깨를 으쓱거리며 가볍게 웃었다. 도진은 틀린 표현은 아니지 않냐며 능청스럽게 말을 하는 지안을 보고 입매를 길게 늘어뜨렸다. 현석에 대한 분노로 풀리지 않는 자신의 차가운 분위기를 풀기 위해 무던히 노력하는 그녀의 고생을 알았기 때문이었다.

"듣기 좋아서."

지안은 종종 이렇게 감정에 솔직한 도진의 말에 가슴이 쿵, 내려앉았다. 어김없이 오늘도 '심쿵 도진'에게 당한 지안은 민망함에 손가락을 꼼지락거렸다. 그런 지안을 눈치채지 못한 도진은 정성스럽게 연고를 발라 주며 진지하게 중얼거렸다.

"호신술을 가르쳐 줘야 하나?"

"네?"

"내가 없는 곳에서 아까 같은 일이 일어나면 너무 화날 것 같은데.”

　지안은 소란을 일으키기 싫어 현석에게 제대로 된 반항을 하지 않은 것이 도진의 눈에는 그렇지 않아 보였다는 것을 알아차렸다. 더불어 다시금 현석을 상기한 도진의 눈빛에 화가 내려앉는 것을 본 지안이 장난스럽게 말했다.

　“내가 봐준 거예요. 가벼운 입들에 오르내리기 싫어서 그랬어요.”

　“…….”

　“나 액션도 오래 배운 여자라고요~. 몰랐죠? 나, 오빠도 넘어뜨릴 수 있는데?”

　물론 운동으로 다져진 도진에게 시도조차 할 생각이 없었지만, 영화 배역을 위해 기본적인 무술을 익힌 지안이기에 현석한테서 벗어날 정도는 될 수준은 되었으니 아주 허풍만 가득한 소리는 아니었다.

　과장을 조금 보태서 말을 한 지안이 턱을 치켜들며 의기양양한 모습으로 도진을 바라보았다. 그러나 우스갯소리로 말한 지안의 의도와 다른 반응이 도진에게서 흘러나왔다.

　“기대되네.”

　“……네?”

　예상하지 못한 반응에 지안이 얼떨떨한 얼굴로 도진의 눈을 마주하자 그는 씨익, 웃었다. 어딘가 불길한 웃음이었다.

　“날 어떻게 넘어뜨릴지.”

　“예에?”

"지금 해 볼래?"

지안은 자신의 손목을 살피느라 굽혔던 허리를 펴고 양팔을 쭉 벌리며 훅 다가오는 도진을 보고 기겁하며 몸을 뒤로 피했다. 그래 봤자 소파 등받이에 부딪혀 더 갈 곳도 없는, 독 안에 든 쥐가 되었지만 말이다.

도진은 웃음기를 감추지 않아 초승달처럼 눈을 능청스럽게 움직이고는 고개를 돌려 침실 쪽에 시선을 한 번 주었다가 원래대로 돌아와 지안을 보며 고민했다.

"이왕이면 여기보다는 침대가 더 좋겠는데……."

"오빠!"

"지금 갈까? 이제 낯선 곳도 아닐 텐데."

"지금 무슨 소리를 하는 거예요!"

자신을 양팔에 가둔 채 소파에 손을 짚고 몸을 앞으로 쭉 내민 도진으로 인해 지안은 목을 뒤로 한껏 젖히고 고개를 마구 휘저었다. 특히 저 침실은 자신은 알지 못했던 어마어마한 도진의 체력을 전부 느낄 수 있었던 공간이었다.

도진의 시선이 침실에 닿는 것을 보자마자 저절로 상기된 적나라한 기억에 지안의 얼굴이 붉게 물들었다. 거세게 뛰는 심장은 옵션처럼 따라와 반응했다.

"조금만 뒤로 가 주면 안 돼요?"

지안의 간곡한 부탁에도 움직일 생각을 하지 않은 도진은 소파를 짚고 있던 한 손을 들어 지안의 귓가로 가져갔다. 흐트러진 그녀의 머리카락을 귀 뒤로 넘기고, 드러난 귓바퀴를 느

358

릿하게 문질렀다.

말랑한 부위를 꽤 오랫동안 야릇하게 자극하자 지안은 저절로 뻐근해진 고개를 아래로 내렸다. 고개를 숙이고 있어도 도진의 얼굴이 가까워지는 것을 느낀 지안은 눈을 천천히 감았다. 이윽고 두 입술이 부드럽게 맞물렸다.

도진은 급하지 않았다. 그래서 억지로 부드러운 점막을 파고들지 않았다. 그건 요 근래 생긴 버릇과도 같았다. 그러나 가만히 입술을 대고만 있는 도진을 기다리던 지안의 입술이 살짝 벌어지면, 그 순간을 놓치지 않고 깊숙하게 파고들었다.

"……잠깐……!"

깊게 밀고 들어오는 도진의 어깨를 잡은 지안의 감긴 눈가가 파르르 떨렸다. 점점 뒤로 밀려나는 그녀의 몸이 의지할 곳이라고는 소파의 등받이뿐이었다. 더 이상 물러설 곳이 없던 지안이 반쯤 포기하며 도진의 움직임에 반응했다. 자포자기한 지안을 느낀 도진의 호흡 사이로 은근한 웃음기가 번졌다.

후진 없이 밀고 들어올 것처럼 굴던 도진이 가볍지도 깊지도 않게 엉겨 붙었던 입술을 떼어 내며 따뜻한 손으로 지안의 볼 언저리를 쓰다듬었다.

"내가 널 주제도 모르는 그런 가벼운 입들에 오르내리게 놔두지 않아."

도진이 전한 온기가 가시지 않아 몽롱한 눈빛으로 그를 바라보던 지안의 귓가로 나직한 목소리가 흘렀다. 단호하다 못해 살벌한 음성에 지안은 입가에 엷은 미소를 머금고 답했다.

"알아요. 그래도 귀찮은 일 만들기 싫었어요."

"너에 대한 건, 단 한 번도 귀찮은 적 없어."

"……?"

"아직도 모르겠어?"

도진과 전혀 어울리지 않는 말 한마디에 가득 담긴 맹목적인 태도에 지안의 속이 울렁거렸다. 이런 사랑을 자신이 받아도 되는 걸까. 벅찰 만큼 넘치는 애정을 주는 도진의 목을 끌어안으며 생각했다.

"고마워요."

그와 결혼하지 않겠다고 피했다면 우리 사이에 놓여 있던 오해는 영원히 풀지 못했을 다른 미래를 생각하니 눈앞이 아찔했다. 갑자기 할아버지에게 정말 잘해야겠다는 다짐을 강하게 했다. 그러다가도 남자 때문에 잘하겠다고 다짐하는 자신이 한심한 손녀처럼 느껴진 지안은 양심의 가책을 느꼈다.

도진을 눈앞에 두고 이런 생각이나 하고 있다니 배가 불렀다. 시선을 아래로 내리고 실소를 흘린 지안이 도진의 볼에 가볍게 입술을 부딪쳤다가 떼어 내며 말했다.

"이제 내려가요."

"그냥 여기에 있자."

"언니랑 오빠 왔을지도 몰라요."

"뭐 어때."

이안과 영의 존재는 처음부터 신경 쓸 생각이 없었는지 도진은 그들을 전혀 개의치 않아 하는 얼굴이었다. 세상 무심한 얼굴로 말하는 도진을 보고 웃음을 터뜨린 지안이 말을 덧붙이려다가 가방 안에서 울리는 진동에 고개를 돌렸다.

"아무래도 양반은 아니었나 봐요."

핸드폰을 확인한 지안이 눈가를 접으며 도진에게 이안의 이름이 뜬 화면을 보여 주었다. 도진도 공감했는지 고개를 저어 보였다. 지안은 도진과 눈을 마주치며 전화를 받았다.

"여보세요?"

[내가 이 재미없는 곳을 왔는데 말이야…….]

한창 사람들이 인사를 나누고 있는 연회장에 도착했는지 주변이 시끌시끌했다. 그중에는 영의 목소리도 들리는 것을 보니, 둘이 같이 온 것 같았다. 이안은 지안이 전화를 받자마자 당연히 둘이 같이 있을 것이라고 생각하며 어디 갔냐는 말을 돌려 했다.

[네가 없어. 차도진도 없어.]

"음?"

[둘이 몰래 어디로 가서 깨를 볶고 있냐고 묻는 거야.]

지안이 이안의 말을 듣고 떠올린 것은 도진이 했던 행동들이었다. 이안의 앞에서조차 거리낌 없이 행동한 이유는 연극이 아닌, 전부 자신을 향한 애정이었다. 아마 눈치가 빠른 이안 역시 진작에 도진의 진심을 알고 있을지도 몰랐다. 그 다정함이 그저 배려라고 생각했던 지난날의 정지안의 머리를 한 대 쥐어박고 싶은 심정이었다.

나만 몰랐네, 나만.

그러나 이안과 통화 중에 다른 생각에 빠져 버렸던 지안은 곧 이어진 말에 자리에서 벌떡 일어났다.

[그리고 무슨 일이 있었길래 아무것도 몰라야 하는 사람들이 너희 둘을 같이 입에 담고 있는 거냐고.]

이안의 밑도 끝도 없이 불쑥 내지른, 영문을 몰라야 하는 말을 단번에 이해해 버린 지안은 현석이 떠오르는 불길한 예감에 이안에게 곧 간다고 하며 전화를 끊었다. 벌떡, 자리에서 일어난 자신을 바라보는 도진의 어깨를 치며 재촉했다.

"이안 오빠랑 언니 왔대요. 얼른 가요."

갑자기 급해 보이는 지안의 모습에 도진은 하는 수 없이 자리에서 일어나 풀어 놓았던 더블 버튼을 잠그며 그녀를 향해 손을 내밀었다.

지안은 도진이 내민 손을 맞잡으면서도 입술을 잘근잘근 물었다. 아직 소속사에 정식으로 말해 놓은 게 없었기 때문에 쓸데없는 말이 벌써 흘러 나가면 골치가 아팠기 때문이다. 최대한 조용히 오늘의 일정을 마치는 것이 그녀의 목표였다.

연회장 안으로 들어가게 되면 가뜩이나 시선이 도진에게 집중될 테니, 그와 같이 가면 이안이 이야기한 분위기에 불을 지필 것이었다.

엘리베이터를 탄 지안은 동문회가 열리고 있을 홀이 있는 층에 다다르자 도진과 잡고 있던 손을 슬며시 뺐다. 지안이 손을 빼면서 허전해진 자신의 손을 고개를 내려 힐끗 본 도진이 말없이 그녀에게로 시선을 돌렸다.

"왜?"

"화장실 다녀오는 걸 잊었어요. 오빠 먼저 들어가요."

"같이 갔다가 가."

"저 어린애 아니거든요."

물가에 내놓은 어린아이처럼 챙기려고 하는 도진을 향해 헛웃음을 지어 보인 지안이 얼른 들어가라며 그의 등을 밀었다. 낮은 웃음소리를 잔잔하게 흘리며 고개를 끄덕인 그는 지안의 머리를 쓰다듬고는 안으로 들어갔다.

시간차 입장을 위해 여자 파우더 룸으로 향한 지안은 손잡이에 손을 얹자마자 문 너머에서 들려오는 말에 귀기울였다.

"유현석이 봤다면서? 도진 오빠가 정지안 어깨 감쌌대."

"도진 선배, 이안 오빠랑 친하니까 정지안하고도 친한 거 아니야?"

역시나 현석이 저런 입을 가만두지 않은 것이 분명했다. 한 치의 예상도 벗어나지 않은 인물로 인해 헛웃음을 터뜨렸다. 도진이 분명 입을 조심하라 경고하는 친절까지 베풀었던 것 같은데. 처음부터 끝까지 현석이 마음에 들지 않았던 지안은 고개를 절레절레 흔들었다.

파우더 룸 안으로 들어가는 것이 좋을까, 돌아가는 것이 좋을까, 고민하던 그녀는 또다시 들리는 자신을 향한 적대심과 조롱이 가득한 말에 결국 손잡이를 돌렸다.

"근데 정지안 인생 보면 인생 참 불공평해. 고졸 주제에 우리보다 돈이 넘쳐 나고. 게다가 친오빠는 이안 선배고, 도진

선배랑 친하기까지 해!"

"완전 공주님이니까. 솔직히 제이 그룹은 우리가 비빌 만한 급이 아니잖아."

"그러니까 부럽다는 거지. 누구는 명문 대학교 나와서 엘리트 인생을 살고 있는데도, 차도진과 정이안이라는 남자랑 눈 한 번 마주치기 힘든데."

"그 엘리트 인생이 설마 너는 아니지?"

드르륵, 깔깔거리며 웃던 여자들은 지안의 등장에 입을 다물고 침을 꿀꺽, 삼켰다. 한순간에 착 가라앉은 분위기를 느끼고, 자신을 바라보고 있는 흔들리는 눈동자들을 마주하니 지안은 저도 모르게 비소가 지어졌다.

이 중에서 자신이 아는 얼굴은 단 한 명도 없었다. 아무리 지안이 사교 모임을 다니지 않는다고 해도 권력 있는 재벌가에서 태어난 이상 기본적으로 알아야 할 얼굴은 이미 어릴 적부터 눈에 새기듯이 외워 왔다. 그렇다는 것은 스쳐 지나가면서도 본 적 없는 이들의 집안 레벨은 감히 자신의 집안을 쳐다도 보지 못할 정도라는 말이었다.

지안은 자신의 등장만으로 '꿀 먹은 벙어리'가 된 그녀들을 보며 씁쓸한 웃음을 지었다. 이런 유치한 행동까지 직접 하고 싶지는 않았는데.

지나친 욕심과 자만심을 부리고 싶지 않았기 때문에 최대한 남들 눈에 띄지 않는 조용한 태도를 고수했던 지안도 결국은 태생부터 권력을 손에 쥐고 난 사람이었다.

도진을 비롯해 이안과 영까지, 주위의 모든 사람이 지안을 자신들의 안전한 울타리 안에 가두었지만, 제이 그룹에서 태어나 오랜 연예계 생활의 고충을 주변에 나누지 않고 홀로 감당해 온 그녀는 결코 당하고만 사는 바보 같은 성격이 아니었다. 어린 나이라도 결코 낮지 않은 위치에 있는 만큼 사람을 존중하는 법을 배웠지만, 그만큼 사람을 누르는 법도 배웠다.

"나보다 잘난 게 고작 대학 졸업장 하나예요?"

"……."

"고작 그거 하나 가지고 그렇게 유세를 떨 거면, 배운 사람답게 교양 좀 챙기세요."

"뭐라고? 너, 하늘 같은 선배한테……!"

지안의 비꼬는 말에 열받은 여자 하나가 앙칼진 얼굴로 쳐다보며 말꼬리를 높였다. 그러나 놀라지 않은 지안은 순식간에 칼날처럼 서늘한 눈빛을 보냈다. 마치 다른 사람처럼 매섭게 차가워진 눈빛에 안에 있던 여자들은 일순간 겁을 먹었다.

"그러니까 말이야, 그게 문제야."

"……."

"당신이 하늘 같은 선배인지, 까마득한 후배인지 모를 만큼, 내가 관심이 없어요."

"……너……!"

"이게 우리의 위치를 보여 주는 것 아니겠어요?"

자신감이 넘치는 지안의 말에 얼굴이 구겨지는 것은 여자들뿐이었다. 그 얼굴을 보았다고 해서 딱히 속이 시원해지는 것도 아니었다. 이래서 유치한 짓은 하고 싶지 않았던 건데. 지안은 나지막이 한숨을 내뱉었다. 싸늘한 눈빛으로 여자들의 얼굴을 천천히 바라보던 지안이 더 이상 그곳에 있을 가치가 없다는 듯이 돌아섰다. 손잡이를 잡은 뒤 밖으로 나가려던 지안은 잊었다는 듯 '아' 하며 다시 뒤를 돌았다.

"인생은 실전이니까, 세상 사는 게 가방끈 따위로 결정되는 게 아닌 만큼 조심해야 할 게 참 많죠?"

문을 쾅, 닫고 파우더 룸을 나온 지안은 눈을 천천히 감았다가 뜨며 심호흡을 했다. 한 치 앞도 예측할 수 없는 것이 인생이었다. 그랬기에 매사 모든 일에 조심, 또 조심하면서 치열하게 노력하며 살았다. 감사하게도 기본적으로 시기와 질투를 받는 자리에서 태어났지만 그들의 생각처럼 지안의 삶이 언제나 부족함 없이 실컷 즐길 수만 있었던 것은 아니었다.

"조금만 참을 걸 그랬나……."

그러나 금방 자신의 행동을 후회했다. 멋대로 남의 삶을 판단하는 것에 욱해서 질렀지만 함부로 말을 하는 사람들이 한둘도 아닌데 괜히 나섰나 싶었던 지안이 고개를 젓다가 옆에서 느껴지는 인기척에 고개를 올렸다.

"여기에 왜 있어?"

"네가 여기 있으니까."

"설마 들었어?"

"뭘?"

조심스럽게 묻는 지안에게 장난스럽게 웃으며 대답하는 사람은 벽에 기대어 있던 이안이었다. 이안의 표정을 보고 단박에 안에서 있던 대화를 그가 다 들었음을 알아차린 지안은 이안의 팔을 붙잡았다.

"아무것도 하지 마. 나 괜찮아."

"안 해. 먼저 가."

"왜? 같이 가."

먼저 가라는 이안의 말에 불안해진 지안이 덥석 그의 팔에 팔짱을 꼈다. 그러나 그는 곧 지안의 팔을 풀어냈다.

"차도진이 너 언제 오나, 목 빠지게 기다리는 거 보기 힘들다."

"오빠."

"걱정하지 마. 그냥 얼굴 좀 보고 싶어서 그래."

지안이 걱정스러운 눈동자로 이안을 쳐다보자 그는 마치 항복 선언이라도 하듯 두 손을 높게 들어 보였다. 이안은 지안의 표정이 풀릴 기미가 보이지 않자 마른 한숨을 내쉬며 뻐근해진 목을 움직이더니 어깨를 가볍게 으쓱였다.

"얼굴이든 이름이든 뭘 알아야 더러워서 피하지."

"어?"

"더러운지도 모르고 덜컥 밟으면 어쩌려고. 넌 비즈니스 하는 이 오빠 걱정도 안 돼?"

오히려 매정한 동생이라며 자신을 흘겨보는 이안을 어이없는 눈으로 바라본 지안이 결국 먼저 포기했다. 한 발자국 뒤로 물러나며 조용히 속삭였다.

"별로 눈에 담고 싶은 얼굴들 아니니까 빨리 와."

"알았다고."

느릿하게 걸음을 옮기는 지안의 뒷모습을 끝까지 바라보던 이안의 눈빛이 한순간에 바뀌었다. 거침없이 앞으로 걸어가 문을 거칠게 열어젖히자, 다시금 열린 문에 여러 개의 눈동자가 이안에게로 집중되었다.

"안녕?"

이안은 한쪽 입꼬리를 올리며 웃었다. 굳이 더러운 것을 피하려는 노력을 하느니, 치워 버리면 그만이었다. 다시는 제 동생이 오늘처럼 더러운 것을 밟지 않도록.

대뜸 여자 파우더 룸에 나타난 이안을 보고 놀란 여자들은 얼굴을 붉혔다. 이안 역시 만나 볼 수 없는 인물이라서 그런지, 어안이 벙벙한 상황에도 수줍은 미소를 띤 여자가 물었다.

"이안 오빠가 여기는 왜……?"

방금 전에 있었던 일을 까맣게 잊기라도 한 것인지 제게 말을 거는 여자를 어이없는 눈으로 바라본 이안이 웃음을 크게 터뜨렸다. 시원한 이목구비가 호탕한 웃음과 잘 어울렸으나, 그건 가면일 뿐이었다.

"혹시 내가 온다는 소식 못 들었나 해서."

"들었죠! 그래서 너무 좋았어요!"

이안과 말을 섞는 게 처음이었던 여자는 부끄러워 몸을 배배 꼬며 대답했다. 그런 여자를 무감한 눈으로 바라보던 이안이 입가에 조소를 띠었다.

"그런데도 그랬어?"

"네?"

"내가 오늘 여기를 온다는 것을 들었는데도 감히 내 동생을 향해 그런 말을 하면, 내가 이걸 어떻게 생각하면 돼?"

여자들은 이안이 조금 전에 지안과 있었던 일을 언급하자 얼굴이 하얗게 질렸다. 무언가 잘못되었다는 느낌을 그제야 강하게 받았다. 다급하게 변명을 하려던 여자들의 입은 이안의 싸늘한 어조에 금방 다물렸다.

"친한 척하지 마."

목소리만 들었을 때도 설마 했는데 기억 어느 한구석에도 남지 않은, 알지 못하는 얼굴을 보자 더 열받기 시작했다.

"지안이가 이런 자리에 그동안 어울리지 않았다고 해도, 너 따위가 입에 막 올릴 수 있는 애 아니야."

"……"

"감히 할 말, 못 할 말도 구분 못 해? 제이 그룹을 뭘로 아는 거야."

타인을 향해 부드러운 모습만 보였던 이안이었기 때문에 여자들이 받는 충격은 배가되었다. 어떤 말이라도 꺼내야겠다고 생각한 여자들은 입술을 떼려고 노력했지만, 보기도 싫다는 듯이 목을 살짝 돌린 이안은 냉기가 감도는 음성을 내뱉었다.

"착해 빠진 정지안은 말로 끝냈지만, 난 아니야."

정이안은 절대 유한 성격의 소유자가 아니었다.

Chapter 8

나는 처음부터 너였는데

　홀로 돌아온 지안은 도진과 영이 같이 있는 것을 확인하자 반가운 마음에 한달음에 그들의 곁으로 달려갔다. 빠른 걸음으로 걸어오는 지안을 확인한 영이 환하게 웃어 보였다.

　"우리 꼬마!"

　"언니!"

　이산가족 상봉이라도 하는 듯이 격하게 포옹하며 인사하자 지안의 허리를 강하게 붙잡아 바로 세우며 영과 떨어뜨리는 도진이었다. 시선이 집중될까 봐 반사적으로 그의 팔을 툭, 하고 쳐 내자 도진의 한쪽 눈썹이 강하게 꿈틀거리는 것이 보였다. 내심 미안한 마음이 든 지안이 배시시 도진을 향해 웃었다. 그러나 도진은 소용없다는 듯이 단호하게 말을 했다.

　"나 기다린 건 안 보이고, 차영만 보여?"

　"오빠……."

　살짝 삐진 것처럼 보이는 도진의 모습에 영은 못 볼 것을 본 듯 입을 턱, 하고 벌렸다. 처음 보는 동생의 모습에 심히 충격에 빠진 얼굴이었다.

"너, 차도진 맞아?"

"이제 눈도 안 보여?"

"아무리 생각해도 이건 차도진의 얼굴을 한 가면을 쓴 건데? 너 이리 와 봐."

믿기지 않는 사람처럼 기어코 자신의 얼굴에 손을 뻗는 영의 팔을 가뿐하게 무시한 도진이 지안의 어깨 위로 손을 올렸다. 이번에도 피하려는 그녀의 움직임을 느끼고 어림없다는 듯이 강하게 붙잡았다.

뒤이어 이안까지 들어와 합류하자 사람들의 시선이 전부 자신들을 향한 것을 느낀 지안이 아무도 모르게 한숨을 쉬며 도진의 팔을 풀어내고 그의 너른 등을 방패 삼아 사람들의 시선에서 숨었다. 도진은 제 뒤에 숨은 지안을 귀엽다는 듯이 내려다보며 웃었고, 그 웃음이 퍽 낯설었던 이안과 영의 입가가 떨떠름하게 떨렸다.

"내가 뭘 본 거야?"

"너 차도진 아니지?"

"야, 그거 내가 이미 했어."

누가 태어난 순간부터 친구 아니랄까 봐 영과 똑같은 말을 한 이안이 도진의 얼굴을 향해 손을 뻗자, 영이 고개를 절레절레 저으면서 이안의 팔을 내렸다.

이안과 영은 심각하게 대화하기 시작했다. 주제는 당연히 차도진 본체의 행방에 대해서. 30대가 넘어 이제는 어엿하게 하나의 기업을 이끌고 있는 주체가 되는 사람들이 여전히 학생처럼 장난기가 넘치는 모습을 지안이 신기하게 바라보았다.

"안녕하세요."

간신히 찾은 편안한 분위기를 깨 버린 사람은 유진이었다. 전혀 놀랍지 않은 그녀의 등장에 지안은 올 것이 왔다는 심정이었다.

"언니, 오랜만이네요."

"언니 말고 선배."

"네?"

"선배라고 부르라고."

엄격하게 호칭을 정해 주며 선을 긋는 영의 말에 어색하게 웃은 유진은 몸을 돌려 이안을 향해 환하게 미소를 지어 보였다. 그러나 이번에는 이안이 빠르게 선수를 쳤다.

"그냥 날 부르지 않았으면 좋겠어."

지안은 예상하지 못한 말에 멍해진 유진의 표정을 보고 저도 모르게 소리 내어 웃을 뻔했다. 아무래도 자신은 모르지만 과거 유진의 행동이 영과 이안의 심기를 상하게 했던 것이 분명했다. 대놓고 적대시하는 이안과 영의 반응에 민망해진 유진이 결국 곁에 서 있는 지안에게는 눈길 한 번 주지 않고 도진을 바라보았다.

"애들이 다 너만 기다리는데……."

평소와 다르게 지안에다가 이안까지 등장해서 도진과 영이 전혀 자리에서 움직일 생각을 하지 않자 속이 끓던 유진은 현석을 핑계 삼아 지안에게 고정되어 있는 도진의 시선을 빼앗았다.

"현석이가 너에 대해서 이상한 소리 하고 다녀."

"……?"

"선배 무서운 줄 모르고 아무 말이나 지어낸다니까?"

실소를 터뜨린 유진이 은근슬쩍 도진의 옷깃을 잡아끌자 영의 눈초리가 매섭게 변했고, 지안 역시 유진의 행동을 발견했지만 그저 가만히 도진의 말과 행동을 기다렸다. 유진을 쳐다보지도 않는 도진의 모습에 얼마나 그녀의 속이 타들어 가고 있을까 싶었다.

"뭐라고 하는데."

좀처럼 유진이 자신의 무리로 돌아갈 생각을 하지 않자 결국 도진의 입에서 낮은 음성이 흘러나왔다.

"너랑 지안이가 특별한 사이 같다잖아? 친한 동생 챙기는 것 가지고 오버하고 있어. 소문이 이상하게 퍼지기 전에……."

"그게 이상한 소리야?"

"어?"

"하나도 이상하지 않은데."

도진은 무감한 눈으로 유진을 내려다보고 있었다. 유진은 이런 반응을 전혀 예상하지 못했는지 당황한 눈으로 도진의 시선을 피해 영과 이안 그리고 지안까지 둘러보았지만, 그들 역시 전혀 이상함을 느끼지 못한 듯 평온한 얼굴이었다.

"그동안 둘이 만난 적 없는 걸 아니까……!"

"그걸 네가 어떻게 알아."

더 낮아진 목소리가 꼭 마치 '네가 뭔데?'라고 묻는 것처럼 느껴진 유진은 입 안을 잘근거렸다. 이 말은 곧 도진과 지안이 특별한 사이가 맞다는 것을 알려 주는 것이었다. 자신이 평생 원했던 도진의 옆자리 말이다. 그녀가 아무 말도 하지 못하면서 대화가 매끄럽게 이어지지 않게 되자, 영에게서 비웃음이 흘러나왔다.

"오버는 네가 하는 것 같은데?"

"언니!"

"내가 널 예뻐하지는 않지만 충고는 하나 해 줄게. 이 바닥은 눈을 조심하고, 입을 조심해야 하는 거 알지?"

보조개가 파이도록 방긋 웃은 영은 유진의 어깨를 톡톡 두드리고는 나지막이 경고했다. 함부로 입을 놀리지 말라는 경고를 못 알아들을 리 없는 유진의 손끝이 바르작거렸다. 한쪽 입꼬리를 올렸다가 내린 영은 보란 듯이 이안을 돌아보았다.

"갈까요, 사돈?"

"그럽시다, 사돈."

태어난 순간부터 함께한 사람들이 우정을 증명하는 호칭 대신 정중하고 새로운 호칭으로 서로를 불렀다. 이안 역시 영의 의도를 단번에 눈치채고 쿵짝을 맞췄다. 도진과 지안은 곧 결혼할 사이라는 것을 그들의 입을 통해 증명한 것이었다. 환상의 호흡에 만족한 영이 앞장섰고, 이안이 뒤를 따랐다.

지안은 당당하게 홀을 나가는 둘을 보다가 무의식적으로

고개를 절레절레 흔들었다. 저 둘은 아무도 못 말려, 진짜.

도진은 지안에게 바짝 다가서서 그녀의 어깨를 살며시 감싸 안았다. 지안은 어깨에 닿는 온기에 도진을 한 번 쳐다보고는 유진에게 가벼운 목례를 한 후에 이안과 영의 뒤를 따라 나갔다. 유진은 멍한 눈빛으로 다정하게 나가는 도진과 지안에게서 시선을 떼지 못했다.

거대한 문이 닫히자 안과 다르게 고요한 적막만 흐르는 복도가 지안과 도진을 반겼다. 그들이 나오자 먼저 홀을 나섰던 이안과 영이 다가왔다.

"술 한잔하자."

영이 고갯짓으로 위를 가리키며 말했다. 얼마 만에 네 명이 모인 건데 이대로 헤어지는 건 있을 수 없는 일이었다.

"좋아요!"

"그냥 각자 갈 길 가."

그러나 영의 제안에 해맑은 웃음소리가 섞인 긍정적인 대답과 짜증을 숨기지 않은 부정적인 대답이 동시에 흘러나왔다.

지안은 오랜만에 만난 영과 이대로 헤어지고 싶지 않았고, 도진은 지안과 함께 보낼 시간을 더 이상 낭비하고 싶지 않았다. 한 치의 물러섬 없이 서로를 바라보는 지안과 도진을 예상한 이안의 목소리가 둘 사이를 파고들었다.

"차도진, 진짜 안 마실 거야?"

"응."

"오케이. 그러면 여기서 찢어져."

"야!"

도진의 단호한 대답에 이안은 쉽게 받아들였다. 그러자 믿는 도끼에 발등이 찍힌 영은 크게 소리쳤고, 도진은 만족스러운 웃음을 입가에 걸쳤다. 그러나 그것도 잠시, 이안의 이어진 말에 도진이 빠르게 얼굴을 굳혔다.

"정지안은 나랑 집에 가고."

"뭐?"

도진의 선택지 어디에도 지안을 보낸다는 것은 없었다. 그리고 이안의 말에 놀란 것은 도진뿐만이 아니었다. 지안의 선택지에서도 도진이 없는 것은 없었다. 여기서 한잔하자는 영의 약속이 결렬된다면 당연히 도진과 함께 나설 것이었다. 그런 지안의 생각을 다 알고 있는 듯 이안이 실소를 흘렸다.

"어디 결혼도 안 한 애가 오빠가 보는 앞에서 남자 친구랑 따로 가려고 해?"

"죽을래?"

"난 그런 거 용납 못 한다~."

자기가 언제부터 그렇게 보수적인 사람이었다고. 지안이 지나가던 개도 믿지 않을 행동을 하는 이안을 황당한 얼굴로 쳐다보다가 영에게로 시선을 돌리자, 그녀는 이안의 방식이 꽤 마음에 든 것처럼 보였다.

"그럼, 그럼. 나는 내 동생, 그렇게 파렴치한 놈으로 키우지 않았어."

고개를 끄덕이며 이안의 말에 동조하는 영을 보자 도진은 미간을 일그러뜨리고는 헛웃음을 터뜨렸다.

"안전하게 집에 모셔다드려야지."

"오늘은 특별히 본가로 가자."

"그거 좋지. 아무리 바빠도 어른들은 자주 뵈어야지."

그들보다 인생을 조금 덜 살아서 그런가, 지안은 찰떡같은 호흡을 자랑하는 둘의 모습에 두 손 두 발을 다 들었다. 자신은 절대 이길 수 없는 조합이었다. 포기한 눈으로 물끄러미 자신의 옆에서 눈가를 문지르는 도진을 올려다볼 뿐이었다.

"뭐해? 얼른 찢어지자고."

완강한 이안의 태도와 옆에서 절대 말릴 생각이 없는 영을 가만히 바라보던 도진은 갑갑한 넥타이를 잡아당기며 긴 한숨을 내쉬었다.

"올라가."

도진은 이대로 지안을 보낼 생각이 전혀 없었다.

편하게 마시자는 영의 말에 네 사람은 나란히 도진이 종종 머무는 객실로 올라왔다.

"여기서 마시고 죽을 생각이야?"

불편한 슈트는 벗어 던지고 가벼운 옷으로 갈아입고 나온 도진이 테이블 위에 올려져 있는 수많은 종류의 술을 보고서 헛웃음을 터뜨렸다.

"이걸 다 마시려고요?"

도진의 뒤로 나온 지안 역시 어마어마한 술의 양을 보고 두 눈을 크게 떴다.

"차도진이 이 정도로 엄살이야?"

"엄살이 아니라, 누가 봐도 정상이 아니니까 하는 소리야."

"여기서 주량 제일 센 놈이 그렇게 말하면 정 없다."

무심하게 도진의 주량을 꼽은 영이 위스키 병을 하나 들어 올려 잔에 따랐다. 벌써부터 독한 느낌에 몸을 부르르 떤 지 안이 앓는 소리를 내었다. 자신이 감당할 수 있는 알코올은 저런 독주가 아닌, 만인을 위로하는 초록 병이었다.

"소주는 없어요?"

"아, 맞다. 꼬마 최애 주종이 소주인데……!"

"소주?"

지안의 물음에 영이 깜박했다며 탄식을 내뱉었다. 도진은 와인도 아니고 맥주도 아닌 소주를 찾는, 처음 보는 그녀의 모 습에 목을 긁적였다.

"오빠도 소주 좋아해요?"

"……"

"쟤가 소주를 마셔 볼 생각이나 했을까 몰라."

지안의 해맑은 물음에 도진은 답을 할 수 없었다. 많고 많은 알코올 중에서 굳이 소주를 먹어 볼 생각을 하지 않았던 도진 이었기에 지안의 물음이 당황스러웠다. 그런 도진을 영이 비웃 자 그는 인상을 찡그리며 짜증스러운 목소리로 말했다.

"비꼬지 마. 누나도 똑같잖아."

"너랑 내가 같아? 나는 지안이랑 종종 마셨는데. 삼쏘, 치쏘, 곱쏘! 너는 지안이랑 그런 거 안 해 봤지?"

감히 누구랑 비교해? 도진을 향해 승리의 웃음을 지으면서 신나게 자랑하는 영이었다. 도진이 고개를 휙 돌려 어느샌가 자리를 잡고 스트레이트로 잔을 채우고 있는 이안을 쳐다보았다. 그러자 이안은 술을 한 번에 들이켜고는 어깨를 으쓱였다.

"난 정지안 오빠인걸? 종종 같이 먹었지."

도진이 이번에는 말없이 지안을 향해 고개를 돌렸다. 애초에 질문부터 잘못된 것이었다. 먹어 봤냐고 물을 것이 아니라 왜 자신과는 먹지 않았냐고 묻는 것이 맞았다. 짙은 눈동자에 배신감 비슷한 것이 어리자 지안이 눈을 도르륵 굴렸다.

"나 곱창 좋아하는데, 다음에 같이 먹을래요?"

"응."

그 말을 기다렸다는 듯 도진이 빠르게 대답하자 쓴 입 안을 달래기 위해 과일을 집어먹던 영은 '캑' 하고 사레가 들렸다. 차도진하고 곱창? 생각만 해도 어색한 조합이었다. 그렇게 생각하는 것이 비단 영뿐만은 아니었는지, 이안의 입에서도 낮은 한숨이 새어 나왔다.

"너는 저 완벽한 몸에 그런 걸 먹이는 거 미안하지도 않아?"

이안이 검지로 휙휙 동그라미를 그리며 도진을 가리켰다. 지안이 고개를 돌려 옆자리에 앉은 도진을 바라보며 생각에 잠졌다. 이제는 누구보다 잘 안다고 자신할 수 있는, 완벽에 가까운 그의 몸을 떠올리고는 수긍했다. 그가 철저하게 몸을 관리하고 있다는 것은 눈을 감고도 알 수 있었다.

먹을 것을 가리는 모습을 본 적은 없지만, 이건 말이 달라질 것 같았던 지안이 어색하게 웃자 도진이 이안에게 까칠한 시선을 던지고는 다시 지안을 향해 말했다. 그러면서 손을 들어 흘러내린 지안의 머리카락을 귀 뒤로 넘겨주고는 드러난 볼을 가볍게 꼬집었다.

"네가 좋아하는 건 나도 좋아."

보는 사람마저 느낄 정도로 다정다감함이 넘쳐흐르는 눈과 함께 나온 스윗한 도진의 말에 지안은 수줍은 미소를 지었다. 그들만의 분위기에 빠지는 두 사람 너머에서, 엑스트라로 전락해 버린 또 다른 두 사람의 투덜대는 목소리가 들려왔다.

"내가 이 모습을 보려고 한 게 아닌데."

유일하게 그들 사이를 다 아는 사람들 앞이라서 그런가, 이안은 자신들 앞에서 애정 행각을 숨길 생각이 없는 도진을 보고 멜론을 집던 포크를 테이블 위로 집어 던졌고, 30년 동안 보지 못했던 동생의 모습을 오늘 여럿 본 영은 괜히 심술을 부리고 싶었다.

'냉철한', '냉혈한' 등 온갖 차가운 단어가 찰떡같이 어울리는, 심지어 가족에게조차 지독하게 냉정한 도진이 덩치에 맞지 않게 지안과 꽁냥꽁냥하는 모습을 보자 목뒤에 소름이 오소소 돋아났다.

영이 한쪽 입꼬리를 씨익, 끌어 올리며 조금은 꼬인 마음을 담아 짓궂은 음성으로 말했다.

"지금이라도 정이안하고 나는 내 방으로 가는 게 좋을 것 같은데?"

"그럴래?"

영이 이안을 바라보며 이야기하자 반응한 건 도진이었다. 지안의 왼쪽 손을 아예 자신의 앞으로 가져와 손가락 장난을 치다가 영의 말에 곧바로 눈빛을 반짝였다. 지나치게 솔직한 도진의 반응을 보고 기가 막혀 웃음을 터뜨린 영이 이번에는 지안을 바라보며 물었다.

"우리 꼬마 생각은 어때?"

자신의 깜찍한 동생인 지안은 도진과 다를 것이라는 영의 생각이 무색하게 지안은 어색하게 웃으며 기대에 차 있는 그녀의 눈을 슬그머니 피하고는 말끝을 흐렸다.

"노는 건 좋지만, 자는 건 언니가 지내던 방이 편하지 않을까……"

물론 자신이 제일 좋아하는 사람인 영과 이안이 함께하는 이 시간은 소중하고, 즐겁고, 행복하고, 또 뭐가 있을까? 아무튼 '좋다'는 표현을 모조리 다 가져와도 부족했지만, 막바지에 다다른 촬영 스케줄로 인해 도진과 단둘이 보낼 수 있는 시간을 구하는 건 하늘의 별 따기였다.

눈앞에 있는 사람들보다 술이 약한 자신이 끝까지 멀쩡한 이성을 유지해서 도진과 둘만의 시간을 보낼 수 있을지는 장

담할 수 없었지만, 그래도 혹시 모르니까 지안은 솔직하게 대답했다.

도진만큼이나 꾸밈없이 순수하게 대답한 지안의 모습에 배신당한 기분이 들어 버린 영은 황당한 얼굴로 입을 살짝 벌렸고, 이안은 그런 영을 보며 웃음을 터뜨렸다.

도진은 지안의 대답이 굉장히 마음에 들었는지 가지고 놀던 그녀의 손을 확 잡아당겼다. 갑작스러운 힘에 중심이 흐트러진 지안은 도진의 품으로 몸이 기울었고, 그런 지안의 머리 위에 입술을 댄 도진이 쪽쪽, 입을 맞추었다.

"정지안 좋아 죽는 것 봐라."

몽글몽글한 분위기에 점점 빠르게 뛰는 지안의 심장 박동을 그녀의 반대편에 앉아 있는 이안이 느낀 건지, 못 말린다는 표정을 하고서 어느새 채운 자신의 술잔을 앞으로 뻗었다.

"내가 언제 그랬다고……."

지안은 입술을 삐쭉이며 잔을 부딪쳤다. 이어서 도진과 영까지 잔을 부딪치며, 이 세상 가장 편안하고 부드러운 네 사람의 술자리가 밤을 넘어가고 있었다.

도진은 피곤한 제 얼굴을 손으로 크게 쓸어내렸다. 눈앞에 보이는 광경이 좀 웃기기도 하고. 진작에 잠에 빠진 지안을 침실에 곱게 두고 나온 도진이 입 안에서 혀를 굴리다가 이안을 향해 말했다.

"얼른 가."

이안은 취해서 소파 아래로 떨어지기 직전의 널브러진 영을 안아 들고서 고개를 끄덕였다.

"정지안 잠버릇 심하니까 조심하고."

"잠버릇 같은 거 없어."

"그걸 네가 어떻게…… 아…… 그래……. 너희들이 일곱 살 어린 애도 아니고……."

도진에게 간신히 들릴 크기로 혼자 중얼거린 이안은 도진에게 자라는 인사를 건네고 영이 종종 머무르는 방으로 향했다. 이안을 배웅한 뒤 문을 닫은 도진은 뻐근한 고개를 돌리며 안으로 되돌아갔다.

이윽고 샤워를 마친 도진은 여전히 내쉬는 숨에 술 냄새가 지독하게 섞여 있자 고개를 절레절레 젓고는 지안이 자고 있는 침실로 들어갔다. 곤히 자고 있는 지안을 보자 도진은 조금 전, 이안이 했던 말이 떠올랐다.

─ 지금까지 자기 스스로 다그치면서 살았다. 고작 스무 살 넘은 애가 뭘 안다고, 그렇게 절절하게 아파했는지.

이안은 짙게 가라앉은 눈동자로 과거를 떠올리며 헛웃음을 짓는 것과 동시에 도진에게 날카로운 눈빛을 보냈다. 그녀는 스스로에게 가혹한 현실을 잊기 위해 다른 삶을 살아갈 수 있는 배우를 직업으로 선택했다. 그는 지안의 그 선택에 눈앞에 있는 도진의 영향도 있다고 믿었다.

— 지금은 너한테 있던 정유안의 그림자가 사라졌어?

도진은 이안이 제게 건넸던 질문을 떠올리자 실소가 터져 나왔다. 젖은 머리카락을 대충 털어 내며 지안이 누워 있는 침대 속으로 들어간 도진은 굳이 편하게 자고 있는 사람의 머리를 들어 제 팔을 끼워 넣고는 품에 안았다. 꽉 들어차는 느낌에 옅은 한숨을 지었다.

어쩌면 평생 느끼지 못했을 온기라고 생각하자 머릿속이 술기운과 함께 아찔해졌다. 불끈, 힘이 들어간 도진의 품이 답답했는지 지안이 꼼지락거리는데도 쉽게 놓아주지 못했다. 도진은 자고 있는 그녀를 향해 전하지 못할 말을 나지막이 건넸다.

"나는 처음부터 너였는데……."

스스로 깨닫지 못했을 때조차 모든 사랑의 방향은 지안을 가리키고 있었는데 불필요한 오해가 자신이 서 있는 곳을 가리고 있었다는 것이 도진은 사무치게 억울했다.

"애초에 관심조차 없었어."

차도진에게 정유안이라는 아이는 신경 쓰이는 존재가 아니었다. 애초에 그는 태생부터 타인에게 관심을 가지는 사람이 아니었다. 도진은 자신이 유안에게 마음 한구석을 내어 줘야 했던 때를 또렷하게 기억하고 있었다.

정확하게 파리에서의 사고 이후였다. 재수 없게 나 때문에 죽었으니까. 내가 죽었어야 하는 그 사고에서 아무 죄 없는 엉뚱한 애가 죽었으니까. 인간이기에 가졌던 최소한의 알량한 죄책감이었다. 도진은 다음 말을 잇기 위해 이를 악물었다.

"근데 이제는 그마저도 잘 모르겠어. 나 대신 죽어 버린 불행한 그 아이가 잘 생각나지도 않아. 정지안만으로도, 너 하나만으로도 내 머릿속이 꽉 차 버려서……."

도진은 점점 격해지려는 감정을 애써 누르며 지안을 안은 손에 힘을 주었다. 손등에 툭, 불거진 힘줄이 감정의 과잉에 빠지지 않기 위해 견디려는 도진의 노력과도 같았다.

"……나, 다른 사람 생각은 도저히 못 하겠어."

중얼거리듯이 작은 소리로 내뱉은 말은 지안이 깨어 있었다면 그 가슴이 아릴 만큼 절절했다. 간신히 터뜨린 말에 도진의 몸에서 힘이 쭉 빠졌다. 동시에 속을 꽉 막고 있던 것이 빠져나가는 느낌이 들면서, 갑자기 후련해지는 기분이 들었다.

도진의 몸에서 힘이 빠지자 지안은 한결 편해졌는지 인형을 감싸 안듯이 도진의 허리를 팔로 감싸 안았다. 움직이면서 흐트러진 머리카락이 눈가를 찌르는지 지안이 미간을 살짝 찡그리자 도진은 조심스러운 손길로 머리를 정리해 주었다.

눈가를 괴롭히는 머리카락이 사라지자 바로 펴지는 미간을 가만히 지켜보던 도진이 그대로 입술을 맞췄다. 느릿하게 입술을 떼어 내고서 잠긴 목소리로 혼자 간직하고 있던 지나친 욕심을 꺼내 보였다.

"내가 좀 많이 이기적이야."

그러니까 너는 말이야…….

"아무 생각 하지 말고 너만 보고 사는 나를 봐 줬으면 해."

도진은 지안을 놓지 않은 채 눈을 감으며 중얼거렸다.

"나만 봐 줬으면 해."

지독한 집착이라고 해도 할 말은 없었다.

지안은 눈을 뜨자마자 목이 타는 듯한 갈증에 휩싸였다. 반사적으로 침대 옆을 더듬더듬 손으로 헤매자 손가락 끝에 걸쳐지는 시원함에 부어서 떠지지 않는 눈꺼풀을 간신히 밀어 올렸다. 실눈을 뜨고 시원함의 정체를 바라보자 눈앞에 있는 것은 표면에 물기가 흐르는 생수병이었고, 지안은 그것을 망설임 없이 받아 들고서 벌컥벌컥 들이켰다.

"속은 괜찮아?"

차가운 물 덕분에 정신이 조금 돌아온 지안의 귀에 다정한 음성이 들렸다. 전보다 조금 반짝이는 눈동자로 고개를 돌리자 샤워를 하고 나온 건지 머리카락에서 물기를 뚝뚝 떨어뜨리고 있는 도진이 있었다. 상체에 아무것도 걸치지 않아 드러난 탄탄한 근육이 위압감을 뽐내고 있었고, 하체는 트레이닝 바지가 도드라진 남자의 굵은 장골에 걸쳐 있었다.

지안은 어색하게 눈동자를 굴렸다.

아, 저 남자는 하루라도 안 섹시한 적이 없어.

천천히 머리부터 시작해 아래로 도진을 훑어내리던 지안이 침을 꼴깍 삼키느라 목 언저리가 움직이는 것을 본 도진이 '피식' 웃었다.

"무슨 생각을 하길래 침을 삼켜?"

"옷 좀 입는 건 어때요?"

도진은 시선을 피하며 다 잠긴 목소리로 부탁하는 지안을 귀엽다는 듯이 눈에 애정을 가득 담아 바라보았다.

"이보다 더한 것도 봤잖아."

"그래도, 이렇게 다 벗고 있는 건……."

"다 벗었다니? 그러면 여기 걸쳐져 있는 바지가 억울하지."

도진은 여유롭게 웃으며 지안에게 다가섰다.

"억울하지 않게 이것도 벗을까?"

말과 행동을 일치시키려고 하는지, 수건을 잡고 있지 않은 다른 손은 허리 밴드에 걸쳐져 있었다. 여차하면 당장이라도 훅 내릴 수 있도록 말이다. 지안은 도진이 제 말이라면 진짜 언제든지 벗어 던질 수 있는 사람이라는 것을 알기에 소리를 빽 질렀다.

"됐…… 됐어요!"

성큼성큼 다가오는 도진의 걸음에 맞춰 지안도 이불 안에서 슬금슬금 몸을 뒤로 물렸다. 어느새 침대의 끝까지 밀려난 지안을 본 도진이 주의를 줬다.

"그러다가 떨어진다."

"오빠가 그만 오면 되잖아요!"

"싫은데."

수려한 입꼬리가 살짝 올라가 있는 것이 자신을 놀리는 재미가 다분한 게 분명했다.

지안은 도진을 흘겨보기 위해 두 눈을 부릅뜨려고 했지만, 생각보다 잘 올라가지 않는 눈꺼풀에 당황했다. 그리고 피곤한 상태에서 독한 술까지 마셨던 어제의 자신을 떠올리고는 침대에서 벌떡 일어났다.

지금까지 이렇게 잔뜩 부어서 못나진 얼굴로 도진과 마주하고 있었다니. 지안은 스스로에게 놀라는 중이었다. 급히 손으로 얼굴을 감싼 그녀는 도진을 쳐다보지도 않고 안쪽에 있는 화장실로 걸어갔다.

"빨리 씻고 나올게요."

탁─.

화장실 문을 닫은 지안은 거울에 비친 자신의 모습을 바라보며 생각에 잠겼다. 새벽녘에 어렴풋이 들었던 도진의 목소리가 머릿속에서 다시 재생되었다. 도진은 이 말 앞에 분명 다른 말을 자고 있던 자신에게 했겠지만, 자신이 들은 건 단 한 마디밖에 없었다.

─ 나만 봐 줬으면 해.

나지막이 읊조리던 목소리가 가슴에 박혔다. 자신에 대한 소유욕으로 한 말이라기에는 지나치게 간절했다. 마치 길에서 부모를 잃을까 봐 손을 꼭 잡는 어린아이처럼 느껴졌다. 꼭 자신이 사라지거나 떠나기라도 할 사람처럼 말이다.

"이미 나한테는 오빠밖에 없는데……."

멍하니 앞만 바라보던 지안은 도진의 앞에서 쑥스럽고 간지러운 마음에 그만큼 적극적으로 표현하지 못했던 자신을 떠올리며 '끙' 하고 작은 신음을 내뱉었다. 아무래도 도진에 비해 소극적이었던 자신의 태도가 그에게 작은 불안감을 던져 주었는지도 몰랐다.

"잘하자, 정지안."

"뭘?"

"악!"

반성의 뜻을 담아 혼자 내뱉은 말을 뒤에서 받아치자 소스라치게 놀란 지안의 입에서 외마디 비명이 짧게 흘러나왔다. 목소리가 들린 곳으로 고개를 돌리자 어느새 닫힌 문을 등받이 삼아 기대어 서 있는 도진이 보였다.

"어떻게 들어왔어요?"

"나에 대한 믿음이 너무 굳건한데? 씻으러 들어가면서 문도 안 잠그고……."

여유롭게 늘어지는 말투에는 짓궂은 웃음기도 섞여 있었다. 문이 열리는 소리조차 못 들었는데 도진의 등 뒤로 야무지게 닫힌 문을 보니 자신도 어이없어 웃음이 터졌다. 지안의 웃음소리에 도진은 어깨를 한번 으쓱이더니 그녀의 앞으로 다가왔다. 성큼성큼, 걸을 때마다 훅 끼치는 도진에게서 나는 향에 지안은 저도 모르게 침을 삼켰다. 긴 다리만큼이나 빠른 속도로 자신의 앞까지 다가온 도진을 동그랗게 뜬 눈으로 올려다보자 속눈썹이 낮게 내려앉은 눈과 마주쳤다.

녹진한 시선을 견디다 못한 지안이 가운을 걸친 도진을 향해 물었다. 그는 이미 샤워를 마쳤는데 이런 모습으로 들어온 것이 어떤 의미인지 알 것 같았지만, 그래도 물었다.

"왜…… 왜 들어왔어요?"

"생각해 보니까 한 번 더 씻는 것도 좋은 생각 같아."

"난 그 생각, 별로인 것 같은데?"

지안이 고개를 도리도리 저으며 도진의 말을 부정해 보았지만, 입가에 미소를 머금고 그녀와 똑같이 고개를 저은 도진이 지안의 허리를 단번에 휘감았다.

"이제 곧 좋게 바뀔 거야."

시선을 내리깔고서 그윽하게 자신을 바라보는 도진을 보던 지안은 생각했다. 자신에게 약한 도진 못지않게, 저 역시 그에게 약했다. 새벽녘에 자신의 가슴을 울리던 무거운 목소리를 떠올린 지안은 못 이기는 척 새침한 표정을 지었다.

"오빠는 문 잠갔죠?"

거절할 것처럼 도도한 얼굴을 해 보이면서 그렇지 않은 말을 내뱉는 지안을 본 도진은 웃음을 참지 못했다. 도진에게서 대답 없이 시원한 웃음이 흘러나오자 괜히 민망해진 지안이 멋쩍게 따라 웃었다.

입을 쫑긋거리며 말을 돌리려던 지안은 허리에서 지분거리는 손길이 느껴지자 멈칫거렸다. 도진은 지안의 허리에 감고 있던 손을 그대로 당겼다. 더 이상 붙을 공간이 없을 만큼 그녀를 끌어당긴 그는, 피아노를 치듯이 얇은 옷 위에서 지안의 등줄기를 따라 올라갔다. 자신의 손길에 맞춰 지안의 숨결이 흐트러지자 도진은 싱그레 웃었다.

가볍게 문지르는 손길이 되레 끈적하게 느껴지는 건 묘한 긴장감에서 비롯된 착각일까 싶어 지안은 도진의 허리를 붙잡고 있는 손가락 끝에 힘을 주었다.

"안타깝게도 여기는 슬라이드 도어라서 잠금장치가 없거든."

"분명 아까는 나보고 문 안 잠갔다고……!"

"이리 와."

도진은 잠금장치가 없다는 그의 말이 사실인지 문을 확인하려는 지안의 손을 붙잡고서 샤워기가 있는 안쪽까지 끌고 들어갔다. 물이 튀는 것을 방지하기 위해 설치한 부스 안쪽 끝까지 밀려 들어간 지안이 당황스러운 목소리로 도진을 불렀다.

"진짜?"

설마 진짜 같이 씻을 거냐는 뜻을 단 두 글자로 압축한 말을 용케 알아들은 도진이 장난스럽게 입꼬리를 끌어 올리며 지안의 등 뒤에 있는 레버를 위로 들어 올렸다. 지안의 귓가로 나지막이 속삭이는 것도 잊지 않고서.

"진짜."

솨아아아ㅡ.

곧바로 머리 위로 무자비한 양의 물이 쏟아져 나왔다. 수직으로 설치된 해바라기 형태의 샤워기인 탓에 거침없는 물줄기가 바로 아래에 서 있는 두 사람의 온몸을 적셨다. 그 와중에 온도를 맞춘 건지 샤워를 하기에 적당한 미온수를 느낀 지안이 헛웃음을 터뜨렸다.

도진은 바람 빠진 웃음을 내뱉는 지안의 입술 틈을 파고들었다. 질척하게 얽혀 드는 혀끝이 꽉 맞물린 입술을 더 진득하게 붙들었다.

잔뜩 물기를 머금어 더 이상 제 역할을 하지 못하는, 거추장스러운 지안의 샤워 가운을 벗겼다. 샤워 가운이 발끝으로 스르륵 떨어지는 와중에도 쉴 틈을 주지 않는 도진의 속도를 이기지 못한 지안이 허우적거리다 중심을 간신히 바로잡으며 한 손은 도진의 어깨 위로 얹고, 다른 한 손은 등 뒤로 뻗어 레버를 내렸다.

"하아……."

단숨에 멈춘 물소리로 인해 고요한 부스 안에 흐르는 소음이라고는 오직 자신과 도진의 숨소리뿐이었다. 숨을 고작 몇 번 몰아쉴 만큼의 아주 짧은 시간이 지나자 휴식은 끝났다는 듯이 자신의 샤워 가운도 벗어 던진 도진이 다시 지안의 입술을 찾았다.

키스는 그저 신호탄에 불과했는지, 도진은 입술을 점차 아래로 내렸다. 물기가 있는 살결을 힘껏 빨아들이면서 붉은 자국을 남겼다. 달콤한 열매를 탐하듯이 지안의 새하얀 피부 위를 잘근거리며 정성스럽게 자신의 흔적을 새겼다. 도진은 그것도 부족한지 지안의 엉덩이 아래로 손을 넣어 자신의 눈높이로 들어 올렸다. 그리고 손안에 감기는 하얀 살결을 천천히, 그러나 힘 있게 쓸어 올렸다.

지안은 기우뚱, 흔들거리는 상체를 바로잡기 위해 반사적으로 다리를 도진의 허리에 감았다. 도진은 중심이 자꾸 흐트러져 떨어질까 불안해 보이는 지안을 유리 벽에 기대게 했다. 그리고 등에서 느껴지는 차가운 감촉으로 인해 잔뜩 소름이 돋은 그녀를 달랬다. 이미 지안의 몸에서 도진의 손길과 온기가 미치지 않은 곳은 그 어디에도 없었다.

도진이 선사하는 어지러운 자극에 고개를 뒤로 젖힌 지안은 자신의 몸에 새겨졌던 감각이 전부 그로 인해서 다시 살아나는 것을 느꼈다. 도진의 어깨 위를 손으로 짚으며 울렁이는 아랫배를 진정시키려 노력했다.

"하읏!"

심호흡을 한 것이 무색하게도, 움찔거리며 예민해진 아래를 천천히 파고드는 도진을 느낀 지안의 눈꺼풀이 파르르 떨렸다. 점점 꽉 차는 느낌이 들자 어깨를 잡고 있던 팔 역시 바들바들 떨렸고, 발끝은 이미 힘이 닿는 데까지 한껏 오므라져 있었다.

침대에서와는 비교할 수 없이 불편한 자세가 온몸을 긴장하게 만들었다. 그렇기에 잔뜩 힘이 들어간 속을 비집고 들어오는 깊은 자극은 생전 처음 느끼는 강렬하고도 버거운 통각이었다. 얼굴에 고여 있는 물방울이 자신을 적신 물인지 눈물인지 분간이 가지 않았다. 지금 그녀가 할 수 있는 것이라고는 도진에게 매달린 채 그저 뚝뚝 끊기는 단발적인 신음을 내뱉는 것뿐이었다.

"으응, 흡!"

도진은 지안의 가녀린 등을 끌어안고 능숙하게 움직이기 시작했다. 지안의 무게를 온전히 혼자 다 감당하고 있으면서도 절대 흔들림이 없는 단단한 움직임이었다. 지안을 꽉 껴안은 도진의 잇새로도 그녀처럼 뭉개진 신음이 흘러나왔다.

"하아……."

처음에는 지안이 놀라지 않도록 느릿하게 움직였던 그조차 자신을 감싸는 부드러운 살결에 제어하고 있던 이성이 점점 끊기는 느낌이 들었으나, 이미 고삐가 풀린 이상 속도를 조절할 수는 없었다. 점점 아릿해질 정도로 저를 조이는 감각이 도진의 이성을 마비시켰다.

"……아!"

마침내 도진이 완전하게 그녀를 가지자, 그에게 안긴 채 흔들리던 지안이 몸을 부르르 떨며 'X자'로 겹쳤던 다리를 축 늘어뜨렸다. 밭은 숨을 몰아쉬던 지안은 팔로 도진의 목을 감싸 안고 턱을 그의 어깨 위에 얹어 눈물로 젖은 얼굴을 가렸다.

도진은 발끝에 차이는 두 개의 가운은 신경 쓰지 않고 그저 힘이 다 빠져 잘게 경련하고 있는 지안의 등을 연신 쓸어내렸다. 마치 신생아처럼 도진의 품에 안겨 가만히 늘어져 있던 지안은 도진의 목 쪽으로 고개를 돌리며 달뜬 목소리로 나지막이 속삭였다.

"우리 아침부터 이래도 돼요?"

작은 목소리로 진지하게 묻는 지안에 도진이 튀어나오려는 웃음기를 꾹 참고서 그녀처럼 진지한 목소리로 대답했다.

"원래 사랑은 아침부터야."

심각한 얼굴을 하는 지안을 향해 도진은 진정한 사랑은 아침부터 시작이라며 능청을 부렸다.

그래, 머리부터 발끝까지 피가 도는 것 같은 느낌이 드는 걸 보니 건강한 아침을 맞이한 것 같기도 하고.

지안은 도진이 부린 억지 같은데 바로 납득이 가 버린 자신을 보고 결국 바람 빠진 웃음을 터뜨리며 그를 꽉 껴안았다.

이번에는 자신이 씻겨 주겠다는 도진을 간신히 밖으로 밀어내고 샤워를 마친 지안이 머리를 수건으로 감싸며 거실로 나왔다. 주변을 휙휙 둘러보자 소파에 다리를 꼬고 앉은 도진이 여유로운 자세로 커피를 마시고 있는 것이 눈에 담겼다.

자신은 과도한 운동을 한 사람처럼 몸이 욱신거리며 기진맥진한데 자신보다 더 힘을 썼을 도진의 얼굴에 활기가 전보다 활짝 도는 것을 보니 얄미우면서도 문득 불안감이 들었다. 앞으로도 도진의 체력을 이길 수 있는 날이 올 것 같지는 않다는, 뭔가 당연한 느낌 말이다.

앞으로 몸 관리 시간을 늘려야겠다는 굳은 다짐을 커피를 마시는 도진을 보며 하던 지안은 깜짝 놀랐다.

"다했어?"

도진은 들고 있던 태블릿을 소파 위에 내려 두고 지안을 바라보며 물었다. 지안이 고개를 끄덕이자 자리에서 일어나 수건으로 감싸여 있는 지안의 머리로 손을 뻗었다.

"이리 와. 머리 말리자."

도진은 자리에서 일어나 지안의 볼을 부여잡고 짧게 입 맞추고는 눈가를 살살 쓸더니, 그녀의 어깨를 붙잡고서 화장대 앞으로 이끌었다. 드라이어 코드를 꽂은 다음에 약한 바람으로 지안의 머리를 살살 어루만졌다.

"내가 할게요."

지안은 도진의 손에서 드라이어를 가져오기 위해 손을 뻗었지만 도진은 긴 팔을 더 멀리 뻗으며 지안의 손을 피했다.

"내가 하게 해 줘."

그렇게 나오는 도진을 이길 재간이 없던 지안은 잠자코 팔을 내리고 거울을 통해 도진을 올려다보았다. 처음도 아니지만 제게서 나는 달콤하고 은은한 향기가 뒤에 서 있는 도진에게서도 똑같이 나자 기분이 오늘따라 묘했다. 자신의 이런 기분을 아는지 모르는지, 혹시라도 자신의 기다란 머리카락이 엉킬까 봐 신중하게 머리를 말리고 있는 그의 심각한 표정을 보니 웃음이 절로 튀어나왔다.

"다 됐다."

드라이어를 내려놓은 도진이 꼼꼼하게 말려진 지안의 머리를 살짝 만지더니 만족스럽게 웃었다. 지안 역시 목을 뒤로 젖혀 도진을 올려다보고 코를 찡긋거리며 같이 웃었다.

"고마워요."

도진은 허리를 숙여 옅게 주름이 진 지안의 콧등 위로 입술을 내렸다. 그녀의 숨소리가 전부 느껴질 정도로 닿을 듯 말 듯한 거리에서 지안의 눈을 지그시 마주친 도진이 아쉬움에 살짝 가라앉은 목소리를 내었다.

"오늘 늦겠지?"

그의 말투에는 이미 알고 있는 사실이지만 혹시나 제가 모르는 희소식이 있지 않을까 하는, 아주 소박하고 소중한 기대가 깃들어 있었다. 그러나 애석하게도 지안은 도진의 물음에 당연하다는 듯이 눈을 깜빡거리며 대답했다.

오늘은 그녀가 찍은 드라마 '메리고라운드'의 종방연이 있는 날이었다. 작품에 참여한 모두의 노력이 담긴 결과물을 마지막으로 보내는 날이니, 너도나도 함께한 지나간 나날들에 대한 회포를 풀 것이다.

"아마도 내일 아침에 들어오지 않을까요? 다들 마지막이니까."

지안은 오늘 있을 일정을 손가락으로 세어 가며 곱씹더니 눈을 동그랗게 뜨며 말했다. 오늘 점심은 어떤 걸 먹었다고 말을 하는 것처럼 아주 단조롭게 말이다.

누구는 퇴근 시간만 기다리느라 빠져 버린 목을 다시 집어넣느라 바쁜데, 늦게 들어온다는 지안의 목소리에는 하나도 아쉬움이 담겨 있지 않음을 느낀 도진이 괘씸한 듯 지안의 코끝을 이로 아프지 않게 깨물었다.

"앗!"

우리 방금 되게 분위기 몽글몽글하고 좋았던 것 같은데 갑자기 서운한 기색을 보이는 도진의 모습에 지안의 눈빛에 의아함이 담기며 눈동자가 살짝 흔들렸다.

도진은 영문을 몰라 사슴 같은 눈망울을 한 채 자신을 바라만 보고 있는 지안을 보고 낮은 한숨을 속으로 삼켰다. 양손으로 지안의 볼을 감싸고 조금 진하게 입술을 맞춘 도진은 허리를 세웠다.

"시간 없으니까 봐줬다."

아침은 먹여야 하니까, 뒤로 젖히고 있는 지안의 목이 아플까 그녀의 고개를 바로 세운 도진이 준비하고 나가자며 방을 먼저 나갔다. 그런 도진의 뒷모습을 가만히 바라보던 지안이 고개를 갸웃했다.

"대체 뭘 봐준 건데?"

자신이 도진에게 잘못한 게 있었나 곱씹어 보았지만, 알 길이 없는 지안이 차분하게 말려진 뒷머리만 긁적였다.

Chapter 9

남자의 질투

드라마 '메리고라운드' 종방연.

지안이 여자 주인공으로 출연한 드라마인 '메리고라운드'는 주변의 모두가 축하를 건넬 만큼 좋은 시청률을 끝으로 종영했다. OTT 플랫폼이 강세를 이루며 바뀌어 버린 환경에도 뚝심 있게 자리를 지켜 냈다.

마지막 방송을 함께 시청하기 위해 모두가 모였다. 호프집을 꽉 채운 스태프들이 전부 앉아 있는 가운데, 홀로 일어난 지안이 허리를 숙여 꾸벅 인사했다. 무수히 많은 눈동자들이 전부 그녀에게 집중하고 있었다. 할 말을 정리하기 위해 뜸을 들였던 지안은 아련한 목소리로 마지막 인사의 첫마디를 떼었다.

"개인적으로 '메리고라운드'를 찍으면서, 제가 연기할 수 있는 감정의 깊이가 더 깊어진 것 같아요."

지안에게 '메리고라운드'는 참 특별한 작품으로 남게 되었다. 드라마를 찍기 전부터 친했던 남자 주인공인 건우와의 호흡은 말할 것도 없이 최고였고, 감독의 디렉팅 또한 완벽하다고 생각했다. 좋은 사람들과 함께해서 좋은 작품을 만들어 냈고, 많은 사람들의 노력이 헛되지 않았다는 것을 시청률로도 증명받았다.

여기까지가 여주인공을 연기한 배우 정지안에게 남게 된 '메리고라운드'의 의미였다면, 정지안이라는 한 사람에게 '메리고라운드'가 특별한 의미로 남게 된 이유는 자신의 삶을 송두리째 바꿔 버린 시간과 함께했기 때문이다.

그리고 그 중심에는 역시 도진이 있었다. 도진과 재회하고, 자신이 느낄 수 있던 절망의 바닥까지 경험했으며, 지금은 무엇과도 견줄 수 없는 행복 속에서 살고 있게 되었다. 아마도 도진이 아니었다면 평생 이런 사랑을 해 보지도 못했을 테고, 이런 감정을 겪지도 못했겠지.

드라마를 찍으면서 나약한 진짜 정지안의 모습이 참 자신을 힘들게 만들었는데 이렇게 웃으면서 무사히 배역을 보낼 수 있다는 것 자체가 큰 의미였다.

"우리 드라마의 결말처럼 거대한 여러분의 길 끝에 늘 행복이 존재했으면 좋겠습니다. 부족한 저와 함께해 주셔서 감사합니다."

다시 한번 머리를 숙이고 오랫동안 고개를 들지 않는 지안을 향한 스태프들의 우렁찬 함성 소리가 퍼졌다.

"믿고 보는 배우인 지안 씨랑 이렇게 좋은 작품, 좋은 호흡을 같이할 수 있게 되어서 영광이었고, 감독님, 모든 배우분들, 스태프분들, 제게 좋은 추억 만들어 주셔서 감사합니다!"

지안에 이어 건우가 감사 인사를 전했고, 이어서 짧은 소감을 전한 감독 요한의 말이 끝남과 동시에 너도나도 잔을 부딪치며 진정한 마지막을 즐기기 시작했다.

"우리도 행복했다!"

스태프의 장난스럽지만 진심이 담긴 우렁찬 외침에 모인 사람들 전부 너도나도 웃어 화기애애한 분위기에 더욱 불을 지폈다. 이렇게 지안이 살아왔던 또 하나의 삶이 막을 내렸다.

"다음에 또 나랑 하나 더 하자."

"좋지."

"그 말 무르기 없기야?"

드라마의 마지막 회가 끝나고 사람들은 보다 더 편하게 이야기를 나누며 술을 마셨다. 맥주를 마시는 지안의 옆에서 건우의 장난스러운 음성이 들렸다.

건우는 지안과 동갑인 남자 배우로, 감독들의 섭외 1순위에 꼽히는 대배우였다. 아역 배우로 시작해 셀 수 없는 필모그래피를 쌓아 온 베테랑 연기자였기에 경력이 결코 짧지 않은 지안과 찰떡같은 호흡을 보였다.

지안 역시 건우와의 작업이 다른 낯선 배우들과 하는 것보다 한결 편했기에 흔쾌히 고개를 끄덕였다. 그러자 건우는 아쉬운 소리를 내며 지안의 팔에 얼굴을 비볐다. 결코 짧지 않은 시간 동안 동고동락해서 그런지, 아니면 동갑이라 더 의지가 되는 건지 모르겠지만, 다른 사람보다 유독 편한 사이였다.

"이번 작품은 너무 많이 애절해서 힘들었다."

"이렇게 많이 우는 남자 주인공, 흔치 않은데 말이야."

지안도 많이 울고 또 울었지만, 비교적 눈물을 흘리는 장면이 적은 보통의 남자 배역과 다르게 건우가 맡은 역할은 지안과 비교해도 결코 뒤지지 않을 정도로 많이 울었다. 다 찍고 나면 힘이 쫙 빠지는 기분을 모를 리 없는 지안이 고생했다며 건우를 토닥였다.

"고생 많았다."

"우리 다음에는 찐한 로코 하는 거야, 어때?"

어지간히 힘들었는지 주먹을 불끈 쥐며 결연하게 말을 하는 건우를 보던 지안은 웃음을 터뜨렸다. 그녀의 반응에 같이 따라 웃은 건우가 빈 잔에 맥주를 콸콸 따랐다.

"이제 또 바빠지겠네."

"그렇지, 뭐."

"역시 대세 배우는 뭔가 달라?"

"뭐래. 너도 영화 바로 들어가잖아."

"그것보다 이번 드라마, 지우석 작가님이 쓴 거라며?"

지안은 이름 하나로 빛나는 건우의 눈동자를 보고 고개를 끄덕였다. 이번에 새로 들어가는 드라마는 로맨스로 유명한 작가인 지우석의 작품이었다. 대학교를 졸업하기도 전에 공모전에서 대상을 받아 드라마계에 화려하게 입성한 그는 남자임에도 불구하고 하는 작품마다 여심을 정확하게 저격하면서 드라마를 성공적으로 만들어 냈다.

지우석 작가 작품의 캐스팅 물망에 올랐다는 기사만으로도

402

반응이 뜨거웠던 사람들은 촬영을 시작하지도 않은 드라마를 매번 화제에 올렸다. 벌써부터 부담을 느낀 지안은 몸을 부르르 떨었다.

"지우석 작가님, 잘생겼지?"

"음……."

아무에게도 들리지 않을 만큼 은밀하게 묻는 건우의 질문에 지안은 어깨를 으쓱이며 잘 모르겠다는 제스처를 했다. 그러자 건우는 괜히 오버하며 눈앞에 있는 계란말이를 젓가락으로 집었다.

"그 얼굴을 보고 고민을 한다고? 너 눈이 너무 높은 거 아니냐?"

지우석 작가가 유명한 이유 중 큰 비중을 차지하는 건 연예인이라고 믿어도 될 만큼 수려한 외모였다. 그래서 인터뷰 요청이나 방송의 러브 콜이 쇄도하는 편이었고, 공식적으로 모습을 잘 드러내지 않는 다른 작가들과는 다르게 지우석 작가는 종종 그 제안에 응했다.

지안은 인터뷰를 통해 보았던 우석을 떠올리며 고개를 옅게 끄덕였다.

"그 정도면 배우 같기는 하지."

"그래서 너는 잘생긴 작가님이랑 잘해 볼 마음은 없고?"

"나 연애하고 있다고 확신할 때는 언제고, 큰일 날 소리를 하고 있어?"

"솔직히 작가님보다는 못난 남자일 것 같아."

심각하게 속삭이는 건우의 모습에 지안은 헛웃음이 저절로 튀어나왔다. 쟤가 도진의 존재를 알게 되면 대체 어떤 표정을 지을지 궁금할 정도였다. 그때도 못난 남자라고 단정 지을 수 있을까.

"작가님 노리는 배우들이 얼마나 많은 줄 알아? 다정하고 매너까지 좋다고."

거의 찬양에 가까운 말에 지안은 우석과 도진을 동시에 떠올렸다. 서글서글한 눈매가 돋보이는 우석이 잘생겼다는 말에 동의는 하지만, 도진만큼 깊고 짙은 눈매를 가진 남자는 평생 본 적이 없었다.

그의 완전무결한 성격조차 제 취향이었다. 자고로 남자는 자신의 여자한테만 다정해야 불필요한 오해가 쌓이지 않는다. 특히나 도진처럼 모든 것을 다 가진 남자는 말이다.

흠잡을 데 없는 도진을 떠올리며 뿌듯한 웃음을 짓던 지안의 입가가 그대로 멈췄다.

"근데 그런 사람이 네 팬이자 네가 뮤즈라고 공공연하게 인터뷰하고 다니잖아."

지안 역시 종종 자신이 언급된 우석의 기사를 봤지만, 굳이 그것에 큰 의미를 부여하진 않았다.

"그러니까 그게 무슨 상관이야, 진짜. 너 자꾸 헛소리할래? 벌써 취했어?"

들고 있는 젓가락으로 건우를 찌를 듯이 앞을 향해 들어 보인 지안이 고개를 절레절레 흔들었다. 그럼에도 아랑곳하지 않은 건우가 다시 한번 주위를 쓱 둘러보더니 아까보다 더 작은 소리로 속삭였다.

"너어~ 사람 일은 모른다? 놓치면 후회할지도 몰라."

심드렁한 반응에도 말꼬리를 늘이며 헛소리를 멈출 생각을 하지 않는 건우에게 마늘을 두세 개 넣은 쌈을 넣어 줘 입을 막은 지안이 실소를 참으며 건우의 귓가에 속삭였다.

"그러게. 사람 일은 모르더라."

"응?"

건우가 자신에게 한 말을 그대로 돌려주며 지안은 절대 그를 제외하고는 아무도 듣지 못하게 아주 작은 소리로 나지막이 말을 덧붙였다. 건우는 입에 있던 쌈을 삼키고 맥주를 마시며 지안의 목소리에 온 신경을 기울였다. 지안은 작은 소리지만 건우가 정확하게 들을 수 있도록 말을 또박또박 전했다.

"나 결혼해."

건우는 입 안에 있던 맥주를 뿜었다. 그는 자기가 지금 무슨 사고를 쳤는지 모르는 사람처럼 그저 멍한 눈빛으로 지안을 바라보았다.

"뭐……?"

유난히 떨리는 말끝은 결혼한다는 지안의 말을 믿을 수 없다는 그의 마음을 몸소 증명하고 있었다. 지안과 건우 그리고 다른 스태프들이 앉아 있는 테이블은 건우로 인해 떠들썩했던 분위기가 순식간에 정적에 휩싸였다.

"건우 씨, 왜 그래?"

맞은편에 앉은 여자 스태프가 화들짝 놀라며 맥주를 뿜은 그에게 휴지를 여러 장 뽑아서 건넸다.

건우는 입으로는 스태프에게 감사하다고 말했지만, 눈은 여전히 지안에게 고정했다. 지안은 옆에서 전달해 주는 휴지를 받아 들고서 건우의 니트 위에 맺힌 물방울들을 털어 냈다.

건우는 가만히 지안의 손길을 받다가 그녀의 손에서 휴지를 뺏어 들고 대충 옷을 닦아 냈다. 그러고는 자신을 계속 바라보고 있는 같은 테이블에 앉아 있는 사람들에게 사례가 들려서 그랬다며, 미안하다고 사과했다. 작은 소란이 잠잠해지자 사람들은 다시 저들끼리 신나게 자리를 즐겼다.

"그게 무슨 소리냐니까?"

자신에게서 시선이 떼어진 것을 느낀 건우가 지안의 어깨 위로 엉겨 붙었다. 지안은 그런 건우를 떼어 내느라 원치 않는 힘을 썼다.

"좀 떨어져. 나중에 알려 준다니까?"

"사람 궁금해서 미치게 만들어 놓고서 지금 이 뻔뻔한 태도는 뭐지?"

지안은 충격과 술기운이 합쳐져 목소리가 점점 높아지려는 것을 꾹 참아 내는 건우를 보며 웃음을 터뜨렸다. 그래도 친구라고, 같은 배우라고, 혹시라도 주변에 있는 사람들에게 이야기가 흘러 들어갈까 봐 억지로 목소리를 작게 내는 것이 안쓰럽기까지 했다.

그녀의 옆에 찰싹 달라붙어서 소곤거리던 건우가 무언가 생각난 듯 두 손으로 입을 턱, 하고 막았다. 이번에는 어떤 말을 하려고 저럴까 싶던 지안은 이어진 그의 말이 너무 황당해서 어이가 없었다.

"설마 혼자 하는 건 아니지?"

"혼자 결혼하는 사람이 대체 어디 있어?"

"내 앞에 있는 것 같아서 하는 소리야. 아니면 이상한 사람이랑 한다든가."

지안이 좋아하는 사람이 있다는 것은 그간 그녀의 행동을 보면 알 수 있었다. 그러나 연애와 결혼은 별개였다. 몇 없는 지안의 친구로서 그녀에 관해서 대부분 알고 있다고 생각했는데, 정작 중요한 건 아무것도 모르고 있었다.

"자꾸 말도 안 되는 소리 좀 하지 마."

"그걸 하고 있는 사람이 너라는 생각은 안 들어? 얼마나 만났는데 네 입에서 결혼 이야기가 나와?"

심드렁한 핀잔에 건우는 퍽 서운해 입술을 삐죽 내밀었다. 그러다가 설마, 하며 입을 다시 틀어막고 눈을 동그랗게 떠 보였다. 입이 떨어지지 않아 차마 말로 꺼낼 수 없었던 건우는 핸드폰을 꺼내 들어 빠르게 메모를 작성했다. 손가락 끝이 덜덜 떨리는 것은 결코 취기 때문이 아니었다.

> 너 혹시 임신했어?

이번에는 무슨 말을 할지 건우를 지켜보던 지안은 건우가 보여 준 화면을 보고는 들고 있던 숟가락을 던지다시피 내려

놓고 그의 등을 찰싹, 때렸다.

"미쳤지?"

생각보다 아픈 타격에 건우가 손이 닿지 않는 등짝을 부여잡기 위해 애를 썼다. 다시금 지안과 건우에게 시선이 집중되자 여기서 더 깊은 이야기는 할 수 없다는 것을 알고 있는 건우가 스태프들과의 마지막 대화에 참여했다.

지안은 스태프들과 웃으며 대화하는 건우를 보며 남몰래 한숨을 내쉬었다. 짧은 시간에 건우에게 볶여 피곤해진 눈가를 문지르며 저 멀리서 부르는 감독님의 테이블로 자리를 옮겼다.

길고 길었던 술자리가 끝나고, 한사코 거절하는 스태프들을 끝까지 배웅하는 지안의 곁에 건우가 딱 달라붙어 서 있었다. 대답을 듣기 전까지는 절대 집에 보내지 않을 것이라는 무언의 압박과도 같았다. 그런 건우를 보며 지안은 헛웃음을 흘렸다. 지안과 건우의 매니저까지 차를 가지러 사라지자 느리게 입술을 떼었다.

"오래도 참았다. 이거 찍히면 우리 또 스캔들 난다?"

"지금 그게 중요한 게 아니야."

무책임하게 말을 하는 건우를 향해 고개를 절레절레 내저은 지안이 주위를 살폈다. 혹시라도 누가 있을지도 모르니까. 가령 기자라든가, 제가 보지 못한 남아 있는 스태프들이라든가.

"저번에 터진 걸로 우리가 얼마나 생고생을 했는데, 이게 안 중요해?"

"응. 지금 네가 나한테 터뜨린 게 있는데 그게 중요하겠어?"

주위에 아무도 없는데 여전히 딱 붙어서 떨어질 생각을 하지 않는 건우였다. 이 와중에 목소리는 작게 하는 것이 이제는 웃기기까지 했다. 나중에 만나서 다 이야기해 준다고 말하려던 찰나, 지안의 뒤에서 낮은 음성이 들렸다.

"좀 떨어졌으면 좋겠는데."

건우는 모르겠지만 자신에게는 누구보다 익숙한 목소리에 지안은 빠르게 뒤를 돌았다. 그리고 누가 있다는 사실에 놀란 건우는 빠르게 뒤를 돌자마자 손가락을 들었다. 그리고 기다란 검지를 뻗으며 조심스럽게 입술을 열었다.

"……차도진 씨?"

"네, 김건우 씨."

태연하게 인사를 받아 주는 도진의 말에 건우는 자신의 입을 틀어막았다. 왠지 알면 안 되는 것을 알게 된 기분이었다. 건우의 눈동자가 도진에게서 지안에게로 천천히 흐르자, 지안은 고개를 끄덕였다. 마치 그의 말이 맞다는 듯이.

"데리러 왔습니다."

도진의 눈동자도 건우에서 동그랗게 자신을 바라보고 있는 지안에게로 옮겨 갔다. 지안은 건우의 앞에서 어떻게 행동해야 할지 머리를 바쁘게 굴렸다. 도진은 자신을 놔두고 여전히 건우의 옆에 서 있는 지안을 보며 한쪽 눈썹을 위로 올렸다.

"이리 와. 언제까지 거기 서 있을 거야?"

여전히 흔들리는 눈동자로 도진과 자신을 번갈아 보는 건우를 뒤로하고 지안이 머쓱한 웃음을 짓고 도진의 곁으로 걸어갔다. 지안이 자신에게 가까이 다가오자 도진은 자연스럽게 허리에 팔을 감았다. 지안의 말과 지금의 상황을 조합하면, 결론은 하나였다. 생각보다 스케일이 크다는 것을 알게 된 건우는 멍청한 표정을 지으며 물었다.

"그러니까, 네가 결혼한다는 사람이 차도진 씨야?"

"결혼한다고 말했어?"

그러자 살짝 굳어 있던 도진의 표정이 유하게 풀렸다.

"잘했네."

지안이 건우에게 결혼한다는 말을 했다는 것이 꽤 만족스러웠던 도진은 감고 있는 그녀의 허리를 살살 쓸었다. 그러고는 고개를 들어 건우에게 인사했다.

"드라마가 잘 마무리되어서 다행입니다."

"아…… 감사합니다. 전무님께서 촬영을 허락하신 덕분이기도 했어요."

실제로 CHA 호텔 내부의 배경이 드라마 화제성에 한몫을 한 건 맞으니까 도진을 향해 남들처럼 과하지 않고 담백하게 인사를 전했다. 갑작스럽게 만나게 된 지안의 남자는 현실감이 없었기에 오히려 더 깔끔한 건우의 행동에 도진은 가볍게 고개를 끄덕였다.

"다음에 기회가 된다면 또 만나 뵙도록 합시다."

군더더기 없는 인사와 함께 손을 내밀어 악수를 청하는 도진이었다. 건우는 그 모습이 어느 우아한 귀공자처럼 보여 속으로 헛웃음을 삼켰다. 일상적인 인사일 뿐인데 저렇게 잘날 건 또 뭐야? 연예계에서도 마주치기 힘든 외모와 피지컬, 거기에다가 대한민국에 살고 있다면 모두 알고 있는 기업의 후계자이기까지 했다.

건우는 같은 남자이기에 느낄 수 있는 질투심을 숨기고 앞으로 내밀어져 있는 도진의 손을 맞잡은 뒤, 지안에게도 가볍게 인사했다. 손을 뗀 도진은 그대로 지안의 어깨를 감싼 후, 자신의 차로 향했다.

지안을 태우고 도진마저 차에 올라타는 것을 보던 건우가 헛웃음을 터뜨렸다. 그 차는 'B사'에서 자사 창립 100주년 기념으로 전 세계에 영향력이 있는 사람에게 선물로만 제공해 사고 싶어도 살 수 없는 차였으니까.

"우리 지안이, 엄청 대단한 남자 만나고 있었네."

도진을 향했던 질투는 어디로 갔는지, 마치 자신이 지안의 오빠라도 된 것처럼 엄청 뿌듯한 웃음을 짓는 건우였다.

도진과 함께 차에 오른 지안은 어수선한 도로를 지나 직진으로 곧게 뻗어 있는 길이 보이자 옆으로 몸을 틀었다.

"우리 쫑파티 장소는 비공개였는데, 나 있는 곳은 어떻게 알고 왔어요?"

서프라이즈 이벤트는 언제 받아도 즐거웠다. 평소보다 조금 더 들뜬 지안의 목소리가 그녀의 들썩이는 마음을 대변했다.

"내가 모르는 게 없는 편이라서."

그 정도쯤은 별거 아니라는 듯 도진의 입꼬리가 느슨하게 올라갔다. 그러다가도 문득 신경이 쓰였던 장면이 뇌리를 스쳐 지나가자 핸들을 잡지 않은 손으로 입가를 문질렀다. 무엇을 망설이는지 입 안에서 알아듣지 못할 단어를 곱씹다가, 결국 지안을 불렀다.

"그래서 김건우 씨와 언제까지 친할 예정인가?"

"네?"

잘못 들었다는 듯 황당한 표정을 지은 지안이 되물었지만 도진은 지안과 유난히 친해 보이는 건우가 묘하게 거슬렸다. 특히 그녀의 어깨 위에 턱을 괴고서 스스럼없이 보였던 스킨십이 결정적으로 도진의 심기를 건드렸다.

"동창 중에 성일 전자를 맡고 있는 놈이 있어."

대화의 흐름을 잡기 힘든 도진의 말에 지안의 눈빛에 의아함이 담기자 도진은 꽤 진심이 담긴 말을 그녀에게 건넸다.

"3년 동안 성일 전자 대표 광고 모델이 쭉 김건우 씨더라고. 너랑 계속 친할 예정이면 이번에 바뀔 것 같아서 말이야."

지안은 도진의 말을 듣고 몰려오던 피곤함이 확 달아나는 것을 느꼈다. 도진이 지금 하는 것이 자신에게 딱 달라붙어 있던 건우에 대한 질투인 건 맞는데 무슨 질투를 이렇게 살벌하게 하는 건지.

"그거 지금……."

"질투 맞아. 그러니까 둘이 가깝게 붙어 있지 말라고."

도진은 설마 또 건우를 향해 질투를 하는 것이냐고 물으려던 지안의 말을 다 듣지도 않고 빠르게 인정했다. 그러고는 도로 위에 빨간 불이 들어오자 부드럽게 차를 멈추고 옆을 돌아보며 '피식' 웃고, 지안이 미처 모르고 있는 듯한 사실을 나직이 경고했다.

"남자의 질투도 꽤 무섭거든."

생각보다 도진이 질투심이 꽤 많다는 건 알고 있었지만 보아하니 이번 말은 꽤 진심인 것처럼 느껴져 지안은 헛웃음을 터뜨렸다. 자신을 흘겨보는 그녀를 확인하고, 여유로운 미소를 입가에 매달며 그저 어깨를 으쓱여 보이는 도진이었다.

그런 도진을 본 지안은 못 말린다는 듯 고개를 절레절레 젓고는 운전을 하느라 정면을 응시하고 있는 도진의 옆모습을 가만히 바라보았다.

출근할 때면 항상 드러내는 반듯하고 정갈한 이마를 타고 날렵하면서도 오뚝하게 솟은 콧대는 매일 봐도 그림을 보는 게 아닌가 싶어 실감이 나지 않았다. 아마도 전생에 조각상이라서 이번에는 사람으로 태어난 사람일지도 몰랐다.

봐도 봐도 감탄만 나오는 도진의 반쪽짜리 얼굴을 너그럽게 감상하던 지안은 새삼 자신이 그의 얼굴을 참 좋아하고 있다는 것을 깨달았다. 늘 그가 주는 사랑이 꽉 차다 못해 넘쳐흘렀기에 자각하지 못했는데, 도진의 외면은 완벽하게 자신의 취향이었다.

언제나 자신을 깜짝 놀라게 만드는 재주를 가진, 겉으로나 속으로나 무결한 이 남자가 제 남자라니 참으로 뿌듯한 순간이었다. '크흠', 근데 이 뿌듯함을 도진의 얼굴을 제대로 보고 나서야 가졌다는 것에 마음 한구석이 조금 찔리는 것 같아 결국 '피식' 웃어 버렸다.

"왜?"

자신을 보면서 웃음을 터뜨리는 것을 느낀 도진이 고개를 돌려 지안을 보며 물었다. 시선을 길게 맞추는 짙은 눈동자를 한참 마주하던 지안은 고개를 느릿하게 저었다.

"그냥요."

두루뭉술하게 대답을 피하는 지안을 바라보는 눈동자에는 의아함이 섞여 있었다. 그럼에도 지안은 어깨를 으쓱이며 빠르게 변해 가는 창밖을 내다보았다. 뒤통수로 자신을 바라보는 도진의 시선을 느낀 그녀는 모른 척 불빛 가득한 야경만 바라보다가 실없이 웃음을 흘리기 시작했다.

다시 도진을 향해 고개를 돌리자, 그도 자신에게 맞춰 고개를 돌렸다. 두 사람의 눈동자가 빛나며 마주치자 지안은 코를 찡긋거리며 애교 있게 눈가를 접었다.

"좋아서요."

대답해 주기로 마음을 바꾼 이유는 단 하나였다. 사랑을 가득 담은 눈으로 자신을 바라보는 이 남자가 그냥 좋았다.

"오빠가 너무 좋아서요."

자신의 옆에 있는 차도진이 너무 좋았다.

지안은 의자에서 등을 떼고 반쯤 일어나 핸들 위에 올려져 있는 도진의 손등 위로 자신의 손을, 운전에 방해되지 않을 만큼 아주 살며시 덮었다. 갑작스러운 접촉이었음에도 당황하지 않은 도진은 그대로 손을 뒤집고 지안의 손을 맞잡았다. 그리고 그녀가 불편하지 않도록 핸들에서 콘솔 박스 위로 팔을 옮겼다.

냉혈한이라고 소문나 있는 사람이 사실은 이렇게 따뜻하고 깊은 온기를 가진 사람이란 걸 다른 사람들은 알까? 남들보다 유독 손의 온도가 차가운 편에 속하는 자신에게 전해지는 다정하고 따뜻한 열기에 지안은 기분 좋은 미소를 지었다.

"손이 항상 차네."

도진도 손을 잡을 때마다 항상 느꼈던 점이었다. 걱정이 담긴 목소리로 지안에게 말을 하자, 그녀는 머쓱하게 웃으며 손가락을 꼼지락거렸다.

"혈액 순환이 잘 안되나 봐요."

"……."

"불편하면 뺄까요?"

신호에 맞춰 차를 멈추느라 도진이 대답할 타이밍을 놓치자 지안은 손가락의 힘을 풀려고 했다. 그러나 도진은 힘이 풀린 사이를 비집고 단단하게 깍지를 꼈다. 마치 어림도 없다는 듯이. 그러고는 꽉 잡은 손을 자신 쪽으로 당겨 지안의 손등 위에 입을 맞추었다.

"내가 너와 닿아 있는데 불편할 리가 없잖아."

슬로 모션처럼 아주 느릿하게 움직이는 모습을 빤히 바라보던 지안이 충동적으로 몸을 앞으로 기울였다. 뒤늦게 술기운이라도 올라오는 건지, 깊은 곳에서부터 간질거리는 참을 수 없는 마음이 이성을 눌러 버렸다.

스윽, 도진은 점점 가까이 다가오는 지안의 얼굴을 보고도 눈동자로만 그녀의 움직임을 좇을 뿐, 표정에 변화가 없었다. 잔잔한 바다 같은 눈동자에 괜히 안달이 난 지안은 도진에게 잡혀 있는 손을 빼고서 그대로 그의 얼굴 위로 가져갔다.

오뚝한 서로의 코끝이 스치고 지안을 은은하게 맴돌고 있는 알싸한 술 냄새와 도진에게서 나는 시원한 베르가못 향이 점차 뒤섞이기 시작했을 때, 두 사람의 입술이 천천히 겹쳐졌다.

지안이 도진의 아랫입술을 살짝 물자 도진 역시 입술을 벌렸다. 그러나 도진은 마치 먹잇감을 눈앞에 두고도 조급해하지 않고 여유를 부리며 다가가는 맹수처럼 지안의 입술을 아주 천천히 집어삼켰다.

지안은 감았던 눈을 뜨고 오늘따라 애를 태우는 도진을 가늘게 흘겨보았다. 그러자 마주친 건 눈을 온전하게 뜨고서 자신을 바라보며 일렁이고 있는 도진의 검고 짙은 눈동자였다.

도진은 갑자기 마주친 시선에도 당황하지 않고 진득하게 지안의 입술을 머금었다. 숨이 막힐 정도로 가까운 거리에서 자신을 내려다보면서 키스를 하는 도진이 순간 엄청나게 야하게 보인 지안의 입에서 탄성이 흘러나왔다.

어느 틈에 파란불로 바뀐 신호에 입술을 떼어 낸 도진이 다시 핸들을 잡았다. 액셀 위에 얹은 발에 조금 전보다 더 힘을 준 도진이 정면을 응시한 채 지안에게 차분한 목소리로 물었다.

"지금 유혹하는 거야?"

목소리만큼이나 표정 역시 진지했다. 그러자 흐릿한 초점으로 도진의 옆모습을 바라보던 지안의 눈동자에 아주 짧게 이채가 감돌았다. 그제야 자신이 무슨 행동을 한 건지 알아차린 것이었다.

그러나 그렇다고 달아오른 마음을 가라앉힐 생각은 없었다. 취하지는 않았지만 술을 마셨다는 것을 핑계 삼아 조금 대담해지고 싶었다. 그래도 직접적으로 표현하는 건 아직 부끄러우니까, 지안은 괜히 차창 너머 지나가는 먼 산을 바라보며 말끝을 흐렸다.

"술은 많이 마셨지만, 무엇보다도 오늘하고 내일은 스케줄도 없고……."

끝내 마무리를 짓지 못한 말이었지만 그 안에 담긴 뜻을 도진이 모를 리 없었다. 조수석을 흘깃, 곁눈질한 도진은 손을 꼼지락거리며 말을 하는 지안의 모습이 귀여워 '픽' 웃던 얼굴을 굳혔다. 머리는 해가 뜨고 나서부터 제게 주어졌던 일들을 어떻게 뒤로 밀어야 하는지 바쁘게 돌아가는 중이었다. 유난히 긴 손가락으로 핸들을 툭툭 두드리던 도진은 눈꼬리가 아래로 축 내려갈 김 비서의 얼굴을 벌써부터 떠올렸다.

"김 비서가 또 바빠지겠군."

"네?"

작게 중얼거리는 말을 제대로 알아듣지 못한 지안이 눈을 동그랗게 뜨고 물었으나, 도진은 고개를 저으며 지안의 볼을 살짝 건드렸다.

"너 각오하라고."

불과 어제 아침에 일어났던 일을 새까맣게 잊어버린 듯, 눈앞에 있는 아기 고양이는 속이 시꺼먼 검은 짐승을 자극했다.

덜컹, 하고 열린 문 사이로 지안은 뒷걸음으로 물러나며 집 안으로 들어와야 했다.

"……잠깐!"

칠흑같이 캄캄한 밤인데 불도 켜지 않고 오로지 감각으로만 의존해 밀고 들어가는 도진이었다. 커다란 손으로 허리와 뒷머리를 단단하게 부여잡으며 자신의 힘으로 인해 뒤로 밀려 휘청거리는 지안을 받쳤다.

아슬아슬하게 발끝을 스쳐 지나가는, 집에 배치된 가구의 모서리가 지안의 촉각을 더욱 곤두서게 만들었고, 도진의 혀는 점점 더 집요하게 지안을 괴롭혔다.

침실까지 밀린 지안은 결국 매트리스에 무릎의 뒷부분이 걸려 그대로 뒤로 넘어갔다. 풀썩, 하고 침대 위로 쓰러진 지안이 꽉 감았던 눈을 스르르 뜨자 눈빛에 진한 갈망이 스며 있는 도진의 눈과 마주쳤다. 그러자 도진은 기다렸다는 듯이 다시 입술을 부딪쳤다.

서로의 혀가 엉겨들면서 그들을 감싸고 있는 공기를 데웠다. 말랑한 점막 안을 한참 음미하며 입을 맞추던 도진이 허리를 바로 세우고 슈트의 상의를 벗어 냈다. 다시 손을 올려 넥타이를 끌러 내어 구석으로 던지고서 턱짓을 하며 말했다.

"너도 벗어."

"아직 안 씻었잖아요."

지안이 깜짝 놀라며 몸을 일으켰다. 호텔을 나오기 전 그와 같이 씻은 후 내내 밖에 있었다. 더군다나 방금 전까지 고깃집에서 술 냄새와 고기 냄새를 잔뜩 묻히고 있었다. 자신이 찝찝한 건 둘째 치고, 도진의 후각이 걱정되었다.

"무슨 상관이야. 어차피 다시 씻어야 할 텐데."

그러나 지안의 우려에도 아랑곳하지 않은 도진은 그저 '피식' 웃으며 셔츠까지 완전히 탈의한 뒤, 머뭇거리는 그녀의 옷도 손쉽게 벗겨 냈다.

군더더기 없이 깔끔한 동작으로 인해 하얗게 드러난 나신을 도진은 어둠 속에서도 눈부신 듯 내려다보았다. 격렬했던 아침을 맞이한 지 스물네 시간이 채 되지 않았지만, 오랫동안 굶주린 동물처럼 신체 내 모든 피가 한곳으로 쏠리기 시작했다.

구석구석 빠짐없이 손끝에 닿는 모든 촉감을 느끼던 도진과 점점 예민해지는 몸을 느끼며 허리를 움찔거리던 지안은 동시에 더운 숨을 내뱉었다.

지안은 조급하게 굴며 옷을 벗길 때는 언제고 유희를 즐기는 도진 때문에 감질만 나다가 인내심이 한계에 도달했다. 다리 사이로 단단하게 뭉친 그의 것이 느껴지자 축축하게 젖어 가는 자신의 아래도 같이 느껴졌다. 뒤늦게 몸을 지배하는 취기로 인해 더욱 과감해진 그녀가 먼저 재촉하기 시작했다.

"하아, 얼른 어떻게 좀……!"

도진은 지안이 자신의 손목을 부여잡고 지금 그녀의 가장 민감한 부위로 가져가며 애원하자, 뒤틀리고 있던 그녀의 골반을 힘을 주어 바로잡았다.

벌어진 다리의 틈 사이로 안정적인 자세를 취하고, 지안의 군살 하나 없는 아랫배를 느릿하게 쓸었다. 몸에 잔뜩 힘이 들어간 그녀를 어르고 달래다가 근육이 살짝 이완된 틈을 타 비좁은 살결을 단번에 뚫어 냈다.

"아윽!"

다소 과격한 시작이었다. 그녀만큼이나 인내하고 있었던 도진이 처음부터 허리를 크게 움직였다.

"아, 아, 으읏!"

오늘따라 유난히 더 거칠게 찌르는 탓에 지안은 연신 신음을 흘리며 이리저리 휘둘렸고, 하나로 이어진 몸은 도진의 힘과 속도를 곧이곧대로 견디며 위아래로 쉬지 않고 움직여야 했다.

"흐응…… 아앗!"

한 옥타브 높아진 목소리를 배경 삼아 여린 등허리가 활처럼 휘고 나서야 도진은 목을 긁는 듯한 거친 신음과 함께 몸

420

을 부르르 떨었다.

달뜬 숨을 내뱉으며 발갛게 익어 버린 지안은 그의 어깨에 올려 두었던 팔을 아래로 툭 떨구고 나니, 참을 수 없는 졸음이 밀려왔다. 주사가 잠인 탓이었다.

"······졸려요······."

나오지 않는 목소리를 끌어 올려 간신히 말한 지안은 그대로 눈을 감았다.

도진은 제 아래에서 잔뜩 흐트러진 상태로 고른 숨을 내쉬며 잠들어 버린 지안이 아쉬웠지만 그대로 일어나 화장실에서 물을 적셔 온 수건으로 젖은 그녀의 몸을 가볍게 닦아 냈다.

그러나 순순히 다정하게 지안을 재우는 행동과는 다르게 이미 해가 뜨기 시작한 창밖을 모른 척하며 중얼거렸다.

"어차피 우리의 밤은 길 테니까."

도진은 제 발로 들어온 소중한 고양이를 절대 놓칠 생각이 없었다.

ABS 방송국.

"제가 참 복이 많나 봐요. 이런 분들과 새로운 미지의 길을 걸을 수 있다는 게 참 영광입니다."

지안이 새롭게 참여하게 될 드라마 '타성'의 작가인 우석의 단조로운 목소리는 듣는 사람마저 편안할 만큼 좋았다. 담백하고 군더더기 없는 어조는 사람들의 시선을 빼앗았고, 그렇게 쏠린 모든 사람의 시선을 익숙하다는 듯이 받아 낸 우석이 고개를 숙이고 자리에 앉았다.

지안은 여기 앉아 있는 어떤 사람도 우석이 받은 사람들의 환호성만큼은 받지 못할 것 같단 묘한 기분이 들었다.

"다음은 우리 드라마의 여자 주인공을 맡은 정지안 씨!"

자신의 이름이 불리자 자리에서 일어난 지안은 이곳에 있는 수많은 사람들을 향해 허리를 숙였다. 시선을 자연스럽게 분배하던 지안이 마지막으로 가운데 앉아 있는 제작진 쪽으로 고개를 돌렸다.

뿌듯하게 웃고 있는 감독 옆에서 자신을 뚫어지게 바라보고 있는 사람은 지안이 앞으로 찍게 될 드라마 '타성'의 지우석 작가였다. 다시 사람들을 향해 고개를 돌리느라 스치듯 지나간 시선 속 불쑥 느껴진 불편함에 지안은 고개를 갸웃거렸다.

"열심히 하겠습니다. 잘 부탁드립니다."

꽤 상투적인 인사말로 마무리한 지안은 이어지는 다른 배우들의 인사에 환하게 웃다가 시작된 리딩에 대본을 펼쳐 들었다. 1화부터 지안에게 주어진 빼곡한 대사량에 그녀는 곧바로 연기에 집중했다.

"익숙한 게 꼭 좋은 것만은 아니더라고."

"⋯⋯."

"좋지도 않은데 고작 함께한 시간이 오래되었다고, 그새 버릇이 들어 버려서⋯⋯."

수현을 연기하고 있는 지안의 목소리에는 한 치의 떨림도 없었으나, 낮게 가라앉힌 톤이나 중간마다 아무도 눈치채지 못하도록 떨리는 손끝을 연기했다.

"고칠 수 없다면 버리는 게 맞아."

단 한 번도 버벅거리지 않고 대본을 읽어 내려가는 지안이었다. 맞은편에 앉은 상대역인 민호와 함께 드라마의 흐름을 이끌어 가던 지안은 1화의 끝에 가서야 대본에서 시선을 뗄 수 있었다.

잠시 숨을 고르던 지안은 가까이서 느껴지는 시선에 고개를 돌렸다. 그러자 피곤한지 눈가를 문지르고 있는 우석과 눈이 마주쳤다. 유독 우석과 눈이 자주 마주치는 것 같았던 지안은 자신을 보고 부드럽게 미소를 짓는 그를 향해 어색하게 웃고는 황급히 대본으로 시선을 돌렸다.

"잠시 쉬어 가겠습니다!"

잠깐의 휴식을 외친 감독의 말을 끝으로 배우들은 리딩 시작 전에 못다 한 인사들을 나누기 시작했다. 지안 역시 자리에서 일어나 다른 배우들과 인사를 이어 갔다. 이미 친한 사이인 남자 주인공 역을 맡은 민호와, 오늘 초면인 비중 높은 여자 조연 역을 맡은 아리와 가볍게 이야기를 나누는 지안에게로 우석이 걸어왔다.

"역시, 기대했던 것 그 이상인데요?"

맛보기로 본 연기에 감탄하는 우석과 여느 드라마의 작가와 배우처럼 기본적인 인사를 이어 가던 지안의 입가에는 시원한 웃음이 매달렸다. 그러나 곧 그녀의 입가는 둘만 남은 순간, 알 수 없는 말을 건네는 우석으로 인해 딱딱하게 굳어야 했다.

"세상 참 좁지 않나요?"

처음부터 우석에게 느꼈던 미묘한 이질감이 다시 고개를 내미는 순간이었다.

우석과 드라마 작가와 배우가 아닌 다른 연결 고리가 있지 않은 지안에게 '세상 참 좁다'는 말은 괜히 의미심장하게 느껴졌다. 그런 지안의 표정을 알아차린 우석은 가볍게 어깨를 으쓱여 보였다.

"그렇게 이상한 눈으로 보지 말아요."

"……."

"나는 그저 중학교 후배를 사회에서 다시 만난 게 반가울 뿐이니까."

대수롭지 않게 말하며 가벼워 보이는 우석과 반대로 지안의 눈빛은 날카롭게 변했다. 이 자리에 나와서는 안 될 인연의 끈이기도 했다. 자신이 제이 그룹의 사람이라는 것을 알고 있다는 뜻이 되었으니까.

지안은 우석의 얼굴을 주의 깊게 보기 시작했다.

'대영'이라는 이름이 붙은 학교를 다닐 수 있는 사람들은 태어나 보니 통장에 찍힌 자릿수를 세기 귀찮을 만큼 돈이 많아, 고개를 숙이는 일보다 아래를 내려다보는 일이 많았다. 돈을 물 쓰듯 써도 나가는 돈보다 들어오는 돈이 더 많아 호화롭게 살 수밖에 없는, 비슷한 환경인 아이들의 집합체.

단순히 '동창'이라는 개념을 벗어나 평생을 서로 얽히고설킨 채 살아가야 하는 그들은 우스갯소리로 서로를 '원치 않는 인생의 동반자'라고도 했다. 그렇게 외우고 싶지 않아도 하도 많이 봐서 자연스럽게 익혀 온 수많은 얼굴 중에 우석의 얼굴은 없었다.

우석은 예민하게 반응할 지안을 예상이라도 했는지 살짝 웃기까지 했다. 그러나 그녀에게는 그게 오히려 낯선 우석에 대한 불신을 더욱 키워 내는 행동이었다.

"물론 지안 씨보다 두 살 많은 나는 그렇게 유명하지 않았거든요. 모르는 게 당연해요."

"……"

"반대로 나는 당신을 절대 모를 수가 없었고."

지안은 말을 아꼈다. 이 사람이 자신에게 호의적인 사람인지, 아니면 악의를 가지고 접근한 사람인지 아직 알 수 없었기 때문이다. 그런 그녀를 이해한다는 듯 우석은 자신의 상황을 설명했다.

"집안이 CHA 푸드 하청 기업이라서 다닐 수 있었어요. 뭐, 사회 배려자, 그런 거 있잖아요? 물론 한 번 경험하고 진저리가 나서 뒤도 돌아보지 않고 도망갔지만……."

아주 작게 중얼거리며 말을 덧붙이는 우석의 얼굴은 불쾌한 무언가를 참는 듯한 표정이었다.

"대영 재단 산하 학교를 다녔으면서 작가 일을 하고 있는 게 좀 놀랍나요?"

"……."

"배우 일을 하고 있는 지안 씨만큼은 아닌 것 같은데. 그것도 무려 8년이나 사람들에게 자신이 누구인지 속이면서까지."

지안은 무척 예리한 눈빛을 보내는 우석에게 어떤 말을 먼저 꺼내야 할지 가늠이 되지 않았다. 갑작스럽게 닥친 상황에 머리가 텅 비어 버렸다는 말이 어울렸다. 전보다 조금 안색이 창백해진 지안이 걱정되었는지, 우석이 한 발자국 가까이 다가왔다.

"사전 미팅 때, 왜 아무 말씀도 안 하셨어요?"

지금처럼 캐스팅이 공개된 때보다 사전 미팅에서 밝히는 것이 자신에게 이렇게 아는 척을 하기에 자연스러웠을 것이다. 지안은 우석의 의도가 가늠되지 않아 미간을 슬쩍 좁혔다.

"계약서 작성하기 전이었잖아요. 난 이 캐스팅을 완벽하게 성공해야 하니까."

"네?"

"이런 말 했다간 도망갈 게 뻔한데, 누구 좋으라고 미리 말하겠어요. 도장부터 얼른 찍어야지."

당연하다는 듯이 하는 우석의 말을 지안은 당당하게 받아치지 못했다. 우석이 자신의 동문이라는 것을 안 지금, 할 수만 있다면 더 이상 그와 얽히기 싫었으니까. 대중들에게 재벌이라는 배경을 숨기고 있는 지안이기에 그걸 아는 우석이 달가울 리가 없었다. 그러나 여유롭게 웃고 있는 그를 보고 있

426

자니 괜히 심기가 뒤틀렸다.

"지금이라도 위약금 내면 그만이에요."

"위약금 낼 돈이 넘쳐날지는 몰라도, 그렇게 되면 여자 주인공을 다시 찾아야 하는 드라마 스태프들에게 민폐를 끼치게 되겠죠."

"……."

"배우를 찾고, 계약을 하고, 오늘처럼 또 리딩을 다시 하고. 지안 씨의 개인적인 감정 하나로 모든 사람들이 다시 번거롭게 일을 하게 되겠지. 근데 그거, 정지안이 제일 싫어하는 거 아닌가?"

우석은 지안을 아주 잘 안다는 듯이 확신에 가득 차 말했다. 애석하게도 그의 말 중에 틀린 것이 하나도 없어 지안은 입술을 살짝 깨물었다.

지금이라도 때려치울까? 남에게 민폐를 끼치기 정말 싫어하는 지안은 배우로서 생활을 하는 동안 지켰던 '차라리 시작을 안 하면 안 했지, 중도 하차는 절대 없다.'는 다짐을 깨고 싶게 만드는 우석을 보고 진지하게 고민했다.

그런 지안의 생각을 눈치채기라도 한 건지, 우석이 선수 쳐 말했다.

"그래도 위약금을 내고 그만둘 생각이면, 하지 않는 게 좋겠어요."

"어떡할 건데요?"

"확 소문내 버리지, 뭐. 요즘은 졸업 앨범 인증하고, 졸업장

인증하고, 뭐 그런 거 올리면 되던데요? 아니다. 내 말은 사람들이 바로 믿으려나?"

지안은 능글맞게 웃으면서 협박에 가까운 말을 하는 우석을 가만히 노려보았다. 그리고 그의 얼굴에 장난기가 가득한 것을 확인하고서는 뚱한 목소리로 물었다.

"도대체 나한테 왜 그래요?"

지안의 말투가 톡톡 튀었다. 그러나 다소 신경질적으로 튀어 나간 말을 단번에 틀어막는 우석의 대답에 그녀의 눈이 짧게 경련을 일으켰다.

"보고 싶었으니까."

그에게서 나올 수만 가지의 답을 미리 예상했다고 했는데, 결코 이런 대답은 존재하지 않았다. 당황을 숨기지 않고 그대로 얼굴에 드러낸 지안은 그저 눈만 깜빡이며 우석을 바라보았다.

"지안 씨가 제 뮤즈인 거 알죠?"

"……."

"설마 몰랐어요? 모를 수가 없는데? 내가 그렇게 동네방네 떠들고 다녔는데."

자랑스럽게 이야기하는 우석을 보니 이쯤 되면 자신을 만나기 위한 그의 큰 그림이 아닌가, 싶은 생각까지 드는 지안이었다. 그렇다면 자신을 왜 보고 싶어 했을까? 흐릿하게 변한 지난 과거를 열심히 더듬어도 우석에 대해 기억나는 것이 단 하나도 없던 그녀는 그를 향한 의심의 눈초리를 거두지 않았다.

428

"걱정 말아요. 아무한테도 말한 적 없고, 또 말할 생각도 없으니까."

그런 지안의 눈빛을 고스란히 느낀 우석이 마치 항복하는 사람처럼 양손을 번쩍 들어 보였다.

"나는 그저 배우 정지안에게만 관심이 넘쳐 날 뿐이에요."

"……."

"배우의 사생활 따위는 나한테 필요 없어서."

우석이 억울하다는 듯 늘어놓는 말에 숨을 살짝 내쉰 지안은 이제야 안도감이 차올랐다.

"사람 긴장하게 만들면 좋아요?"

"반가워서 그러죠. 그래서 말인데, 나, 이 드라마 100부작 대하 드라마로 만들까 봐요. 로맨스 드라마의 새로운 역사 내가 한번 써 보지, 뭐."

말도 안 되는 소리를 진짜 진행할 것처럼 능청스럽게 하는 우석을 보고 지안이 '픽' 웃으며 어깨를 부르르 떨었다. 몹시 이상한 방식으로 그가 편해졌다.

"그건 진짜 위약금 물고 도망쳐야겠어요."

"다시는 내 드라마 안 찍어 줄 것 같으니까."

"……."

"어? 농담으로 던진 말에 그렇게 진심을 보여 주면 나 상처받는데."

정곡을 찔린 지안이 겉치레 인사로도 아니라고 바로 대답하지 못하자 우석은 허탈하게 웃었다.

"걱정하지 말라는 말, 진심이니까 믿어 줘요."

우석의 말을 끝으로 다시 시작하자는 감독의 목소리가 들렸다. 주변이 빠르게 정리되는 것을 느낀 지안은 그를 힐끔 쳐다보고는 얼른 자신의 자리를 찾았다.

"6화 시작할게요."

대본을 펼치며 형광펜으로 그어진 자신의 대사를 찾던 지안은 눈을 여러 번 깜빡였다. 마치 거친 파도에 휩쓸렸다가 돌아온 사람처럼 정신이 없었다. 그러나 프로답게 자신이 해야 할 일에 집중했다.

우석도 그런 지안에게 시선을 잠깐 주었다가 '피식' 싱겁게 웃고는 배우들의 대사를 따라갔다. 그가 그토록 바라고 기다리던 참으로 요란한 재회였다.

지안과 같은 시각, CHA 호텔.

회의를 마치고 들어선 자신의 방에 초대하지 않은 손님이 앉아 있는 것을 본 도진의 눈썹이 미세하게 꿈틀거렸다. 그는 아무 말 없이 자신의 뒤를 허겁지겁 뒤따라온 여자 비서를 향해 눈길을 보냈다. 비서는 냉담한 도진의 시선을 받고 어쩔 줄 몰라 하며 허리를 푹 숙였다.

"죄송합니다, 전무님. 아무리 말려도 워낙 막무가내로……."

남의 집무실에 당당하게 자리를 차지하고 있는 유진이었다.

도진은 그녀를 가만히 바라보며 나직하게 김 비서를 불렀다.

"김 비서."

"네, 전무님."

"비서로서 자격 미달인 것 같은데……."

"죄송합니다."

도진의 한마디에 담긴 뜻을 알아차린 김 비서는 인사를 하고 아연실색하는 비서를 데리고 나갔다. 비록 유진의 앞에서도 철저한 을이었을 그녀가 한 행동의 이유는 백번이고 납득이 가지만, 주인의 허락 없이 그의 공간에 타인을 들인 것은 절대 있을 수 없는 명백한 비서의 잘못이었다.

빠르게 사라지며 비서들이 문을 닫고 나가자 도진은 책상의 앞으로 걸어가 회의에 들어가기 전에 벗어 두었던 시계를 집어 들었다. 찰칵, 시계 체인을 채우느라 금속끼리 부딪치는 소리가 날 때까지 도진에게서는 어떠한 소리도 나지 않았다.

유진을 향한 인사도, 왜 찾아왔냐는 용건도 묻지 않은 도진은 자신을 빤히 쳐다보고 있는 유진을 이 공간에 마치 없는 사람처럼 신경 쓰지 않았다.

"나한테 설명할 거 있지 않아?"

결국 이번에도 아쉬운 사람은 유진이었다. 줄다리기라도 하듯이 유지되던 침묵을 먼저 깨뜨렸다.

귓가에 카랑카랑한 목소리가 닿았지만 도진은 그저 느긋하게 여유를 부리며 손가락을 움직여 책상에 널브러져 있던 서류를 툭툭, 정리했다. 불청객인 유진에게 딱히 해야 할 말도,

하고 싶은 말도 없었던 탓이었다.

할 말이 없으면 없다는 말조차 하지 않는 도진의 무감한 반응에 제대로 무시당한 사실을 깨달은 유진은 붉게 칠해진 자신의 입술을 잘근잘근 깨물었다.

"정지안이랑 진짜 결혼이라도 할 생각이야?"

결국 도진의 눈길이 유진에게 닿았다. 믿기 힘들다는 듯한 어이없는 말투가 그의 신경에 거슬렸다.

지안을 향한 질투심에 표독스럽게 변한 얼굴을 미처 숨기지 못한 유진이 발끈했다. 도진의 눈빛에서 절대 원하지 않던 대답이 읽히자 그의 팔을 낚아채며 소리쳤다.

"네가 뭐가 아쉬워서……!"

막무가내인 힘에 상체가 얼핏 흔들린 도진의 눈빛에 서늘한 섬광이 스쳤다. 느릿하게 시선을 내려 자신의 팔을 바라본 도진은 '픽' 실소를 흘렸다. 그리고 얼마나 꽉 붙들었는지 유진의 손 안에서 한껏 구겨져 볼품없어진 자신의 재킷을 바라보았다.

"함부로 잡지 마."

도진은 차갑게 가라앉은 목소리로 입을 뗐다.

"미…… 미안……."

유진이 그의 표정에서 무언가 잘못되었다는 것을 느꼈을 때는 이미 도진이 힘이 빠져 버린 유진의 팔을 떨어뜨린 후였다. 유진은 사과를 하며 도진에게서 한 발자국 떨어졌다. 유진과 간격이 생기자 단정하게 채워져 있던 더블 버튼을 연달아 풀

432

어내고 재킷을 벗은 도진이 손끝에 걸려 있던 옷을 그대로 바닥에 버렸다. 마치 더러운 오물을 만진 사람처럼 얼굴에는 불쾌함이 걸려 있었다.

툭, 무겁게 떨어지는 재킷에 도진의 시선도, 유진의 시선도 바닥을 향했다. 자신이 잡았다고 옷을 바닥에 버릴 줄은 상상도 하지 못했던 유진의 동공이 잘게 떨렸다. 도진은 아래로 향해 있던 눈꺼풀을 느긋하게 밀어 올렸다.

"네가 지금 하는 게 친구로서의 걱정인 건가?"

"당…… 당연하지!"

위압적으로 자신을 누르는 도진의 모습에 겁을 먹은 유진이 살짝 몸을 지금보다 한 발자국 뒤로 물리려고 했으나, 도진의 눈빛이 멀어지려는 그녀를 허락하지 않았다. 비웃음이 가득한 목소리가 시퍼런 서슬의 칼날처럼 매섭게 유진을 가로질렀다.

"그럼 그냥 친구의 결혼을 축복하도록 해."

마치 그녀가 무슨 생각을 하고 있는지 다 안다는 듯한 도진의 얼굴에는 얼음장처럼 차가운 미소가 덧대어져 있었다.

언제나 무뚝뚝하고 냉소적인 도진이었지만, 이렇게 위협적으로 자신을 대한 적은 한 번도 없었기에 유진은 당황했다. 그러나 그녀에게는 지금까지 '친구'라는 좋은 방패가 있었다.

"사랑 없는 결혼을 할 네가 걱정되니까……!"

도진이 이번에는 제법 큰 웃음을 터뜨렸다.

"사랑이 없어?"

"……."

"그걸 어떻게 알아. 네가 뭔데?"

"……뭐?"

도진은 자신이 바닥에 버린 재킷을 구두로 밟으며 유진에게 가까이 다가갔다.

"착각하지 마."

고개를 살짝 옆으로 기울인 도진이 잔뜩 얼어붙은 유진을 보며 비소를 지었다. 그는 자신이 어떻게 하면 사람이 상처 받을지 잘 아는 사람이었다. 그리고 지금 지안을 아래로 생각하는 유진에게는 솔직함이 딱 어울리는 방법이었다.

"내가 귀찮게 구는 널 받아 줬다고 네 마음까지 받은 건 아닐 텐데."

도진은 내내 쓰고 있던 가면을 벗은 사람처럼 시원하고 가감 없이 자신의 마음을 드러냈다.

"꽤 쓸모 있었던 건 네가 아니라, 네가 물어오는 정보였을 뿐이야."

"차도진!"

"설마 다른 걸 기대했나?"

마치 로봇처럼 말을 하는 도진의 목소리에는 어떠한 감정도 들어 있지 않았다. 그런 무감한 목소리로 하는 정곡을 찌르는 말에 유진의 눈가가 붉게 달아올랐다. 그런 게 아니라고 변명을 해야 했는데, 쉽사리 입술이 떨어지지 않았다.

"내가 넘어올까 공을 들인 시간이 억울해?"

도진은 '피식' 실소를 터뜨리고 바지 주머니에 손을 넣으며 숙였던 허리를 바로 했다.

"그런 걸 품고 있으면서 친구라는 말로 포장하면 내가 곤란하지."

유진은 힘껏 짓이긴 입술에서 비릿한 맛이 나는 것을 느꼈다. 그러나 고통이 느껴지지도 않는지, 바들바들 떨며 계속 입술을 깨물고 있었다.

"이 방에 들어온 가치를 해."

도진이 유진을 곁에 둔 이유는 딱 하나였다. 귀찮게 자신이 직접 움직이지 않아도 유진이 알아서 가져오는, 알아서 나쁠 것 없는 잡다한 정보들.

"그게 네가 할 일이야. 주제넘은 걱정으로 위장한 질투가 아니라."

그러나 친구라는 가면을 벗어 던진 유진이라면 도진에게 더는 필요 없었다.

"그래. 꼭 네가 재미있어 할 소식 들고 올게."

자신에게만 곁을 내어 줬다고 생각했던 남자를 애송이한테 뺏겨 버렸다고 믿는 유진은 기가 막힌 이 상황을 절대 인정하고 싶지 않았다.

"얼마든지 환영이야."

어깨를 으쓱이며 내놓은 긍정적인 대답과는 다르게 냉담한 목소리의 도진을 뒤로한 유진은 몸에 힘을 주고 당당하게 걸었다. 찢어진 자존심은 다시 메꾸면 되었다.

도진은 나가는 유진의 뒷모습에는 시선조차 주지 않고 비서

실과 연결된 인터폰을 눌렀다. 그리고 곧바로 들어온 비서를
향해 짧은 지시를 내렸다.

"청소 좀 다시 부탁해요."

유진이 멋대로 머물고 간 제 공간이 꽤 많이 불쾌했다.

대본 리딩이 있은 지 일주일 후, 우드 엔터테인먼트 회의실
에 지안이 맡은 새로운 배역에 대해 회의하기 위해 그녀를 맡
고 있는 스태프들과 소속사 사장인 강준까지 모두 모였다.

"나는 오히려 과감하게 잘랐으면 좋겠는데?"

지안의 말에 회의를 위해 모인 사람들의 눈이 하나같이 커
졌다. 그러나 사람들의 놀란 반응에도 그녀는 어깨를 으쓱이
며 자신이 분석한 캐릭터에 대해 설명했다.

"수현이는 생활비가 벅차서 직업으로 가지고 있는 일 외에
도 알바를 여러 개 하는 인물이야. 외형을 꾸미는 건 자신에
게 가장 쓸모없다고 느끼는 사람이고. 내가 수현이라면 긴 머
리? 당장 가볍게 잘라 버릴 것 같아."

지안의 논리적인 말에 스태프들이 전부 고개를 끄덕이며 그
녀의 의견에 동조했다.

"맞아요. 일단 옷도, 신발도, 명품 브랜드는 리스트에서 싹
다 제외해야 해요."

다른 드라마에서 가난에 허덕이는 인물이 협찬으로 받은 해

외 하이 엔드 브랜드를 매회 착용해 몰입감을 확 깼다는 시청자들의 비판도 심심치 않게 볼 수 있었기에 지안의 스태프들은 머리부터 발끝까지 그들에게 빌미를 제공하지 않기 위해 신중을 가했다.

"그래도 아깝다. 오래 길렀는데……."

강준은 회의의 방향이 결국 지안의 의견대로 흘러가자 진심으로 안타깝다는 듯이 말을 했다. 그러자 지안은 그저 시원하게 웃으며 어깨를 으쓱였다. 허리까지 내려오는 긴 머리를 꽤 오랫동안 유지했던 그녀에게도 파격적인 결정이었지만, 딱히 머리에 대한 미련이 남지는 않았다.

"다시 안 자라는 것도 아닌데, 다들 왜 그래요?"

오히려 당사자보다 주위에서 매우 아쉬워하는 분위기에 지안은 별걱정을 다 한다는 듯 대수롭지 않은 말투로 말하며 의자를 뒤로 밀었다.

"그럼 저는 이만 가 보겠습니다!"

"벌써 가게?"

"그럼요. 대표님이 아쉬워하는 이 긴 머리를 마지막으로 만끽하러 가야죠~."

도대체 어떻게 긴 머리를 만끽하겠다는 건지 이해하지 못했다는 얼굴을 한 강준과 스태프들을 보고 지안은 '킥킥' 웃으며 회의실을 나왔다.

경석이 그녀를 집에 데려다주자마자 지안은 빠르게 자신의 집으로 올라갔다.

그녀는 차 키를 넣어 두는 서랍장을 활짝 열고서 골똘히 생각했다. 그러다가 손가락 하나를 펴고 이리저리 왔다 갔다 움직였다.

"코카콜…… 아, 이건 좀 너무 클래식한 방법인가?"

머쓱하게 손가락을 접은 지안은 한참의 고민 끝에 한 개의 차 키를 들고 다시 주차장으로 내려갔다. 그리고 평소에 주로 이용하던 세단이 아니라 낮은 차체와 날렵한 선을 자랑하고 있는 하얀 스포츠카에 몸을 실었다.

"오늘은 좀 특별한 걸 할 거니까."

스피드를 즐기는 편이 아니라 자주 이용하는 차가 아니었다. 그럼에도 색다른 기분을 내고 싶었던 지안이 시동을 걸었다. 그녀조차 오랜만에 탄 자신의 차가 낯설어 어깨를 살짝 올렸다가 내리며 긴장을 풀었다.

도로를 한참 달리던 지안은 신호등에 빨간불이 들어오자 핸들을 잡은 손을 가만히 두지 못했다. 토독토독, 손가락으로 두드렸다가, 괜히 세게 쥐었다가 하며 핸들을 괴롭히는 그녀의 마음이 한껏 들떠 있었다.

이윽고 CHA 호텔의 지하 주차장에 도착하자, 지안은 짙게 선팅이 되어 있는 창문 밖으로 고개를 기웃거렸다. 곧 자신이 원하는 남자가 눈에 보이자 창문을 내리는 버튼을 누르고 클랙슨을 가볍게 빵, 울렸다. 묵직하게 울리는 소리에 두 사람의 눈이 마주치자 지안은 초승달처럼 예쁘게 눈가를 접었다.

"거기 잘생긴 오빠! 나랑 데이트 안 갈래요?"

창문 너머로 바라본 도진의 눈이 티 나지 않게 커진 것을 지안은 느낄 수 있었다. 그리고 짙은 눈동자에 담긴 반가움 역시 느낄 수 있었다. 그러나 많이 놀랐는지 자신을 바라보기만 하고 가까이 다가오지 않는 도진을 보고 입꼬리를 아래로 내렸다.

"저 지금 거절당한 건가요?"

억지로 슬픈 표정을 짓는 지안을 보고 '피식' 웃음을 터뜨린 도진이 성큼성큼 걸어와 열린 차창 위를 손으로 짚으며 고개를 숙였다.

"내가 언제 나올 줄 알고 왔어?"

"제가 유능한 조력자를 두고 있어서……."

"조력자?"

어깨를 으쓱이며 능청스럽게 웃어 보이는 지안을 보다 허리를 세운 도진은 주위를 잠시 살피고 고개를 살짝 까딱였다. 차에서 나오라는 의미였다.

"운전 내가 할게."

"왜요? 나 못 믿겠어요?"

핸들을 꽉 붙잡으며 절대 내리지 않겠다는 뜻을 보인 지안을 보고 할 수 없이 조수석에 올라탄 도진이 안전벨트를 매지도 않고 몸을 꺾었다. 차에 올라탔음에도 지안이 운전하는 것이 탐탁지 않은 것처럼 보였다.

"직접 운전하는 거 별로 안 좋아하잖아."

"그런 것도 알고 있어요?"

"내가 너에 대해서 모르는 게 어디 있겠어."

지안은 싱겁게 웃으며 당연하다는 듯이 말하는 도진을 가만히 바라보았다. 그와 이런 이야기를 나눈 적은 없었던 것 같은데, 정확하게 짚어 낸 것이 놀라웠다. 하지만 이유 없이 그에게 운전대를 넘길 만큼의 문제는 전혀 아니었다.

"누릴 수 있을 때 누려요. 제가 모시는 날, 흔치 않아요."

장난스럽게 말하며 찡긋, 윙크하는 지안을 보고 도진이 결국 고개를 저었다. 그리고 손끝으로 지안의 볼 언저리를 톡, 건드린 후, 안전벨트를 당기며 물었다.

"그래서 나를 어디로 모실 건데?"

도진은 금세 지안의 장난에 장단을 맞추었다. 턱을 살짝 치켜들며 거만하게 말을 하는 모습이 꽤 잘 어울렸다.

"당연히 집까지 안전하게 모시겠습니다~. 나만 믿어요!"

박력 넘치는 말과 함께 차를 출발시키는 지안의 모습에 도진이 결국 소리 내어 웃음을 터뜨렸다. 그러다가 아직 대답을 얻지 못한 질문이 생각나자 의자에 등과 머리를 기대며 은근하게 그녀를 추궁했다.

"어떻게 이런 기특한 생각을 했어?"

내심 몰래 자신을 찾아온 것이 마음에 들었는지 내려오지 않는 도진의 입꼬리를 확인한 지안이 몇 시간 전의 일을 떠올렸다.

회의 중 쉬는 시간을 이용해 자리를 피한 지안은 이안에게 전화를 걸어 김 비서의 연락처를 물었다. 바로 알려 주면 참 좋겠는데 꼬치꼬치 캐묻는 오빠로 인해 한껏 피로함을 느껴야 했던 그녀였다.

— 되게 하찮은 이벤트인데, 꼭 성공하기를 바란다.

지안은 응원인지 악담인지 모를 말을 하고 전화를 가차 없이 끊어 버린 이안을 떠올리고는 '피식' 웃다가 코앞까지 다가온 도진으로 인해 눈을 한껏 크게 떠야 했다.

신호에 맞게 차를 멈추자 이때만을 기다린 도진이 안전벨트를 풀어내고 그녀에게 가까이 다가갔고, 아래로 내리깐 도진의 눈이 느릿하게 지안의 입술을 훑었다.

닿을까 말까 하던 입술이, 결국 도진이 그대로 고개를 내리는 탓에 그저 스쳐 지나갔다. 도진은 지안의 가녀린 목덜미에 얼굴을 묻고는 숨을 크게 들이켰다.

"예뻐 죽겠네."

운전 중에 키스라도 할까 긴장했던 지안이 희미한 숨소리를 내자 도진이 소리 죽여 웃음을 터뜨렸다. 출발 신호로 바뀌기 전에 빠르게 제자리로 돌아온 도진이 안전벨트를 다시 채웠다. 안전벨트가 채워지는 달칵, 하는 소리에 정신을 차린 지안이 그를 흘겨보았다.

"위험하게 뭐 하는 거예요?"

"신호 바뀌었다. 그래서 우리 집에 간다고?"

자신의 말은 못 들은 척하며 말을 돌리는 도진을 보고 지안은 헛웃음을 지었다. 뭐라고 한마디를 더 하려던 지안은 바뀐 신호와 얼마 남지 않은 도착지를 확인하고 액셀 위에 얹은 발에 힘을 주었다. 하여간.

잠시 후, 차에서 내린 도진의 표정이 애매모호하게 변했다.

"여기는 새로 산 집인 건가?"

"얼른 들어가요!"

도진의 표정을 눈치채지 못한 지안이 그의 손을 붙잡고 건물의 안으로 들어갔다. 여러 개의 천막으로 분리된 내부에는 네 컷으로 분할된 사진을 찍을 수 있는 기계가 있었다.

"장소가 너무 외져서 그런지, 요즘 많이 인기 있는데도 사람이 잘 없는 것 같아요!"

지안의 말대로 아무도 없는 것인지, 어떤 공간에서도 사람의 인기척은 느껴지지 않았다. 어느새 하나의 공간으로 들어간 지안이 도진을 향해 손짓했다.

"오빠! 얼른 들어와요! 나 이거 진짜 찍어 보고 싶었어요!"

"집에 가자고 유혹하더니……."

유혹한 적 없으나 이미 왜곡되어 버린 도진의 기억을 아는 건지 모르는 건지, 해맑게 웃는 지안이었다. 도진은 허무한 심정을 숨기지 못하다가 이내 바람 빠진 웃음을 지으며 그녀 곁으로 다가갔다.

"설마 현금만 되는 건 아니겠죠?"

화면과 기계를 이리저리 살펴본 지안이 불안한 목소리로 중얼거렸다. 자신의 지갑을 열심히 뒤적였지만 카드만 쓰는 터라 현금이 있을 리 없었다.

도진이 슈트 안주머니에서 지갑을 꺼내 지폐가 있는 칸을 보여 주었다. 넣는다고 해도 기계가 다시 뱉어 내 버릴 **빳빳한** 수표만 한가득이자 지안이 짧게 웃음을 터뜨렸다. 이 많은 돈도 이곳에서는 무용지물이었다.

"그냥 이 기계를 하나 사도 될 것 같다. 오빠는 지갑 꼭 잘 챙겨야겠어요."

"사고 싶어?"

지갑의 안위를 걱정하는 말이었으나 도진은 다른 곳에 꽂혔나 보다. 원하면 당장이라도 사 주겠다는 듯한 목소리에는 망설임이 없었다. 장난이라도 사 달라는 말을 했다가는 집은 아니어도 제가 있을 곳 어디선가 이 커다란 기계를 볼 수 있을 것 같은 느낌에 그냥 '푸스스' 웃은 지안은 도진의 팔짱을 꼈다.

"어쩔 수 없다! 다음에 다시 도전해야겠어요."

같이 찍은 사진이 한 장도 없어서 그랬는지, 지안의 발걸음이 제대로 떨어지지 않았다. 아쉬움이 덕지덕지 묻은 얼굴을 본 도진이 자신의 팔을 붙잡고 있는 지안의 손을 이끌고 다른 곳에 걸려 있는 천을 걷어 내며 성큼성큼 들어갔다.

영문도 모른 채 이끌려 들어간 곳에서 아까와 같은 기계지만 상단부에 카드를 꽂은 수 있는 검은 단말기가 있는 것을 확인한 지안의 입꼬리가 스멀스멀 위로 올라갔다.

도진은 화면을 집중해서 바라보며 순서대로 따라 하는 지안을 가만히 바라보다가 결제 타이밍에 냉큼 자신의 카드를 꽂아 넣었다. 그러나 카드를 맞게 넣었음에도 결제가 더 이상 진행되지 않았다. 어느 순간에도 좀처럼 쉽게 당황하지 않는 도진조차 화면에 뜬 오류에 살짝 멈칫했다.

"카드도 주인처럼 여기 안 와 본 거 티 내나 봐요."

상황을 파악하던 지안이 곧 '풉' 하고 웃음을 터뜨리며 도진의 카드를 단말기에서 빼냈다. 빈틈없이 새까만 카드는 조명을 받고 반짝하고 빛을 내었다. 선택된 '상위 0.01%'에게만 주어진다는 블랙 카드였다.

"여기서 이건 못 써요."

"문제없는 카드인데……."

늘 사용하는 카드였고, 늘 문제가 없었기에 도진의 눈에는 의아한 기색이 역력했다. 지안은 도진이 지금 무슨 생각을 하고 있을지 다 안다는 눈으로 설명했다.

"소액 결제를 할 때는 카드의 주인이 쓴 게 맞을까, 하고 의심부터 한대요."

"뭐?"

"너무 웃기지 않아요? 뭐, 오천 원은 돈도 아닌가?"

어이없다는 듯이 웃는 지안이 블랙 카드가 없을 리가 없었다. 그렇기에 도진보다 다른 곳에서 이런 상황을 먼저 겪어 본 그녀가 미리 알고 있었을 뿐이었다. 다른 디자인의 카드를 꺼내 결제를 마친 지안은 도진의 팔짱을 꼭 끼며 손가락으로 화면 위에 있는 카메라를 가리켰다.

"자, 여기 보면 돼요! 시작한다!"

빠르게 시간이 사라지기 시작하자, 도진도 그녀 쪽으로 머리를 약간 숙이며 카메라를 바라보았다.

찰칵— 찰칵— 찰칵—.

"음, 너무 재미없게 찍었나?"

같은 자세로 미소를 짓고 있던 지안이 고개를 갸우뚱하며 중얼거렸다. 그러나 금세 흘러 버린 야속한 시간에 정신을 차리고 도진을 슬쩍 올려다보았다. 고민하다가 1초를 남기고 까치발을 든 지안이 도진의 볼에 가볍게 입을 맞췄다.

지안이 배시시 웃고는 정면을 보며 찍힌 사진을 확인했다. 급하게 찍었다고 보기에는 눈동자가 살짝 커진 도진과 눈을 꼭 감고 있는 자신이 기대보다 더 예쁜 모습으로 나왔다.

"오! 잘 나왔다. 우리 다음은 어떻게 찍을……."

만족스럽게 웃은 지안은 마지막 촬영을 위해 도진을 보며 말을 했으나, 곧 끊겨 버렸다. 지안이 다시 자신을 향해 고개를 돌리기를 기다리고 있던 도진이 그녀의 뒤통수를 붙잡고 입술을 부딪쳤다.

찰칵—.

"잘 찍혔네."

이번에는 도진이 만족스러운 미소를 띠며 말했다. 살짝 멍해진 지안이 화면을 바라보자, 입술을 맞대고 있는 두 사람이 자리 잡고 있었다. 사진에 남겨지자 괜히 부끄러웠다. 그런 그녀 대신 도진이 화면에 떠 있는 글자를 읽었다.

"한 번 더 찍을 수 있대. 그럴까?"

"네?"

"이왕이면 전부 마지막처럼 찍었으면 좋겠다."

흑심 가득한 도진의 말에 지안의 입술이 열리려고 할 때, 밖에서 웅성거리는 소리가 들렸다. 사람들이 올 것이라고는 생각하지 못한 지안이 눈동자를 도르륵 굴리며 당황했다. 그러나 도진이 빨리 나가야겠다는 생각만 머릿속에 가득한 그녀의 허리를 붙잡고 화면 앞으로 다가갔다.

그러고는 블랙 카드를 냅다 꽂았던, 이곳이 처음인 사람은 어디 간 듯 능숙하고 여유롭게 화면을 만져 사진을 골랐다. 마지막으로 찍은 두 컷은 절대 빼먹지 않고 넣은 도진이 중얼거렸다.

"아쉽다."

"뭐……!"

사진이 나오기를 기다리던 지안이 도진이 중얼거리는 말을 듣고 그를 올려다보자 마주한 건 예고도 없이 강하게 덮치는 입술이었다. 도진은 말캉한 혀로 부드럽게 입 안을 배회했고, 놀란 지안이 자신을 붙들려는 손을 마주 잡고 손깍지를 끼는 여유까지 부렸다. 사람들을 의식해 아무 소리도 내지 못하는 지안을 보며 슬쩍 미소를 지은 도진은 혀끝으로 제가 닿을 수 있는 구석구석을 파고들었고, 그녀의 숨까지 집어삼켰다. 아까 주어졌던 10초란 시간은 그에게 너무 짧았다.

"나 오늘 학원 가야 해!"

안으로 들어온 사람이 학생들이었는지 웅성웅성 밖이 떠들썩해지자 정신을 차린 지안이 도진의 가슴 언저리를 사정없이 두드렸다. 같은 공간에 다른 사람들이 있다는 것만으로도 심장이 철렁 내려앉는 것 같은데, 키스까지 하고 있다니!

마음을 졸이는 지안을 아는지 모르는지, 도진은 그저 느릿하게 입술을 떼어 냈다. 학생들이 사진 부스 안으로 들어갔는지 소음이 조금 잦아든 때였다.

도진은 지안의 입가에 번진 립스틱을 스윽 닦아 내며 '피식' 웃었다. 그 짧은 웃음이 얼마나 싱그러운지 지안은 뭐라고 하지도 못하고 그저 넋을 빼고 바라봐야 했다.

"다음에 또 찍자."

도진은 툭, 하고 떨어진 두 장의 사진을 집어 들며 말했다.

"마음에 드네. 이제 어떻게 하는 건지 알았어."

지안은 자신 있게 말을 하며 의욕적으로 눈을 빛내는 도진을 보다가 슬그머니 손바닥으로 자신의 입술을 가렸다. 도진이라면 모든 횟수의 사진을 마지막처럼 찍을지도 몰랐다.

이대로 멍하니 있다가 나갈 타이밍을 놓칠 것 같았던 지안이 다음에 또 찍자는 도진의 말을 못 들은 척하며 재촉했다.

"얼른 나가요……."

일어나지도 않은 일을 상상하자 유난히 하얗던 그녀의 볼이 붉게 변했다.

〈2권에 계속〉

네 입술에 물들어 1

초판 1쇄 인쇄 2024년 7월 15일
초판 1쇄 발행 2024년 7월 20일

지은이 아리킴 ㅣ 펴낸이 강성욱 ㅣ 책임 기획 전주예 ㅣ 기획 편집 김민지 방은지 손효은
표지 디자인 우물 ㅣ 내지 디자인 손효은 ㅣ 교정 손효은
펴낸곳 테라스북 ㅣ 등록 제 2022-000073호
주소 (04799) 서울특별시 성동구 아차산로 17길 26, 301호 (성수동2가, 규장각빌딩)
전화 070-4794-5826 ㅣ 팩스 0505-911-5826
블로그 https://blog.naver.com/terracebook ㅣ 전자우편 terracebook@naver.com
ISBN 979-11-6728-605-5 (04810)
ISBN 979-11-6728-604-8 (SET)